JOSEPH F. MURRAY

JUST MARRIED

Plötzlich verheiratet

Aus dem Englischen
von Tanja Hamer

FISCHER
TASCHENBUCH

Erschienen bei FISCHER Taschenbuch

Die Originalausgabe erschien 2024 unter dem Titel »Hitched«
bei Macmillan, einem Imprint von Pan Macmillan, London.

Hedderichstr. 114, 60596 Frankfurt am Main

Redaktion: Lisa Caroline Wolf
Satz: Dörlemann Satz, Lemförde
Druck und Bindung: GGP Media GmbH, Pößneck
ISBN 978-3-596-71075-1

Kontaktadresse nach EU-Produktsicherheitsverordnung:
produktsicherheit@fischerverlage.de

Für alle Swifties

KAPITEL EINS

Der perfekte Plan

Kates Hochzeit würde der schönste Tag ihres Leben werden.

Das wusste sie, seit sie ein kleines Mädchen war. Solange sie sich zurückerinnern konnte, träumte sie davon, und jetzt, in weniger als einer Woche, würde ihr Traum endlich Wirklichkeit werden. Sie konnte sich schon vor sich sehen, glücklich lächelnd in ihrem strahlend weißen Kleid, der Schleier elegant auf ihrem kastanienbraunen Haar drapiert, während ihr Verlobter Norman ihr den Ring an den Finger steckte. Doch auch wenn sie fest daran glaubte, dass Träume wahr werden konnten, wusste Kate, dass es nicht ausreichte, sich die perfekte Hochzeit bloß vorzustellen. Sie musste ihr Schicksal selbst in die Hand nehmen, und alles dafür tun, dass am 4. Juli alles wie am Schnürchen lief.

Kate war eine Planerin.

Sie plante alles bis ins kleinste Detail und lebte förmlich für ihre To-do-Listen, Tabellen, Aufstellungen, Pläne, Notizbücher, Zieltagebücher, Post-it-Zettel – das volle Programm. »Versage bei der Vorbereitung, und du kannst dich darauf vorbereiten zu versagen«, hatte ihre Mutter Margaret ihr von früher Kindheit an eingeimpft. Deshalb war es wenig überraschend, dass Kate zwei Jahre damit verbracht hatte, ihren großen Tag penibel durchzuorganisieren, um sicherzustellen, dass wirklich rein gar nichts schiefgehen konnte. Alles war bis ins kleinste Detail durchdacht, von der Hochzeitszeremonie in der Kirche von Donnybrook bis zum Empfang im Fitzpatrick Castle Hotel.

Ungewöhnlich war allerdings, dass Kate noch einen Schritt weiter ging.

Sie hatte nicht nur die perfekte Hochzeit geplant, sondern auch den perfekten Junggesellinnenabschied mit ihren drei besten Freundinnen, Siobhan, Natalie und Chloe. Natürlich wusste sie, dass das eigentlich Aufgabe der Trauzeugin gewesen wäre, doch sie wollte nichts dem Zufall überlassen. Auf keinen Fall sollte jemand anderes die Verantwortung für diese wichtige Tradition tragen.

Jetzt, nach monatelangen akribischen Vorbereitungen, war es endlich so weit. Voller Vorfreude betrachtete sie den detaillierten Reiseplan für ihren Junggesellinnenabschied, den sie sich ausgedruckt hatte.

Kates Junggesellinnenabschied im fabelhaften Las Vegas, Nevada, stand in Glitzerschrift auf dem Titelblatt.

Ein wenig erinnerte er an den Notizblock eines kleinen Mädchens, doch auf den glitzernden Seiten war der perfekte Mädelstrip skizziert. Mit Zeitplänen und farbigen Markierungen für die Aktivitäten an jedem Tag. Sie hatte die gesamte Reise minutiös geplant.

Und Kate wusste, was sie tat, immerhin war sie von Beruf Veranstaltungsmanagerin. Um genau zu sein, die beste auf ihrem Gebiet. Wenn ein Kunde einen absolut reibungslosen Ablauf wollte, wandte er sich an Kate. Jahrelange Erfahrung hatte sie zu einer Expertin in Sachen Krisenmanagement gemacht, und sie hatte immer einen Plan B in petto, um für alle Eventualitäten gerüstet zu sein.

Allerdings ging auch nie etwas schief.

Als sie den Reiseplan in ihre Handtasche steckte, überkam Kate allerdings dieses frustrierende Gefühl, das man oft vor einer Reise hatte. Sie war überzeugt, etwas vergessen zu haben, hatte aber keine Ahnung, was es war. Das machte sie wahnsinnig.

»Was zum Teufel habe ich nur vergessen?«, dachte Kate laut.

»Hmm, mal überlegen ...«, sagte Norman, der plötzlich im Türrahmen stand. »Wie wäre es mit deinem gesunden Menschenverstand?«

»Normie, bitte, fang nicht wieder damit an.«

»Ich verstehe nur einfach nicht, warum du für einen Junggesellinnenabschied um die halbe Welt reisen musst. Und das auch noch eine Woche vor der Hochzeit!«

Kate seufzte. Norman war von Anfang an gegen den Junggesellinnenabschied gewesen. Er selbst wollte keinen Junggesellenabschied für sich, weil er angeblich »über solchen Dingen stand«, aber Kate war diese Tradition nun mal wichtig. Norman machte sich die ganze Zeit Sorgen um sie. Sie liebte ihn dafür, aber es bestand kein Grund, die Sache zu dramatisieren.

»Normie, die Mädels und ich haben uns schon ewig geschworen, für den ersten Junggesellinnenabschied in die USA zu fliegen. Und in vielen Ländern ist es üblich, dass die Braut erst am Wochenende vor der Hochzeit ihre Party feiert, teilweise sogar am Vorabend«, erklärte Kate.

»Ich mache mir doch nur Sorgen, dass etwas schiefgehen könnte. Zum Beispiel, dass eine ihren Reisepass verliert und dann irgendwo festsitzt, und dann muss die Hochzeit verschob ...«

»Normie«, unterbrach Kate ihn, bevor er vollends in Panik verfallen konnte. »Du kennst mich doch, ich habe jede Minute des Trips bis ins Detail geplant. Du weißt, dass ich viel zu gut organisiert bin, um im Ausland meinen Reisepass zu verlieren.«

»Ich mache mir ja auch keine Sorgen um *dich*, sondern um die anderen drei. Sie können etwas ... nun ja, chaotisch sein«, erwiderte Norman.

»Normie, das sind meine besten Freundinnen, und wir sehen uns sowieso schon viel zu selten. Es ist nicht schön für mich, wenn du so über sie sprichst.«

»Tja, tut mir leid, wenn du das so empfindest, Kate, aber mir gefällt es nun mal nicht, wenn sie dich auf ihr Niveau runterziehen.«

»Inzwischen sind wir alle in den Dreißigern und haben dazugelernt.«

»Versprichst du mir, dass du dich nicht betrinken wirst? Du weißt, wie du dann sein kannst. Das letzte Mal hast du dich an nichts mehr erinnert!«

Da hatte Norman allerdings recht. Kate hatte immer mal wieder Blackouts gehabt. Sie war keine Alkoholikerin oder so – ganz und gar nicht. Sie vertrug nur nichts. Zuletzt war es ihr bei den Irish Dentistry Awards passiert, wo Norman als Kieferchirurg des Jahres nominiert gewesen war. Aus purer Langeweile hatte Kate angefangen zu trinken. Mit dem Ergebnis, dass sie sich an den Rest des Abends nicht mehr erinnern konnte. Offenbar hatte sie auf dem Tisch gestanden und Karaoke gesungen, obwohl es nicht einmal ein offizielles Karaokesingen gegeben hatte. Ihr Verhalten war wohl so peinlich gewesen, dass sie froh war, sich an nichts zu erinnern. Norman hatte sein Leben lang auf eine Auszeichnung wie diese hingearbeitet, und obwohl er an jenem Abend gewonnen hatte, machte er ihr immer wieder ein schlechtes Gewissen, weil sie seinen großen Moment ruiniert hatte.

Genau genommen verpasste er keine Gelegenheit, es ihr unter die Nase zu reiben.

»Gut, dass du dafür sorgst, dass ich es niemals vergessen werde«, seufzte Kate.

»Also, in Vegas vergisst man jedenfalls schnell, wer man ist.«

»Ich weiß, wer ich bin, Norman. Und ich weiß, wer ich sein sollte. Ich verspreche, die zukünftige Mrs. Norman Cox wird sich tadellos benehmen«, entgegnete Kate lächelnd. »Ich komme gleich runter, muss nur noch schnell fertig packen.«

»Okay, okay«, sagte Norman und verließ mit erhobenen Händen das Zimmer.

Kate verspürte ein Gefühl der Erleichterung, als sie wieder allein war. Je näher die Hochzeit rückte, desto öfter empfand sie einen seltsamen Druck in der Brust. Immer wenn Norman bei ihr war, fühlte sie sich, als bekäme sie keine Luft. Sie liebte ihn, aber sie brauchte etwas Raum zum Atmen. Sie hatte auf verschiedenen Hochzeitsforen recherchiert, warum das so war, und offensichtlich kam es nicht selten vor, eine Woche vor der Hochzeit vollkommen überwältigt zu sein. Tausenden Frauen erging es genauso kurz vor ihrem großen Tag.

Es war völlig normal.

Das Einzige, was ihr Sorge bereitete, war, dass sie ihr Ehegelübde noch nicht verfasst hatte. Wirklich jeder andere Aspekt der Hochzeit war perfekt vorbereitet, aber wenn auch immer sie sich hinsetzte, um ihr Gelübde zu schreiben, fiel ihr absolut nichts ein. Würde man einen solchen Text in einer Excel-Tabelle verfassen können, dann wäre es längst erledigt. Doch die Unterpunkte in von Herzen kommende Sätze zu verpacken, damit hatte sie ihre Schwierigkeiten.

Doch das waren sicher nur die Nerven, die vor der Hochzeit blank lagen. Sie musste etwas Dampf ablassen, und dafür war Vegas der perfekte Ort. Es gab nichts Schöneres als die Vorstellung, mit ihren drei besten Freundinnen neue Erinnerungen zu schaffen.

Erinnerungen.

Das war es, was sie vergessen hatte.

Kate hatte den Mädels versprochen, ein paar alte Polaroids mitzubringen, von ihrem Work-and-Travel-Sommer in New York City vor neun Jahren. Das J-1-Visum erlaubte es Studenten, einen Sommer in den USA zu arbeiten, und in Irland war es zu einem festen Bestandteil des Studiums geworden. Die Mädchen hatten in einem Irish Pub namens *Scallywag's* am Times Square gejobbt. So hatten sie sich damals kennengelernt. Die vier hatten am selben Tag angefangen zu arbeiten, und die Freundschaft, die daraus entstanden war, hielt bis heute an.

Kate besaß eine Erinnerungskiste von ihrer Work-and-Travel-Zeit, und darin befanden sich unter anderem ein paar urkomische Polaroidfotos aus jenem Sommer. Eines der Spiele, die sie sich für ihren Junggesellinnenabschied überlegt hatte, war das Nachstellen alter Fotos von ihnen zu viert, die sie dann neben das ursprüngliche Foto in ein Büchlein kleben konnten. Solche Dinge liebte Kate. Die gleichen Fotos, nur genau neun Jahre später aufgenommen. Es war wie aus einem Taylor-Swift-Song. Kate war seit dem ersten Tag ein »Swiftie«, und das Album *1989* war der Soundtrack ihres Sommers in New York gewesen, vor allem das erste Lied »Welcome to New York«, das die Stimmung perfekt wiedergab.

Kate ging in ihren begehbaren Kleiderschrank und kramte nach der alten Erinnerungskiste. Nach ein paar Minuten, in denen sie sich durch allerlei Krimskrams wühlen musste, fand sie schließlich die Kiste mit der Aufschrift »Work-and-Travel-Sommer New York«. Als sie den Deckel öffnete, stürzten sofort die Erinnerungen auf sie ein. Das Erste, was sie sah, war ihre alte Arbeitskleidung aus dem *Scallywag's*. Sie schnupperte an dem ausgewaschenen T-Shirt und fühlte sich in der Zeit zurückversetzt. Sie konnte immer noch die billigen Hotdogs, den verbrannten Kaffee und den verschütteten Alkohol auf dem Stoff riechen. Unglaublich, dass es neun Jahre her war, seit sie das Shirt getragen hatte. Wo war die Zeit nur geblieben? Es fühlte sich an, als wäre es gerade erst gestern gewesen. Unter dem T-Shirt entdeckte Kate, wonach sie gesucht hatte. Ein Stapel Polaroids von den Mädels und ihr, aufgenommen in jenem legendären Sommer in New York. Sie nahm eines der Fotos heraus und musste unwillkürlich grinsen.

Da waren sie alle: Siobhan, Natalie, Chloe und Kate selbst, an dem Abend, an dem sie sich kennengelernt hatten. Auf dem Polaroid hielten sie alle eine unterschiedliche Geschmacksrichtung des alkoholischen Energydrinks mit Namen Four Loko in der Hand – damals die erste Wahl eines jeden Work-and-Travel-Studenten. Sie war sich sicher, jeder Ire, der je einen Sommer mit J-1-Visum in den USA verbracht hatte, konnte von einer verrückten Erinnerung erzählen, die mit Four Loko zu tun hatte – oder eben nicht mehr. Fast jedes Mal, wenn die Mädels damals richtig gefeiert hatten, waren sie am nächsten Morgen mit einem Blackout aufgewacht. Nichts ging über ihr ausgelassenes Gelächter, wenn sie nach diesen wilden Partynächten versuchten, die Ereignisse zu rekapitulieren. Sie waren von dem Teufelszeug so besessen gewesen, dass ihr missbilligender Chef sie nur noch die »Four Lokos« genannt hatte. Bis zum heutigen Tag hatten sie eine Chatgruppe unter dem Namen.

Auf dem Foto lachten die Mädels ausgelassen. Kate vermisste diese Zeit sehr. Sie war immer ein eher zurückhaltendes Mädchen gewesen, nur nicht in jenem Sommer. Damals hatte sie einfach das getan, worauf sie Lust hatte – etwas verrückt vielleicht, aber im positiven Sinne. Sie war nach New York gegangen, um eine gute Zeit zu haben und keine Langeweile, und sie hatte zu jeder schlechten Idee ja gesagt.

Es war vielleicht das einzige Mal in ihrem Leben, dass sie sich wirklich frei gefühlt hatte.

Sie warf einen letzten Blick auf das Polaroidfoto und legte es dann beiseite. Dieses Foto würden sie ganz bestimmt nicht nachstellen. Mittlerweile waren sie alle in den Dreißigern und hielten sich statt an Four Lokos eher an Vino.

Kate sah die anderen Bilder durch, bis ihr plötzlich der Atem stockte. Da war es. Das eine Foto, das sie eigentlich nie wieder in die Finger hatte bekommen wollen. Ein Foto der Person, die sie nie wiedersehen wollte. Sie betrachtete das Polaroid genauer.

Der Mann, den sie einmal geliebt hatte.

Der Mann, der ihr das Herz gebrochen hatte.

Ihre erste große Liebe.

Trevor Rush.

Kate hatte plötzlich einen Kloß im Hals. Sie versuchte so zu tun, als hätte sie das Foto vergessen, dabei wusste sie, dass das eine glatte Lüge war. Sie hatte Trevor Rush nicht vergessen, nicht für einen einzigen Tag in den vergangenen neun Jahren. Sie betrachtete sein glänzendes schwarzes Haar, seine gebräunte Haut, die er seinen italienischen Wurzeln verdankte, und seine braunen Augen, die immer direkt in ihre Seele zu blicken schienen. Auf dem Foto standen sie gemeinsam vor der Freiheitsstatue, an dem Abend, als sie sich voneinander verabschiedet hatten. Auch wenn es damals kein Abschied gewesen war.

Es war ein »Fortsetzung folgt« ...

Kate legte das Foto weg und versuchte, die Erinnerungen abzuschütteln, die sie in die Vergangenheit zurückziehen wollten. Aber da fiel ihr Blick auf etwas anderes.

Auf die Atombombe an Emotionen.

Das Medaillon.

Nicht bloß irgendein beliebiger Anhänger. Es war das Medaillon, das Trevor ihr an jenem Abend geschenkt hatte.

Es war herzförmig und golden, mit einem Schlüsselloch in der Mitte. Trevor hatte ihr versprochen, dass er ihr den Schlüssel geben würde, der es öffnete, wenn sie im darauffolgenden Sommer zurückkommen würde. Es war eine romantische Geste, die ihr das Gefühl gegeben hatte, das glücklichste Mädchen auf Erden zu sein. Aber aus Gründen, die zu schmerzhaft waren, um sich daran zu erinnern, war Kate im folgenden Sommer nicht zu ihm zurückgekehrt.

Und das Medaillon blieb verschlossen.

Mithilfe von YouTube-Tutorials hatte sie immer wieder versucht, das Schloss zu knacken, aber es wollte ihr nicht gelingen. Und die Verzierungen darauf waren zu schön, als dass sie es hätte zertrümmern wollen, auch wenn sie kurz über diese Möglichkeit nachgedacht hatte. Kate versuchte, sich zusammenzureißen. Es war gut, dass sie das Medaillon nie geöffnet hatte.

Die Büchse der Pandora. Sie wusste nicht, was sich darin befand, und sie wollte es auch gar nicht wissen.

Trevor Rush hatte ihr in der Vergangenheit schon zu viel Schmerz zugefügt, und Kate freute sich nun auf ihre Zukunft mit Norman. Den Spruch, »um über jemanden hinwegzukommen, muss man unter jemand anderen kommen«, hatte sie noch nie leiden können, und er war auch etwas zu vulgär für ihren Geschmack. Aber sie glaubte daran, dass jemand Neues durchaus dabei helfen konnte, ein gebrochenes Herz zu heilen.

Norman hatte genau das getan.

Ein glücklicher Zufall hatte sie zusammengeführt. Kate war eines Tages mit fürchterlichen Zahnschmerzen aufgewacht, die daher rührten, dass ihre Weisheitszähne hervorbrachen, wie sie später erfuhr. Die Schmerzen waren nicht auszuhalten, so etwas hatte sie noch nie zuvor erlebt. Weil Kate nicht in der Lage war zu fahren, brachte ihre Mutter sie zu einer neuen Zahnklinik, die einem sympathischen – und alleinstehenden – Kieferchirurgen gehörte. Norman sagte sofort alle anderen Termine für sie ab und entfernte ihr alle vier Weisheitszähne auf einmal. Als sie aufwachte, fühlte Kate sich wie neugeboren. Er fragte sie nach ihrer Nummer, und der Rest war Geschichte.

Rückblickend betrachtet hatte ihre Mutter wohl Amor gespielt, aber Norman hatte auch wirklich einen guten ersten Eindruck hinterlassen. Er hatte sie wortwörtlich von ihren Schmerzen befreit. Was konnte man sich als Frau Besseres wünschen? Zugegeben, es war nicht wirklich Liebe auf den ersten Blick gewesen, aber mit der Zeit hatte sie festgestellt, dass Norman alle Punkte auf ihrer Wunschliste für einen Mann erfüllte.

Ambitioniert. *Check*. Loyal. *Check*. Intelligent. *Check*. Ehrlich. *Check*.

Die Liste war natürlich noch viel umfangreicher, aber er erfüllte den wichtigsten Punkt von allen.

Ein Mann, der ihr niemals weh tun würde. *Check*.

Norman würde ihr nicht in einer Million Jahren das Herz brechen. Trevor Rush dagegen hatte das schon nach wenigen Monaten geschafft. Er war ein Mann wie ein Hammer – Zerstörung in menschlicher Gestalt. Aber Norman war der Kleber, der sie wieder zusammengefügt hatte.

Kate legte das Medaillon zurück in die Kiste und sammelte die Polaroids von den Mädels und ihr zusammen, die sie mitnehmen wollte. Dann schloss sie den Deckel der Erinnerungskiste und verstaute sie in der hintersten Ecke ihres Schranks.

Trevor Rush war Vergangenheit und Norman Cox die Zukunft.

Sie steckte die Fotos zu dem Reiseplan in die Handtasche und zog ihr Handy hervor, um auf die Uhr zu sehen. Sie war noch gut in der Zeit, natürlich, und ihre Mutter sollte sie in fünf Minuten abholen. Sie hätte zwar ein Taxi vorgezogen, aber Margaret bestand darauf, sie zu fahren, damit sie mit ihr ein paar letzte Details für die Hochzeit besprechen konnte.

Kate öffnete den Gruppenchat, um zu sehen, ob die Mädels sich an den Zeitplan hielten, den sie ihnen geschickt hatte. Verzögerungen konnte sie jetzt nicht gebrauchen. Kate hatte ihnen sogar eine viel frühere Zeit für den gemeinsamen Treffpunkt genannt, um sicherzugehen, dass sie auch rechtzeitig am Flughafen ankamen.

So etwas gehörte zum kleinen Einmaleins der Partyplanung.

FOUR LOKOS

Kate: Sind alle unterwegs?

Natalie: Yep, im Zug. Hatte 2 Wodka Shots zum Frühstück.

Chloe: Versuche noch, alle meine Koffer in den Kofferraum zu quetschen lol

Siobhan: OMG HAB VERSCHLAFEN

Kate: WAAAAS?

Siobhan: Scherz 😉 Bin schon am Flughafen. Also, schwingt die Hufe, Bitches!

Kate: Bis gleich, alle zusammen 😘

Kate steckte das Handy wieder ein und spürte, wie ihre Vorfreude wuchs. Alles lief nach Plan, so liebte sie das.

»Bist du fertig?«, fragte Norman, als sie mit ihrem Koffer die Treppe runterkam.

»Yep. Mam wird jeden Moment hier sein.«

»Versprichst du mir, dass du mir stündlich eine Nachricht schreibst, damit ich weiß, dass es dir gut geht?«

»Ich gebe mein Bestes, Normie, aber wir haben so viel vor, deswegen kann es sein, dass ich es nicht immer schaffe. Du musst dir keine Sorgen machen. Wie gesagt, alles ist perfekt geplant.«

»Okay, okay. Du weißt, dass ich mir nur deshalb Sorgen mache, weil du mir so viel bedeutest«, verteidigte Norman sich. Sein Gesicht verzog sich zu einem breiten Grinsen, das seine blendend weißen Veneers entblößte. Technisch betrachtet hatte er perfekte Zähne, aber insgeheim fand Kate, dass sie einen Ticken zu weiß waren. »Wenigstens werden wir heute in einer Woche unsere Flitterwochen in Limerick genießen können.«

»Wir könnten immer noch nach Paris …«, versuchte Kate es ein weiteres Mal, obwohl sie schon oft genug darüber diskutiert hatten. »Ein leidenschaftlicher Kuss auf dem Eiffelturm …«

»Du würdest Paris hassen, Kate. Und der Eiffelturm ist eine solche Touristenfalle. Glaub mir, du verpasst absolut gar nichts.«

»Ja … Wahrscheinlich hast du recht.«

»Wo bleibt meine Umarmung?«, fragte Norman und streckte ihr die Arme entgegen.

Sofort fühlte Kate sich wieder erdrückt. Als sich seine Arme um sie legten, versuchte sie sich ins Gedächtnis zu rufen, dass es vielen Frauen kurz vor der Hochzeit so erging.

»Wir sind einfach so perfekt zusammen«, sagte er und drückte sie fest an sich. »Deshalb hasse ich es, nicht bei dir zu sein.«

Kate hörte das Hupen eines Autos vor der Tür.

»Oh, das ist Mam!«, sagte sie hastig, froh, der Umarmung entkommen zu können.

Sie trat hinaus in die Einfahrt und erblickte das Auto ihrer Mutter. Kate wohnte in einer Straße namens Ailesbury Grove in Donnybrook, einer behüteten Vorstadtgegend von Dublin, und sie wusste, dass sie Glück hatte, eine solch bilderbuchhafte Wohngegend ihr Zuhause nennen zu dürfen. Das Haus selbst allerdings gehörte Norman. Er hatte es gekauft, bevor sie sich kennengelernt hatten, und es ohne Kredit abbezahlt, eine Tatsache, mit der er sich gern brüstete. Dabei hatten seine Eltern ihm in Wahrheit den halben Betrag geschenkt.

»Hi, Mam«, sagte Kate, als sie mit dem Rollkoffer auf das Auto zuging.

Margaret streckte den Kopf mit dem hageren Gesicht und dem modernen Kurzhaarschnitt aus dem Autofenster. »Wie geht es meinem zukünftigen Schwiegersohn?«, fragte sie an Norman gerichtet, ohne ihre Tochter auch nur eines Blickes zu würdigen.

»Ganz gut, Margaret«, antwortete Norman. »Nur ein wenig besorgt wegen Kate hier und ihrer Reise.«

»Oh, das verstehe ich – ich bin auch besorgt. Aber sie weiß schon, wie man sich benimmt. Ich habe sie gut erzogen.«

»Solange die drei anderen sie nicht auf Abwege führen ...«

»Okay, ich bin so weit«, verkündete Kate, nachdem sie ihr Gepäck im Kofferraum verstaut hatte.

»Na, dann. Versprich mir, dass du nicht zu viel Alkohol trinkst, ja? Und bitte, kein Karaoke. Und ...«

Kate gab ihm einen Abschiedskuss auf die Wange, damit er aufhörte zu reden. »Ich komme schon klar, Normie«, sagte sie und stieg ins Auto. »Ich liebe dich.«

»Ich liebe dich mehr«, erwiderte Norman lächelnd. »Schön, Sie kurz gesehen zu haben, Mrs. O'Connor.«

»Das nächste Mal, wenn wir uns begegnen, werde ich den Hut tragen«, entgegnete Margaret und strahlte dabei vor Stolz.

Auf dem Weg zum Flughafen musste Kate feststellen, dass das erdrückende Gefühl nicht ganz verschwunden war. Margaret plapperte in einer Tour über die letzten Details der Hochzeitsplanung, die noch erledigt werden mussten, aber Kate hörte nur mit halbem Ohr zu und dachte stattdessen die ganze Zeit an das verdammte Foto von Trevor Rush. Sie bereute es, die Erinnerungskiste überhaupt geöffnet zu haben. Auch wenn es jetzt neun Jahre her war, dass sie ihn zuletzt gesehen hatte, löste er immer noch etwas bei ihr aus.

»... und dann musst du die endgültige Anzahl der Gäste beim Hotel bestätigen ... und dann ...«, plapperte Margaret neben ihr. »Kate, hörst du mir überhaupt zu?«

»Ja ... sorry«, murmelte Kate, die aus ihren Tagträumen gerissen wurde. »Keine Sorge, Mam, ich habe die Planung im Griff. Es ist alles seit Monaten fertig. Kein Grund zur Panik.«

»Aber in der Woche vor der Hochzeit gibt es hundert Sachen zu tun. Und es wäre wesentlich einfacher, diese zu erledigen, wenn du dich nicht in Las Vegas herumtreiben würdest.«

»Mam, Norman hat schon versucht, mir ein schlechtes Gewissen einzureden, das kann ich von dir jetzt nicht auch noch gebrauchen.«

»Meine Güte, da ist aber jemand empfindlich.«

»Ich bin bloß ein bisschen nervös, das ist alles«, erwiderte Kate und versuchte, sich zu entspannen. »Als du Dad geheiratet hast, hast du dich in der Woche davor nicht auch ein wenig überwältigt gefühlt?«

»Ach, um Himmels willen, was hat deine Generation nur immer mit diesem Wort? Dieses Wort sollte man nur benutzen, wenn man überwältigt ist vor Freude. Und du bist nicht nervös, sondern aufgeregt.«

»Vielleicht ... Es ist nur so, dass mir aus irgendeinem Grund nichts für mein Ehegelübde einfällt. Und ich ...«

»Kate«, unterbrach sie Margaret. »Norman ist ein toller Mann, und er kommt aus gutem Hause. Ehrlich gesagt kannst du froh sein, ihn zu haben. Er ist Arzt und besitzt ein eigenes Haus. Ohne Schulden, wenn ich hinzufügen darf. Wenn du dein Gelöbnis schreibst, stell dir einfach vor, wie angenehm deine Zukunft mit ihm aussehen wird. Du wirst nicht einmal arbeiten müssen – du kannst die ganze Zeit zu Hause bleiben und eure Kinder großziehen.«

»Aber ich *will* arbeiten, Mam«, widersprach Kate. »Und ich weiß noch nicht einmal, ob ich überhaupt Kinder haben will.«

»Ach, hör schon auf.« Margaret winkte ab. Die Möglichkeit, keine Enkel zu haben, wollte sie offensichtlich gar nicht in Betracht ziehen. »Herrgott, du bist dreißig Jahre alt. Deine Uhr tickt.«

Kate verdrehte die Augen. Ihre Mutter stand nun wirklich nicht für ein feministisches Rollenbild. Obwohl sie in den 1950ern noch nicht einmal gelebt hatte, schienen ihre Ansichten noch aus dieser Zeit zu stammen. Aber sie war nun mal eine soziale Aufsteigerin, und soziale Aufsteiger neigten in der Regel zu traditionellen Ansichten. Norman war eine gute Partie aus einer wohlhabenden Familie, und Margaret schien geradezu besessen von ihm. Sie sprachen oft darüber, was für Kate am besten war, selbst in ihrer Anwesenheit, so als wäre sie gar nicht da.

»Also, ob ich Kinder haben möchte oder nicht, ist ja wohl eine Entscheidung, die ich für mich selbst treffen muss«, erwiderte Kate.

»Denk nicht mal dran, das vor der Hochzeit noch zu Norman zu sagen. Wenn du irgendetwas tust, um die Sache zu gefährden, wird das deinen Vater ins Grab bringen. Er wartet schon sein ganzes Leben darauf, dich zum Altar zu führen. Das willst du ihm doch sicher nicht nehmen, oder? Stell dir vor, am Ende kommt noch sein Krebs zurück.«

Margaret schaffte es ganz und gar nicht, Kates Nervosität zu lindern. Ganz im Gegenteil, sie fühlte sich nun erst recht dem Ersticken nahe. Andererseits, dachte Kate, war das von ihrer Mutter auch nicht anders zu erwarten. Bei ihrem Vater, Tom, war vor einigen Jahren Prostatakrebs diagnostiziert worden. Und obwohl er ihn besiegt hatte, lebte Kate in ständiger Angst davor, dass die Krankheit zurückkehren könnte.

»Okay, okay, sorry, Mam«, seufzte Kate. »Ich bin einfach ein bisschen abgelenkt. Ich wollte ein paar Polaroidfotos von den Mädels mitnehmen und habe die Erinnerungskiste von meinem Sommer in New York geöffnet und ... ein Bild von Trevor und mir gesehen.«

»Trevor Rush?«, fragte Margaret in angeekeltem Tonfall. »Der Kerl, der dich so fertiggemacht hat?«

»Ja ... es hat mich ein bisschen runtergezogen.«

»Grundgütiger, Leute in deinem Alter brauchen echt Hilfe. Immer zieht euch irgendwas runter. Du heiratest einen Arzt, und plötzlich trauerst du irgendeinem dahergelaufenen DJ hinterher? Mir fehlen die Worte, um zu beschreiben, wie lächerlich das ist.«

»Ich trauere ihm nicht hinterher – ich hasse ihn immer noch genauso sehr. Die Erinnerung war nur kurz schmerzhaft, das ist alles.«

»Gut«, sagte Margaret, offensichtlich erleichtert. »Denn du kannst von Glück reden, dass Norman dich aus dem Loch, in das Trevor dich gestoßen hatte, wieder herausgezogen hat. Vergiss das nicht.«

Es gab nicht vieles, worin sich Kate und ihre Mutter einig waren, aber Trevor Rush zu hassen war so eine seltene Schnittmenge. Ihre Mutter lag richtig, was ihn anging. Er war ein Schleimbeutel, der ihr das Leben zur Hölle gemacht hatte. Und Kate weigerte sich, die Erinnerung an ihn ihren Junggesellinnenabschied ruinieren zu lassen.

»Tut mir leid, dass ich was gesagt habe, Mam«, meinte Kate. »Ich komme mir blöd vor, dass ich es überhaupt erwähnt habe. Du hast recht. Was ich empfinde, ist Aufregung, nicht Nervosität. Norman ist der perfekte Mann für mich, das weiß ich.«

»Na, also«, lächelte Margaret. »Braves Mädchen.«

Margaret parkte den Wagen vor dem Terminal des Dublin Airports. Kate sprang aus dem Auto und holte schnell ihren Koffer aus dem Kofferraum. »Danke fürs Fahren, Mam«, rief sie ihrer Mutter zu.

»Ich hoffe, du hast eine schöne Zeit – aber, was noch wichtiger ist, ich hoffe, du weißt das Leben zu schätzen, das dich zu Hause erwartet. Der perfekte Ehemann, das perfekte Haus, die perfekte Wohngegend. Du wirst das haben, was sich alle anderen wünschen.«

»Ich weiß, Mam«, sagte Kate und umarmte ihre Mutter zum Abschied. »Bis bald.«

Kate spürte, wie ihr klaustrophobisches Gefühl endlich nachließ, als sie die frische Luft einatmete. Es war an der Zeit, alle seltsamen Gefühle abzuschütteln und sich auf den Junggesellinnenabschied zu konzentrieren.

So lautete der Plan.

KAPITEL ZWEI

Wiedervereint

Als Kate durch die automatische Drehtür den Dublin Airport betrat, hörte sie Siobhan, Natalie und Chloe bereits von weitem vor Aufregung quietschen.

»AHHHHH!«, kreischten sie in einem hohen Ton, der durch den ganzen Flughafen zu schallen schien.

»Hey, Mädels!«, rief Kate, während sie mit ihrem Rollkoffer auf sie zueilte.

»Na, wenn das nicht die zukünftige Braut ist«, empfing Siobhan sie grinsend.

Siobhan war mit Abstand die Wildeste der Gruppe. Sie stammte aus Derry und besaß ein gewaltiges Selbstvertrauen. Die kurvige Brünette sagte immer geradeheraus das, was sie gerade dachte, und war verrückt nach Sex. Siobhans Anzahl an Sexualpartnern überstieg die der anderen drei bei weitem. Viele Leute hatten sie über die Jahre hinweg immer wieder versucht, als Schlampe hinzustellen, doch an Siobhan prallte alles ab. Scham kam in ihrem Vokabular nicht vor. Kate respektierte ihre hemmungslose Natur. Wenn andere sagten, es sei ihnen egal, was die Leute von ihnen dachten, war das oft gelogen, doch bei Siobhan stimmte es. Sie würde Vegas unsicher machen, das stand fest. Die Männer würden nicht wissen, wie ihnen geschah.

»Seid ihr alten Schachteln bereit für das beste Wochenende eures Lebens?«, fragte Natalie.

Natalie war die jüngste von ihnen, aber nur mit einem knappen Jahr Abstand. Trotzdem liebte sie es, ihnen ihr Alter unter die Nase zu reiben. Sie war ein Millennial genau wie die anderen auch, identifizierte sich aber mit der Generation Z, aufgrund ihres politischen Aktivismus' und ihrer offenen Bisexualität. Ihr schwarzer Kurzhaarschnitt und ihr hageres Gesicht ließen sie aussehen wie eine Verwandte der Addams Family, und dazu trug sie auch noch ausschließlich Schwarz. Ihr Leben spielte sich fast ausschließlich online ab, was wohl auch daran lag, dass sie noch bei ihren Eltern in den Midlands von Irland wohnte. Trotz der wunderschönen Landschaft, die sie dort umgab, war sie selten im Grünen. Kate schätzte ihre Freundin für ihr außergewöhnliches soziales Bewusstsein und ihre brandaktuellen feministischen Ansichten.

»Mädels, wartet, lasst uns schnell ein Selfie machen«, rief Chloe und zückte ihr Handy.

»Natalie, du schuldest mir fünf Euro«, meinte Siobhan lachend. »Wir haben gewettet, wie lange es dauern würde, bis Chloe ein Foto macht.«

»Ach, kommt schon, wir wollen doch hinterher ein paar Erinnerungen an diese Reise haben. Bitte lächeln!« Chloe grinste und schoss das Foto.

Sie war eindeutig diejenige, der Selbstdarstellung am wichtigsten war. Wenn sie von einem Erlebnis kein Foto machte, war es für sie so, als sei es nie geschehen. Sie war nur knappe ein Meter sechzig groß und würde sich niemals in etwas anderem als Designer-High-Heels mit Zehn-Zentimeter-Absätzen sehen lassen. Sie war eine typische Prinzessin aus dem Süden Dublins. Doch trotz ihres wohlhabenden familiären Hintergrunds gab es einen Traum, den sie sich bisher noch nicht hatte erfüllen können – als Social-Media-Influencerin berühmt zu werden. Sie war vielleicht nicht die hellste Kerze auf der Torte, wie Siobhan es ausgedrückt hätte, aber Kate fand das irgendwie sympathisch., besonders wenn Chloe mal wieder unfreiwillig komisch war. Außerdem machte sie es mit ihrer Menschenkenntnis wieder wett – anderen sah sie ihre Gefühle an, manchmal noch bevor diese sie selbst bemerkten. Chloe hatte wippendes blondes Haar, verdächtig volle Lippen, und ihr Solarium-Teint hatte einen leichten Stich ins Orange. Viele Männer hatten sie schon als Tussi bezeichnet, aber für sie bedeutete dieses Etikett nicht zwangsläufig etwas Negatives. Sie fand Bestärkung in der kompromisslosen Zurschaustellung ihrer Weiblichkeit, ganz wie Elle Woods in *Natürlich blond*. Gerade war sie umgeben von drei Louis-Vuitton-Koffern, was selbst für sie etwas übertrieben war.

»Komm schon, Chloe«, sagte Kate lachend. »Drei Designerkoffer für zwei Übernachtungen?«

»Überrascht dich das wirklich?«, meinte Natalie. »Selbst ihr emotionaler Ballast ist in Louis Vuitton verpackt.«

»Ich kann es nicht glauben, dass der Tag endlich gekommen ist«, seufzte Siobhan. »Die Four Lokos machen sich wieder auf den Weg in die USA!«

Kate war voller Vorfreude. Sie hatte diese Mädels so gern, und sie sahen sich sowieso schon viel zu selten. Es schien immer schwerer zu werden, Freundschaften aufrechtzuerhalten, je älter man wurde. Dieser Mädelstrip war lange überfällig.

Ein unfreiwilliger Zeuge ihrer Gespräche würde vermutlich denken, sie könnten sich nicht ausstehen. Dabei war genau das Gegenteil der Fall. Sie zogen sich zwar immer wieder gegenseitig auf, doch auf liebevolle Art und Weise. Das machte ihre Freundschaft aus. Klar, auf Instagram kommentierten sie zuverlässig die Posts der anderen mit dem üblichen »Wunderschön«, »Queen« und »Zauberhaft«. Doch im echten Leben liebten sie es, sich gegenseitig zu ärgern.

Genau genommen hatten die vier kaum etwas gemeinsam, doch Kate hatte einmal gelesen, dass Freundschaften tatsächlich gar nicht so sehr auf ähnlichen Charaktereigenschaften beruhten, sondern eher auf gemeinsamen Erlebnissen. Sie hatten bereits so viele Erinnerungen geschaffen, dass ihre so extrem unterschiedlichen Persönlichkeiten mittlerweile perfekt harmonierten. Und die großartigste Erinnerung von allen war der Sommer, den sie gemeinsam in New York City verbracht hatten.

Kate war allein zu ihrem Work-and-Travel aufgebrochen, nachdem alle ihre Freundinnen vom Trinity College in der letzten Minute abgesprungen waren. Ein Sommer in den USA war eine Erfahrung, die Kate nicht verpassen wollte, also stieg sie ohne Begleitung ins Flugzeug nach New York. Manche sagten ihr, sie sei verrückt. Margaret ging sogar so weit zu behaupten, sie würde »Ärger heraufbeschwören«. Doch Kate wollte diese Erfahrung unbedingt machen. Und am Ende stellte es sich als die beste Entscheidung heraus, die sie je getroffen hatte.

Sie blieb auch gar nicht lange allein.

Kate, Siobhan, Natalie und Chloe fingen alle am selben Tag im *Scallywag's* an. Keine von ihnen kannte eine der anderen vorher, aber sie kamen alle aus Irland, also dauerte es nicht lange, bis sie miteinander warm wurden. Ihr Chef hatte sie ins kalte Wasser geworfen, trotz der Tatsache, dass sie alle keinerlei Erfahrung als Kellnerin mitbrachten. Und genau das schweißte sie zusammen – zumindest hatte Kate es so erlebt. Es war ein regelrechtes Wunder, dass das *Scallywag's* den Abend halbwegs unbeschadet überstand, bei all dem Chaos, das sie anrichteten. Bestellungen wurden vertauscht, Essen kam zu spät, Getränke wurden verschüttet, und es gab jede Menge Beschwerden. Ohne ihren irischen Charme und die Personalknappheit wären sie vermutlich alle direkt wieder gefeuert worden.

Als die Mädels in jener Nacht ihre erste Schicht beendet hatten, beschlossen sie, dass es nur einen Weg gab, sich von einem solch katastrophalen ersten Arbeitstag zu erholen, und zwar, sich gnadenlos zu betrinken. Sie fingen an, von Bar zu Bar zu ziehen, wobei sie sich besser und besser kennenlernten. Und auch wenn sie unglaublich unterschiedliche Menschen waren, stellten sie fest, dass es eine Sache gab, die sie alle verband.

Sie waren alle »Swifties«.

Als die Bars schlossen, wanderten sie durch die Straßen von New York und sangen aus vollem Halse die Songs von Taylors Album *1989*. An einem geöffneten Kiosk kaufte Siobhan ihnen allen eine Dose Four Loko. Kate hatte vorher noch nie etwas von dem Getränk gehört, doch nach einem Schluck fühlte sie sich wie ausgewechselt und voller Tatendrang. Sie schlichen sich in den eigentlich geschlossenen Central Park, und als sie gemeinsam die Sonne aufgehen sahen, wusste Kate, dass ihre Freundschaft für immer halten würde. Sie beschlossen, gemeinsam eine Wohnung in Brooklyn zu mieten, und das markierte den Beginn eines legendären Sommers.

Die Four Lokos waren geboren.

Es war das erste Mal für Kate, dass sie sich wirklich als Teil einer Gruppe fühlte. Kate hatte natürlich auch andere Freundinnen, aber mit denen hatte sie schon fast zu viel gemeinsam und im Vergleich erschienen sie ihr geradezu langweilig. Sie führten immer die gleichen Gespräche über die gleichen Themen. Siobhan, Natalie und Chloe würden ihre Brautjungfern werden – das stand schon lange fest.

Und jetzt, neun Jahre später, war es endlich so weit.

»Mädels, könnt ihr es glauben, dass wir seit unserem Sommer damals nie wieder zusammen in den USA waren?«, fragte Siobhan.

»Ich kann es, ehrlich gesagt, nicht glauben, dass es schon neun Jahre her ist«, entgegnete Natalie.

»Hört auf, ich fühle mich sowieso schon alt«, meinte Kate lachend. »Aber das erinnert mich daran, dass ich unsere alten Polaroidfotos von damals mitgebracht habe. Uuund ich habe eine Polaroidkamera dabei, damit wir neue Fotos machen können!«

»O mein Gott, das ist die beste Idee, die du je hattest!«, quietschte Chloe, die sich vermutlich schon die perfekte Caption für Instagram ausdachte.

»Okay, lasst uns mal einchecken«, schlug Kate vor und nahm ihren Koffer.

»Wartet, wartet, eins nach dem anderen. Wir müssen doch angemessen gekleidet sein!«, sagte Siobhan und öffnete ihre Tasche. Sie zog vier pinke Schärpen heraus und reichte jeder eine.

Auf Kates stand »I LOVE DR. COX«, und sie lachte laut auf. »Siobhan, du hast für jeden eine eigene Schärpe bedrucken lassen?«

»Na klar«, antwortete Siobhan. »Natalie, das ist deine.«

Auf Natalies stand »ALL BI MYSELF«, und sie war alles andere als begeistert. »O Mann, meine ist nur eine Beleidigung!«, stöhnte sie.

»Nein, ist sie gar nicht! Das ist die perfekte Art und Weise, um zu zeigen, dass du an beiden Ufern fischst, aber auch, dass du furchtbar einsam bist«, erklärte Siobhan.

»Toll, danke«, sagte Natalie mit sarkastischem Grinsen.

Auf Chloes Schärpe stand »SELFIE ADDICT«, was sie schlecht abstreiten konnte. »Oh, ich finde meine super!«, freute sie sich. Wie nicht anders zu erwarten, zückte sie ihr Handy und machte ein Foto davon.

Siobhan legte ihre eigene um – darauf stand »MAID OF DISHONOUR«, und sie trug sie mit Stolz.

»Ein passender Titel«, sagte Kate lachend.

»Ach, Mädels, es ist so schön, dass wir alle wieder zusammen sind«, meinte Chloe lächelnd.

»Ich weiß. Ihr habt mir mehr gefehlt als Männern der gesunde Menschenverstand«, scherzte Natalie.

»Ich kann es kaum erwarten, alle Neuigkeiten von euch zu erfahren!«, freute sich Kate. Sie war die Mama der Truppe, und diejenige, die immer über die Geschehnisse im Leben der anderen Bescheid wusste. Wenn eine der Mädels ein Problem hatte, rief sie Kate an. Doch die Hochzeitsplanung hatte sie so in Beschlag genommen, dass sie seit Ewigkeiten keinen neuen Tratsch mehr von ihren Freundinnen gehört hatte.

Doch das würde sich jetzt ändern.

Sie hatte einen Junggesellinnenabschied geplant, den sie nie vergessen würden.

»Eine letzte Sache noch, zukünftige Mrs. Cox. Ihre Tiara«, sagte Siobhan. Sie holte eine Tiara aus der Tasche, die mit kleinen Penissen dekoriert war und auf der »Wife of the Party« stand. Sie setzte sie Kate auf den Kopf. »Lasst das Wochenende der Ausschweifungen beginnen.«

KAPITEL DREI

Vorglühen

Nachdem sie ihre Koffer aufgegeben hatten und Siobhan den Mann von der Sicherheitskontrolle vergeblich angefleht hatte, sie einer Leibesvisitation zu unterziehen, gingen die Mädels schließlich in Richtung Gate.

»Unfassbar, dass die nicht meine Körperöffnungen abgesucht haben, ich könnte da alles Mögliche versteckt haben«, beschwerte sich Siobhan enttäuscht.

»Platz genug ist da sicher«, scherzte Natalie.

»Vielleicht sollte ich zurückgehen und noch mal durch den Scanner laufen.«

»Denk nicht mal dran«, ermahnte Kate sie lachend.

»Na schön«, seufzte Siobhan. »Hat noch jemand Lust auf McDonalds, bevor wir an Bord gehen?«

»Bist du wahnsinnig?« Chloe sah sie entsetzt an. »Ich esse doch kein Fastfood vor einem Urlaub. Das würde mich total aufblähen!«

»Die Kalorien in einem Flughafen-McDonalds zählen nicht, das weiß doch jeder.«

»Mädels, wir haben nur noch eine halbe Stunde bis zum Boarding, und laut meines Reiseplans stehen jetzt Cocktails auf dem Programm«, warf Kate ein.

»Gute Idee. Sowieso besser, auf leeren Magen zu trinken«, stimmte Siobhan zu.

Die vier steuerten zielsicher auf die nächste Bar zu und zogen mit den Schärpen etliche Blicke auf sich, was allerdings auch daran liegen konnte, dass Siobhan jedem Mann hinterherpfiff, an dem sie vorbeikam.

»Warum sind bloß alle Männer in Flughäfen solche Hotties?«, fragte Siobhan.

»Dafür gibt es tatsächlich eine wissenschaftliche Erklärung«, sagte Natalie. »Weil man weiß, dass man sie wahrscheinlich niemals wiedersehen wird, erscheinen sie einem begehrenswerter. Hat was mit Angebot und Nachfrage zu tun. Sie könnten alle der eine sein, den man sonst verpasst hätte.«

»Du hast ja recht, es gibt nichts Heißeres als einen Mann, den man nie wiedersehen wird«, stimmte Siobhan zu und beäugte die Männer um sie herum.

»Himmel, du bist wirklich wie ein wildes Tier.« Kate lachte auf.

»Tja, nicht alle von uns sind kastriert worden, wie du, zukünftige Mrs. Cox«, erwiderte Siobhan. »Es wundert mich immer noch, dass Norman dich fürs Wochenende von der Leine gelassen hat.«

»Er weiß, dass ich bei meinen Brautjungfern in guten Händen bin.«

»Ach, das ist doch glatt gelogen.« Natalie grinste. »Norman hasst uns.«

»Tut er gar nicht!«, widersprach Kate entsetzt.

»Er hat mich als sexuellen Maniac bezeichnet«, meinte Siobhan.

»Tja, wo er recht hat«, warf Chloe grinsend ein.

»Er macht sich bloß Sorgen, das ist alles«, erklärte Kate. »Er findet, wir treiben es etwas zu weit, wenn wir getrunken haben.«

»Um ehrlich zu sein, treiben wir es immer etwas zu weit«, sagte Natalie lachend.

»Aber wir sehen uns nur noch so selten. Immer heißt es ›Norman will auf der Couch kuscheln‹ oder ›Norman will eine neue

Serie schauen‹«, sagte Siobhan und imitierte dabei Kates hohe Stimme.

»Also, erstens ist das eine furchtbare Imitation von mir«, sagte Kate. »Und zweitens ist es für Norman völlig okay, dass ich mit meinen Mädels wegfahre. Ich habe ihm versprochen, ihm stündlich eine Nachricht zu schreiben, damit er ...«

»STÜNDLICH?«, wiederholte Natalie geschockt.

»Nun, ich schaffe es sicherlich nicht jede Stunde. Wie auch immer, er sieht sowieso immer, wo ich gerade bin.«

»Er hat dir einen Chip verpasst?«

»Natürlich nicht!« Kate winkte lachend ab. »Er kann den Standort meines Handys live verfolgen.«

Siobhan, Natalie und Chloe warfen sich vielsagende Blicke zu.

»Seht mal, Mädels! Da ist die Bar!« Kate zeigte auf den Eingang einer kleinen Flughafenkneipe.

Die Freundinnen setzten sich an die Theke und bestellten eine Runde Cocktails. Nachdem der Barkeeper ihnen vier Espresso Martinis gemixt hatte, prosteten sie sich zu, auf das Wochenende, das sicherlich eines der besten ihres Lebens werden würde.

»Prost, Mädels!«, sagte Kate, als sie ihre Gläser aneinanderklirren ließen.

»Prost!«, riefen die anderen unisono, genauso voller Vorfreude wie die zukünftige Braut.

Gleich nach dem ersten Schluck griff Kate in ihre Handtasche und zog den Reiseplan für den Junggesellinnenabschied hervor.

»Hier ist er, Mädels – der perfekte Plan für den perfekten Junggesellinnenabschied«, sagte sie mit glänzenden Augen.

»Die unheilige Bibel«, sagte Siobhan lachend. »Aber ich bin immer noch sauer, dass du mich nichts hast planen lassen.«

»Siobhan, hast du wirklich geglaubt, du könntest Kate überreden, das hier aus der Hand zu geben?«, fragte Natalie. »Erinnerst du dich nicht mehr daran, wie sie ihre eigene Überraschungsparty geplant hat?«

»Was wäre denn die Alternative gewesen? Sonst hätte ich an meiner eigenen Geburtstagsfeier womöglich noch grauenhaft ausgesehen. Und fürs Protokoll: Auf den Fotos wirke ich sehr überrascht«, erwiderte Kate.

»Wahrscheinlich hat sie auch ihre eigene Beerdigung schon geplant«, meinte Chloe lachend.

»Habe ich nicht! Aber ich will Lavendel auf meinem Sarg. Und jemand sollte Psalm 23 lesen. Und außerdem ...«

»Himmel, du übertreibst es echt.« Siobhan lachte.

»Aber meine Beerdigung hat noch siebzig Jahre Zeit, klopf auf Holz«, sagte Kate. Sie klopfte schnell auf die Holztheke der Bar, um sicherzugehen. Sie war unglaublich abergläubisch und überließ ungern etwas dem Schicksal. Vorsicht war die Mutter der Porzellankiste. »Macht euch nur lustig, Mädels. Aber nachdem wir das beste Wochenende unseres Lebens verbracht haben, werdet ihr mir noch dankbar sein. Ich habe jede Minute perfekt verplant.«

»Aber was, wenn wir auf irgendetwas Lust haben und was anderes machen wollen?«, fragte Natalie.

»Spontane Sachen sind auch geplant, keine Sorge.«

»Organisierter Spaß. Den habe ich am liebsten«, meinte Siobhan sarkastisch, während sie an ihrem Martini nippte.

»Ich hoffe, wir haben trotzdem noch genug Zeit für Fotos«, sagte Chloe. »Wir müssen ein Wandgemälde mit Engelsflügeln finden und ...«

»O nein, wir werden nicht an jeder Sehenswürdigkeit eine Stunde stehen bleiben, nur damit du das perfekte Foto schießen kannst. Ich will, dass die Fotos so schlecht sind, dass wir sie unmöglich posten können. Ich werde in diesem Urlaub hässlich sein«, verkündete Siobhan.

»Und du bearbeitest deine Fotos ohnehin bis zur Unkenntlichkeit, Chloe, dann müssen sie doch eigentlich gar nicht so gut sein«, meinte Natalie feixend.

»Ich bearbeite meine Fotos nie!«, verteidigte sich Chloe beleidigt.

»Ach, ich bitte dich, du retuschierst dich doch immer zu Tode. Und du wirst ständig oranger mit diesem künstlichen Teint.«

»Das soll so sein! Das kommt von dieser neuen Marke, die ich ausprobiere.«

»Wie heißt die Marke? Orange-Utan?«

»Haha, sehr lustig«, sagte Chloe sarkastisch. »Es ist ein sich entwickelnder Teint von Bronze Beauty. Er wird dunkler und dunkler, und dann duscht man ihn nach sechzehn Stunden ab. Heute Abend wird meine Haut golden sein, während ihr nur grün werdet vor Neid.«

»Ganz bestimmt«, sagte Siobhan augenzwinkernd. »Also, Kate, ich weiß, dass du alles organisierst, aber ich habe es dennoch gewagt, uns eine Spotify-Playlist für den Junggesellinnenabschied zu erstellen. Ist das für die Braut akzeptabel?«

»Na klar. Lass mal sehen!«, forderte Kate sie begeistert auf. Es war wahrscheinlich das Einzige, woran sie nicht gedacht hatte, und sie freute sich, dass Siobhan sich darum gekümmert hatte.

»Okay, hier ist sie.« Siobhan zeigte ihnen ihr Handy. »Also, natürlich habe ich jede Menge Songs von Miss Swift. Taylors Versionen, natürlich. Außerdem habe ich Musik von Beyoncé. Shania Twain, selbstverständlich. Und meine persönliche Lieblingskünstlerin ... Kate O'Connor.«

Kate hatte plötzlich das Gefühl, als hätte man ihr einen Schlag in die Magengrube verpasst.

Wieso musste Siobhan jetzt ausgerechnet Kates gescheiterte Musikkarriere erwähnen? Sie hatte auf dem Trinity College Musik studiert, in der Hoffnung, eines Tages als Singer-Songwriter durchzustarten. Margaret war natürlich dagegen gewesen, weil sie meinte, Musik wäre kein »richtiges Studium«, und dass sie lieber Medizin hätte wählen sollen, vor allem in Anbetracht ihrer hervorragenden Schulnoten. Aber Kate hatte einen Traum, den sie verwirklichen wollte. Sie machte ihren Abschluss, und nach dem College war sie bereit, ihre Karriere als Musikerin zu starten.

Doch sie veröffentlichte nur eine einzige Single.

»Your Scar« von Kate O'Connor.

Geschrieben über ebenjenen Trevor Rush. Es war ein Song über Liebeskummer, und sie hatte gehofft, er würde ihr dabei helfen, ihr gebrochenes Herz zu heilen. Trevor und sie hatten in jenem Sommer davon geträumt, gemeinsam Musik zu machen, aber sie wollte sich beweisen, dass sie es auch allein schaffen konnte. Manche Frauen legten sich nach einer Trennung einen Revenge Body zu, Kate wollte einen Revenge Song. Der Song handelte an sich nicht von Rache, diese hatte in seinem Erfolg liegen sollen. Sie glaubte nicht an Verbitterung. Sie glaubte an Verbesserung. Sie dachte, sie könnte ihr gebrochenes Herz in Kunst verwandeln und so am Ende gegenüber Trevor Rush triumphieren. Sie war sich sicher, dass sie das Karma auf ihrer Seite hatte. Sie hatte alles geplant, genau wie es von ihr zu erwarten gewesen wäre.

Doch der Song war ein totaler Flop.

Nicht mal tausend Aufrufe.

Ihr Versuch, das Loch in ihrem Herzen zu flicken, hatte es nur schlimmer gemacht. Und jedes Mal, wenn jemand den Song erwähnte, wurde sie daran erinnert, was für ein peinlicher Misserfolg er gewesen war. Und was für eine peinliche Versagerin *sie* war. Unabsichtlich hatte sie ihrer Mutter eine Bestätigung geliefert. Und dann war da noch der Hass-Kommentar, den irgendein Troll unter dem YouTube-Video ihres Liedes hinterlassen hatte:

Noch so eine verblendete Nachahmerin, die es zu nichts bringen wird.

Obwohl Kate wusste, dass hinter dem Hasskommentar irgendein sexuell frustrierter Nerd mit fettigen Haaren steckte, trafen sie die Worte hart. Und es war der Sargnagel für Kates Musikkarriere gewesen. Sie versuchte sich einzureden, dass selbst Taylor Swift negative Kommentare erhielt, aber Kates Selbstvertrauen konnte so eine öffentliche Kritik nicht wegstecken. So sehr sie es sich anders wünschte, sie war einfach nicht stark genug.

Versunken in Liebeskummer und entmutigt von ihren zerstörten Musikerträumen, war es ein Wunder, dass sie überhaupt so jemanden wie Norman gefunden hatte. Er gab ihr ein gutes Gefühl, als sie gerade am Tiefpunkt angekommen war. Er hatte sie aus dem Loch geholt, wie Margaret es ausgedrückt hatte. Er hatte sie ermutigt, sich um einen Job als Veranstaltungsmanagerin zu bewerben, wo sie mit ihrem Planungstalent punkten konnte. Sein Rat war genau das, was sie gebraucht hatte, und sie hatte die Stelle bekommen. Er hatte sie vor einem Leben voller Zurückweisung und Verzweiflung gerettet, und sie hatte nicht vor, sich wieder von diesen negativen Gefühlen einholen zu lassen, die sie vor langer Zeit hinter sich gelassen hatte.

»Mädels, wir hören auf dieser Reise auf keinen Fall meinen Song!«, sagte Kate bestimmt.

»Was? Wieso nicht?«, fragte Siobhan. »Der ist klasse!«

»Ja, das ist eines meiner Lieblingslieder«, stimmt Natalie zu.

»For years now, we've been apart but babe you left your mark«, sang Siobhan.

»Siobhan, bitte nicht!«, flehte Kate peinlich berührt.

»Time healed my broken heart but I'll always have your scar!«, grölten Siobhan, Chloe und Natalie aus vollem Halse.

»Bitte, Mädels, ich zucke jedes Mal zusammen, wenn ich

es höre!«, sagte Kate, die sich inzwischen furchtbar schämte. »Nimm es sofort von der Playlist.«

»Na schön. Tut mir leid, dass wir unsere Freundin für talentiert halten«, sagte Siobhan und löschte den Song aus der Liste.

»Wenn ich wirklich talentiert wäre, wäre der Song nicht gefloppt.«

»Hätte Taylor nur einen Song veröffentlich, hätte es *1989* niemals gegeben. Ich sag ja nur«, meinte Chloe achselzuckend.

Kate wollte unbedingt das Thema wechseln. Glücklicherweise hatte sie noch ein Ass im Ärmel. »Ach, Mädels, ich wollte euch doch noch die Polaroids zeigen! Ihr werdet euch totlachen«, sagte sie und zog die Fotos aus der Tasche.

»O mein Gott«, schrie Siobhan, als sie die Bilder erblickte. »Seht euch mal an, was für Babys wir damals waren.«

»Seht nur, wie dünn ich war!«, stellte Chloe fest.

»Und das ganz ohne Photoshop«, feixte Natalie.

Siobhan nahm das Foto zur Hand, das die Mädels am ersten Abend beim Trinken zeigte. Kate hatte gedacht, sie hätte dieses Bild in der Kiste zurückgelassen, aber offenbar hatte sie es aus Versehen doch mitgenommen.

»Okay, also das ist ein Foto, das wir nachstellen *müssen*!«, befand Siobhan.

»Auf gar keinen Fall«, widersprach Kate. »Wir werden definitiv nicht Four Loko trinken!«

»Kate, das ist doch unser Drink! Der Grund, warum uns die Amerikaner die Four Lokos genannt haben!«

»Wir sind aber nicht mehr einundzwanzig. Wenn wir das getrunken hatten, konnten wir uns danach an nichts erinnern, und an dieses Wochenende möchte ich mich gern erinnern, und zwar an jeden einzelnen Moment.«

»Sich an einen Junggesellinnenabschied erinnern zu können ist aber ein Armutszeugnis für die Party.«

»Nein, Kate hat recht«, meinte Natalie. »Ich glaube, mir würde schlecht werden, wenn ich das jetzt trinke.«

»Ja, und außerdem hat das bestimmt superviele Kalorien«, fügte Chloe hinzu.

»Ach, ihr seid doch ein Haufen Langweiler«, schmollte Siobhan.

»Ich kann es nicht glauben, wie sehr wir uns verändert haben«, stellte Kate mit Blick auf die Polaroids fest.

»Du vielleicht, zukünftige Mrs. Norman Cox«, meinte Siobhan mit gespielt vornehmen Akzent und abgespreiztem kleinen Finger.

»Was willst du damit sagen?«

»Ach, ich weiß auch nicht. Ich schätze, Norman ist derjenige, der nicht will, dass du Four Loko trinkst.«

»So ein Quatsch. Er will einfach nicht, dass ich mich lächerlich mache«, sagte Kate abwinkend.

»Oder er will nicht, dass seine zukünftige Braut sich daran erinnert, dass sie in Wahrheit eine Partymaus ist«, neckte Natalie sie.

»Ich bin keine Partymaus!«

»Ach, bitte!«, meinte Chloe augenrollend. »In jenem Sommer warst du die Verrückteste von uns allen! Wir sind nur gefolgt – du warst die Anführerin.«

»Meinst du das ernst?«, fragte Kate geschockt. »So habe ich das gar nicht in Erinnerung!«

»Weißt du nicht mehr, wie es zu diesem Foto im Central Park gekommen ist? Du hast einem Obdachlosen erzählt, dass du ihm deine Titten zeigst, wenn er ein Foto von uns macht!«, plapperte Natalie los.

»Hab ich gar nicht! Oder doch? Bist du dir sicher, dass das nicht Siobhan war?«

»Nö, das warst nur du.«

»Das Beste war, als wir alle verkatert bei der Arbeit aufkreuzen mussten und Kate sich immer wieder hinter die Bar geschlichen hat, um uns Tequila-Shots zu holen, damit wir wach bleiben.« Chloe lachte.

»Und dann hat sie der Frau, die sich über unseren Service beschwert hat, auf die Jacke gekotzt!« Siobhan brüllte vor Lachen und klatschte mit der Handfläche auf die Theke.

»Mein Gott, ich war wirklich furchtbar damals!«, stellte Kate fest und errötete.

»Quatsch, du warst großartig!«, widersprach Natalie. »Du hast den Sommer zu dem gemacht, was er war. Du bist der Grund dafür, dass wir alle befreundet sind!«

»Ja, und wir wollen diese Kate dabeihaben. Nicht die zukünftige Mrs. Norman Cox«, verlangte Siobhan. »Norman hat dich verändert. Du bist zu einem Menschen geworden, der es immer allen recht machen will. Wir wollen ein letztes Wochenende mit der echten Kate O'Connor!«

»Nun, sonst höre ich immer, dass Norman mich zum Besseren verändert hat«, erwiderte Kate entsetzt.

»Seht ihr, so was macht eine Beziehung aus einer Frau. Sie ist jetzt gezähmt. Sollte ich jemals auf die Idee kommen zu heiraten, erschießt mich bitte.«

»Es wird der Zeitpunkt kommen, wenn das einzige Wort, das du hören willst, Hochzeit ist.«

»Hochzeit ist kein Wort, es ist ein Satz«, widersprach Siobhan. »Ein Mann für den Rest meines Lebens? Ich kann mich noch nicht mal auf einen Vibrator festlegen!«

Kate lachte über Siobhans Offenheit. »Das sagst du jetzt, aber jeder wird irgendwann erwachsen.«

»Ich nicht«, widersprach Siobhan beharrlich. »Ich kann mit Stolz behaupten, dass ich damals eine fette Kuh war, und das bin ich jetzt immer noch.«

»Sag doch nicht fett«, meinte Natalie. »Das heißt curvy.«

»Willst du mir allen Ernstes vorschreiben, wie ich mich selbst zu bezeichnen habe, wo du selbst eine Size-Zero-Frau bist? Ich war schon fett, bevor diese ganze ›Body Positivity‹ aufgekommen ist. Ich kannte Burger King schon, als er noch ein Prinz war!«

Die Freundinnen brachen in Gelächter aus. »Okay, Punkt für dich«, gab Natalie nach.

»Nennt das Kind ruhig beim Namen. Ihr seid ja auch meine Bitches, weil ich euch liebe.«

»Wie nett von dir«, erwiderte Natalie mit ironischem Unterton.

»Tja, ich war lieb genug, dir diese Bi-Schärpe machen zu lassen, oder nicht?«, meinte Siobhan.

»Na, ja ... ehrlich gesagt, ist es nicht mehr ganz korrekt. Ich bin nicht mehr bisexuell.«

»War es nur ›eine Phase‹?«, fragte Chloe grinsend.

»Eigentlich ...«, Natalie warf Chloe einen Blick zu, »... bin ich pansexuell.«

»Was ist denn der Unterschied?«, wollte Kate wissen. Sie war nicht gerade auf dem aktuellen Stand, was solche Dinge anging, lernte aber immer gern dazu.

»Also, für mich ist das Geschlecht einer Person nicht wichtig. Es geht mir nur um den Charakter.«

»Aber wie hat man Sex mit einem Charakter?«, fragte Siobhan verwirrt.

»Äh, indem man eine Verbindung auf einer tieferen, emotionalen Ebene aufbaut?«

»Ich bin raus.«

»Moment mal, warum ist denn dann kein P in LGBT?«, fragte Chloe arglos.

»Das ist bei LGBTQ+ mit dabei.«

»LGBTQ+? Ist das wie eine Premium-Mitgliedschaft oder so?«

»Ja, für 9,99 Euro im Monat, und das sogar ohne Werbung«, sagte Natalie, wobei der Sarkasmus an der armen Chloe vorbeiging.

»Also, ich glaube eh nicht an solche Labels«, meinte Chloe.

»Du trägst ein Kleid von Prada.«

»An *solche* Labels glaube ich natürlich. Aber ich finde, die Leute sollten lieben dürfen, wen sie wollen.«

»Das ist doch genau das, was ich gerade gesagt habe.« Natalie schlug sich mit der flachen Hand an die Stirn.

»Moment mal, Natalie, wann hattest du eigentlich das letzte Mal Sex?«, wollte Siobhan wissen.

»Nicht seit meinem Ex, Mark«, gestand Natalie. »Und das ist gut ein Jahr her.«

»Mann, da unten muss schon alles voller Spinnweben sein!«, meinte Chloe mit schockiertem Gesichtsausdruck.

»Ja, aber das würde ja zu meinem Stil passen, ich stehe auf spooky-chic.«

»Ach, komm schon, Thursday Addams«, meinte Siobhan. »Spooky-chic gibt es nicht. Es ist eine Vagina, kein Geisterhaus.«

»Warte mal«, warf Kate ein, »hast du nicht vor ein paar Monaten in unserer Chatgruppe gesagt, du hättest dauernd Sex?«

»Ich wollte eigentlich schreiben, dass ich Dyslexie habe, aber die Autokorrektur ... Ihr wisst schon.« Natalie winkte ab.

»Das ist doch lächerlich«, sagte Siobhan. »Du hast doppelt so viele Möglichkeiten wie wir! Du solltest *dauernd* Sex haben!«

»Ach, du hast recht«, seufzte Natalie. »Die Olympiade findet öfter statt als mein Sexleben!«

»Vielleicht solltest du dich mit jemandem treffen«, schlug Kate vor.

»Du meinst, mit einem Therapeuten?«

»Nein, ich meine, mit jemandem, mit dem du eine Verbindung hast. Jemand, der dir ein gutes Gefühl gibt.«

»Leichter gesagt als getan, Kate. Man kann sich nicht aussuchen, für wen man etwas empfindet.«

»Doch, kann man! Ich habe mich für Norman entschieden.«

»Aber heutzutage hat doch kaum noch jemand eine ernste Beziehung.«

»Nat, wir unterstützen dich, egal, wie du dich identifizierst. Aber wir werden nicht unterstützen, dass du zur Nonne wirst. Du musst unbedingt mal wieder sexuell aktiv sein.«

»Na gut, na gut. Ich lasse es auf mich zukommen. Aber nur, wenn ich eine Verbindung spüre.«

»Super«, meinte Chloe. »Klingt nach 'nem *Pan*.«

»Ihr seid alle unmöglich«, sagte Natalie lachend.

»Okay, Operation Natalie braucht Sex ist offiziell ein weiter Punkt auf unserem Reiseplan!« Siobhan hob das Glas. Die anderen taten es ihr gleich und stießen an.

»Was ist mit dir, Chloe?«, fragte Kate. »Gibt es da jemanden, den du besonders magst?«

»Es gibt jemanden, den ich mag, und es gibt jemanden, der mich mag. Die beiden sind nur nicht dieselbe Person«, antwortete Chloe seufzend.

»Was ist denn aus dem süßen Polen geworden? Casper?«

»Er hat mich geghostet.«

»Das habe ich mir gleich gedacht«, meinte Natalie achselzuckend.

»Schon okay, ich hab dafür sein Auto mit dem Schlüssel zerkratzt.«

»CHLOE! Das kannst du doch nicht machen!«, rief Kate entrüstet.

»Was denn? Er hat mich geghostet, also habe ich ihn heimgesucht. Das ist nur fair«, erwiderte Chloe unbeeindruckt.

»Du solltest besser beten, dass er kein rachsüchtiger Mensch ist«, sagte Kate lachend. »Also, da ist wirklich niemand?«

»Nein. Mit dieser Tinder-Sache bin ich durch. Ich habe mir die Finger quasi blutig gewischt. Aber die Typen sagen immer, ich sähe so anders aus als auf dem Foto.«

»Was du nicht sagst«, murmelte Natalie in sich hinein.

»Und sie denken immer, dass sie mich einschätzen können, nur von den Fotos. Ich schwöre euch, wenn mich noch ein Mann als Dramaqueen bezeichnet, spring ich vom Hochhaus.«

»Wie kommen die bloß auf so was?«, fragte Siobhan ironisch.

»Ach, Chloe, komm schon«, sagte Kate aufmunternd. »Da draußen muss es eine Million Männer geben, die dich gern daten würden.«

»Ich würde gern einfach jemanden im echten Leben kennenlernen, ganz romantisch, wisst ihr?«, seufzte Chloe. »So wie, ich sitze im Café und lese, und ein Mann kommt rein und sieht mich und spricht mich an.«

»Chloe, du hasst lesen«, wandte Siobhan ein.

»Na, ja, das weiß er ja nicht, bis ... es zu spät ist.«

»Und wenn er dich nach deinem Lieblingsautor fragt, was sagst du dann?«

Chloe sah aus, als würde sie gleich Nasenbluten bekommen, weil sie so angestrengt nachdachte. »Ähh ... ähh ...«, stammelte sie panisch. »Okay, vergesst die Phantasie mit dem Buch. Aber ich will trotzdem Romantik!«

»Mach dir nicht allzu viele Hoffnungen, Chloe«, sagte Natalie. »Ich habe mal einem Mann gesagt, dass ich mir Romantik wünsche, und er hat mich gefragt, ob ich ihm im Regen einen blasen will.«

»O mein Gott!«, entfuhr es Kate.

»Schick mir seine Nummer«, sagte Siobhan grinsend. »Klingt, als müsste ich ihn kennenlernen.«

»Tja, nicht alle von uns haben so hohe Standards, wenn es um One-Night-Stands geht, Siobhan«, sagte Natalie ironisch.

»Slutshaming, Nat? Das passt gar nicht zu dir.«

»Ich ziehe die Aussage zurück ... Aber mal im Ernst, was ist aus der Kunst des Kuschelns geworden?«

»Ja, heutzutage führt Löffeln immer gleich zu Gabeln«, seufzte Chloe.

»Was in mir den Wunsch auslöst, nach dem Messer zu greifen«, stellte Natalie fest. »Männer sind nur so lange romantisch, bis sie bekommen haben, was sie wollten. Dann – zack – völlig anderer Typ.«

»Ja, Männer sind am Anfang immer perfekt«, meinte Siobhan. »Deshalb hole ich mir immer neue.«

»Was mich angeht, halte ich mich lieber an Männer in Büchern ... oder in Fanfiction.«

»Nat, diese Männer sind von Frauen erfunden worden. Sie sind nicht echt! Ein fiktionaler Mann kann dir keinen Orgasmus verschaffen!«

»Ach, Süße ... da liegst du so was von falsch«, meinte Natalie kopfschüttelnd.

»Ich sage euch, Mädels, ihr müsst aufhören, Männer zu romantisieren und sie stattdessen so sehen, wie sie wirklich sind. Am Ende sind sie doch bloß Spielzeuge. Deshalb habe ich Tinder auch unter Spiele-Apps einsortiert.«

»Aber wie schaffst du es, hinterher keine Gefühle zu entwickeln?«, wollte Chloe von Siobhan wissen.

»Ich bin emotional eingeschränkt. In der Hinsicht regt sich bei mir gar nichts«, antwortete sie.

»Gut für dich«, meinte Chloe. »Ich bin immer gleich viel zu emotional.«

Kate hatte Mitleid mit ihren Freundinnen. Alle drei waren so tolle Frauen, die so viel zu bieten hatten, aber es schien, als hätte das Online-Dating alles nur schwieriger gemacht. In solchen Momenten war sie froh, Norman zu haben. Müsste sie wieder zurück in den Dating-Pool springen, würde sie mit Sicherheit ertrinken.

»Keine Sorge, Chloe, der richtige Mann wird dir schon noch über den Weg laufen. Wahrscheinlich dann, wenn du es am wenigsten erwartest«, sagte Kate zuversichtlich. »Du könntest eine Weile dich selbst daten.«

»Nee, da habe ich Besseres verdient«, erwiderte Chloe. »Ich glaube, ich will eigentlich eh keinen festen Freund. Eher einen Fotografen. Wenn ich 10 000 Follower auf Instagram habe, werde ich endlich glücklich sein.«

»Chloe, versteh das bitte nicht falsch, aber du brauchst wirklich eine Nische, wenn du eine richtige Influencerin sein willst. Du musst ein Thema bedienen«, erklärte Kate.

»Hmm ... Okay. Und was zum Beispiel?«

»Tja, das hängt von dir ab. Da gäbe es so was wie Fashion-Ratgeber, Kochtipps, Reise-Blogging ...«

»Oh, Reise-Blogging klingt cool! Und ich habe eh vor, im August mit dem Rucksack durch Südostasien zu reisen!«, rief Chloe, begeistert von dem Vorschlag.

»Das ist der perfekte Ort, um gutes Material für einen Reise-Blog zu sammeln«, sagte Kate ermutigend. »Welche Länder bereist du?«

»Vietnam, Thailand und Kolumbien«, zählte Chloe unschuldig auf.

»Du meinst wohl Kambodscha?«

»Ach ja, das war es!«

»Ja ... vielleicht ist das mit dem Reise-Blog doch nicht so ganz das Richtige.« Natalie lachte.

»Aber sie hat das Herz am rechten Fleck«, sagte Siobhan und leerte ihren Espresso Martini.

»Apropos Reise«, sagte Kate. »Zeit fürs Boarding!«

KAPITEL VIER

Take-off

Die Freundinnen gingen durch den Tunnel der Fluggastbrücke auf die geöffnete Tür der Boeing 747 von Aer Lingus nach Vegas zu. Die Flugbegleiter und der Pilot standen lächelnd Spalier, während die Passagiere einstiegen.

»SIOBHAN?«, rief der Pilot plötzlich, als er sie erblickte.

»KYLE?«, entgegnete Siobhan.

»Karl«, korrigierte er unbeholfen.

Kate wusste sofort, dass Siobhan mit Karl geschlafen hatte, das verriet seine Körpersprache. Er war ein gut aussehender Kerl mit einem attraktiven Dreitagebart.

»Ich wusste gar nicht, dass du Pilot bist«, sagte Siobhan, während sie ihn von oben bis unten musterte.

»Ich bin mir ziemlich sicher, dass ich dir das erzählt habe ...«, erwiderte Karl, dem das Ganze offenbar peinlich war.

»Ich habe schon immer auf Männer in Uniform gestanden«, sagte Siobhan und berührte seine Pilotenmütze.

Karls Gesicht nahm die Farbe von Roter Bete an. »Guten Flug, die Damen.«

Die Freundinnen gingen kichernd den Gang entlang.

»Siobhan, gibt es eigentlich jemanden, mit dem du nicht geschlafen hast?«, wollte Natalie wissen.

»Es ist ja wohl nicht meine Schuld, dass meine Vagina eine Massenverführungswaffe ist«, feixte sie.

»Dabei war er total süß«, sagte Chloe und sah sich noch einmal nach ihm um.

»Tu doch nicht so überrascht. Ich bekomme jeden ins Bett«, prahlte Siobhan. »Er hat auch ordentlich was zu bieten. Ich habe ihm fünf Sterne bei Dick Advisor gegeben.«

»Du bist echt großartig«, sagte Kate lachend.

Die Freundinnen kamen bei ihren Plätzen an und begannen ihr Handgepäck zu verstauen. Als sie sich setzten und versuchten, es sich gemütlich zu machen, begann zwei Reihen weiter ein Baby zu schreien, und der Mann vor Natalie stellte seine Rückenlehne ganz nach hinten.

»Gibt es normalerweise nicht mehr Beinfreiheit in der Economy Class?«, fragte Natalie und drückte gegen den Sitz des Mannes.

»Das ist nicht Economy, das ist eine Zumutung«, jammerte Chloe. Sie war daran gewöhnt, First Class zu fliegen.

»Ist ja nur für ein paar Stunden«, beschwichtigte sie Kate. »Wir können uns eben nicht alle ein First-Class-Ticket leisten.«

»Aber selbst für Economy ist das mies. Da können sie uns auch gleich mit Packband an die Flügel kleben.«

»Ich habe eh schon Flugangst«, klagte Natalie. »Ich kann nicht zehn Stunden so sitzen.«

Das Baby hinter ihnen begann noch lauter zu schreien.

»Das sollte lieber mal die Klappe halten«, maulte Siobhan.

»Siobhan, bitte, fang jetzt keinen Streit mit einem Kleinkind an!«, ermahnte Kate sie.

»Aber wer bekommt denn heutzutage überhaupt noch Kinder? Es ist quasi so, als würde man sich Sperma als Haustier halten!«

»Entschuldigen Sie, bitte, würde es Ihnen etwas ausmachen, Ihren Sitz etwas höher zu stellen?«, fragte Natalie den Mann vor sich in höflichem Tonfall.

Der ältere Mann drehte sich um und sah sie abschätzig an. »Sorry, das geht nicht. Ich habe es im Rücken«, erwiderte er.

Natalies Höflichkeit hatte offensichtlich nicht funktioniert, also entschied sie sich für eine andere Herangehensweise. »Sie werden noch *richtig* was im Rücken haben, wenn Sie Ihren Sitz nicht gleich hochstellen.«

Der alte Mann erblasste und stellte seinen Sitz aufrecht.

»Dafür kommst du in die Hölle, Nat«, raunte Kate ihr zu.

»Wenigstens gibt es in der Hölle mehr Beinfreiheit.«

»Vielleicht sollte ich um ein Upgrade bitten, immerhin bin ich Influencerin«, schlug Chloe vor.

»Chloe, du könntest keinen Fisch im Wasser beeinflussen, du Influencerin«, sagte Siobhan lachend.

Eine Flugbegleiterin trat zu ihnen. »Entschuldigen Sie bitte, die Damen, der Captain fragt, ob Sie vier ein kostenloses Upgrade für die Business Class haben möchten?«, sagte sie lächelnd.

»Himmel sei Dank!«, stöhnte Chloe und sauste in den vorderen Bereich des Flugzeugs. Die anderen hinterfragten das Angebot ebenfalls nicht und begaben sich zu ihren neuen Plätzen in der Kabine der Business Class. Es war nicht First Class, aber dennoch eine enorme Steigerung.

»Okay, also das ist doch schon eher nach meinem Geschmack«, sagte Natalie, als sie sich umsah.

»Diese vier Sitze sind noch frei, die Damen«, sagte die Flugbegleiterin. »Kann ich Ihnen vor dem Start noch ein Glas Sekt bringen?«

»Vier Gläser, bitte«, antwortete Siobhan. »Und die Mädels nehmen auch eins.«

»Sofort«, sagte die Flugbegleiterin und ging davon.

Die Freundinnen setzten sich auf ihre Plätze und waren begeistert, wie gemütlich sie waren. Glücklicherweise saßen sie beieinander, jeweils zwei nebeneinander. Siobhan und Chloe saßen in der Reihe vorne und Kate und Natalie direkt dahinter.

»Ist das Flugzeug abgestürzt und hat uns direkt in den Himmel geschickt?«, fragte Kate, die immer noch vom Luxus der Kabine beeindruckt war.

»Das habe ich beeinflusst, Mädels«, sagte Chloe prahlerisch. »Ich habe das Wort ›Upgrade‹ gesagt und es ist wahr geworden.«

»Ach, ich bitte dich! Karl ist eindeutig derjenige, der uns das Upgrade verschafft hat! Also, ein wenig Anerkennung für meine königliche Vagina wäre schön«, sagte Siobhan.

»Ja, Eure Vaginaheit«, erwiderte Natalie und verbeugte sich.

»Also, ich hätte uns genauso ein kostenloses Upgrade verschaffen können, wenn ich es versucht hätte«, behauptete Chloe. »Unterschätzt mich nicht.«

»Das tun wir bestimmt nicht«, murmelte Natalie. »Wenigstens kann Siobhan hier vorne keinen kindischen Streit mit einem Baby vom Zaun brechen.«

»Du musst gerade was sagen, Nat«, entgegnete Siobhan. »Hast du dich im Internet nicht mal mit Peppa Wutz gestritten?«

»Sie weiß, was sie getan hat.«

Die Flugbegleiterin kehrte mit einem Tablett voller Sektgläser zurück.

»Vielen Dank Ihnen«, sagte Kate höflich, als sie alle ein Glas nahmen. »Mädels, diese Reise hat bereits phantastisch angefangen! Prost!«

»Auf Karl, den Piloten und seinen großartigen Penis!«, rief Siobhan.

»SIOBHAN!«, rief Kate entsetzt. Sie waren noch nicht gestartet, und die anderen Passagiere drehten sich bereits nach ihnen um.

»Was denn? Wir sind in einem Flugzeug nach Vegas, nicht nach Lourdes!«

»Ich will einfach nicht, dass die Leute uns für asozial halten.«

»O nein, komm mir nicht so, Kate«, sagte Siobhan. »Männer dürfen den ganzen Tag laut und widerlich sein, 365 Tage im Jahr, und es kräht kein Hahn danach. Frauen haben eine einzige, gesellschaftlich akzeptierte Gelegenheit, sich ausgelassen und vulgär aufzuführen, und niemand kann etwas dagegen sagen. Also, ich für meinen Teil habe vor, diese seltene und wunderbare Gelegenheit voll auszukosten. Das ist ein Junggesellinnenabschied, verdammt nochmal, und da ist es mir gestattet, über Penisse zu reden!«

»Genau!«, sprang ihr Natalie bei. »Gib es ihnen!«

»Nee, ich ziehe es vor, wenn sie es mir geben.«

»Ich weiß immer nicht, ob du die beste oder die schlechteste Feministin der Welt bist, Siobhan.«

»Ich finde, anstatt darauf zu hoffen, dass sich die Männer bessern – was aussichtslos ist –, sollten Frauen einfach schlechter sein!«

»Aha«, machte Chloe.

»Frauen benehmen sich einfach immer noch viel zu gut. Und wie wir wissen, gehen Bitches, die brav sind, nur selten in die Geschichte ein.«

»Ich glaube nicht, dass das Zitat so korrekt ist ... Aber, ja! Fuck auf das Patriarchat und all das«, sagte Natalie und hob ihr Glas.

Kate stellte fest, dass Siobhan recht hatte. Es war nicht verkehrt, wenn Frauen bei einem Junggesellinnenabschied ein bisschen über die Stränge schlugen. Sie war einfach nicht daran gewöhnt, sich gehenzulassen. Bisher lief alles sogar noch besser, als sie es geplant hatte. Immerhin hätte niemand ein kostenloses Upgrade in die Business Class planen können. Und alles dank Siobhans ausschweifendem Lebensstil.

»Oh, ich schreibe Norman mal besser, dass wir im Flugzeug sind«, sagte Kate und zog ihr Handy raus.

Kate: Sind jetzt im Flugzeug, mit Upgrade in die Business Class!!!

Norman: WAS? Das kostet ein Vermögen!!!

Kate: Nein, war ein kostenloses Upgrade, keine Sorge!

Norman: Das hättest du gleich sagen sollen. Hatte fast 'nen Herzinfarkt! Schreib mir, wenn ihr gelandet seid.

Kate: Mach ich 😘

Kate stellte ihr Handy auf Flugmodus, und die Mädels entspannten sich in ihren bequemen Sitzen. In nur zehn Stunden würden sie im fabelhaften Las Vegas, Nevada, landen.

KAPITEL FÜNF

Turbulenzen

Fünf Stunden und zehn Gläser Sekt später amüsierten die Freundinnen sich immer noch prächtig.

Siobhan und Chloe hatten sich umgedreht und knieten auf ihren Sitzen, um über die Rückenlehne hinweg mit Kate und Natalie quatschen zu können. Die anderen Passagiere in der Business Class wirkten nicht gerade begeistert von ihrem Sitzarrangement und ihrem Lautstärkepegel, besonders eine ältere Dame mahnte sie ständig zu mehr Ruhe. Aber das war ihnen egal. Es war ein Junggesellinnenabschied, und sie hatten nicht vor, für irgendjemanden leiser zu sein. Sie waren wild entschlossen, so viele Partyspiele wie möglich auf dem Flug zu spielen. Bisher hatten sie »Wer bin ich?« und »Trinke, wenn ...« gespielt, und sie überlegten gerade, was sie als Nächstes machen sollten.

»Wie wäre es mit ›Ich hab' noch nie ...‹?«, schlug Chloe vor.

»Auf keinen Fall«, erwiderte Kate bestimmt. »Erinnert ihr euch nicht daran, als wir das damals in New York gespielt haben? Siobhan musste sich den Magen auspumpen lassen.«

»Das waren noch Zeiten«, sagte Siobhan mit träumerischer Miene. »Oh, ich weiß ein Spiel! Nennt das heftigste No-Go, das ihr bei einem Mann je erlebt habt. Los!«

»Oh, da hab ich was«, sagte Chloe. »Ich habe mich mal geweigert, mit einem Typ zu schlafen, weil er an eine Tür gedrückt hat, auf der ›Ziehen‹ stand.«

»Ja! Das ist super«, meinte Siobhan. »Natalie, was ist dein heftigstes No-Go?«

»Kein No-Go.«

»Ach, komm schon«, meinte Chloe. »Es muss doch was geben.«

»Na, schön, lasst mich nachdenken«, überlegte Natalie. »Oh, ich weiß! Wenn ein Typ sich diese Alpha-Männer-Podcasts reinzieht.«

»YES!«, stimmte Siobhan zu. »Sag mir, dass du einen kleinen Schwanz hat, ohne mir zu sagen, dass du einen kleinen Schwanz hast.«

»Und diese Smegma-Männer sind die schlimmsten«, meinte Chloe.

»Ich glaube, das heißt ›Sigma‹, aber ich stimme dir zu«, sagte Kate. »Es gibt nur eine einzige gute Art von Podcasts, und zwar die, bei denen man furchtbar grausamen Serienmorden zuhören kann.«

»Oh, mir ist gerade was Geniales eingefallen«, sagte Siobhan. »Wenn ein Mann einen Regenschirm aufspannt, um ein Gentleman zu sein, der Wind aber so stark ist, dass der Schirm umgestülpt wird und er nur noch wild damit herumfuchteln kann!«

»Stopp, aufhören, das ist echt das Schlimmste.« Natalie wand sich vor Lachen.

»Ich habe auch noch was«, sagte Chloe. »Wenn ein Mann bedeckt ist von Tattoos.«

»Auf keinen Fall!«, widersprach Siobhan energisch. »Tattoos machen einen Mann tausendmal heißer! Chloe, ich dachte, du wolltest dich selbst mal tätowieren lassen?«

»Ich würde lieber sterben, als mir ein Tattoo stechen zu lassen. Das ist, als würde man einen Stoßstangensticker an einen Ferrari kleben!«

»Ach, Süße, du bist höchstens ein Honda Civic«, feixte Natalie.

»Kate, du bist dran! Dein größtes No-Go«, forderte Siobhan sie auf.

»Hmm, keine Ahnung«, überlegte Kate. »Norman hat keine No-Gos.«

Siobhan, Natalie und Chloe tauschten vielsagende Blicke.

»Ach, komm schon, Kate, irgendwas an Norman stört dich doch bestimmt«, meinte Siobhan mit unterdrücktem Lachen.

»Nein, da gibt es nichts! Norman ist perfekt«, verteidigte Kate ihn.

Es entstand ein unangenehmes Schweigen, und nur das Brummen des Flugzeugmotors war zu hören.

»Okay, was soll diese bedeutungsschwangere Stille?«, wollte Kate wissen.

Die drei Freundinnen sahen sich verstohlen an, als wären sie bei etwas ertappt worden.

»Jemand muss jetzt was sagen«, stellte Siobhan fest.

»Was denn sagen«, fragte Kate verwirrt.

»Ich nicht!«, kam es von Chloe und Natalie hastig und wie aus einem Mund.

»Jetzt sagt schon!«

»Na, schön, dann mach ich es«, seufzte Siobhan. »Kate, bitte versteh das jetzt nicht falsch, aber findest du nicht, dass Norman ein bisschen ... langweilig ist?«

»Langweilig? Norman ist nicht langweilig!«

»Er wirkt nur einfach so, als wäre er das Gegenteil von dir.«

»Ach, ich bitte euch.« Kate lachte. »Er ist Arzt!«

»Zahnarzt«, murmelte Chloe.

»Er hat keine No-Gos!«

»Aber was ist mit diesen falschen Zähnen ...« Siobhan verzog das Gesicht.

»Oh, also perfekte Zähne zu haben ist jetzt ein No-Go?«

»Aber sie sind *zu* perfekt«, meinte Natalie. »Er sieht aus wie Ross in dieser einen Folge von *Friends*!«

»Aber alle Frauen stehen doch auf Ross«, serwiderte Kate.

»Aber, was ist mit ... Wie stöhnst du den Namen Norman beim Sex? OHHH NORMAN!«, stöhnte Siobhan laut vor. Die ältere Dame drehte sich um und warf ihnen einen vorwurfsvollen Blick zu.

»Siobhan, bitte!«

»Seht ihr! Un-stöhnbar!«

»Solange du ihn nicht nur deshalb heiratest, um verheiratet zu sein«, meinte Chloe.

Die Worte ihrer Freundin gaben Kate dann doch zu denken. Chloe hatte eine außerordentliche Menschenkenntnis und wusste oft, was andere unterbewusst fühlten. Sie war wie eine emotionale Hellseherin. Aber Kate tat doch nur, was irgendwann alle taten. Sich einen Partner fürs Leben suchen und ihn heiraten war Teil des Lebenswegs der meisten Menschen.

»Jeder lässt sich irgendwann mit jemandem nieder«, meinte Kate achselzuckend.

»Aber um dich niederzulassen, musst du dich nicht erst herablassen.«

»Ich lasse mich nicht herab für Norman. Er erfüllt wirklich jeden Punkt auf meiner Liste.«

»Und auf meiner Liste der No-Gos«, raunte Siobhan in ihr Sektglas.

»Liebe ist aber keine Liste, Kate«, sagte Chloe. »Liebe ist Leidenschaft. Und Romantik. Ich meine, ich fand es schon ziemlich seltsam, dass er dir nicht einmal einen Verlobungsring geschenkt hat.«

»Norman hat mir erklärt, dass Verlobungsringe nur eine Marketingerfindung von der De Beers Diamond Company in den vierziger Jahren war. Sie haben sich die ganze Sache ausgedacht, damit Männer drei Monatsgehälter für einen Diamantring ausgeben. Norman sagt, er braucht keinen blöden Ring, um mir zu zeigen, was er für mich empfindet«, verteidigte sich Kate.

Die anderen warfen sich wieder Blicke zu.

»Kate, ich bin normalerweise nicht fürs Heiraten oder Tradition oder den ganzen Mist. Aber wenn jemand einen Ring verdient hat, dann bist es du«, sagte Siobhan.

»Ja, und ein Heiratsantrag ist nicht der richtige Moment, um geizig zu sein«, fügte Chloe hinzu.

»Norman ist nicht geizig!«, entgegnete Kate. »Sparsam vielleicht, aber nicht geizig.«

»Ach, bitte. Wahrscheinlich hat er noch das Geld von seiner Kommunion. Er könnte dir hundert Ringe kaufen, wenn er wollte.«

»Wenn ihr Norman kennen würdet, wie ich ihn kenne, würdet ihr verstehen, warum ich ihn heirate. Das einzige Problem ist, dass ihr noch zu wenig Zeit mit ihm verbracht habt. Ich werde mal ein paar gemeinsame Aktivitäten für uns planen, wenn wir aus den Flitterwochen zurück sind.«

»Ach, ja ... Eure Flitterwochen in Limerick«, murmelte Chloe augenrollend.

»Ich weiß, was wir machen! Wir gehen in einen Escape Room! Das wäre perfekt, um Norman kennenzulernen.«

»Vergiss, was wir gesagt haben«, winkte Siobhan ab, die offensichtlich wenig Lust verspürte, mit Norman in einem Raum eingeschlossen zu werden. »Okay, Mädels, neues Spiel! Wahrheit oder Pflicht?«

»Nein, das Spiel ist nichts für mich!«, wandte Natalie ein.

»Warum denn nicht?«

»Ich habe es mal auf einer Party gespielt, und jemand hat bei Pflicht gesagt, ich solle nach Hause gehen.«

Kate, Siobhan und Chloe begannen zu heulen wie kleine Wölfe.

»Das ist nicht lustig! Das war ein traumatisches Erlebnis!«, schmollte Natalie.

»O Gott, das ist zu gut«, sagte Siobhan. »Aber wir spielen es trotzdem. Kate, Wahrheit oder Pflicht?«

»Hmm ... Pflicht«, entschied Kate zögerlich.

»Geh da rüber und twerke vor der Frau, die uns ständig ermahnt.«

»Was? Na, gut, dann nehme ich Wahrheit.«

»Okay ...«, sagte Siobhan mit verschlagenem Lächeln. »Denkst du noch manchmal an Trevor Rush?«

Kate hatte das Gefühl, jemand hätte ihr einen Dolch ins Herz gerammt.

Sie hatte es gerade geschafft, das Polaroid zu vergessen, und jetzt dachte sie plötzlich doch wieder an ihn. Schon vor Jahren hatte sie ihren Freundinnen das Versprechen abgerungen, Trevor Rush mit keinem Wort mehr zu erwähnen, und Siobhan ließ die T-Bombe ausgerechnet an ihrem Junggesellinnenabschied platzen. Typisch Siobhan. Sie provozierte sowieso schon gern. Und mit dem Sekt, den sie intus hatte, war ihr alles zuzutrauen.

»Hatten wir uns nicht darauf geeinigt, seinen Namen nie wieder zu auszusprechen?«, meinte Kate gereizt.

»Ach, komm schon, über Ex-Freunde zu lästern ist fester Bestandteil jedes Junggesellinnenabschieds«, sagte Siobhan.

»Also, ich werde deine Frage nicht mal mit einer Antwort würdigen. Er war einfach irgendein Typ, mit dem ich vor neun Jahren mal was hatte.«

»Ach, Quatsch«, meinte Chloe. »Er war viel mehr als das! Stalkst du ihn nicht manchmal auf Social Media?«

»Nö. Hab ihn blockiert – seit neun Jahren. Kompletter kalter Entzug.«

»Ich wünschte, ich hätte deine Steinbock-Willenskraft«, sagte Natalie lachend.

»Aber du kannst doch nicht einfach Menschen aus deinem Leben werfen«, meinte Siobhan.

»Ja, das ist nicht der Weg, um über jemanden hinwegzukommen«, sagte Chloe. »Du warst Hals über Kopf in ihn verliebt. Du wolltest im Sommer darauf nach New York ziehen und mit ihm ein neues Leben beginnen.«

»Tja, wir wissen ja alle, was passiert ist, als ich Trevor zu seinem Geburtstag überraschen wollte«, sagte Kate und versuchte, die schmerzhafte Erinnerung nicht zuzulassen.

Aber es war zu spät. Ihre Gedanken waren bereits zu jenem Sommer zurückgekehrt. Chloe hatte recht. Trevor hatte sie gebeten, in New York zu bleiben. Aber dann hätte sie das College nicht beenden können. Sie hatte bereits so hart gearbeitet für ihren Abschluss in Musik und war fest entschlossen, ihn auch zu bekommen. Also hatte sie Trevor versprochen, im nächsten Sommer zurückzukehren und dann bei ihm zu bleiben.

Sie hatten abgemacht, es ein Jahr lang mit einer Fernbeziehung zu versuchen, während sie ihren Abschluss machte. Sie telefonierten jeden Abend miteinander, während sie sich danach sehnten, wieder zusammen zu sein. Die Sehnsucht wurde so unerträglich, dass Kate beschloss, einen Flug nach New York zu buchen, um Trevor zu seinem Geburtstag am 17. November zu überraschen. Doch als Kate auf das Haus in Brooklyn zuging, in dem sich seine Wohnung befand, wurde sie Zeugin des Unvorstellbaren.

Sie musste voller Schock mitansehen, wie Trevor seine Wohnungstür einer faszinierend schönen Frau öffnete, die eine Flasche Wein dabeihatte. Er gab ihr einen Kuss auf die Wange und führte sie nach drinnen.

In dem Moment hatte es sich angefühlt, als wäre ihr Leben zu Ende. Und in vielerlei Hinsicht war es das auch. Aber sie hatte ihm noch eine Chance gegeben, wie es jede Frau getan hätte. Sie nahm ihr Handy und rief ihn an, sicher, dass es irgendeine vernünftige Erklärung dafür geben müsste. Aber er ging nicht dran.

Alles, was sie zurückbekam, war die Nachricht: Kann gerade nicht reden, bin in einem Meeting.

Was für eine dreiste Lüge. Eine wunderschöne Frau in seine Wohnung auf ein Glas Wein hereinzubitten war kein Meeting. Es war eine Affäre, ganz eindeutig. Er konnte nicht wissen, dass sie ihn auf frischer Tat ertappt hatte. Kate veränderte sich in jenem Moment. Die verrückte Partymaus-Kate starb an jenem Tag. Bestimmte Arten von schmerzhaften Momenten haben die Macht, Menschen für immer zu verändern. Und Trevors Verrat war einer dieser Momente. Mit gebrochenem Herzen flog sie nach Hause und schickte ihm eine distanzierte, vage Nachricht, in der sie ihm den Laufpass gab, mit der Begründung, dass sie nicht wirklich zueinanderpassten und sie im nächsten Sommer nicht zu ihm fliegen würde. Anschließend hatte sie ihn blockiert, noch bevor er etwas erwidern konnte.

»Ich finde immer noch, dass du überreagiert hast«, meinte Siobhan.

»Siobhan, ich habe gesehen, wie er eine Frau geküsst hat und dann mit ihr in seine Wohnung gegangen ist!«, sagte Kate. »Während wir eine Fernbeziehung hatten!«

»Es könnte seine Schwester gewesen sein, wer weiß das schon?«

»Trevor hat aber keine Schwester! Warum verteidigt ihr ihn immer?«

»Du hättest auch einfach zu ihm gehen und eine Erklärung verlangen können«, wandte Chloe ein.

»Ich habe ihn doch angerufen, um ihm die Gelegenheit zu geben, es zu erklären, aber er ist nicht drangegangen. Stattdessen hat er mir nur eine kurze Nachricht geschickt, dass er in einem Meeting sei. Also habe ich ihn dann auch per Nachricht abserviert. Wie du mir, so ich dir.«

»Aber du hast ihn überall blockiert, anstatt die Sache zu klären. Du hast sogar *uns* gezwungen, ihn zu blockieren!«, sagte Chloe.

»Weil es nichts zu klären gab, Chloe. Und ich wollte verhindern, dass er sich an euch drei wendet, um Antworten zu bekommen. Ich wollte das letzte Wort haben, damit ich mit erhobenem Kopf gehen konnte.«

»Es wundert mich schon, dass du ihn nicht mit der Affäre konfrontiert hast. Steinböcke sind normalerweise nicht so ausweichend, was Konfrontation angeht«, meinte Natalie.

»Ja, es ist fast so, als würde der Monat, in dem jemand geboren ist, nicht seine gesamte Persönlichkeit bestimmen«, wandte Siobhan augenrollend ein.

»Ach, bitte. Wenn Astrologie nicht echt ist, warum sind dann alle Männer, die zwischen Januar und Dezember geboren sind, Arschlöcher?«

»Das ist tatsächlich ein gutes Argument.« Chloe nickte.

»Außerdem ist Trevor Skorpion«, meinte Natalie. »Zugegeben, sie sind die besten im Bett, aber sie ruinieren am Ende auch immer dein Leben.«

»Tja, die Zeiten, in denen er mein Leben ruinieren konnte, sind vorbei. Er ist nur noch eine blasse Erinnerung. Ich habe seit Jahren nicht mehr an ihn gedacht«, log Kate.

»Ach, du hast das Medaillon also weggeworfen?«, fragte Chloe.

»Das habe ich tatsächlich«, log Kate erneut.

»Und der Oscar für die schlechteste Lügnerin geht an …«, murmelte Siobhan in sich hinein.

»Also, ich könnte so was nie wegwerfen«, meinte Chloe. »Da bin ich zu sentimental. Das war wie aus einem Song von Taylor.«

»Nein, Taylor würde einen Vollidioten wie Trevor niemals akzeptieren. Und ich bin da genauso. Wenn mir jemand das Herz bricht, gibt es keine zweite Chance«, sagte Kate voller Überzeugung.

»Also, ich denke auch, wenn er dich schon einmal betrogen hat, wird er es wieder tun«, stimmte Natalie zu. »Du hast das Richtige getan, Kate.«

»Danke, Nat. Trevor war ein totaler Aufreißer. Erinnert ihr euch an sein blödes Grinsen? Und wie er immer allen zugezwinkert hat?«

»Ja, das war heiß«, meinte Siobhan träumerisch.

»Wenn der eigene Freund anderen Frauen zuzwinkert, ist das alles andere als heiß! Und von seinem dummen Grinsen will ich gar nicht erst anfangen! Jedenfalls kein Typ zum Heiraten. Er war ein Amateur-DJ!«

»O mein Gott, erinnert ihr euch noch an seinen DJ-Slogan?«, fragte Chloe.

»ARE YOU READY TO …«, riefen Kates Freundinnen im Chor.

»Bitte, tut das nicht«, flehte Kate sie an, während sie sich beschämt umsah.

»… FEEL THE RUSH!«

Kates Gesicht verfärbte sich tiefrot. »Das ist so peinlich«, jammerte sie.

»Er war einfach so ein Hottie, dass man ihm alles verziehen hat«, sagte Siobhan.

»Warum sind die Verkorksten immer die Hübschesten?«, seufzte Chloe.

»Das liegt daran, dass man immer versucht, sie zu ändern.«

»Ja, wer mag nicht etwas, das gut gepimpt ist?«, sagte Natalie lachend.

»Genau, aber das Problem ist, dass man in den Mann als Projekt investiert, sich die ganze Arbeit macht, und dann wirft er sich selbst wieder auf den Markt, ist aber plötzlich viel mehr wert«, sagte Kate.

Sie verspürte eine tiefe Traurigkeit, als sie das sagte.

Einer der Gründe, warum es sie so verletzt hatte, Trevor mit dieser Frau zu sehen, war der, dass Kate ganz schlimm am Hässlichen-Entlein-Syndrom litt. In der Schule hatte sie sich immer so gefühlt, als wäre sie vom Baum der Hässlichkeit gefallen und hätte auf dem Weg nach unten jeden einzelnen Ast getroffen. Sie hatte damals schreckliche Akne, unfassbar schiefe Zähne, die sie daran hinderten zu lächeln, und einen Körper voller Sommersprossen, der ihr den Spitznamen Krähenei einbrachte. Die Schule war für Kate keine leichte Zeit gewesen, vor allem deshalb, weil Teenager so grausam sein konnten. Es war nicht ein Tag vergangen, an dem sich nicht mindestens ein Mitschüler über sie lustig gemacht hatte.

Doch in ihrem letzten Schuljahr beschloss Kate, dass es endgültig genug war. Es war Zeit für ein Make-over. Allerdings war es nicht so ein idiotisches Zehn-Sekunden-Make-over wie in den Hollywoodfilmen, wenn das Mädchen einfach ihre Brille abnimmt und den Pferdeschwanz aufmacht. Kate bekam eine Zahnspange und begann eine dermatologische Behandlung der Akne, sowohl in Tablettenform als auch mit Salben.

Es dauerte etwa anderthalb Jahre, aber bis sie ins College ging, war ihre Verwandlung vollendet. Alle sagten ihr ständig, wie toll sie aussah, aber sie fühlte sich immer noch wie das Mädchen mit Akne und schiefen Zähnen. Ihre Sommersprossen blieben zwar, aber sie lernte, sie zu verstecken. Viele fanden Sommersprossen hübsch, aber die Jungs in der Schule hatten sie so verunsichert, dass sie am liebsten gar keine Aufmerksamkeit darauf lenken wollte. An anderen Leuten mochte sie Sommersprossen sogar, aber ihre eigenen waren durch die Grausamkeit der Mitschüler für Kate verdorben.

Egal, wie viele Menschen ihr sagten, dass sie ein Schwan war, sie bekam es einfach nicht in ihren Kopf. Und nachdem Trevor diese wunderschöne Frau in sein Haus gelassen hatte, sah sie sich in ihren Zweifeln nur bestätigt.

Sie war immer noch das hässliche Entlein.

»Kate, diese Tussi, die Trevor geküsst hat, war auf keinen Fall besser als du«, sagte Chloe.

»O doch. Ihr hättet sie sehen sollen. Sie sah aus wie ein Model. Ich hatte sie schon mal bei einem seiner DJ-Gigs gesehen. Sie hatte es auf ihn abgesehen – das konnte man an ihrem Blick erkennen. Er hat ihr sogar zugezwinkert. Mann, ich war damals so blind. Ich habe nicht gesehen, was direkt vor meinen Augen passiert ist.«

»Woher hättest du es wissen sollen, Kate.«

»Die Zeichen waren aber da. Er war vom ersten Moment an nicht gut für mich. Hat mich Sommersprosse genannt, obwohl er wusste, dass ich den Spitznamen hasse. Ständig diese leeren Versprechungen, dass er mich eines Tages für unsere Flitterwochen auf eine Weltreise entführen würde. Und mit über hundert Sachen durch Brooklyn zu brettern in dieser Todesfalle von einem Mustang! Aber das Schlimmste war, dass er mir versprochen hat, mir niemals weh zu tun. Und genau das hat er getan.«

»Du kannst nichts dafür, Kate. Er allein trägt die Schuld daran«, sagte Natalie, um sie zu beruhigen.

»Ich weiß, aber ich hätte die rote Flagge viel früher sehen müssen. Vertraut mir, Ladies, sucht euch lieber einen Mann, der nicht repariert werden muss. Einen Arzt wie Norman Cox«, sagte Kate selbstgefällig.

»Zahnarzt«, korrigierte Chloe erneut.

»Also, um deine ziemlich blöde Frage zu beantworten, Siobhan ... Nein, ich denke nicht mehr an Trevor Rush. Ich bin hundert Prozent über diesen gescheiterten Amateur-DJ hinweg, und damit basta. Können wir jetzt bitte weiter meinen Junggesellinnenabschied feiern?«, fragte Kate, die endlich zum Programm zurückkehren wollte.

»Du hast ja recht, Kate, tut mir leid, dass ich damit angefangen habe«, lenkte Siobhan reumütig ein. »Dafür darfst du mir jetzt irgendeine Pflicht sagen, egal was, und ich werde es tun!«

»Okay«, sagte Kate und überlegte fieberhaft. »O Mann, mir fällt gar nichts ein!«

»Ich weiß«, rief Chloe dazwischen. »Pflicht, dass du dem Mile High Club beitrittst.«

»YES!« Siobhan klatschte begeistert in die Hände. »Endlich was nach meinem Geschmack! Und Kyle konnte mir noch nie widerstehen.«

»Er heißt Karl, und er wird garantiert nicht alles stehen und liegen lassen, um mit dir hier im Flugzeug Sex zu haben«, meinte Natalie.

»Du bist wohl noch nie einem Mann begegnet, oder?«

»Tja, du müsstest dafür aber erst mal ins Cockpit gelangen.«

»Stimmt. Aber sogar Piloten müssen mal eine Pinkelpause machen. Seht zu und lernt, ihr Anfängerinnen.«

Die Freundinnen beobachteten fasziniert, wie Siobhan den Gang entlangschlenderte und einen der männlichen Flugbegleiter ansprach. Von ihren Plätzen aus war es ihnen nicht möglich zu hören, was sie sagte, aber nach einer Minute etwa klopfte der Flugbegleiter an die Tür des Cockpits. Er flüsterte dem Captain etwas zu, und schon trat Karl in die vordere Bordküche. Siobhan begann mit den Wimpern zu klimpern, und der Flugbegleiter ging in Richtung des hinteren Teils des Flugzeugs davon, offenbar wusste er, dass er nicht mehr gebraucht wurde. Siobhan trat nach hinten in die winzige Toilette, und Karl zog den Vorhang zur Bordküche zu.

Die Freundinnen prusteten los vor Lachen. Sie hatte es tatsächlich geschafft. Sie hatte sicher etliche Gesetze gebrochen, aber Siobhan war noch nie jemand gewesen, die sich an Regeln hielt.

»Schnallt euch besser an, Mädels«, sagte Kate lachend. »Ich könnte mir vorstellen, dass wir in Turbulenzen geraten.«

KAPITEL SECHS

Vegas, Baby

Als die vier Freundinnen schließlich amerikanischen Boden betraten, waren sie schon ziemlich beschwipst.

Sie hatten immer wieder nach dem Gratis-Sekt verlangt, so dass die Flugbegleiterin ständig hin und her laufen musste, um ihnen nachzuschenken. Schließlich gab sie auf und ließ ihnen einfach die ganze Flasche da. Kate hatte versucht, im Flugzeug etwas zu schlafen, aber die anderen hielten sie wach mit ihren Schwelgereien in der Vergangenheit, als sie noch jung und wild waren, besonders die »alte« Kate.

Es war etwas, das Kate als ein wenig verletzend empfand, auch wenn sie es nicht zeigen wollte, um die Stimmung nicht zu verderben. Aber wer wäre das nicht, wenn die besten Freundinnen behaupteten, dass sie sich zum Negativen verändert hatte? Kate war doch immer noch lustig. Sie war nur reifer geworden. Und das war schließlich nichts Ungewöhnliches, wenn man von den Zwanzigern in die Dreißiger kam. Die anderen drei waren immer noch Singles und vorne mit dabei, wenn es um Partys ging und darum, neue Leute kennenzulernen. Kate brauchte das einfach nicht mehr.

Allerdings vermisste sie es schon manchmal. Ihre Abende mit den Mädels waren legendär, aber in letzter Zeit schien Norman es ihr immer auszureden, obwohl es wirklich nicht oft vorkam, dass sie sich in der Stadt verabredeten. Wenn Kate anfing, sich fertig zu machen, bestellte Norman plötzlich Essen oder stellte die Serie an, die sie gerade gemeinsam ansahen, und überredete sie so, zu Hause zu bleiben. Sie liebte Norman, aber sie musste sich eingestehen, dass ihre Beziehung ziemlich Couch-basiert war, seit er ihr den Antrag gemacht hatte. Dabei war das wohl nur natürlich, sagte sie sich selbst. Kate hatte irgendwo mal gelesen, dass Frauen sich einen Partner wünschen, mit dem sie ausgehen können, aber Männer eine Frau suchen, zu der sie nach Hause kommen können. Es wäre ihr allerdings lieber gewesen, diese emotionalen Bedürfnisse wären nicht ganz so einseitig.

Wie auch immer, ihr Junggesellinnenabschied war die perfekte Gelegenheit, all die Nächte wettzumachen, die sie mit den Mädels verpasst hatte, und sie war wild entschlossen, ihnen zu zeigen, dass sie immer noch die Partymaus war, an die sie sich alle so gut erinnerten.

Nachdem sie ihre Koffer vom Gepäckband geholt hatten, zog Kate ihr Handy aus der Handtasche und entdeckte eine Nachricht von Norman.

Norman: Seid ihr schon gelandet?

Kate: Yep, gerade angekommen und Koffer geholt. Geh mal schlafen, Normie, ist schon spät bei euch!

Norman: Ich schlafe, wenn du sicher im Hotel bist.

Kate: Okay, holen uns jetzt ein Taxi 😘

Kate packte ihr Handy weg und ging mit den Freundinnen zum Flughafenausgang, wo ihr Abenteuer beginnen sollte. Sie war nicht wirklich begeistert, Chloes unnötigen dritten Koffer tragen zu müssen, aber es half nichts, irgendjemand musste es tun.

»Der Flug verging wie im Flug«, sagte Chloe.

»Das ist so ein Chloe-Satz«, meinte Natalie kopfschüttelnd.

»Wie meinst du das?«

»Sei nicht so streng mit ihr«, sagte Siobhan lachend. »Sie hat ihre gesamte Persönlichkeit von einer Barbiepuppe.«

Die Freundinnen traten durch die automatische Drehtür und in die heiße Luft von Las Vegas hinaus. Ihnen allen war nicht ganz klar gewesen, dass der Sommer in Nevada nichts mit dem durchwachsenen irischen Wetter gemein hatte, das sie von zu Hause kannten. Sie hatten mit Wärme gerechnet, natürlich, aber nichts hätte sie auf diese drückende Hitze vorbereiten können.

»Ach, du lieber Himmel«, stöhnte Siobhan.

»O Gott, wie viel Grad sind das?«, ächzte Natalie.

»Lasst mich mal nachsehen.« Chloe zückte ihr Handy. »104 Grad??«

»Das sind Fahrenheit, du Dummerchen«, sagte Natalie. »Das müssten etwa vierzig Grad Celsius sein.«

»Ich glaube, mein Körper ist gerade in die Wechseljahre gekommen«, meinte Kate. Ihre kastanienbraunen Haare begannen schon, sich zu kräuseln wie rote Wolle.

»Das ist also eine der Auswirkungen der globalen Erwärmung auf den Planeten, Mädels.«

»Seht mal, in Irland sind es gerade mal zwanzig Grad«, sagte Chloe, die immer noch auf ihre Wetter-App starrte. »Das ist die perfekte Temperatur.«

»Ja, aber in Irland kommt die Sonne nur dann raus, wenn man das Land verlässt. Wären wir zu Hause geblieben, würde es in Strömen regnen«, erklärte Siobhan.

»Stimmt«, erwiderte Chloe. »Aber meine Frisur wird diese Hitze nicht überleben!«

»Mädels, macht euch keine Sorge«, beruhigte sie Kate zuversichtlich. »Ich habe recherchiert, und alle Hotels und Casinos haben eine Klimaanlage. Wir müssen nur möglichst schnell dorthin kommen, dann wird alles gut.«

»Also, dann sollten wir sofort los«, sagte Siobhan. »Wir stehen erst seit etwa zehn Sekunden hier, und ich habe schon mehrere Schweißflecken.«

»Die Schweißflecken kommen wahrscheinlich eher daher, dass du dem Mile High Club beigetreten bist«, sagte Chloe lachend.

»Und es geschieht dir recht«, sagte Natalie. »Sex im Flugzeug – das ist selbst für dich ein neuer Tiefpunkt.«

»Ich kann noch tiefer«, meinte Siobhan achselzuckend. »Und wir hatten nicht einmal richtigen Sex, dafür war nicht genug Platz. Aber alles andere.«

»Also, ich könnte niemals Sex im Flugzeug haben«, sagte Natalie. »Ich glaube zufällig an so etwas wie Klasse.«

»Ich dachte, du wärst Marxistin?«

»Ach, halt die Klappe.«

»Kommt, Mädels!« Siobhan lachte. »Lasst uns ein Taxi organisieren, bevor wir alle ohnmächtig werden.«

Als sie beim Taxistand ankamen, mussten sie feststellen, dass dort bereits ein Haufen Touristen warteten, die offenbar zum Vegas Strip wollten. Siobhan riss entsetzt den Mund auf, als sie die Länge der Warteschlange sah. Sofort ging sie zu dem Angestellten, der die Taxis zuwies.

»Entschuldigen Sie bitte«, fragte sie höflich. »Wie lange ist die aktuelle Wartezeit für ein Taxi?«

»Ma'am, da hinten ist das Ende der Schlange. Sie werden ein Taxi bekommen, sobald alle vor Ihnen eins haben«, sagte der Angestellte kurz angebunden.

»Aber Sie können doch nicht von uns erwarten, in dieser Hitze zu warten?«

Der Mann musterte die Freundinnen in ihren Schärpen und Kate mit der Penis-Tiara auf dem Kopf. »Hören Sie, wenn das ein Junggesellinnenabschied ist, gibt es in dieser Richtung die

Straße runter noch Partybusse und Limos. Das wäre schneller, wird aber teuer.«

»Sie sind ein Lebensretter! Vielen Dank«, sagte Siobhan und eilte zurück zu den Mädels, die vor Schweiß trieften.

»Was hat er gesagt?«, wollte Kate wissen.

»Er meinte, die Straße runter gibt es noch Partybusse und Limos. Los, gehen wir!«

»Warte mal. Ein Partybus klingt teuer. Wir sind doch nur zu viert. Vielleicht sollten wir einfach warten.«

»Kate, unsere Schuhe schmelzen auf dem Bürgersteig.«

»Können wir uns nicht einfach an den Plan halten? Ein Partybus steht nicht auf dem Programm«, wandte Kate ein, streng wie immer.

»Genauso wenig wie Verdursten, aber das ist, was uns bevorsteht, wenn wir hierbleiben. Jetzt kommt schon!« Siobhan übernahm das Ruder.

Kate war verunsichert, weil sie von ihrem ursprünglichen Plan abwichen. Zugegeben, es war brüllend heiß, aber Siobhan übertrieb maßlos. Sie hätten schon irgendwann ein Taxi bekommen und alles wäre gut gewesen. Aber ihre Freundinnen eilten bereits die Straße hinunter, und ihr blieb nichts anderes übrig, als ihnen zu folgen.

»Wie lange denn noch?«, jammerte Natalie nach etwa fünf Minuten.

»Er meinte, in dieser Richtung die Straße runter«, antwortete Siobhan.

»Ich kann in diesen Schuhen nicht mehr länger laufen«, klagte Chloe. »Ich werde noch Blasen bekommen!«

»Wir haben dir doch gesagt, du sollst flache Schuhe für den Flug anziehen«, sagte Natalie.

»Ich würde eher in High Heels sterben, als in flachen Schuhen zu leben.«

Inzwischen setzte Kate die Hitze doch zu. Ihr war schon schwindelig. Sie hatte noch nie vierzig Grad erlebt, und die Abgase der vielen Autos machten es noch schlimmer. Sie verging vor Hitze. Außerdem waren jetzt nicht nur ihre Haare ruiniert, sondern ihr Make-up begann ebenfalls zu verlaufen.

Da erblickten sie es.

Alle vier standen mit vor Staunen aufgerissenem Mund da. Diese Pracht. Die majestätische Anmut.

»Ihr seht das auch, oder? Es ist keine Fata Morgana?«, fragte Siobhan.

»Nein, ich sehe es auch«, bestätigte Chloe. »Es ist wundervoll.«

Vor ihnen stand eine pinke Hummer-Limo.

»Stellt euch die Klimaanlage in dem Ding vor«, sagte Chloe. »Damit könnte ich meinen Rock hochwehen lassen wie Marilyn Monroe!«

»Die nehmen wir!«, entschied Siobhan und sprintete schon auf den Chauffeur zu, der neben dem riesigen Wagen stand.

»Diese wunderschöne, pinke Oase, wie viel kostet eine Fahrt«, fragte sie den Mann atemlos.

»Um zum Vegas Strip zu fahren? Das macht tausend Dollar.«

»Sie machen wohl Witze«, sagte Kate entrüstet.

»Aber Kate, das sind doch nur zweihundert Dollar pro Person!«, meinte Chloe.

»Erstens, nein, das stimmt nicht. Zweitens, das ist totaler Wucher. Norman wird mich umbringen!«, sagte Kate. »Und ist eine pinke Hummer-Limo nicht ein bisschen kitschig?«

»Kate, du hast eine Penis-Tiara auf dem Kopf. Ich glaube, der Kitschig-Zug ist abgefahren«, erwiderte Siobhan.

»Aber auf dem Nummernschild steht ›Bridin' Dirty‹.« Plötzlich piepste Kates Handy, und sie sah, dass Norman ihr wieder geschrieben hatte.

Norman: Warum sagt dein GPS, dass du immer noch am Flughafen bist???

Kate: Sorry, Normie, die Mädels versuchen, eine pinke Hummer-Limo zu mieten.

Norman: Auf keinen Fall! Das kostet ein Vermögen!!!
Es sind doch nur 12 min Fahrt zum Hotel.

Norman hatte recht. Es war nicht nur ein Wucherpreis, sondern das Ganze passte auch so überhaupt nicht zu Kate. Die Fahrt hatte sie nicht geplant, und sie wusste, für einen erfolgreichen Junggesellinnenabschied musste man sich streng an die Programmpunkte halten. »Mädels, die Sache ist entschieden«, sagte sie. »Wir zahlen keine tausend Dollar, um ein paar Minuten die Straße runterzufahren.«

»Aber ...«, setzte Chloe an.

»Das ist mein letztes Wort«, bestimmte Kate. »Jetzt, kommt mit, wir gehen zurück zum Taxistand.«

Die Freundinnen machten kehrt, schmollend wie kleine Kinder, denen man gerade gesagt hatte, dass sie nicht nach Disneyland fahren würden.

»Mann, Mädels, ich schwitze wie eine Nonne in einem Gurkenfeld«, seufzte Siobhan in der unerträglichen Hitze. »Ich glaube nicht, dass ich noch einen einzigen Schritt weitergehen kann.«

»Seht doch, wir können das Ende der Schlange schon sehen«, sagte Kate mit zusammengekniffenen Augen. »Und ich glaube, es sind schon weniger Leute als vorhin.«

Nach einer halben Stunde Wartezeit, die sich in der Sonne wie eine kleine Ewigkeit angefühlt hatte, kamen Kate und ihre Freundinnen endlich am Anfang der Schlange an und sprangen in das nächste Taxi.

»Hey, sexy Ladies«, grüßte der Fahrer fröhlich. »Wohin soll's gehen?«

»Fellatio«, sagte Siobhan und ließ sich in einen Sitz sinken.

»Es heißt *Bellagio*!«, korrigierte sie Kate.

»Ups, Freud'scher Versprecher.«

Der Fahrer ließ den Motor an und bog aus der Einfahrt aus. »Kein Problem, Ladies. Soll ich die Klimaanlage anschalten?«

»JA!«, brüllten sie wie aus einem Mund.

»Okay, okay, schon gut. Ich stelle sie auf volle Pulle.«

Sofort strömte kühle Luft ins Wageninnere. Es war wie ein Hauch des Himmels.

»Oh, wow, ich dachte, ich müsste sterben«, stöhnte Siobhan erleichtert auf.

»Aber jetzt sind wir abgekühlt – und immer noch im Zeitplan«, stellte Kate fest. »Seht ihr, Mädels, alles hat geklappt, und wir haben uns tausend Dollar gespart.«

»Die Damen sind wohl nicht an die Hitze gewöhnt?«, fragte der Fahrer.

»Nein, wir kommen aus Irland.«

»Oh, vier sexy Glücksbringer.«

»Ist das eine Beleidigung?«, murmelte Natalie.

»Nat, sei still, sonst stellt er uns noch die Klimaanlage aus!«, zischte Chloe ihr zu und stupste sie mit dem Ellenbogen an.

»Irgendwelche Empfehlungen für Vegas?«, fragte Siobhan. »Wir sind zum ersten Mal hier.«

»Vegas-Jungfrauen, was? Hmm, mal überlegen ... Es ist Samstagabend, also müsst ihr unbedingt ins *Omnia* im *Caesar's Palace*«, sagte der Taxifahrer. »Bester Nachtclub in Vegas.«

»Genau, was ich hören wollte!«

»Das ist doch ein Junggesellinnenabschied, oder?«

»Was hat uns bloß verraten?«, sagte Kate lachend und deutete auf ihre Penis-Tiara.

»Dann fragen Sie unbedingt nach der Champagnerdusche auf der Bühne im *Omnia*. Für zukünftige Bräute machen sie das manchmal kostenlos!«

»O Kate, da müssen wir unbedingt hin!«, quietschte Chloe begeistert. »Stell dir nur den Boomerang auf Insta vor!«

»Mal sehen«, entgegnete Kate, obwohl sie keinerlei Absicht hatte, sich einer solchen Blamage zu unterziehen. Champagner über den ganzen Körper gegossen bekommen? In einem Nachtclub?

Auf gar keinen Fall.

Als das Taxi vor dem berühmten *Bellagio* Hotel hielt, traten die Freundinnen in die pulsierende Hitze des Vegas Strip hinaus. Kate sah sich um und war völlig verzaubert. Sie hatte natürlich schon Fotos davon gesehen, doch sie wurden dem Ort nicht annähernd gerecht.

Alles war RIESIG.

Kate war durchschnittlich groß, aber sie kam sich vor wie eine winzige Ameise, die kurz davor war, von der schieren Größe der Stadt zerdrückt zu werden. In der Luft hing ein Geruch nach Alkohol, der so intensiv war, dass sie den süßen, scharfen Geschmack von Schnaps schon fast auf den Lippen spüren konnte. Sie drehte sich zum Strip um, wo die Neonlichter ihnen erwartungsvoll entgegenblinkten.

Chloe fing sofort an, Fotos zu machen. Selbst Natalie war sprachlos.

»Einen guten Aufenthalt wünsche ich den Damen«, sagte der Taxifahrer, als er damit fertig war, ihre Koffer auszuladen. »Und immer schön brav bleiben.«

»Werden wir sicher nicht«, flirtete Siobhan zurück, die ihm den fälligen Betrag plus Trinkgeld bezahlte.

Als sie staunend vor dem Eingang des *Bellagios* standen, bemerkten die vier die riesige Wassershow im Springbrunnen hinter ihnen. Wasserfontänen sausten majestätisch in den Himmel. Die Strahlen platschten und spritzten und erreichten dabei unglaubliche Höhen.

»Seht ihr den Springbrunnen, Mädels?«, fragte Siobhan. »So wird meine Vagina das ganze Wochenende sein.«

»SIOBHAN!«, rief Kate lachend.

»Himmel, hilf«, murmelte Natalie.

»Kommt, lasst uns einchecken«, sagte Siobhan und ging voran durch die Tür. »Meine Schuhe fangen wieder an zu schmelzen.«

Als sie das kühle, klimatisierte Gebäude betraten, verschlug die Größe der Lobby Kate den Atem – verglichen mit den Hotels in Irland war sie geradezu gigantisch. Und der italienische Stil war unverkennbar, als hätte Michelangelo selbst den Raum aus Marmor gehauen.

»Sie möchten einchecken?«, fragte die Frau an der Rezeption, als sie auf den Empfang zugingen.

»Ja«, bestätigte Kate. »Wir haben ein Zimmer auf den Namen Kate O'Connor reserviert.«

»Sicher. Lassen Sie mich nur schnell nachsehen.«

»Nur, damit Sie es wissen ...«, meldete Chloe sich zu Wort. »Ich bin zufällig eine Influencerin in Irland, also falls es ein Upgrade für das Zimmer geben könnte ...«

»Ich fürchte, das wird nicht möglich sein.«

»Natürlich«, sagte Chloe kleinlaut.

Siobhan lachte sich schlapp über den gescheiterten Versuch der armen Chloe.

»Okay, ich sehe hier, Sie haben ein Queen-Doppelzimmer reserviert. Soll ich die auf der Reservierung angegebene Kreditkarte dafür belasten?«

»Nein, das ist die Karte der Braut. Sie können es von meiner abbuchen«, sagte Siobhan und reichte ihr die Kreditkarte aus ihrem Portemonnaie.

»Aber ich zahle ein Viertel des Zimmerpreises, Mädels«, beharrte Kate.

»Ach, vergiss es, Kate. Die Braut zahlt nicht für das Zimmer bei ihrem Junggesellinnenabschied. Wir teilen es durch drei.«

»Dann habe ich aber ein schlechtes Gewissen. Ich hätte ein günstigeres Hotel aussuchen sollen.«

»Kate, wenn wir schon nach Vegas fliegen, machen wir es auch richtig«, sagte Natalie.

»Genau«, bekräftigte Siobhan. »Geld kann man immer verdienen, Zeit dagegen nicht.«

»Ooh, erinnere mich dran, dass ich das als Instagram-Caption verwende«, sagte Chloe.

»So, die Damen, die Bezahlung ist erfolgt«, sagte die Rezeptionistin. »Hier sind Ihre Schlüsselkarten für Zimmer 2169. Und übrigens wartet im Zimmer eine Gratisflasche Champagner auf Sie.«

»Weil ich Influencerin bin?«, fragte Chloe eifrig.

»Nein, weil Sie auf einem Junggesellinnenabschied sind.«

»O wow, vielen Dank«, sagte Kate beeindruckt.

»Ich wünsche Ihnen einen angenehmen Aufenthalt.«

Nach einer langen Fahrt mit dem Aufzug und einem scheinbar endlosen Flur, fanden die Frauen schließlich ihr Zimmer Nummer 2169. Als sie die Tür öffneten, rissen sie alle die Augen auf.

Das Zimmer war großartig. Prächtige Farben, opulente Möbel und dabei ein spektakulärer Ausblick über den Springbrunnen vor dem Hotel. Es schien sogar noch luxuriöser zu sein als auf den Fotos, die sie online gesehen hatten, und das hatte etwas zu heißen. Die zwei Doppelbetten waren riesig, und ein angenehmer Duft nach frischer Wäsche und Lavendel hing in der kühlen, klimatisierten Luft.

»O mein Gott, Mädels!«, sagte Kate. »Das ist sogar noch schöner, als ich es mir vorgestellt habe! Tolle Wahl!«

»Du hast es doch ausgesucht«, sagte Siobhan lachend.

»Oh, stimmt ja. Also, Chloe und ich nehmen das Bett hier, und Siobhan und Natalie, ihr könnt das da nehmen.«

»Warum muss ich mit Siobhan in einem Bett schlafen?«, beschwerte sich Natalie. »Am Ende hole ich mir noch irgendwas von ihr!«

»Keine Sorge, sogar Chlamydien haben einen gewissen Anspruch«, neckte Siobhan sie und öffnete die Tür zum Badezimmer. »O MEIN GOTT!«

»WAS?«, rief Kate.

»Wir haben ein verdammtes Bidet!«, sagte sie begeistert. »Mädels, meine Vagina wird blitzen und glänzen!«

»Dafür gibt es nicht genug Seife auf der Welt«, feixte Natalie.

»Ach, Mädels, ich habe diesen Trip mit euch wirklich gebraucht«, sagte Chloe und ließ sich aufs Bett fallen. »Es ist wirklich schön, sich mal eine Auszeit zu nehmen.«

»Sagt die Arbeitslose.«

»Ich bin nicht arbeitslos. Ich glaube nur einfach daran, dass jede Frau einen sechsmonatigen Urlaub verdient hat – zweimal im Jahr«, erwiderte Chloe achselzuckend.

»Wo du recht hast.«

»Wie auch immer, Arbeiten ist schlecht für meine Haut. Ich umgebe mich lieber mit guten Vibes.«

»Wo wir schon davon sprechen«, hakte Natalie ein. »Ich sollte ein Salbeistäbchen anzünden, um das Zimmer von negativer Energie zu reinigen. Gott weiß, was diese vier Wände alles gesehen haben.«

»Bitte, fang jetzt nicht mit dem Hexenzeug an, Nat«, seufzte Siobhan. »Du bist keine Ravenclaw, sondern eine dreißigjährige Frau, die noch bei ihren Eltern wohnt.«

»Ja, und du hast mir gesagt, ein Mondsteinkristall würde gegen mein Sodbrennen helfen, aber dann bin ich fast daran erstickt!«, wandte Chloe vorwurfsvoll ein.

»Du hättest ihn auch nicht SCHLUCKEN sollen!«, rief Natalie. »Na schön, dann eben kein Salbei.«

Kate hörte ihr Handy piepsen und entdeckte eine weitere Nachricht von Norman auf dem Sperrbildschirm. Dabei war es in Irland bereits mitten in der Nacht.

Norman: Seid ihr schon im Hotel?

Kate: Ja, es ist wunderschön!

Norman: Sollte es auch sein, bei dem Preis. Öffnet ja nicht die Minibar! Die berechnen einem alles, selbst wenn man die Flasche nur anfasst!!!

Kate: Alles klar, Normie. Geh jetzt mal schlafen. Schreib dir gleich morgen früh 😘

Kate steckte ihr Handy ein und sah, wie die anderen auf die Minibar zugingen.

»Mädels, Finger weg! Norman hat gerade gesagt, sie wissen, ob man die Flaschen berührt hat«, sagte sie schnell.

»Na, gut, dann machen wir den kostenlosen Champagner auf«, sagte Siobhan und schnappte sich die Flasche.

»Ach, Mädels, ich weiß nicht. Ich bin immer noch ein bisschen platt nach dem ... «

Aber ehe Kate ihren Satz beenden konnte, hatte Siobhan schon mit einem lauten Plopp die Flasche geöffnet. »Wuhuu«, rief sie, als sie vier Gläser füllte. »O mein Gott, dafür habe ich genau das Richtige!« Siobhan öffnete den Reißverschluss ihres Koffers und holte eine Tüte mit Strohhalmen in Penisform heraus.

»Champagner durch den Strohhalm?«, fragte Natalie skeptisch. »Im Ernst?«

»Ist doch viel effizienter«, entgegnete Siobhan grinsend, während sie einen Penisstrohhalm in jedes Sektglas steckte. »Für meinen Geschmack sind die Penisse nur etwas klein.«

»Hätte es die nicht auch als Papierstrohhalme gegeben? Du weißt doch, was ich von denen aus Plastik halte«, schmollte Natalie.

»Du wolltest, dass ich Papierpenisstrohhalme kaufe? Die nach drei Sekunden schon aufgeweicht sind?«

»Die sind besser für die Umwelt.«

»Tja, sorry, Sonnenschein, in meinem Mund ist noch nie ein Penis weich geworden, und daran wird sich auch nichts ändern«, erwiderte Siobhan und lachte.

»Mädels, lasst uns auf ein wildes Wochenende im fabelhaften Las Vegas anstoßen«, sagte Chloe und zückte ihr Handy, um einen Boomerang davon zu erstellen, wie sie ihre Gläser aneinander klickten.

»CHEERS, BITCHES!«, brüllte Siobhan.

Klick.

»Wartet mal, der Boomerang hat nicht richtig funktioniert«, sagte Chloe. »Lasst uns noch mal anstoßen.«

»Ich werde jetzt nicht jedes Mal eine Million Boomerangs machen, wenn wir was trinken.«

»Und Chloe, sei bitte vorsichtig, was du in deine Story postest«, sagte Kate. »Ich will nicht, dass Norman denkt, wir würden zu viel Alkohol trinken.«

»Na gut! Auch wenn es mich förmlich umbringt, nicht gesehen zu werden, ich werde eine private Story nur für uns machen«, stimmte Chloe widerwillig zu. »Was Norman nicht weiß, macht ihn nicht heiß.«

»Genau«, sagte Siobhan. »Dann machen wir uns mal fertig!«

»Für was denn?«, fragte Kate unschuldig.

»Fürs *Omnia*. Den besten Nachtclub in Vegas.«

»Ich weiß, deshalb steht das *Omnia* für morgen auf unserem Reiseplan«, erwiderte Kate lächelnd.

»Morgen ist Sonntag, da geht man nicht in Nachtclubs. Alle heißen Typen werden heute Abend dort sein. Also, trinkt eure Gläser aus und macht euch hübsch.«

»Aber wir hatten am Flughafen schon Cocktails und Sekt im Flugzeug und jetzt noch Champagner. Ich denke, wir sollten uns besser aufs Ohr hauen, sonst holt uns noch der Jetlag ein. Der kann einen wie ein Vorschlaghammer treffen, wenn man nicht in einen normalen Schlafrhythmus findet.«

»Kate, wir gehen bestimmt nicht um sieben ins Bett wie ein paar Nonnen auf Pilgerreise. Wir sind in Sin City! Und ich habe uns eine kleine Überraschung gebucht. Jetzt schmeißt euch alle in euer heißestes Outfit und macht euch bereit für unsere erste Nacht der Ausschweifungen!«

»Ich würde nur gern schnell meine Bräunungscreme abduschen, bevor wir losgehen«, sagte Chloe.

»Chloe, dafür haben wir keine Zeit. Dusch sie einfach weg, wenn wir zurückkommen.«

»Okay. Ich bin aber nicht zu orange, oder? Sie entwickelt sich viel schneller als meine andere Creme.«

»Solange du nicht auf Willy Wonka triffst, wird es nicht schlimm sein«, scherzte Natalie.

Kate bemerkte eine gewisse Nervosität in sich aufsteigen. In ihrem Reiseplan stand, früh ins Bett zu gehen, damit sie am nächsten Morgen frisch und erholt in den Tag starten konnten. Und was für eine Überraschung hatte Siobhan da heimlich eingefädelt? Kate hasste Überraschungen. Für den nächsten Tag hatte sie so viel geplant, und der Gedanke, das alles verkatert zu erleben, gefiel ihr ganz und gar nicht.

»Ich weiß ja nicht, Mädels«, wandte sie ein. »Morgen früh werden wir total fertig sein, wenn wir noch weitertrinken. Und es steht so viel im Reisepl …«

»Im Reiseplan. Ja, das haben wir jetzt schon tausendmal gehört. Und es wird allmählich langweilig«, erwiderte Siobhan.

»Ja, sorry, dass ich den Grand Canyon sehen will.«

»Kate, du kannst jederzeit einen Blick auf meine Vagina werfen!«

»Komm schon, Kate«, sagte Chloe. »Niemand blickt später auf sein Leben zurück und erinnert sich an die Nächte, in denen er viel Schlaf bekommen hat.«

Kate versuchte sich mit jeder Faser ihres Körpers an die Planänderung anzupassen, aber es brachte sie fast um. Sie hatte vorgehabt, morgen mit den Mädels ins *Omnia* zu gehen, nicht heute Abend. Das warf alles über den Haufen. Aber sie wusste, dass sie die anderen schlecht zwingen konnte, ins Bett zu gehen. Sie waren alle beschwipst und in Partystimmung. Kate sorgte sich bloß, dass der anschließende Kater ihnen den morgigen Tag ruinieren würde.

»Ich sag dir was, Kate«, meinte Siobhan. »Zwei Drinks, und wir sind um zehn Uhr wieder zu Hause. Abgemacht?«

»Okay«, stimmte Kate widerwillig zu. »Abgemacht.«

KAPITEL SIEBEN

Omnia

Etwa eine Stunde später waren die Freundinnen aufgestylt und bereit, die Stadt unsicher zu machen. Nur Kate hoffte auf einen etwas ruhigeren Verlauf des Abends. Sie hatte schon ordentlich einen sitzen von all dem Alkohol der letzten Stunden und nicht das Gefühl, noch viel Energie übrig zu haben.

Sie wünschte, die Mädels würden dem Plan, den sie monatelang zusammengestellt hatte, etwas mehr Respekt entgegenbringen. Eigentlich sollten sie inzwischen längst im Bett liegen, damit sie die nächsten Tage auch genießen konnten – und zwar ausgeruht und ohne Jetlag. Sie sagte sich selbst, dass sie sich anpassen sollte, aber es war so verdammt schwierig für sie. Und schließlich war es *ihr* Junggesellinnenabschied, da konnte sie schlecht ins Bett verschwinden, während die Mädels feiern gingen. Ein Junggesellinnenabschied ergab wenig Sinn ohne die zukünftige Braut.

Also stolzierten sie alle vier durchs *Bellagio*, den Zeichen zum *Caesar's Palace* folgend. Ihre Freundinnen hatten wirklich alle Register gezogen für ihr erstes Mal auf dem Vegas Strip. Chloe trug ein wunderschönes blaues Minikleid, dazu ein Paar High Heels in Nude, mit zehn Zentimeter hohen Absätzen. Natalie hatte sich für einen schwarzen Jumpsuit entschieden, dessen Träger auf dem Rücken überkreuzt waren, und schwarze Doc Martens. Um ihren Hals hing ein Onyxkristall. Und Siobhan trug eine rote Kunstleder-Kombi, die wenig der Phantasie überließ; genauso, wie sie es am liebsten mochte. Außerdem baumelte ihr an einer Perlenkette ein Shotglas um den Hals, auf dem »Designated Drunk« stand, und unter dem Arm trug sie eine aufblasbare männliche Sexpuppe, die übertrieben gut bestückt war.

Kate dagegen war ein Abbild purer Klasse in einem atemberaubenden weißen Etuikleid mit Schleier, obwohl Cowboystiefel und Penis-Tiara ihrer Eleganz einen leichten Dämpfer verpassten. Zusammen mit ihren Schärpen sah man der Truppe den Junggesellinnenabschied von weitem an. Ihr filmreifer Auftritt im *Bellagio* sorgte jedenfalls für Aufsehen unter den anderen Gästen.

»Ist das nur mein Eindruck, oder gehen wir in Zeitlupe?«, fragte Chloe.

»Nein, wir sind nur sehr, sehr betrunken«, erwiderte Natalie.

»Mir geht's gut«, meinte Siobhan achselzuckend, die immer noch relativ nüchtern war. »Und ich sehe sogar noch besser aus.«

»In dem roten Kunstleder siehst du tatsächlich aus wie der Teufel.«

»So soll es sein, immerhin sind wir in Sin City! Und warum trägst du einen Jumpsuit? Wie soll dir so jemand an die Wäsche gehen?«

»Immer gut, nicht zu leicht zu haben zu sein.«

»Ich ziehe es vor, es leicht zu haben«, entgegnete Siobhan.

»O Mann.« Natalie lachte.

»Norman, wo geht es zum *Omnia*?«, fragte Siobhan an den aufblasbaren Mann unter ihrem Arm gerichtet.

»Oh, sein Name ist also Norman?« Kate lachte nun ebenfalls. »Ich fasse es immer noch nicht, dass du eine Stunde damit verbracht hast, ihn aufzublasen.«

»Du bist nur sauer, weil ich in deinen Verlobten geblasen habe.«

Die Mädchen gingen weiter in Richtung *Caesar's Palace* und staunten über die unzähligen Leinwände, die den Casinobereich beleuchteten. Natalie stellte fest, dass es absolut kein natürliches Licht gab.

»Moment mal, warum gibt es hier eigentlich überhaupt keine Fenster?«, fragte sie, während sie sich umsah.

»Damit die Menschen die Orientierung verlieren und vergessen, welche Tageszeit gerade ist«, erklärte Kate, die das bei ihren Recherchearbeiten zu ihrem Trip gelesen hatte. »Es gibt auch nirgendwo Uhren. So bringen sie die Leute dazu, immer weiter zu spielen.«

Natalie betrachtete die Menschen, die an den einarmigen Banditen saßen, völlig versunken in ein Spiel, das sie niemals gewinnen konnten. »Mein Gott, mir war nicht klar, dass wir eine Reise ins dunkle Herz des späten Kapitalismus unternehmen würden«, sagte sie.

»Nat, kein Mann wird dir einen Drink spendieren, wenn du weiter solche Sachen von dir gibst«, sagte Chloe.

»Dann ist es ja gut, dass ich auch auf Frauen stehe«, erwiderte Natalie schlagfertig. »Die sind tatsächlich in der Lage, kritisch zu hinterfragen.«

»Also, ich bin definitiv wegen der Männer hier. Ich bin bereit, Vegas an den Eiern zu packen«, verkündete Siobhan und ließ den Blick schweifen wie ein Adler.

»Wenn du hier fertig bist, müssen sie wahrscheinlich eine neue Geschlechtskrankheit nach dir benennen«, sagte Chloe.

»Siobhanorrhea?«, schlug Natalie vor.

»Oh, das ist nicht schlecht. Erinnert mich daran, mir das patentieren zu lassen!«, sagte Siobhan nicht ohne Stolz.

Als die irischen Freundinnen beim *Omnia* ankamen, bemerkten sie sofort die meilenlange Warteschlange, die offenbar hauptsächlich aus Männern bestand. Doch Siobhan ignorierte sie und ging direkt zum Eingang.

»Siobhan, da ist eine Schlange!«, zischte Kate.

»Nicht für uns«, sagte sie selbstbewusst, ehe sie sich dem Türsteher zuwandte. »Hallo, ich habe einen Tisch reserviert, unter dem Namen Siobhan Murphy.«

»Kein Problem. Ich muss nur zuerst ihre Ausweise sehen«, erwiderte der Türsteher.

»Natürlich.« Siobhan zückte ihren Führerschein.

»Perfekt. Folgt mir.«

»Wollen Sie *meinen* Ausweis denn gar nicht sehen?«, fragte Natalie beleidigt. Sie war immerhin die Jüngste der Gruppe.

»Nein, ist okay.«

»Ich bin quasi Generation Z!«

Nachdem sie ihren Stempel bekommen hatten, folgten Kate und ihre Freundinnen dem Türsteher in Richtung des Main Floors des Clubs. Allerdings wurde der Ausdruck »Club« der Sache nicht wirklich gerecht.

Omnia war ein Niveau für sich, eine surreale Symphony aus Visuellem, aus Klängen und Emotionen.

Es fühlte sich mehr an wie ein Colosseum als ein Club. Aber schließlich waren sie auch im *Caesar's Palace*. Es *war* wortwörtlich ein Colosseum. Der Unterschied war nur, dass die Menschen hierherkamen, um zu tanzen, und nicht um Kämpfe anzusehen – obwohl Siobhan bestimmt auch nach Gladiatoren Ausschau hielt. Unter den schimmernden Lichtern wanden sich die Körper in rhythmischer Ekstase, während der Geruch von Parfüm und Schweiß schwer in der Luft hing. Die Musik war voll aufgedreht, und der Bass hämmerte in Kates Brust wie eine Kugel aus einer Pistole.

»Heilige Mutter Gottes«, murmelte sie geschockt. »Dieser Club ist größer als die gesamte Innenstadt von Dublin!«

»Also, bist du nicht auch froh, dass wir beschlossen haben auszugehen?«, fragte Siobhan.

Sie folgten dem Türsteher eine Treppe hoch. Von hier oben hatten sie den perfekten Ausblick über die Tanzfläche und die Bühne unter sich. An den Decks stand ein DJ, und Tausende verschwitzter Menschen bewegten sich rhythmisch auf der Tanzfläche. So gern Kate auch tanzte, sie war doch froh, hier oben zu sein und nicht dort unten im Kessel der Arena. Für ihren Geschmack war das alles ein bisschen zu viel.

»Bitte schön, die Damen«, sagte der Türsteher. »Tisch Nummer einundzwanzig ist nur für euch.«

»Ich habe extra dazugebucht, dass unsere Drinks bereit sind, wenn wir ankommen«, beschwerte sich Siobhan, als ihr Blick auf den leeren Tisch fiel.

»Die Kellnerin wird gleich bei euch sein«, sagte er. »Viel Spaß heute Abend.«

Die Freundinnen betraten den VIP-Bereich und waren sprachlos, wie großartig alles war. Aber Kate bekam ein schlechtes Gewissen. Sie wusste, dass ein Tisch in einem solchen Bereich nicht billig war.

»Siobhan, das ist zu viel«, wandte sie ein. »Wie hast du das überhaupt organisiert?«

»Nichts ist zu viel für meine Mädels«, lächelte Siobhan. »Und ich habe auf Instagram einen Vegas-Promoter gefunden, mit dem ich einen Rabatt ausgehandelt habe.«

»Aber, wie …?«

»Frag nicht, was ich für den Rabatt getan habe«, unterbrach Siobhan sie, klang dabei allerdings nur halb scherzend, warf die aufblasbare Puppe auf die Couch und begann den Raum mit Blicken abzusuchen. Sie war sofort begeistert. »Wow, Mädels, die Männer hier sind verdammt heiß.«

»Definiere ›heiß‹ «, erwiderte Natalie unbeeindruckt.

»Ach, komm schon, Nat, sieh dir doch nur die Muskeln dieser Kerle an!«

»Igitt, ich hasse muskulöse Männer.«

»Wirklich?«, fragte Kate. »Manchmal wünschte ich, Norman würde ab und zu mal ins Fitnessstudio gehen.«

»Ich dachte, er wäre perfekt?«, sagte Chloe mit hochgezogener Augenbraue.

»Ja, doch ... Aber ein starker, gesunder Körperbau schadet nie.«

Natalie schnappte sich die aufblasbare Sexpuppe von der Couch. »Willst du mir sagen, das ist nicht der perfekte männliche Körper?«

»Ich hätte ihn etwas härter aufgeblasen.«

»KATE, du bist ja richtig versaut!«, sagte Chloe lachend.

»O mein Gott, so habe ich das doch nicht gemeint!«, erwiderte Kate entsetzt.

»Das war nett gemeint. Es ist schön, dich endlich mal entspannter zu sehen.«

Eine Kellnerin trat an ihren Tisch, in der Hand einen großen Eimer mit Eiswürfeln. »Bitte schön, Ladies«, sagte sie. »Ihre bestellten Drinks.«

»Ooh, du hast auch Champagner bestellt?«, fragte Kate gerührt, obwohl sie so beschwipst war, dass sie nicht sicher sein konnte, ob sie noch ein weiteres Glas vertrug.

»Nicht wirklich ...«, sagte Siobhan mit teuflischem Grinsen.

Als die Kellnerin den Eimer auf den Tisch stellte, hätte Kate fast den Schock ihres Lebens bekommen.

Es war überhaupt kein Champagner.

Sondern viel schlimmer.

In dem Eimer voller Eiswürfel prangten vier große Dosen Four Loko.

»Überraschung!«, rief Siobhan.

»Nein, nein, nein, nein, nein«, sagte Kate geschockt. Sie weigerte sich, den Gedanken überhaupt zuzulassen. Mit Four Loko war das Desaster vorprogrammiert. Jedes einzelne Mal, wenn sie beim Ausgehen Four Loko getrunken hatten, wusste anschließend keine von ihnen mehr, was am Abend alles passiert war.

Auf keinen Fall würde Kate das heute trinken.

»Sie meint, ja«, erklärte Siobhan der Kellnerin, die daraufhin in Richtung Bar verschwand.

»Absolut nicht! Das Zeug zu trinken bringt nichts Gutes. Das hat uns jedes Mal den Rest gegeben!«

»Ja, schon, aber das macht doch auch am meisten Spaß.«

»Das ist Blackout in Flaschen!«

»Falsch«, widersprach Siobhan. »Es sind Dosen.«

»Es ist nie eine gute Idee, durcheinanderzutrinken!«, meinte Kate fassungslos.

»Doch, ist es«, widersprach Chloe. »Du weißt doch, was man sagt. Bier auf Wein, das ist fein!«

»So geht der Spruch aber nicht! Mädels, ich fühle mich wirklich nicht wohl bei der Sache. Ich habe Norman versprochen, dass ich nichts Verrücktes tun würde, und das ist die Definition von verrückt. Wir sollten inzwischen längst im Bett sein, damit wir morgen früh frisch und munter aufwachen und alles so tun können, wie wir es geplant haben!«

»Jetzt reicht's«, sagte Siobhan genervt. »Kate, es ist Zeit für eine Intervention!«

»Eine Intervention, bei der ihr mich zum Trinken zwingt?«

»Genau! Die alte Kate hätte den Spaß ihres Lebens gehabt, im VIP-Bereich in Vegas mit ihren besten Freundinnen Four Lokos zu trinken. Stattdessen machst du dir Sorgen, was dein Verlobter wohl denken könnte, obwohl er Tausende von Meilen entfernt ist. Norman hat dich in eine langweilige Hülle deines fabelhaften Selbst verwandelt. Aber ich weiß, dass die wahre Kate noch irgendwo in dir steckt, und ich werde nicht nachgeben, ehe sie wieder zum Vorschein kommt. Du bist vielleicht besessen vom Planen, Kate, aber als deine Brautjungfer ist es mein Job, sicherzustellen, dass du an diesem Wochenende den Spaß deines Lebens hast. Das hast du bei der ganzen Planerei nämlich vergessen: einfach Spaß zu haben.«

So deutlich hatte sie Kate das noch nie gesagt.

Sie wusste, sie konnte ab und zu ein Kontrollfreak sein, aber sie hatte sich bisher nie Gedanken darüber gemacht, wie langweilig das auf andere wirken musste. Wann war das passiert? Seit wann war sie vom Planen so besessen? Eine Veranstaltung zu planen bereitete ihr mehr Vergnügen als die Sache an sich. Sie lebte immer in der Zukunft, in Vorfreude auf Spaß, der noch bevorstand. Aber in der Gegenwart konnte sie auch Spaß haben. Sie musste nur versuchen, den Moment mehr zu genießen.

So wie sie es in jenem Sommer in New York getan hatte.

Vielleicht war es Zeit, dass die neue Kate die alte Kate mal kennenlernte. War nicht der Sinn und Zweck eines Junggesellinnenabschieds, dass die Braut vor ihrem großen Tag noch mal alle Hemmungen fallenließ? Vielleicht war es sogar ihre letzte Chance. Jetzt oder nie.

Was konnte schon Schlimmes passieren?

»Gebt mir die verdammte Dose«, sagte Kate lächelnd.

»WUHUU!!!«, kreischten ihre Freundinnen.

Sie schnappten sich jede die Dose mit ihrem Lieblingsgeschmack: Kate nahm Electric Lemonade, Siobhan Black Cherry, Chloe Blue Razz und Natalie Sour Apple.

»Die Four Lokos sind zurück, Baby!«, rief Siobhan, als sie die Dosen aneinander stießen und den ersten Zug nahmen.

»Zurück mit einem Knall!«, sagte Kate. »Und Norman muss ja nie etwas davon erfahren!«

»Tja, in diesem Fall heißt unser aufblasbarer Freund hier von jetzt an nicht mehr Norman«, entschied Natalie. »Wie soll er stattdessen heißen?«

»Also, mit diesem riesigen aufblasbaren Schwanz würde ich sagen, sieht er aus wie ein Trevor«, meinte Siobhan.

»Siobhan!«, zischte Chloe mit vorwurfsvollem Blick. »Wir dürfen das T-Wort doch nicht sagen, erinnerst du dich?«

»Nein, schon okay«, beruhigte Kate sie. »Ich finde die Idee, ihn Trevor zu nennen, nicht schlecht. Es gibt eh noch ein paar Dinge, die ich dem Vollidioten gern sagen würde!«

»Oh, wow, ich bin echt begeistert von der neuen Kate!«, sagte Natalie.

»Nicht die neue Kate, das ist die WAHRE Kate! Und sie ist für dieses Wochenende zurückgekehrt. Und mit dir, Trevor Rush, habe ich noch ein Hühnchen zu rupfen!«, verkündete Kate und drehte sich zu der aufblasbaren Puppe um.

»YEAH!«, feuerten die Mädels sie an.

Kate wandte sich an die Puppe, als würde sie tatsächlich mit Trevor sprechen. Sie war in diesem Moment schon ordentlich betrunken und bereit, alles so zu sagen, wie sie es empfand. Sie hatte ihre Gefühle für Trevor zu lange unterdrückt, und nun drängten sie an die Oberfläche.

Es war Zeit, alles rauszulassen.

»Hör mal zu, du«, begann Kate und zeigte vorwurfsvoll mit dem Finger auf ihn. »Du und ich hätten alles haben können. Wir waren perfekt füreinander, bis du beschlossen hast, eine schleimige Schlange im Gras zu sein und mich drei Monate, nachdem ich das Land verlassen hatte, zu betrügen. Ich wäre nach meinem Abschluss sofort zu dir zurückgekommen, um gemeinsam Musik zu machen, wie wir es geplant hatten. Aber ich schätze, ein Jahr ist einfach zu lang für einen Mann, um treu zu sein. Und es hätte gar nicht so weh getan zu sehen, wie du diese Frau küsst, hättest du mir nicht dieses dämliche Medaillon geschenkt. Ein Medaillon, das ich einfach nicht wegwerfen kann, egal wie gern ich es tun würde. Hättest du mir einfach vom ersten Tag an gesagt, dass du ein Frauenheld bist, wäre das für mich okay gewesen. Aber du musstest ja so tun, als wärst du irgendein wahr gewordener romantischer Traum, obwohl du genau wusstest, dass ich mich dann in dich verlieben würde. Ich habe dir alle deine Lügen abgekauft, während du mich hinter meinem Rücken lächerlich gemacht hast. Mir zu sagen, dass ich schön bin, dass ich Talent habe, dass du mich liebst – ich frage mich, wie viele andere Frauen noch auf dich reingefallen sind. Du hast mir versprochen, du würdest mich niemals verletzen, und ich war blöd genug, dir das zu glauben. Tja, weißt du was, Trevor? Mir ist das jetzt alles egal. Ich lösche dich aus der Story meines Lebens. Du bist in meinen Gedanken nicht mehr willkommen. Also, Prost auf mich, dass ich es endlich schaffe, dich endgültig zu vergessen!«

»WUHUU!«, applaudierten ihre Freundinnen.

»Wie fühlst du dich jetzt?«, fragte Chloe.

»Als wäre ich endlich befreit von Trevor Rush«, lächelte Kate mit hocherhobenem Kopf. »Cheers, Bitches!«

Die Freundinnen stießen erneut mit ihren Four-Loko-Dosen an und tranken, wobei sich Kate verschluckte, als sie das Getränk in einem Zug leerte.

»Mann, ich hab ganz vergessen, wie stark das Zeug ist«, jammerte sie.

»Es schmeckt auch echt beschissen«, stellte Siobhan fest. »Lasst uns noch eine Runde bestellen!«

»Ist bei euch noch alles okay, Ladies?«, fragte die Kellnerin, als sie an ihnen vorbeieilte.

»Könntest du vielleicht ein Foto von uns machen?«, bat Chloe. »Mädels, wir haben alle eine Dose Four Loko in der Hand – wir können unser erstes gemeinsames Foto nachstellen!«

»Chloe, das ist genial!«, meinte Kate begeistert. Sie griff in ihre

Handtasche und zog ihre Polaroidkamera heraus. »Hier, bitte sehr. Der Blitz ist angeschaltet.«

Die Kellnerin nahm die Kamera, und die Freundinnen nahmen die gleichen Posen ein wie auf dem Foto von vor neun Jahren. »Dann bitte recht freundlich. Sagt Vegas!«

»VEGAS!«, brüllten die Freundinnen, als die Kamera den Moment für immer festhielt. Das Polaroid begann sofort zu drucken, und Kate wusste, es würde perfekt in ihr Erinnerungsbuch für diesen Junggesellinnenabschied passen.

»Vielen Dank«, sagte Kate zur Kellnerin, als sie ihr Kamera und Foto abnahm.

»Ach, übrigens«, sagte Siobhan. »So ein Kerl hat uns von der Champagnerdusche auf der Bühne erzählt. Wie genau funktioniert das?«

»Also, zwischen zwei DJ-Sets könnt ihr auf die Bühne gehen und der DJ lässt dann einen Korken knallen und duscht euch mit Champagner ab«, erklärte die Kellnerin. »Normalerweise kostet das etwas, aber weil ihr für den VIP-Bereich schon bezahlt habt, kann ich die Dusche für die Braut aufs Haus gehen lassen.«

»Na, das nenne ich mal eine Bridal Shower!«, meinte Siobhan. »Sie macht es!«

»Ach, ich weiß nicht, Mädels«, sagte Kate panisch. Sie hatte gehofft, die anderen hätten das wieder vergessen. »Das ruiniert bestimmt mein Kleid und meine Frisur. Ich werde furchtbar aussehen.«

»Mut zur Hässlichkeit, Kate«, spornte Natalie sie an.

»Bitte, Kate, du musst einfach!«, bettelte Chloe.

Kate spürte, wie sich ihre Angst zurückzog. Ihr gefiel die Vorstellung zwar nach wie vor nicht, aber sie hatte den Mädels versprochen, dass die wahre Kate zurück war. Jetzt konnte sie schlecht ihr Wort brechen. Und sie hatte sich vorgenommen, wenigstens zu versuchen, den Moment zu genießen.

Scheiß drauf.

»Okay, ich tue es!«, stimmte sie zu.

»Cool«, sagte die Kellnerin. »Wie ist dein Name? Der MC wird dich aufrufen, wenn es so weit ist.«

»Die zukünftige Kate Cox, zu Besuch aus Irland.«

»Okay, perfekt.« Die Kellnerin sprach etwas in ihr Headset. »Hey, Dave, ich habe noch eine Last-Minute-Anfrage für eine Champagnerdusche. Ja, genau. Der Name ist: Zukünftige Kate Cox aus Irland. Hast du das? Nach diesem Song? Alles klar, gebe ich weiter.«

»Es ist wahrscheinlich zu kurzfristig, oder?«, fragte Kate. Insgeheim hoffte sie, noch irgendwie drum herum zu kommen.

»Nein, es war gerade noch rechtzeitig. Der MC ist gleich nach diesem Song dran. Mach dich am besten schon mal bereit«, sagte die Kellnerin, ehe sie davonhuschte.

»O Gott«, sagte Kate überrumpelt. »Ich habe keine Zeit, mich vorzubereiten! Ich habe keine Ahnung, was auf mich zukommt.«

»Ich schätze, du wirst mit Champagner übergossen. Nur so ein Gedanke«, meinte Natalie grinsend.

»Ich werde es von hier oben filmen. Das wird garantiert eine lustige Erinnerung!«, schwärmte Chloe und zückte ihr Handy.

»Wo wir schon davon sprechen«, sagte Kate und blickte auf das sich entwickelnde Polaroidfoto in ihrer Hand. Es war genau wie das Bild von vor neun Jahren, und sie fand es absolut großartig. »Unser Foto ist fabelhaft, Mädels!«

»Ich schwöre, wir werden jedes Jahr heißer«, sagte Siobhan, selbstbewusst wie immer.

Plötzlich schlenderte der MC des Clubs mit einem Mikro in der Hand auf die Bühne. »EINEN RIESENAPPLAUS FÜR DJ HARDCORE!«, schrie er.

Die Menge begann zu jubeln.

»Wir haben noch einen der krassesten DJs für euch in petto. Aber zuerst – für was ist es jetzt Zeit?«, rief der MC.

»CHAMPAGNERDUSCHE!«, schrie die Menge zurück.

»Also, wir haben ein verrücktes Mädel aus IRLAND, die hier ihren JUNGGESELLINNENABSCHIED feiert, ist das richtig?«, fragte der MC und ließ den Blick über die Menge schweifen.

»Ach, verdammt, Mädels, das ist so was von peinlich!«, sagte Kate bestürzt.

»HIER DRÜBEN IST SIE!«, schrie Siobhan zum MC runter, und wedelte mit den Armen über die Balkonbrüstung.

Ein Scheinwerfer wanderte zu ihnen, und das Licht schien Kate direkt in die Augen, so dass sie erst einmal geblendet war.

»Liebe *Omnia*-Gemeinde, macht ordentlich Lärm für die zukünftige Mrs. KATE COX!«

Die Menge begann wieder zu jubeln.

»RAUF MIT DIR, ALTE SCHACHTEL!«, rief Siobhan gnadenlos.

Kate fühlte sich wie ein Reh im Scheinwerferlicht eines Autos. Sie hasste es, die Aufmerksamkeit auf sich zu ziehen. Aber jetzt gab es kein Zurück mehr. Tausende von Menschen feuerten sie an. Als sie die Treppe hinabging, spürte sie, wie die Dose Four Loko ihr zu Kopf stieg. Der ganze Raum begann sich zu drehen und verschwamm vor ihren Augen. Sie war sich nicht sicher, ob sie es überhaupt auf die Bühne schaffen würde.

Als sie unten ankam, fühlte sich Kate wie Bambi auf dem Eis. Sie ging zur Bühne, während die Menge um sie herum brüllte. Man hätte meinen können, sie hätte gerade einen Oscar gewonnen, so wie sie bejubelt wurde. Insgeheim schmeichelte es ihr. Sie wünschte bloß, die Menschen würden wegen etwas anderem jubeln als dafür, dass sie mit Alkohol bespritzt wurde.

Sie betrat die Bühne und stellte sich neben den MC.

»Kate, bist du bereit für deine CHAMPAGNERDUSCHE?«, rief der MC.

»Nur her damit«, sagte Kate unbeholfen ins Mikrophon. Ihre Stimme entbehrte jeglicher Ausstrahlung, und sie zuckte innerlich zusammen, als sie ihre eigenen Worte durch den riesigen Raum hallen hörte.

»Ich denke, das bekommst du besser hin, Kate!«, meinte der MC und bedeutete der Menge mit einer Handbewegung, für sie zu jubeln.

»HER DAMIT!!!«, schrie Kate, dieses Mal beherzter.

»Das ist schon besser! *Omnia*, seid ihr bereit für unseren nächsten DJ?«, rief er.

Die Menge begann sogar noch lauter zu jubeln, als sie es für Kate getan hatte.

»ICH SAGTE, SEID IHR BEREIT FÜR EINEN VON VEGAS' GRÖSSTEN DJS?«, brüllte der MC.

Die Gäste drehten durch. Es war laut genug, um einem das Trommelfell platzen zu lassen, aber Kate stand einfach nur lächelnd da.

»*Omnia*, seid ihr *ready to* ... FEEL THE RUSH?«

Kate hatte das Gefühl, die Zeit würde stillstehen.

Sie sah zu den Mädels hoch, die entsetzt die Augen aufgerissen hatten.

Das war sicher nur ein Zufall.

Musste es sein.

»Dann lasst mal was hören für den einzigartigen TREVOR RUSH!«

Kates Blick schnellte wieder zu ihren Freundinnen. Die hatten sich geschockt die Hand vor den Mund geschlagen.

Es war kein Zufall. Es war die absolute Katastrophe.

Ein dramatischer EDM-Remix von Britney Spears' »Toxic« plärrte aus den Lautsprechern. Die Version hatte ein episches Streicher-Arrangement und einen pulsierenden Beat, der sie klingen ließ wie der Soundtrack aus einem Actionfilm-Trailer.

Und doch fühlte Kate sich eher, als würde sie in ihren persönlichen Horrorfilm starren. Eine wilde Lichtershow aus schillernden Lasern erleuchtete den Raum, während die Bühne begann, sich mit Nebel zu füllen. Kate versuchte zu atmen, doch sie war in eine Wolke aus Theaternebel gehüllt. Sie war atemlos.

Da sah sie eine schattenhafte Figur aus dem Bühnenboden auftauchen.

Er hatte die eine Hand in die Luft gereckt und schüttelte mit der anderen eine Flasche Champagner. Die Menge kreischte euphorisch. Sie kannten ihn.

Die Plattform schien sich in Zeitlupe zu heben, und Kate hatte keine Ahnung, was sie tun sollte. Sie fühlte sich plötzlich nicht mehr betrunken, sondern stand komplett neben sich. Der Four Loko beeinflusste ihre Wahrnehmung der Realität. Das konnte nicht wirklich passieren. Es musste ein Fiebertraum sein. Eine Art alkoholbedingte Halluzination.

Es war ein Albtraum. Es musste ein Albtraum sein. Sie musste aufwachen!

Endlich war die Plattform ganz ausgefahren, und der Nebel lichtete sich zwischen ihnen. Er stand direkt vor ihr, hinter ihm eine wabernde Menschenmenge.

Der erste Mann, den sie je geliebt hatte.

Der erste Mann, der ihr das Herz gebrochen hatte.

Der Richtige.

Trevor Rush.

»KATE?«, sagte Trevor, als sich ihre Blicke trafen.

Der Champagnerkorken ploppte von allein.

Und das war das Letzte, woran Kate sich in dieser schicksalshaften Nacht erinnern würde.

KAPITEL ACHT

Der Morgen danach

Kate erwachte zum Klang einer Trommel, die in ihrem Schädel wummerte.

Sie versuchte, die Augen zu öffnen, doch es kam ihr so vor, als würde das grausame Sonnenlicht ihr die Hornhaut verbrennen. Als sie sich über die Lippen leckte, waren sie so trocken, als hätte sie vierzig Tage und Nächte in der benachbarten Wüste von Nevada verbracht. Der Geruch nach Alkohol und Schweiß attackierte ihre Nase mit unversöhnlicher Macht.

Was zur Hölle war passiert?

Kate versuchte erneut, die Augenlider zu heben, dieses Mal etwas zögerlicher. Als sie sie schließlich ganz geöffnet hatte, stellte sie fest, dass sie sich nicht in ihrem Hotelzimmer befand. Das Bett, in dem sie lag, war zweimal so groß wie das, an das sie sich von ihrem Check-in erinnerte, und das Zimmer war locker fünfmal so groß. Sie trug immer noch das weiße Kleid vom Vorabend, aber ihr Schleier war verschwunden. Völlig verwirrt sah sie sich um. Die Trommel in ihrem Kopf schien noch lauter zu werden, und ihr Mund war irgendwie noch trockener.

Das war eindeutig der schlimmste Kater ihres Lebens.

Kate hatte noch nie eine solche Angst verspürt. Sie hatte keinen blassen Schimmer, wie sie hier gelandet war. Ihre Erinnerung war wie in winzige Teilchen zerschlagen. Irgendwas mit *Omnia*. Das Geräusch eines ploppenden Sektkorkens. Und aus irgendeinem Grund der Name Trevor Rush. Aber das ergab überhaupt keinen Sinn.

Kate wandte sich nach rechts, um ihre Umgebung sehen zu können. Im Bett neben ihr lag eine große aufblasbare Sexpuppe.

Natürlich! Das war es.

Deshalb war Trevor Rushs Name in ihrem Kopf. Sie erinnerte sich daran, wie sie dem aufblasbaren Mann die Meinung gegeigt hatte, und wie sie sich danach so gefühlt hatte, als wäre sie nach neun Jahren endlich von ihm befreit.

Puh, dieses Rätsel wäre gelöst.

Aber was war danach passiert? Und wo zur Hölle war sie? In wessen Bett lag sie? Heilige Mutter Gottes, war sie etwa mit jemandem nach Hause gegangen? Plötzlich verspürte sie das Bedürfnis, sich zu übergeben, aber sie würgte nur ein paarmal trocken. Es schien, als wäre nichts mehr in ihrem Magen, das herauskommen konnte.

Sie brauchte Antworten, und zwar schnell.

Hektisch begann Kate, nach ihrem Handy zu suchen, ihrem einzigen Rettungsanker in dieser Situation. Schließlich fand sie es in ihrer Handtasche, in der Ecke des Zimmers, glücklicherweise unbeschädigt. Über die Jahre hatte sie in betrunkenem Zustand so manches Handydisplay zerschmettert, aber wie durch ein Wunder war es dieses Mal heil geblieben. Als sie aufs Display sah, fuhr sie geschockt zusammen.

Dreiundvierzig verpasste Anrufe. Alle von Norman.

Plus Dutzende von Nachrichten. Die drei letzten sah sie schon auf dem Sperrbildschirm.

Norman: Kate, ich versuche seit Stunden, dich anzurufen!!! WO STECKST DU?

Was ist los, warum antwortest du mir nicht??? Ich mache mir solche Sorgen!!!

KATE, BITTE GEH AN DEIN HANDY!!!!

Kate fühlte sich sofort wieder wie erstickt. Sie hatte Norman versprochen, ihm stündlich zu schreiben, und als sie auf die Uhr sah, stellte sie fest, dass sie ihn fast zwölf Stunden lang ignoriert hatte. Sie wusste, sie musste ihn zurückrufen, aber zuerst musste sie dafür sorgen, dass es sich in ihrem Kopf nicht mehr drehte.

Eins nach dem anderen.

Sie warf einen Blick in den Spiegel und erkannte sich kaum wieder, so zerstört sah sie aus. Ihr Make-up war abgerieben, ihr Lippenstift verwischt, und ihre kastanienbraunen Haare sahen aus, als wären sie mit einer Klobürste zurückgekämmt worden.

Ihrem Aussehen nach zu urteilen, war es eine harte Nacht gewesen, selbst für Las Vegas.

Aber was war bloß geschehen?

Die Mädels.

Die Mädels würden die Antworten kennen.

Sie musste sie finden.

Kate öffnete die Schlafzimmertür, und der Anblick, der sich ihr bot, hätte sie fast umgehauen. Sie war in einer Art Penthouse-Suite. Es war das mit Abstand luxuriöseste Zimmer, das Kate je gesehen hatte, geschweige denn eine Nacht darin verbracht hatte. Es sah aus, als würde es mindestens zehntausend Dollar pro Nacht kosten.

Es gab nur ein Problem.

Das Zimmer war komplett verwüstet. Es sah aus, als hätte eine Bombe eingeschlagen. Gläser waren zerschlagen, Möbel auf den Kopf gestellt, und ein durchdringender Gestank nach Alkohol hing in der Luft.

»Hallo?«, fragte Kate leise. Aber das Zimmer war so riesig, dass ihr Flüstern von den Wänden abprallte und durch die Suite hallte.

Plötzlich tauchte Natalies Kopf aus der Couch auf, wo sie offensichtlich geschlafen hatte. »Kate?«, stöhnte sie, während sie sich aufrappelte. »Bist du das?« Sie war auch völlig fertig. Vielleicht ging es ihr sogar noch schlechter als Kate. Und so wie sie aussah, würde ihr Kater noch ein paar Wochen andauern.

Denn Natalie hatte keine Augenbrauen mehr.

Abrasiert oder versengt, das konnte Kate nicht sagen.

So oder so, sie waren weg.

»O mein Gott, Natalie. Geht es dir gut?«, fragte Kate.

»Wo zur Hölle sind wir?« Natalie versuchte, ihre Augen zu öffnen.

Kate beschloss, ihr das mit den Augenbrauen noch zu verschweigen. Besser, sie wurde erst einmal wach. »Ich habe keine Ahnung, Nat«, antwortete sie. »Und wo sind die anderen?«

Plötzlich ertönte ein lautes Geräusch von unter einem Haufen aus Kissen und Party-Überresten. Siobhan tauchte auf, wie ein Zombie, der von den Toten aufersteht.

»HILFE!«, stöhnte sie und begann sich herumzuwälzen. »HIIILFE!«

»Siobhan, was ist los?« Kate eilte zu ihr.

»Ich kann meine Arme nicht bewegen!«

Lieber Himmel, war Siobhan etwa gelähmt? Würde sie ihre Arme nie wieder benutzen können? Doch als sie sich zur Seite drehte, erkannte Kate, warum sich Siobhan nicht bewegen konnte.

Sie trug Handschellen.

»Siobhan, du hast Handschellen an!«, sagte Kate entsetzt. »Bist du letzte Nacht etwa festgenommen worden?«

»Das wollte ich dich gerade fragen!«

Siobhan war offensichtlich genauso ahnungslos wie Kate. »Hilf mir mal hoch!«

Kate half Siobhan auf die Beine. Sobald sie aufrecht stand, sah sie Natalie an.

»O mein Gott, Nat! Deine Augenbrauen!!«, kreischte sie und lachte hysterisch.

»Was ist denn mit meinen Augenbrauen?« Als ihre Finger die nackte Haut berührten, wo ihre Brauen hätten sein sollen, wusste Natalie sofort, was los war. »O nein, das darf nicht wahr sein!«, schrie sie und stürmte in Richtung Badezimmer. Doch dabei stolperte sie über etwas Großes am Boden, das daraufhin ein lautes Stöhnen von sich gab.

»Au!«, machte Chloe, die gerade aufwachte.

Natalie stürzte, und sie fielen übereinander.

Kate traute ihren Augen kaum, als sie Chloe erblickte. »Chloe, deine Haut!«, sagte sie mit aufgerissenen Augen.

»Was ist denn mit meiner Haut?«, fragte Chloe. Doch als sie ihren Arm ansah, kannte sie die Antwort.

Sie war komplett und völlig orange. So leuchtend orange, wie sie noch nie in ihrem Leben gewesen war – und das sollte was heißen, in Chloes Fall.

»O Gott«, schrie Chloe, als sie aufsprang. »Die Creme ist viel zu dunkel geworden!«

»Du siehst aus, als hättest du in einer Tüte Cheetos geschlafen!«, stellte Natalie fest.

»Wenigstens hab ich noch meine Augenbrauen!«

»Nein, nein, nein«, stammelte Natalie, als ihr die eigene Misere wieder einfiel. Sie lief ins Badezimmer, und ihre Freundinnen hörten die nächsten fünf Sekunden nur einen lauten, lang gezogenen Schrei.

Siobhan krümmte sich vor Lachen. »Ich bekomme keine Luft mehr«, japste sie.

»Wer von euch hat mir die Augenbrauen abrasiert?« Natalie kam ins Zimmer zurückgestürmt.

»Sieh nicht mich an«, sagte Siobhan und streckte ihr die Arme entgegen. »Mir sind die Hände gebunden!«

»Mädels, mein Rücken brennt«, jammerte Chloe. »Fühlt sich an wie Feuer.«

»Das ist bestimmt die Bräunungscreme, weil du sie zu lange draufgelassen hast«, meinte Natalie. »Deine Haut sieht aus wie eine Orangenschale.«

»Nein, es fühlt sich schlimmer an. Und nur unten am Rücken.«

»Zeig mal«, sagte Kate.

Chloe hob hinten ihr Kleid hoch, und ihre Freundinnen schnappten unisono nach Luft. Über Chloes Po prangte ein riesiges Tattoo: »Live, Laugh, Love«, in schnörkeliger Schreibschrift.

»Was zur Hölle ist da?«, wollte Chloe mit panischer Stimme wissen.

»Ach, nicht so schlimm«, versuchte Kate sie zu beruhigen.

»Doch, ist es!«, brachte Siobhan lachend hervor. »Du hast ein Arschgeweih. Live, Laugh, Love, steht da.«

»Ich bin nicht dumm, Siobhan«, erwiderte Chloe, überzeugt, Siobhan würde sie aufziehen.

»Ausnahmsweise sagt sie mal die Wahrheit«, meinte Natalie mit verzogenem Gesicht.

Chloe sah aus, als würde sie ihr ganzes bisheriges Leben vor ihren Augen vorbeiziehen sehen. Sie trat an den Spiegel an der Wand und drehte sich, so dass sie ihren unteren Rücken sehen konnte. Sobald sie das Tattoo erblickte, stieß sie einen gellenden Schrei aus.

»Wer in aller Welt hat mich dazu gebracht, mir ein Tattoo stechen zu lassen?«, kreischte sie. »Ich hasse Tattoos!«

»Chloe, ich finde dein Arschgeweih sieht gut aus!«, sagte Natalie.

»Sag nicht Arschgeweih dazu!«

»Na, gut ... dann dein Nuttenabzeichen.«

»O mein Gott, Mädels, mir tut schon der Bauch weh vom Lachen«, krächzte Siobhan. Aber als sie nach unten blickte, bemerkte sie, dass der Schmerz von ihrem Nabel stammte. Zu ihrem Entsetzen war ihr Bauchnabel gepierct, und ein kleiner Edelsteinanhänger baumelte daran.

»Nicht wahr!«, brüllte Natalie lachend.

»Wo zur Hölle habe ich meinen Bauchnabel piercen lassen?«, zischte Siobhan.

»Im Einkaufszentrum vielleicht?«, schlug Chloe vor.

»Bauchnabelpiercings sind seit JAHREN schon aus der Mode!«

»Vielleicht kehrt der Trend zurück, und du bist dann eine der Ersten«, meinte Kate tröstend.

»O mein Gott«, rief da Natalie, die auf ihr Handy starrte. »Ich habe gerade mein Konto gecheckt, und es ist quasi leer. Ich bin pleite!«

»Ich habe dir doch gesagt, du sollst anfangen, dir die Drinks von Männern spendieren zu lassen«, meinte Siobhan achselzuckend.

Die Mädels musterten sich alle sprachlos.

Natalie, die ein leeres Konto und keine Augenbrauen mehr hatte. Siobhan in Handschellen und mit Bauchnabelpiercing. Und Chloe mit leuchtend oranger Haut und dem weltschlechtesten Tattoo.

Die nächste Frage lag auf der Hand.

»Mädels, was zur Hölle ist letzte Nacht passiert?«, fragte Kate ungläubig.

»Ja, das ist der schlimmste Fall von Hangover, den ich je hatte«, sagte Natalie. »Wo sind wir überhaupt? Das ist nicht unser Zimmer.«

»Vielleicht hat Chloe es geschafft, uns ein Upgrade zu verschaffen«, sagte Siobhan lachend.

»Ich weiß nicht, was daran so lustig sein soll, Siobhan!«, fuhr Chloe sie an. »Du bist diejenige, die Handschellen trägt! Du könntest eine gesuchte Verbrecherin sein!«

»Und Gott weiß, mit wie vielen Männern du geschlafen hast!«, fügte Natalie hinzu.

»Mist, daran habe ich noch gar nicht gedacht.« Siobhan sah sich panisch um. »Wo ist meine Handtasche? Ich soll jeden Tag um acht Uhr morgens die Pille nehmen!«

»Deine Tasche ist hier auf der Couch«, sagte Kate und nahm sie.

»Siobhan, warum nimmst du die Pille? Ich dachte, du hättest eine Spirale?«, fragte Chloe.

»Die Spirale ist nur zu 99 Prozent sicher. Wollt ihr wirklich, dass es eine einprozentige Chance gibt, dass ich Mutter werde?«

»Gutes Argument.«

Kate öffnete Siobhans Handtasche und begann, darin herumzukramen. »Ich sehe keine Pillenschachtel. Nur einen Miss-Piggy-PEZ-Spender.«

»Der ist es! Bring ihn mal her!«

»Du hast deine Antibabypille in einem PEZ-Spender?«, fragte Natalie geschockt.

»Ist leichter mit sich rumzutragen. Kate, steck mir eine in den Mund, schnell! Ich habe Horrorstorys gehört von Frauen, die einen Tag die Pille nicht genommen haben und schwanger geworden sind.«

Kate drückte eine Pille aus der Packung und steckte sie Siobhan in den Mund. Diese schluckte sie trocken runter.

»Brauchst du kein Wasser dazu?«, fragte Kate.

»Denkst du ernsthaft, Siobhan hat einen Würgreflex?«, meinte Natalie augenrollend.

Kate sah sich wieder im Zimmer um, auf der Suche nach Hinweisen, was am Vorabend passiert sein konnte. Als sie den Blick senkte, spürte sie, wie ihr das Herz in die Hose rutschte. Überall waren rosa Papierfetzen und Glitzer verstreut.

Ihr Reiseplan.

Es war in Stücke gerissen. Ihr perfekter Plan, völlig zerfleddert.

Sie bückte sich und sammelte zusammen, was übrig war. »Wer von euch ist hierfür verantwortlich?«, fragte sie mit vor Wut funkelndem Blick.

»Kate, keine von uns kann sich an irgendwas erinnern«, sagte Chloe, die immer noch mit der Handfläche vor ihrem unteren Rücken herumfächelte, um die Haut zu kühlen.

»Vielleicht hat uns jemand was in den Drink getan!«, rief Natalie. »O mein Gott, was, wenn wir von Menschenhändlern entführt worden sind? Was, wenn sie unsere Organe haben wollen? Ich habe Dokus darüber gesehen, wo Leute ohne Niere oder Leber aufwachen!«

»Ich glaube nicht, dass unsere Leber nach letzter Nacht auf dem Schwarzmarkt noch viel wert ist«, meinte Siobhan lachend.

»Mädels, das ist ein totale Katastrophe!«, seufzte Kate. »Aber wir bekommen das raus. Wir haben früher schon gemeinsame Blackouts erlebt. Das ist genau wie damals in unserem Sommer in New York. Wir müssen bloß alles zusammenflicken, was passiert ist.«

»Das Letzte, an das ich mich erinnern kann, ist, dass wir ins *Omnia* gegangen sind«, fing Siobhan an.

»Ich erinnere mich, dass wir im VIP-Bereich waren und ein Polaroid geschossen haben«, fuhr Chloe fort.

»Kate, sieh mal, auf dem Boden. Da liegt ein Polaroidfoto«, sagte Natalie und deutete auf das Bild. »Vielleicht gibt es uns einen Hinweis darauf, was passiert sein könnte.«

Kate hob das Foto auf. Es zeigte die vier Freundinnen, die am Tisch im VIP-Bereich des *Omnia* saßen und ihre Dosen Four Loko in die Kamera hielten. Sie erinnerte sich vage daran, wie die Kellnerin die Getränke an ihren Tisch gebracht hatte und dass Siobhan sie bestellt hatte.

»Also, Mädels, wenigstens wissen wir, dass wir nicht unter

Drogen gesetzt wurden. Wir haben quasi den Blackout in flüssiger Form getrunken!«, sagte sie.

»Dann müssen wir noch mehr Fotos finden, die nach unserem Blackout gemacht wurden«, meinte Natalie.

»Da drüben bei der Bar sehe ich noch eins!«, sagte Chloe.

Kate eile zur Bar, in der sich nach der Partynacht kein einziger Tropfen mehr befand. Auf dem Tresen lag ein Foto, das die Freundinnen in einem pinken Oldtimer-Cabrio zeigte. »Okay, daran kann ich mich nicht erinnern«, stellte sie fest und hielt es den Mädels hin.

»Wo wurde das gemacht?«, fragte Chloe.

Kate suchte auf dem Foto nach Hinweisen, konnte aber nichts entdecken. »Hmm, keine Ahnung. Kann sich irgendjemand erinnern, wo das war?«

»Weiß auch nicht, aber wahrscheinlich hat Chloe ein pinkes Cabrio gesehen und wollte einen Barbie-Moment erleben«, überlegte Siobhan.

»Durchaus möglich«, stimmte Chloe zu.

»Okay, sucht alle weiter!«, forderte Kate ihre Freundinnen auf. Sie ging den Flur entlang, auf der Suche nach irgendwelchen Hinweisen, was in der Nacht passiert sein könnte. Der Boden schwankte immer noch, sie konnte kaum laufen vor Schwindel. Himmel, war sie immer noch so betrunken?

Plötzlich erblickte sie ein weiteres Polaroidfoto vor der Penthousetür. Sie bückte sich und hob es auf, in der Hoffnung, mehr Informationen zu sammeln.

Doch als Kate das Foto umdrehte, war sie wie vom Blitz getroffen vor Schreck.

Es war so viel schlimmer als alles, was sie sich je hätte vorstellen können.

Auf dem Foto war ein Mann zu sehen, der als Elvis verkleidet war, mit einem Schild über ihm, auf dem »A Little White Wedding Chapel« stand. Vor ihm stand Kate und streckte die Hand aus, während der Mann, den sie mehr als jeden anderen auf der Welt hasste, ihr einen goldenen Ring an den Finger steckte.

Erst da fiel es Kate auf.

Der goldene Ring war noch an ihrem Finger. Geschockt hob sie die Hand, und ihr Gehirn stellte fest, was ihr Bauch schon längst wusste.

Es war ein Ehering.

Sie spürte, wie ihr das Herz in die Hose rutschte. Sie hatte alle Informationen vor sich ausgebreitet, aber sie konnte die Punkte einfach nicht verbinden. Bruchstücke der Nacht, die sich nicht zusammenfügen ließen. Sie wusste, was sie sah, doch ihr Verstand weigerte sich, es zuzulassen. Sie *weigerte* sich, es zu glauben.

Doch dann sah sie ihn.

Die Tür des Penthouses öffnete sich schwungvoll, und da stand er.

Seine glatten schwarzen Haare, seine gebräunte italienisch-amerikanische Haut und die stechenden braunen Augen, die ihr wie immer direkt in die Seele zu blicken schienen.

»Liebling, ich bin zu Hause«, rief Trevor Rush grinsend.

KAPITEL NEUN

Schlimmer geht immer

»AAAAHH!«, schrie Kate erschrocken auf.

Sie machte auf dem Absatz kehrt und sauste um die Ecke zu den Mädels zurück. Das konnte einfach nicht sein. Sie hatte NICHT gerade Trevor Rush in diesem Türrahmen stehen sehen. Vielleicht war sie noch zu betrunken. Oder sie träumte einfach lebhaft.

»Kate, was ist los?«, fragte Natalie, als Kate auf sie zurannte.

»In … in der Tür … da ist …«

»Du siehst aus, als hättest du einen Geist gesehen«, stellte Chloe besorgt fest.

Doch als Trevor um die Ecke bog, verstanden sie, warum Kate so aufgelöst war. Sie *hatte* einen Geist gesehen. Den Geist eines vergangenen Sommers, der nun direkt vor ihnen stand.

»Also, sind die Four Lokos endlich aufgewacht, wie ich sehe«, meinte Trevor lachend. In den Händen hielt er eine Schachtel mit Donuts und vier Kaffeebechern.

Kate schnappte panisch nach Luft. Sie hatte kein Asthma, doch plötzlich verspürte sie das dringende Bedürfnis nach einem Inhalator. »Trevor …«, brachte sie schließlich hervor. »Was zur Hölle ist hier los?«

»Wie meinst du das?«

»Warum gibt es ein Foto von uns in einer schäbigen Vegas-Hochzeitskapelle?«

»Warte mal, du erinnerst dich nicht?«, fragte Trevor, offenbar ehrlich überrascht.

»Woran soll ich mich erinnern?«, fragte Kate ungeduldig. Aber sie wusste schon, was kommen würde.

Ein leises Lächeln umspielte seine Lippen. »Na, an unsere Hochzeit, Dummerchen.«

»Unsere WAS?«

»Du hast richtig gehört, Liebling. Das hier ist unsere Flitterwochen-Suite«, erklärte Trevor. »Wir haben uns letzte Nacht trauen lassen.«

Kate wollte nur noch im Boden versinken. Das konnte einfach nicht wahr sein. Sie war Kate O'Connor. Und Kate O'Connor war NICHT der Typ Frau, der im betrunkenen Zustand in Vegas heiratete. Vor allem nicht den Mann, den sie mehr als alles andere auf der Welt verabscheute!

»Nein, nein, nein, nein, nein«, jammerte Kate, kurz vorm Hyperventilieren. »Das kann nicht sein. Das ist eine Art dummer Scherz. Natürlich! Du und die Mädels habt das als Streich für meinen Junggesellinnenabschied inszeniert. Irgendwo ist hier eine versteckte Kamera, stimmt's?«

»Kate, das ist kein Streich«, sagte Natalie.

»Netter Versuch, Mädels. Ihr habt das echt gut geplant. Mich dazu zu bringen, Four Loko zu trinken, Trevor ins Spiel bringen, sogar die Flitterwochensuite, das ist echt ein genialer Einfall.«

»Kate, wir spielen dir keinen Streich!«, sagte nun auch Chloe.

»Sie sagen die Wahrheit«, meinte Trevor. »Gestern Nacht hast du mir gesagt, dass du mich immer noch liebst, und dann hast du mich gefragt, ob ich dich heiraten will.«

»Das ist nie im Leben so passiert!«, entgegnete Kate. Sie versuchte, den Ehering von ihrem Finger zu ziehen, doch er steckte fest.

»Oh, das ist sehr wohl passiert. Du bist sogar vor mir auf die Knie gegangen und alles.« Trevor lachte.

»Das glaube ich dir nicht. Ich glaube gar nichts. Auf keinen Fall haben wir geheiratet!«

»Vielleicht siehst du dann mal auf dein Handy. Ich glaube, eine von euch hat unsere Hochzeit in ihre Instagram-Story gestellt.«

Kate wäre fast umgekippt vor Schreck.

Ihre betrunkene Vegas-Hochzeit? Auf Instagram?

»Werdet erst mal richtig wach, während ich wohin muss. Donuts sind frisch – bedient euch«, sagte Trevor und ging in Richtung Badezimmer davon.

Siobhan lief auf den Kaffeetisch zu, um sich einen Donut zu nehmen, doch dann fiel ihr ein, dass ihre Arme zusammengebunden waren. »Könnte mir mal jemand einen Donut in den Mund schieben?«, fragte sie.

»Siobhan!«, fuhr Kate sie an. »Konzentration!«

»Stimmt! Die Krise!«

»Checkt alle eure Storys! O Gott, Norman folgt euch allen auf Instagram. Das muss der Grund sein, warum er mich dreiundvierzigmal angerufen hat. Er hat gesehen, wie ich in Vegas geheiratet habe«, rief Kate. Ihr Leben war so gut wie vorbei. Zumindest das Leben, wie sie es gekannt hatte.

Ihre Freundinnen begannen sofort, ihre Instagramprofile zu checken, um zu sehen, was passiert war. Kate öffnete die App, doch ihre Story war leer. »Bei mir ist nichts, zum Glück.« Sie atmete erleichtert auf

»Bei mir ist nur eine Infografik über die Rettung der Schildkröten«, sagte Natalie.

»Meine Story ist auch leer«, meinte Siobhan.

»O mein Gott, in meiner ist was!«, rief Chloe.

»Zeig her!«, kreischte Kate panisch. Sie musste dringend wissen, wie viel Schaden angerichtet wurde. Sie musste wissen, wie viel von ihrem Leben noch zu retten war.

Die Mädels beugten sich über Chloes Schultern und betrachteten gemeinsam ihre Insta-Story. Das erste Video zeigte Kate, als sie für die Champagnerdusche auf die Bühne ging. Trevor wurde aus dem Bühnenboden gehoben, während sich Kates Körper sichtlich versteifte vor Schreck. Schließlich, als die Plattform ganz ausgefahren war, trafen sich die Blicke der beiden.

»Heilige Mutter Gottes«, murmelte Kate, voller Angst vor dem, was kommen würde. »Ich glaube, daran erinnere ich mich!«

Auf dem Bildschirm starrte Trevor Kate ungläubig an. Die Flasche ploppte vom eigenen Druck. Doch anstatt Kate ihre Champagnerdusche zu verpassen, ließ er die Flasche vor Schreck zu Boden fallen, so dass sie nach allen Seiten spritzte. Kate stand mindestens eine Minute lang sprachlos auf der Bühne.

»Dreh dich um und lauf, du Idiotin!«, raunte Kate ihrem betrunkenen Selbst zu.

Doch darauf hörte die Kate im Handy leider nicht. Sie begann auf Trevor zuzugehen, bis sie sich schließlich gegenüberstanden, nur ein paar Handbreit voneinander entfernt. Dann, wie aus dem Nichts, hob Kate die Hand und ohrfeigte Trevor. Die Gäste des *Omnia* gaben überraschte Laute von sich, und die allgemeine Unsicherheit war spürbar, weil alle überlegten, ob es Teil der Vorführung war oder nicht.

»Seht ihr?« Kate sah vom Handy auf. »Ich habe ihn nicht geheiratet, ich habe ihn geohrfeigt!«

Doch auf dem Bildschirm schien bei Kate ein Schalter umgelegt worden zu sein. Anstatt von der Bühne zu stürmen, wie sie es hätte tun sollen, schnappte Kate sich Trevor und begann ihn mit unbändiger Leidenschaft zu küssen. Und Trevor erwiderte den Kuss mit neun Jahre aufgestauter Begierde. Die Menge drehte durch vor Begeisterung über ihren leidenschaftlichen Kuss.

Kate spürte, wie sie rot wurde. »Das bin ich nicht! Das kann ich auf keinen Fall sein!« Sie starrte weiter geschockt ihr betrunkenes Selbst an, das Trevor auf der Bühne des *Omnia* abknutschte. Es war, als bekäme sie keine Luft und sein Mund wäre die einzige Sauerstoffquelle. Es war so völlig untypisch für sie, dass es sich anfühlte, als würde sie einer völlig Fremden zusehen. Bestimmt würde sie ihn jetzt jeden Moment wegstoßen und davonstürmen.

Doch sie küsste ihn einfach weiter. Und die Menge feuerte sie an.

»O mein Gott!!! Chloe, lösch das sofort!«, flehte Kate. »Kannst du irgendwie rausfinden, ob Norman das gesehen hat?«

»Keine Sorge, das ist nur in unserer privaten Story. Nur wir vier können es sehen«, erklärte Chloe.

Kate seufzte erleichtert auf.

Es bestand immer noch eine Chance, dass sie aus dieser Misere lebendig wieder raus kam.

Die Freundinnen sahen sich noch den Rest von Chloes privater Story an, in der sie alle hinter dem DJ-Pult mit Trevor auf der Bühne tanzten, dann in verschiedenen Bars beim Trinken und bei einem Halt in einem Tattoo- und Piercingstudio. In einer Story bekam Siobhan ihren Bauchnabel gepierct, in einer anderen wurde Chloe tätowiert. Natalie war zu sehen, wie sie sich den elektrischen Rasierer des Tätowierers schnappte und sich damit die Augenbrauen abrasierte.

»Verdammt, Mädels, das ist ein völlig neues Niveau von Trunkenheit«, sagte Siobhan. »Selbst für uns.«

Doch die nächste Story war schlimmer als alle anderen zusammengenommen, zumindest für Kate. Zu ihrem Entsetzen ging sie auf die Knie, um Trevor einen Antrag zu machen.

»Nein, das kann nicht echt sein. Das habe ich auf gar keinen Fall getan«, sagte sie nach Luft schnappend. Doch der Beweis war eindeutig. Im Video fragte sie Trevor, ob er sie heiraten wollte.

Er hatte die Wahrheit gesagt.

Plötzlich standen sie alle in der Little White Wedding Chapel. Der enge Raum war mit billigen weißen Bänken, künstlichen Buntglasfenstern und Plastikvasen mit Kunstblumen eingerichtet. Kate und Trevor standen vor einem Elvis-Imitator, genau wie sie es auf dem Foto gesehen hatten.

»Willst du, sexy Momma, Kate O'Connor, Trevor Rush zu deinem rechtmäßig angetrauten Ehemann nehmen?«, fragte Elvis in einem furchtbar schlecht kopierten Slang.

»Unbedingt!«, kreischte die Kate auf dem Display.

Die Kate der Gegenwart zuckte unwillkürlich zusammen. Das war mehr als peinlich. Es war als hätte sie eine neue Emotion entdeckt, die nur für diesen beschämendsten Moment aller Zeiten reserviert war.

Trevor kam ins Zimmer zurückgeschlendert, ganz cool und entspannt, als wäre alles in bester Ordnung. Er stand in seinem stylishen schwarzen Anzug mit seinen perfekt gestylten Haaren da, als wären die Ereignisse der Nacht an ihm völlig spurlos vorübergegangen.

»Also, Liebling ... bist du jetzt auf dem Laufenden?«, fragte er, die Lippen zu einem schiefen Grinsen verzogen.

»Findest du das lustig? Du hast mich geheiratet, während ich komplett betrunken war!«, schimpfte Kate wütend. »O Gott, hatten wir etwa Sex? Heilige Mutter Gottes, sag mir bitte, dass wir nicht miteinander geschlafen haben!«

»Natürlich hatten wir keinen Sex. Du warst betrunken. Du hast mich immer wieder angefleht, aber ich habe nein gesagt«, lächelte Trevor.

»Ich würde niemals einen Mann um Sex anflehen! Eher würde ich tot umfallen.«

Trevor nahm sein Handy und öffnete ein Video. »Na, schön, dann mal los«, sagte er und drückte auf Play.

Auf dem Bildschirm erschien Kate, völlig betrunken und lallend. Sie war zu sehen, wie sie gerade den Reiseplan zerriss. Den Plan, an dem sie monatelang gearbeitet hatte.

Sie war es gewesen, die ihn zerfleddert hatte.

»Endlich bin ich frei!«, schrie die Kate auf dem Bildschirm.

»Alles klar, Mrs. Rush, es ist Zeit, schlafen zu gehen«, hörte man Trevors Stimme hinter der Handykamera.

»Bitteeeee, Trevor. Ich brauche diesen Schwanz«, bettelte Kate im Video.

»Du bist betrunken, Mrs. Rush. Für dich geht es direkt ins Bett. Allein.«

»Trevor, bitte. Ich will den RUSH spüren!«

Die Mädels konnten sich nicht mehr halten vor Lachen.

»Klappe, ihr drei!«, zischte Kate ihnen zu, als sie von dem Video aufsah. »Trevor, schalt das aus!«

»Siehst du?« Trevor steckte das Handy ein. »Wir hatten keinen Sex. Hallo? Schon mal was von gegenseitigem Einvernehmen gehört? Ich würde niemals mit jemandem schlafen, der so betrunken ist.«

»Ach, dann hast du mich also stattdessen nur geheiratet«, sagte Kate mit hochgezogenen Augenbrauen.

»Hey, du hast mir einen Antrag gemacht. Ich habe nur ja gesagt«, meinte Trevor achselzuckend. »Wenn es passt, weiß man es einfach, stimmt's?«

»Aaah«, machte Chloe.

»Wartet mal einen Moment«, sagte Chloe. »Wenn ihr beiden keinen Sex hattet, heißt das, die Ehe wurde nicht vollzogen, sie kann also als null und nichtig erklärt werden!«

»Willst du damit sagen, es gibt einen Weg raus aus diesem Schlamassel?«, fragte Kate.

»Ja – wenn die Ehe nicht vollzogen wurde, oder wenn man aus Versehen geheiratet hat, kann man eine Annullierung anstatt einer Scheidung beantragen. Das bedeutet quasi, die Hochzeit ist nie geschehen«, erklärte Natalie.

»Dann ist das genau das, was wir tun werden«, beschloss Kate. Plötzlich fiel ihr auf, dass sie keine Ahnung hatte, wie diese Annullierung funktionierte. »Also, was genau müssen wir tun?«

»Vielleicht gehen wir am besten zurück zur Hochzeitskapelle. Die können die Ehe vielleicht gleich da wieder annullieren.«

»Die Ehe annullieren?«, fragte Trevor überrascht. »Gestern Nacht hast du noch gesagt, du wärst die letzten neun Jahre in mich verliebt gewesen.«

»Das habe ich nie gesagt!«

»Davon habe ich auch ein Video.«

»Tja ... ich war betrunken und habe es nicht so gemeint!«

»In vino veritas, Liebling«, meinte Trevor augenzwinkernd.

»Nein. Meine *echte* Hochzeit ist in fünf Tagen, also muss diese hier ausradiert werden. Mädels, ich bin gleich wieder da«, sagte Kate, entschlossen, aus diesem unheiligen Schlamassel wieder rauszukommen. »Trevor und ich müssen eine Annullierung unterzeichnen!«

KAPITEL ZEHN

Die Annullierung

»TAXI!«, kreischte Kate in der Einfahrt des *Bellagio*.

Sie war außer sich vor Wut. Nicht genug, dass ihr schöner Plan zunichtegemacht worden war, nun stand auch noch ihr gesamtes Leben auf der Kippe. In fünf Tagen sollte sie Norman heiraten, und doch war sie hier nach einer betrunkenen Nacht der Ausschweifungen, an die sie sich kein bisschen erinnerte, mit ihrem toxischen Ex verheiratet.

Wie hatte sie zulassen können, dass sie derart über die Stränge schlug? Es war so überhaupt nicht typisch für sie. Solche Dinge passierten ihr einfach nicht – zumindest nicht mehr. Insgeheim hoffte sie immer noch, dass alles nur ein Albtraum war, aus dem sie jeden Moment aufwachen würde, aber sie musste die Realität wohl oder übel akzeptieren, wenn sie irgendeine Hoffnung haben wollte, aus der Situation wieder rauszukommen.

»Wir brauchen kein Taxi«, sagte Trevor auf seine ruhige, charmante Art. »Mein Fahrer wartet gleich hier drüben.«

Ein schwarzer Mercedes kam vorgefahren, und Trevor öffnete die Tür für Kate. Sie stöhnte frustriert auf und kletterte auf den Rücksitz.

»Wie geht es den Frischvermählten heute Morgen?«, fragte Trevors Chauffeur freundlich.

»Nennen Sie uns bitte nicht so«, erwiderte Kate unbeeindruckt. »Bringen Sie uns bitte zur Little White Wedding Chapel.«

»Sie wollen das Gelübde schon erneuern?«

»Um genau zu sein, Lorenzo, will meine Frau eine Annullierung. Kannst du das glauben?«, fragte Trevor.

»Natürlich will ich eine Annullierung«, fuhr Kate ihn an. »Du hast mich geheiratet, obwohl ich sturzbetrunken war!«

»Ich habe nur das getan, worum du mich gebeten hast, Liebling.«

»Nenn mich nicht so!«, keifte Kate.

»Okay ... Sommersprosse«, korrigierte sich Trevor, genau wissend, was er tat.

Kate wollte am liebsten aus vollem Halse schreien. Es war der Spitzname, den er ihr in jenem Sommer gegeben hatte. Der Spitzname, den sie so sehr hasste. »Denk nicht mal daran, mich so zu nennen! Du weißt, wie sehr ich das hasse!«

»Tja, dann nehme ich eben den anderen«, lächelte Trevor.

Kate konnte nicht sagen, was sie mehr hasste. Sie konnte es nicht ausstehen, von ihm Liebling genannt zu werden, doch auf der anderen Seite, lenkte Sommersprosse die Aufmerksamkeit auf ihre größte Unsicherheit. Es war ein Spitzname, den sie so viele Jahre lang versucht hatte, zu vergessen, und sie hatte nicht vor, ihn wieder aufleben zu lassen.

»Na, gut«, sagte sie. »Liebling geht.«

»Alles klar, dann Sommersprosse«, erwiderte er mit verschlagenem Grinsen auf dem Gesicht.

Anfängerfehler. Sie hätte es wissen müssen. Verdammt, er war nervig.

»Seht euch nur an«, sagte Lorenzo mit Blick in den Rückspiegel. »Ihr zankt euch schon wie ein altes Ehepaar.«

»Könnten Sie die Augen bitte auf die Straße gerichtet halten!«, verlangte Kate. »Wie lange ist es denn noch?«

»Hast du es irgendwie eilig?«, fragte Trevor, obwohl er genau wusste, dass sie das wütend machen würde.

»JA, ICH HABE ES EILIG!«

»Wie passend, immerhin ist dein Name jetzt Mrs. Rush.«

»Das ist NICHT mein Name, denn wir sind nicht wirklich verheiratet. Meine richtige Hochzeit ist in fünf Tagen!«

»Zwei Hochzeiten in einer Woche. Das muss irgendeine Art von Rekord sein. Wir sollten das Guinness Buch der ... «

»Wir werden nichts dergleichen tun! In ein paar Minuten wird es so sein, als hätte es diese Ehe nie gegeben!«, sagte Kate mit verschränkten Armen.

Als sie schließlich an der Little White Wedding Chapel ankamen, riss Kate die Autotür auf und sauste auf die Kapelle zu. Das Gebäude erstrahlte blendend weiß gegen den klaren blauen Himmel. Es war, als wären sie gerade am schimmernden Eingang zum Himmel angekommen, bis darauf, dass Kate gerade das Gegenteil durchlebte, nämlich die Höllenlandschaft ihres schlimmsten Albtraums. In der Einfahrt erkannte sie sofort das knallpinke Cabrio aus dem Foto. Sie waren definitiv am richtigen Ort. Sie öffnete die Eingangstür, wobei sie diese fast aus den Angeln gerissen hätte, und erblickte einen älteren Mann am Empfangstisch, der offenbar eingenickt war.

»ENTSCHULDIGUNG!«, schrie Kate und betätigte die Klingel auf dem Tisch, um ihn zu wecken.

Von der plötzlichen Störung schrak der Mann hoch. »Himmel, so weckt man doch keinen alten Mann!«, rief er.

»Vertrauen Sie mir, ich hatte heute beim Aufwachen einen wesentlich schlimmeren Schock«, erwiderte sie. »Erkennen Sie mich wieder?«

Der ältere Mann setzte seine Brille auf und musterte Kates Gesicht. »Natürlich! Die irische Schönheit von letzter Nacht! Herzlichen Glückwunsch!«, sagte er.

»Vinnie!«, grüßte Trevor den Mann herzlich, als er die Kapelle betrat.

»Trevor! So schön, dich zu sehen!«, entgegnete dieser.

»Ihr beide kennt euch?«, fragte Kate.

»Liebling, natürlich kennen wir ihn. Das ist Vinnie! Er hat uns letzte Nacht getraut!«, erklärte Trevor.

»*Sie* waren der Elvis-Imitator?«, fragte Kate.

»Er ist nicht bloß irgendein Elvis-Imitator, Liebling. Er ist der beste in der Branche!«

»Ach, vielen Dank auch«, sagte Vinnie in seinem Elvis-Akzent. »Ihr zwei kommt genau richtig. Eure bestellten Hochzeitssouvenirs sind gerade angekommen.« Er drehte sich um und verschwand im Hinterzimmer.

»Wie, bitte? Unsere was?«, fragte Kate entsetzt.

Vinnie kam aus dem Lagerraum zurück, im Arm einen riesigen Pappkarton, den er kaum tragen konnte. Er knallte ihn auf den Tresen und begann einen Haufen kitschiger Hochzeitsmemorabilien herauszuholen.

»Okay, mal sehen, wir haben euer Hochzeitsalbum, euer Hochzeitsvideo, eure Hochzeitsschlüsselbänder, eure Hochzeitsschneekugeln, eure Hochzeitsstofftaschen, eure Hochzeitskühlschrankmagnete, eure ...« Vinnie war noch nicht fertig.

»Bitte, hören Sie auf!«, unterbrach ihn Kate, die verwirrt den Berg aus Kitsch anstarrte. Sie versuchte, diesen Fehler auszulöschen, und doch schien jedes denkbare Objekt mit einer bedruckbaren Oberfläche damit gepflastert zu sein.

»Ah, das gefällt mir am besten. Euer T-Shirt, auf dem #Team-Trevor steht«, sagte Vinnie und hielt besagtes Kleidungsstück in die Höhe.

»Das habe ich auf gar keinen Fall bestellt. Genauso wenig wie alles andere hier!«, rief Kate aus. Das hatte sie sicher nicht getan.

»Tja, das T-Shirt war die Idee deiner Freundin. Sie trug so eine Schärpe mit der Aufschrift ›Maid of Dishonour‹.«

»Siobhan«, murmelte Kate. Sie nahm sich vor, sie sich später vorzuknöpfen. »Hören Sie zu ... Vinnie. Es hat da ein großes Missverständnis gegeben. Ich wollte nichts von diesem Zeug.«

»Du machst wohl Witze«, erwiderte Vinnie entrüstet. »Du warst es doch, die verlangt hat, dass ich euer Hochzeitsfoto auf jedes einzelne Erinnerungsstück drucken lasse, das ich verkaufe!«

»Er hat recht, Sommersprosse. Ich habe versucht, dir zu sagen, dass wir nichts davon brauchen, um unsere Liebe auszudrücken. Aber du hast immer wieder gesagt, du wolltest den schönsten Tag deines Lebens niemals vergessen«, erklärte Trevor.

»Der schönste Tag meines Lebens wird an meinem eigentlichen Hochzeitstag sein – diesen Freitag!«, beharrte Kate. »Es kann absolut nicht sein, dass ich diesen Kram haben wollte!«

»Ich kann dir Aufnahmen von unserer Überwachungskamera zeigen«, meinte Vinnie achselzuckend.

Kate verspürte keinerlei Bedürfnis danach. Sie hatte mittlerweile schon genug zutiefst peinliche Videos von sich gesehen. Wie zur Hölle hatte sie bloß dermaßen die Kontrolle verlieren können? Obwohl sie dafür bekannt war, sich im betrunkenen Zustand peinlich aufzuführen, hatte sie sich noch nie *so* schlimm gehen lassen.

Aber sie musste optimistisch bleiben. Norman hatte noch nicht mitbekommen, was passiert war. Sie musste nur die Annullierung unterschreiben, und es würde so sein, als wäre die vergangene Nacht nie passiert. Eine Unterschrift von Trevor, und dieser Albtraum wäre zu Ende. Es war Zeit, dass sie in dieser Sache vorankamen, damit sie nach Hause zurückkehren und Norman heiraten konnte.

»Vinnie ...«, sagte sie so ruhig wie möglich, um ihn auf ihre Seite zu ziehen. »Hören Sie zu, ich war gestern Nacht sehr, sehr betrunken, und heute Morgen bin ich aufgewacht und hatte keinerlei Erinnerung an die Ereignisse. Verständlicherweise möchte ich gern zu meinem normalen Leben zurückkehren und diese ganze Sache hinter mir lassen. Also, vielen Dank Ihnen für die vielen Souvenirs, aber das Einzige, was ich wirklich brauche, ist eine Annullierung.«

»Eine Annullierung? Du willst die Ehe mit diesem Kerl annullieren? Bist du verrückt? Er ist der verdammte Märchenprinz.«

»Tja, ich habe aber kein Interesse daran, Cinderella zu sein. Alles, was ich möchte, ist eine Annullierung, um diesen Mann nie wieder sehen zu müssen!«

»Jaa, diese Tussi hat wirklich keine Ahnung, wer du bist«, meinte Vinnie kopfschüttelnd. »Also, eins nach dem anderen. Hier ist die Rechnung für die Souvenirs. Ihr habt sie bestellt, ihr müsst sie bezahlen.«

»Das übernehme ich, Vinnie. Hier ist meine Karte«, sagte Trevor und zog eine American Express Black Card aus dem Portemonnaie. Kate hatte von dieser mythischen Karte bisher nur in Rapsongs gehört. Es war vermeintlich die einzige Kreditkarte der Welt, die kein Limit besaß. Sie hätte nie gedacht, dass sie im echten Leben mal eine zu Gesicht bekäme.

»Das macht 1350 Dollar, alles zusammen«, sagte Vinnie.

»Was? Das ist totaler Wucher!«, sagte Kate.

»Schöne Erinnerungen sind unbezahlbar«, lächelte Vinnie.

»Das sind sie hier tatsächlich.«

»Hör nicht auf sie, Vinnie – eines Tages wird sie froh sein um die Erinnerungsstücke«, sagte Trevor und hielt seine Karte vor das Lesegerät.

»Okay, also, nun, da die Rechnung bezahlt ist, können Sie mir bitte SAGEN, WIE ICH DIESE EHE ANNULLIERE!«, brüllte Kate und klatschte ungeduldig die Handflächen auf den Tresen.

»Huch. Irische Rothaarige sind immer solche Energiebündel«, meinte Vinnie, nachdem er zusammengezuckt war.

»SOFORT!«

»Okay, okay. Also, die Annullierung hängt an ein paar Bedingungen. Erst einmal, wurde die Ehe vollzogen?«, sagte Vinnie mit Augenzwinkern in Trevors Richtung.

»Das wurde sie nicht!«, erklärte Kate und verschränkte die Arme vor der Brust.

»Aber nicht, weil sie es nicht versucht hätte«, meinte Trevor. »Stimmt's, Vinnie?«

»Sehr richtig«, erinnerte sich Vinnie. »Ich konnte sie dir schon während der Zeremonie kaum vom Hals halten. Sie war wie eine läufige Katze!«

»Und jetzt hasst sie mich angeblich. So was nenne ich widersprüchliche Signale, stimmt's?«

»Äh, Entschuldigung, ich stehe direkt vor dir!«, beschwerte sich Kate und riss die Arme in die Luft. »Du denkst vielleicht, das ist alles ein super Witz, aber das ist mein Leben, das du hier zerstörst. Am Freitag kommen zweihundert Gäste zu meiner Hochzeit in Irland!«

»Brauchst du zufällig noch Souvenirs?«, fragte Vinnie, der offenbar den Ernst der Lage noch nicht begriffen hatte. »Wir verschicken auch international, falls ...«

»Genug jetzt mit den Souvenirs, Vinnie!«, fuhr Kate ihn an. »Also, halt die Klappe und sag mir, wie es geht!«

»Ich verstehe jetzt, was du mit den widersprüchlichen Signalen meintest«, raunte Vinnie Trevor zu.

»Jetzt sagen Sie mir endlich, wie wir diese Ehe annullieren können, oder ich kann für nichts garantieren ...«

»Okay, okay, schon gut. Also, Annullierungen können manchmal kompliziert sein. Aber kein Vollzug macht es einfacher. Ihr könnt eine einvernehmliche Annullierung beantragen«, sagte Vinnie und zog einen Stapel Papiere hervor, den er auf den Tresen packte. »Für eine einvernehmliche Annullierung müsst ihr euch beide einig sein, dass die Ehe niemals hätte geschlossen werden dürfen. Ihr schreibt einfach die Gründe auf, warum die Ehe nichtig ist, und dann unterschreibt ihr beide, dass kein Beteiligter die Annullierung vor Gericht anfechten wird. Wenn ihr diesen Pfad einschlagt, müsst ihr nicht einmal vor einem Richter erscheinen.«

»Klingt perfekt«, sagte Kate, die endlich Licht am Ende des Tunnels zu erblicken meinte. »Wie lange dauert es, bis der Antrag genehmigt wird?«

»Ich kann alles übernehmen, wenn ihr mir die Vollmacht erteilt. Ich kann ihn für euch dem Richter vorlegen. Das wird heutzutage alles online erledigt. Ich kann die Papiere einscannen und dem Gericht übermitteln. Wenn alles gut geht, wird der Richter morgen seinen Stempel drunter setzen und zack, ihr seid nicht mehr verheiratet. Als wäre nie etwas passiert.«

Kate hatte das Gefühl, als würde ihr eine tonnenschwere Last von der Seele genommen. In ein paar Stunden würde dieser betrunkene Fehler einfach nicht mehr existieren, und es würde keinerlei Beweise dafür geben, dass er es je getan hatte. Es war wie ein Wunder. Vinnie eine Vollmacht auszustellen, bereitete ihr zwar ein wenig Bauchschmerzen, aber sie hatte keine andere Wahl. Sie hatte keine Zeit, erst noch zu recherchieren, wie sie die Papiere selbst scannen und einreichen konnte. Dieser Albtraum musste jetzt enden.

»Haben Sie einen Stift?«

Vinnie griff in die Kiste und zog einen Kuli hervor, auf dem ein Foto von Kate und Trevor prangte, wie sie sich gerade küssten. Kate verdrehte die Augen und begann, die Papiere durchzugehen.

»Okay, dann wollen wir mal sehen ... Vollmacht ... unterschrieben«, sagte sie, während sie das Blatt signierte.

Trevor stand stumm daneben, während sie die einzelnen Punkte durchging.

Als Nächstes kam »Grund, warum die Ehe nichtig ist«. Eine Wahlmöglichkeit lautete: »Eine oder mehrere Beteiligte waren zum Zeitpunkt der Eheschließung nicht im Vollbesitz der geistigen Kräfte, ist oder sind nun aber wieder bei klarem Verstand.«

»Yep, das ist es«, sagte Kate und setzte dort ein Kreuzchen. Insgeheim genoss sie es, die Unterlagen auszufüllen. Sie liebte jede Art von Formular.

»Keine Kinder, *Haken*. Kein Besitz aufzuteilen, *Haken*. Keine Schulden aufzuteilen, *Haken*«, ratterte sie runter. »Eidesstattliche Erklärung ... *unterschrieben*.«

Sie kam bei der letzten Seite an und erblickte zwei Striche für die Unterschriften. Sie unterzeichnete die Annullierung, und das Formular war quasi fertig.

Es fehlte nur noch eine Sache.

Trevor Rushs Unterschrift.

»Okay, du bist dran«, sagte Kate und reichte Trevor den Stift.

Sein Gesicht war wie versteinert. Sein Körper war reglos. Er sah auf das Foto von ihnen auf dem Kugelschreiber und dann wieder Kate an.

»Nein«, sagte er, und ein schiefes Lächeln stahl sich auf sein Gesicht.

»Wie, bitte?« Kate dachte, sich verhört zu haben.

»Ich werde das nicht unterschreiben.«

»Sorry, WAS?«

»Danke für die Sachen, Vinnie«, sagte Trevor und nahm den Karton, ehe er sich zum Gehen wandte.

»Gern geschehen!«, rief Vinnie ihm nach.

Kate sah sich ungläubig um. Hatte Trevor sich gerade einfach *geweigert*, die Annullierung zu unterschreiben?

»Kann er das machen?«, fragte Kate geschockt.

»Hat er gerade getan«, meinte Vinnie achselzuckend.

Kate schnappte sich die Unterlagen und eilte Trevor nach. Er würde damit nicht durchkommen. Als sie die Tür wieder aufriss, sah sie, wie er den Karton im Kofferraum des Mercedes verstaute.

»Für wen hältst du dich?«, fragte Kate, als sie auf ihn zustürmte.

»Oh, ich weiß, wer ich bin, Sommersprosse. *Du* bist es, die irgendeine Art von Identitätskrise durchmacht«, entgegnete Trevor.

»Was zur Hölle soll das denn bitte heißen?«

»Also, wir treffen uns gestern Nacht nach neun Jahren endlich wieder, und du fällst auf der Bühne einfach über mich her. Nur ein paar Stunden später sagst du mir, du liebst deinen Verlobten nicht, weil du nie aufgehört hast, mich zu lieben, gehst auf die Knie und machst mir einen Heiratsantrag, und eine Stunde später haben wir einen Ring am Finger. Aber dann wachst du auf und beschließt, dass alles ein Fehler war? Tut mir leid, Sommersprosse, das kaufe ich dir nicht ab.«

»Ich war betrunken!«, brüllte Kate.

»Vielleicht vor Liebe«, entgegnete Trevor augenzwinkernd.

»Das kannst du nicht machen! Ich soll in fünf Tagen heiraten!«

»Und ich soll dich einfach nach Hause fliegen lassen, damit du den Rest deines Lebens mit Nigel unglücklich bist?«

»Er heißt NORMAN!«

»Sorry, er ist einfach so leicht zu vergessen.«

»Ist er gar nicht!«

»Also, gestern Nacht hattest du ihn jedenfalls schnell vergessen.«

»Trevor, ich flehe dich an, unterschreib diese Annullierung!«

Er musterte sie von Kopf bis Fuß, als würde er den Moment auskosten.

»Das nennst du anflehen?«, lächelte er. »Ich glaube, das kannst du besser, Sommersprosse.«

Kate war blind vor Wut. Sie war so verkatert, dass ihr Gehirn die Situation nicht richtig verarbeiten konnte. Nicht nur, dass Trevor Rush sie geheiratet hatte, jetzt weigerte er sich auch noch, sie aus der Ehe wieder rauszulassen?

»Das muss ein Scherz sein!«, sagte Kate, immer noch verdutzt. »Weigerst du dich ernsthaft, diese Papiere zu unterschreiben?«

»Yep«, sagte Trevor und schlug den Kofferraum zu. »Ich kann dich nicht nach Hause fliegen und jemanden heiraten lassen, wenn du offensichtlich in mich verliebt bist.«

»Ich bin ganz sicher NICHT in dich verliebt!«

»Okay, na dann«, sagte Trevor mit einem verschlagenen Funkeln im Blick. »Beweise es.«

»Wie denn?« Sie konnte ihm ansehen, dass er irgendeine Gemeinheit ausheckte.

»Ich unterschreibe die Annullierung. Unter einer Bedingung.«

»Welche Bedingung?«, fragte sie, obwohl sie Angst vor der Antwort hatte.

»Du musst dreimal mit mir ausgehen«, sagte Trevor genüsslich.

»Das sind drei Bedingungen!«

»So oder gar nicht.«

Kate war sprachlos. Passierte das wirklich?

»Das ... das ist mehr als lächerlich!«, rief sie. »Willst du mein Leben ruinieren?«

Trevors Lippen verzogen sich zu einem teuflischen Grinsen. »Ich sehe es mehr so, dass ich dir gebe, was du verdienst.«

»Oh, daher weht der Wind also? Das ist ein Rachekomplott, weil ich dich vor neun Jahren abserviert habe?«

»So in der Art«, sagte er lachend.

»Trevor, ich fliege morgen nach Hause!«

»Ja, den Flug wirst du wohl nicht nehmen. Du solltest besser diesen Wie-heißt-er-noch anrufen und ihm sagen, dass du zwei weitere Tage in Vegas brauchst. Ein Date heute Abend, eins am Montag und eins am Dienstag. Wenn du dein Leben dann immer noch ruinieren willst, lasse ich dich und deine Freundinnen am Mittwochmorgen First Class nach Hause fliegen.«

»Meine Hochzeit ist am FREITAG!«, kreischte Kate. »Du kannst mich hier nicht einfach als Geisel nehmen!«

»Kann ich nicht?«, fragte er unschuldig, obwohl er genau wusste, dass er es konnte. »Drei Dates. Das ist alles. Dann bist du mich los.«

Kate war völlig geschockt. Ihr Kater hatte sich von schlimm zu schlimmer entwickelt. Trevor hatte kein Recht, sie in Vegas festzuhalten. Ihre Hochzeit saß ihr im Nacken, sie musste rechtzeitig nach Hause kommen, um die letzten Punkte ihrer Liste abzuarbeiten. Sie wusste genau, was er vorhatte, doch selbst für seine Verhältnisse war das extrem.

Aber sie hatte keine andere Wahl. Trevor hatte die besseren Karten – und er bluffte nicht.

»Also, drei Dates, dann sind wir hier fertig?«, fragte sie.

»Ja«, bestätigte er. »Das heißt, wenn du es schaffst, drei Dates mit mir zu haben und nicht zuzugeben, dass du in mich verliebt bist.«

»Tja, du verschwendest deine Zeit, denn ich werde das auf keinen Fall je wieder zu dir sagen!«

»Dann sollte die Sache für dich ja ein Leichtes sein. Ich allerdings glaube, du wirst mich am Ende des dritten Dates anflehen, die Annullierung nicht zu unterschreiben«, sagte er mit seinem berühmten Lächeln. »Los, komm, steig ins Auto.«

»Zählt die Autofahrt als erstes Date?«, wollte Kate wissen.

»Nö.«

»Dann gehe ich lieber zu Fuß, danke.«

»Das machst du nicht. Es dauert mehr als eine Stunde zu Fuß zum *Bellagio*, und diese Gegend ist nicht die beste. Du bist jetzt meine Frau, Sommersprosse, und es ist meine Aufgabe, für deine Sicherheit zu sorgen.«

»Ich brauche keinen Mann, der mich beschützt, vielen Dank auch.«

»Steig jetzt ins Auto, bevor ich dich reinsetzen muss«, sagte Trevor mit bierernster Miene.

Für wen hielt der Kerl sich eigentlich? Sie war doch nicht sein Besitz! Wenn sie laufen wollte, hatte sie jedes Recht dazu. Doch auf der anderen Seite waren es vierzig Grad, und in ihrem eh schon dehydrierten Zustand eine Stunde zu Fuß zu gehen würde sie am Ende noch umbringen.

»Na, schön«, willigte sie zähneknirschend ein. »Aber ich bin nicht verpflichtet, während der Fahrt mit dir zu reden.« Sie wollte beweisen, dass sie noch irgendeine Art von Kontrolle über die Situation hatte, selbst wenn es nicht so war.

Kate stieg in den Wagen und ließ sich von Lorenzo zurück zum *Bellagio* fahren, wobei sie die ganze Fahrt trotzig schwieg.

Etwa nach der halben Strecke zog Trevor sein Handy hervor und wählte eine Nummer. »Charlie, ich bin es«, sagte er in sein Telefon. »Ich muss dich um einen Gefallen bitten. Kannst du bitte mein Set im *Omnia* von Montag auf Dienstag verschieben? Ich weiß, es ist superspontan, aber ich bin die nächsten Tage in meinen Flitterwochen. Erinnerst du dich an das irische Mädchen, Kate? Wir haben es gestern Nacht besiegelt. Ja, wie sich rausgestellt hat, hat sie nie aufgehört, mich zu lieben.«

»DAS IST GELOGEN!«, fuhr Kate ihn an und vergaß dabei prompt ihren Schwur.

»Ich dachte, du wolltest nicht mit mir reden?«, neckte Trevor sie, ehe er sich wieder seinem Gespräch zuwandte. »Ach, Charlie, bitte sei nicht sauer auf mich. Ich hatte keine Zeit, dich zu unserer Hochzeit einzuladen, es ging einfach alles zu schnell. Ich sag dir was, warum schaust du nicht am Dienstag im *Omnia* vorbei und lernst meine wunderschöne Frau kennen? Aber Finger weg von ihr! Ich weiß, wie du bist. Bis dann, ciao.«

»Für wen hältst du dich, halb Vegas zu erzählen, dass wir geheiratet haben?«, fragte Kate wütend.

»Entspann dich, das war nur Charlie. Von meinem Management. Und Lorenzo wird es nicht weitersagen, nicht wahr, Lorenzo?«

»Ich schweige wie ein Grab, Mr. Rush«, bestätigte Lorenzo.

»Da fällt mir ein – ich rede nicht mit dir«, sagte Kate und sah schmollend aus dem Fenster.

Als das Auto schließlich vor dem *Bellagio* hielt, riss Kate sofort die Tür auf.

»Nicht so schnell, Sommersprosse«, sagte Trevor. »Ich werde hier heute Abend um acht auf dich warten. Stell dich schon mal auf das beste Date deines Lebens ein.«

Kate stieg aus dem Auto und drehte sich zu ihm um. »Tja, dann stell DU dich schon mal auf das schlechteste Date deines Lebens ein«, sagte sie, ehe sie die Tür mit voller Wucht zuwarf.

KAPITEL ELF

Neuer Plan

Kate war außer sich vor Wut.

Sie fühlte sich völlig überfordert, sowohl physisch als auch emotional. Irgendwie war sie vom Regen in die Traufe und von dort ins Abwasser geraten. Sie kochte vor Wut, es brodelte regelrecht in ihr. Und sie musste sich unbedingt abkühlen, damit sie nicht überhitzte. Sie ging durch das Casino des *Bellagio*, um einen Moment lang die Kühle der Klimaanlage zu genießen. Noch konnte sie da raus, sie brauchte nur einen Plan.

Kate hatte immer einen Plan.

Doch Trevor hatte es ihr unmöglich gemacht, die Situation zu kontrollieren. Er hatte die Macht, und sie hatte keine andere Wahl, als nach seinen Regeln zu spielen. Kein Krisenmanagement der Welt hätte sie darauf vorbereiten können.

Es war der Albtraum eines jeden Kontrollfreaks.

Kate hörte, wie ihr Handy piepste, und entdeckte etliche Nachrichten von den Mädels, die sie bisher noch gar nicht gesehen hatte.

FOUR LOKOS

Natalie: Kate, wir sind übrigens beim Buffet im *Bellagio*.

Chloe: Siobhan versucht den Preis wieder rauszuessen lol

Siobhan: Verdammt richtig, das waren 54 Dollar!!! Ich werde nicht gehen, bevor ich nicht im Fresskoma bin.

Natalie: Hab übrigens falsche Augenbrauen gekauft. Chloe macht sie mir jetzt dran.

Chloe: Hat Trevor die Annullierung unterschrieben?

Kate: Es ist was dazwischengekommen ...

Chloe: Ach ja?

Kate: Erkläre euch alles persönlich.

Siobhan: Wir haben schon für dein Buffet bezahlt, lass die Halsabschneider nicht noch mal abkassieren!

Kate: Bin gleich da 😘

Natalie: Hoffentlich ist noch was zu essen übrig bis dahin.

Siobhan: Bitch lol

Kate wusste, sie musste mit den Mädels dringend den Stand der Dinge beraten, aber es gab noch etwas Wichtigeres.

Sie musste Norman anrufen.

Ihr rutschte das Herz in die Hose, als ihr Finger über seinem Namen in ihrer Anrufliste schwebte. Er würde total ausrasten, so viel war sicher. Wie um alles in der Welt sollte sie ihm erklären, dass sie ihren Junggesellinnenabschied um ein paar Tage verlängern musste? Er war schon wegen der zwei Nächte alles andere als begeistert gewesen. Das würde ihn jetzt richtig aufregen.

Sie rief ihn an, während sie eine ruhige Ecke in der Lobby ansteuerte – oder zumindest für Vegas-Verhältnisse ruhig. Es war Zeit, in den sauren Apfel zu beißen. Sie konnte ihn unmöglich länger warten lassen.

»KATE!«, rief Norman, als er abnahm. »Wo zur Hölle hast du gesteckt?«

Genau wie sie es erwartet hatte. Er regte sich auf.

»Normie, es tut mir so leid«, sagte sie, um ihn zu beruhigen. »Ich hatte keinen Empfang, aber ich verspreche dir, du hast keinen Grund, dir Sorgen zu machen.«

»Keinen Grund?«, schrie Norman. »Ich dachte, du seist tot! Ich war schon kurz davor, die Polizei anzurufen!«

»Ich weiß, ich weiß. Wir hatten dann doch eine wildere Nacht als erwartet. Aber es ist alles gut!« Sie versuchte genauso, sich selbst zu überzeugen wie ihn. Es war alles andere als gut. Aber sie musste sich zusammenreißen. Der Zug stand in Flammen, war aber noch nicht entgleist.

»Kate, das ist nicht wirklich eine Erklärung. Ich bin den ganzen Tag die Wände hochgegangen vor Sorge, und du erzählst mir, alles sei gut!«

»Wir haben einfach ein bisschen zu viel getrunken, und die Casinos haben keine Fenster oder Uhren, so dass wir völlig die Zeit aus den Augen verloren haben. Es ist wirklich sehr unmoralisch, dass die das so machen.«

»Mach jetzt nicht die Casinos dafür verantwortlich, Kate. Es ist offensichtlich, wessen Schuld es ist. Ich wusste, deine Freundinnen würden versuchen, dich betrunken zu machen. Sie wollen doch nur, dass du dich blamierst«, sagte Norman. Sein Tonfall hatte sich kein Stück beruhigt, und Kate gingen die Argumente aus.

»Norman, kannst du meine Entschuldigung akzeptieren?« Sicher würde er sich dann nicht mehr weiter beschweren können.

Er seufzte tief, was allerdings mehr wie ein Knurren klang. »Na gut, es ist in Ordnung«, sagte er schließlich. »Ich weiß, ich mache mir immer zu viele Sorgen. Aber wenigstens kommst du morgen nach Hause und alles wird wieder normal.«

Kate wusste, was sie als Nächstes sagen musste, aber sie

brachte es nicht über sich. Es entstand ein unangenehmes Schweigen, und sie konnte das Unumgängliche nicht länger hinausschieben. »Da ist ... noch was.«

»Wie meinst du das?«, fragte Norman alarmiert.

»Also ... wir werden noch etwas länger in Vegas bleiben.«

»WAAAS?«

»Nur bis Mittwoch!«

»MITTWOCH?«, kreischte er. »Die Hochzeit ist am Freitag! Kate, was zum Teufel ist da los? Da ist doch etwas, das du mir verschweigst!«

Norman hatte natürlich recht, aber sie konnte ihm schlecht die Wahrheit sagen. Sie brauchte eine Ausrede. Und zwar schnell. Aber der Steinbock in ihr hasste Lügen. Es musste eine Notlüge sein. Etwas, das nicht zu weit hergeholt war.

»Also ... du wirst es nicht glauben, aber Chloe hat dem *Bellagio* gesagt, dass sie eine Influencerin ist, und sie haben uns zwei Nächte extra geschenkt. Kostenlos«, sagte Kate. Sie hoffte, dass es glaubhaft klang.

»Chloe ist keine Influencerin!« Erwischt.

Aber es war zu spät, um die Lüge zurückzuziehen. Sie musste noch eins draufsetzen.

»Ja, das weiß ich auch, aber die Frau am Empfang hat es ihr geglaubt. Chloe hat versprochen, sie in ihren Posts zu taggen, dafür, dass wir die zwei Nächte länger bleiben dürfen. Es ist eine unglaubliche Gelegenheit, und ich kann das Chloe unmöglich ausschlagen.«

»Na, super, dann sollen die Mädels bleiben, und du kommst nach Hause und planst unsere Hochzeit!«

»Normie, es ist mein Junggesellinnenabschied. Chloe hat das Zimmer doch für mich ergattert. Ich kann sie nicht beleidigen, indem ich jetzt nach Hause fliege! Das würde ihre Gefühle verletzen.«

»Und was ist mit *meinen* Gefühlen? Bin ich dir denn völlig egal?«

»Natürlich nicht, Normie!«

»Und was soll ich jetzt machen? Den Rest der Hochzeit selbst planen?«

»Norman, du weißt, dass ich schon 95 Prozent der Planung fertig habe. Und die restlichen fünf Prozent kann ich von hier aus erledigen! Das ist überhaupt kein Problem!«

»Spiel das jetzt nicht runter, Kate. Du führst dich unglaublich egoistisch auf!«

Kate war sicher so einiges, aber egoistisch war sie nicht. Im Gegenteil, sie stellte ihre Bedürfnisse in der Regel hintenan. Normans gingen vor. »Das ist wirklich verletzend.«

»Tja, tut mir leid, wenn du das so empfindest«, sagte Norman.

Kate hasste es, wenn er das sagte. Es war so unentschuldigend. Zu sagen, dass es ihm leidtat, während er die Schuld auf sie abwälzte. Wie eine faule Ausrede. Doch sie musste sich auf die Zunge beißen. Sie brauchte ihn auf ihrer Seite.

»Normie«, flötete sie deshalb. »Die Mädels freuen sich so sehr über die zwei zusätzlichen Nächte. Ich kann sie jetzt nicht enttäuschen. Nach Freitag wird all das nicht mehr wichtig sein. Wir verbringen den Rest unseres Lebens zusammen. Können wir uns bitte einfach darauf konzentrieren?«

Stille.

»Okay, okay, schon gut!«, lenkte Norman schließlich ein.

»Danke dir. Jetzt werde ich mich mal den Mädels zum Frühstück anschließen. Ich liebe dich, wir sprechen uns ganz bald.«

»Alles klar. Aber vergiss nicht, mir jede Stunde zu schreiben, wie du es versprochen hast. Und wenn ich das nächste Mal anrufe, solltest du besser drangehen. Mein Blutdruck ist nach dem Tag heute schon astronomisch hoch gewesen.«

»Das mache ich, Norman, versprochen. Dann mach's gut.«

Kate legte auf und atmete tief aus. Ihre Lüge war nicht gerade ein Geniestreich, aber Norman hatte sie ihr abgekauft. Das war alles, was zählte. Sie musste nur noch die drei Dates mit Trevor überstehen, damit er die Annullierung unterschrieb. Sobald das erledigt war, konnte sie diese wahnsinnige Nervenprobe endlich hinter sich lassen und bis an ihr Lebensende glücklich mit Norman leben.

Aber erst mal musste sie mit ihren Freundinnen sprechen.

Kate folgte den Schildern, die sie zum Speisesaal des *Bellagio* führten. Sie erblickte ihre Freundinnen sofort. Sie waren aber auch nicht zu übersehen. Die drei waren die verkatertsten Menschen im Raum und vielleicht sogar in ganze Vegas. Jede von ihnen hatte ein riesiges Frühstück vor sich stehen, offenbar in der Hoffnung, die Kohlenhydrate könnten den Restalkohol der Nacht aufsaugen.

»Du willst mir also erzählen, das ist gar keine Butter?«, fragte Chloe gerade.

»Ich weiß, unglaublich, oder?«, erwiderte Siobhan.

»KATE!«, rief Natalie, sobald sie sie erblickte.

»Hi, Mädels«, sagte Kate und setzte sich neben sie.

Ihre Freundinnen waren ein Anblick für die Götter. Siobhan immer noch in Handschellen, deren Kette in der Mitte durchgebrochen war, damit sie sich bewegen konnte. Chloe war immer noch knallorange und hielt sich ein Kühlpack an den Rücken, um ihr »Live, Laugh, Love«-Tattoo zu kühlen. Und Natalie hatte auf einmal zwei unglaublich buschige Augenbrauen, um das Fehlen ihrer eigenen zu kaschieren.

»Nat, nimm diese Augenbrauen ab«, sagte Kate entsetzt. »Du siehst aus wie eine Kriminelle.«

»Das ist ja das Problem, Kate!«, erwiderte Natalie und zog an den Augenbrauen. »Chloe hat sie mit SUPERKLEBER angeklebt!«

»Auf der Flasche stand aber nicht Superkleber!«, verteidigte sich Chloe. »Da stand Sekundenkleber!«

»DAS NENNT MAN AUCH SUPERKLEBER!«

»Ja, ja, schon okay, sorry, dass ich nicht so schlau bin wie du, Nat!«

»Mensch, Nat. Sollen wir dich ins Krankenhaus bringen?«, fragte Kate besorgt.

»Ins Krankenhaus? Wir sind in den USA, Kate. Ein Gang in die Notaufnahme kostet Tausende von Dollar, wenn man nicht versichert ist! Ich konnte mir das Frühstück schon kaum leisten!«, erwiderte Natalie.

»Also, wirst du sie nicht mehr los«, sagte Kate. »Genau wie ich Trevor nicht mehr los werde.«

»Wie meinst du das? Ich dachte, ihr würdet eine Annullierung beantragen?«, fragte Chloe.

»Ehrlich gesagt, Mädels, ist die Sache noch viel schlimmer geworden. Wie es aussieht, müssen wir noch zwei weitere Tage in Vegas verbringen.«

»Oooo neeeein!«, machte Siobhan und grinste.

»Warte mal, ich bin verwirrt«, sagte Chloe. »Warum bleiben wir noch zwei Tage länger?«

»Weil Trevor sich weigert, die Annullierung zu unterschreiben, bis ich nicht auf drei Dates mit ihm gegangen bin«, erklärte Kate.

»Du machst Witze, oder?«, sagte Natalie entsetzt. »Das kann er nicht machen! Oder doch?«

»Offenbar schon. Ich brauche seine Unterschrift, um die Ehe ungeschehen zu machen. Und jetzt nutzt er die Gelegenheit, um mein Leben zu ruinieren! Genau wie damals!«, sagte Kate mutlos.

»Wow, das ist echte Skorpion-Energie. Sie lieben es, toxische Situationen zu schaffen.«

»Also ... ist das wirklich das Schlimmste auf der Welt?«, fragte Siobhan.

»Ja, Siobhan, das ist es. Und ich mache *dich* persönlich dafür verantwortlich«, fuhr Kate sie an.

»Moment, Moment«, sagte Siobhan mit erhobenen Händen. »Mich trifft hier keine Schuld.«

»Sagt die Frau in Handschellen.«

»Wir waren alle sturzbetrunken und haben Fehler gemacht. Aber jede von uns ist für ihren eigenen Scheiß verantwortlich.«

»Du hast gesagt, zwei Drinks, und wir sind um zehn wieder im Hotel!«

»Bin mir ziemlich sicher, dass ich zehn Drinks und um zwei wieder im Hotel gesagt habe.«

»Typisch Siobhan. Lügen, Lügen und noch mehr Lügen«, sagte Kate.

»Ich bin keine Lügnerin! Ich habe nur eine offene Beziehung mit der Wahrheit«, meinte Siobhan achselzuckend.

»Ich hätte mich niemals von dir überreden lassen sollen auszugehen!«

»Wieso ist das jetzt meine Schuld? Ich war die ›Designated Drunk‹! Und es ist nicht so, als hätte ich dir die Pistole an die Schläfe gehalten und dich dazu gezwungen, Trevor einen Antrag zu machen!«

»Du hast mich definitiv dazu angespornt. Der Elvis-Imitator hat mir erzählt, dass du T-Shirts bestellt hast, auf denen #Team-Trevor steht!«

»Gibt's die auch in L?«, fragte Siobhan.

»Du hast wahrscheinlich auch mit mir gewettet, meine Augenbrauen abzurasieren«, sagte Natalie mit vorwurfsvollem Blick.

»Ach, heul doch, Nat. Du übernimmst doch nie die Verantwortung für deine Taten.«

»Das ist die Schuld meiner Eltern.«

»Hör zu, ich entschuldige mich dafür, die Four Lokos bestellt zu haben, okay? Aber für alles andere bin ich nicht verantwortlich. Ich wollte nur, dass wir unsere schöne Zeit von damals aufleben lassen. Sorry, dass ich so bin!« Siobhan warf theatralisch die Arme in die Luft.

»Ich wusste, dass das passieren würde«, seufzte Natalie.

»Du wusstest, dass ich mich an meinem Junggesellinnenabschied bis zum Blackout betrinken und am nächsten Morgen mit meinem Macho-Ex-Freund als neuem Ehemann aufwachen würde?«, fragte Kate mit hochgezogenen Augenbrauen.

»Na, ja ... nein. Aber der Merkur war gestern rückläufig. Das konnte nicht gut gehen.«

»Nur komisch, dass deine Onyxhalskette es nicht verhindert hat«, sagte Chloe.

»Ja ... ich wusste, ich hätte Obsidian tragen sollen.«

»Mädels, Konzentration bitte«, ermahnte Kate sie. »Wir müssen uns gemeinsam durch diesen Schlamassel navigieren. Ich brauche euch jetzt alle an Bord!«

»Ich kann für dich mit ihm ausgehen, wenn du willst«, schlug Siobhan vor. »Ich opfere mich gern für das Team. Und mit opfern meine ich, mich Trevors riesigem ...«

»Ja, ja, wir wissen, was du meinst«, unterbrach Kate sie genervt.

»Ich finde, die ganze Sache hat auch etwas Romantisches an sich«, meinte Chloe.

»Nein, hat sie nicht! Er hat mich geheiratet, obwohl ich sturzbetrunken war!«

»Aber findest du es nicht romantisch, dass er nicht mit dir geschlafen hat, weil du so betrunken warst?«

»Wow, für Männer liegt die Messlatte echt nicht hoch, oder?«, kommentierte Natalie.

»Tja, ich hätte nichts dagegen, aufzuwachen und mit einem berühmten DJ verheiratet zu sein. Ich sag ja bloß«, erwiderte Chloe.

»Wir wissen ja nicht mal, ob er berühmt ist«, entgegnete Kate.

»Doch, tun wir. Ich habe mal ein wenig recherchiert, als du weg warst.« Chloe öffnete ihr Insta-Profil auf dem Handy. »Er hat zwei Millionen Follower, und er ist verifiziert.«

Kate nahm das Handy und scrollte Trevors Profil durch. Wie ihre Freundinnen auch hatte sie ihn vor neun Jahren blockiert und dadurch seine steile Karriere völlig verpasst. Seine Fotos hatten Hunderttausende Likes und zeigten überwiegend ihn mit Champagner in der Hand auf riesigen Partys, umgeben von bezaubernd schönen Frauen in teuren Kleidern. Nachtclubs, Yachten, Hochhäuser: Überall, wo Trevor hinging, schien die Party ihm zu folgen. Unter jedem Post war ein scheinbar endloser Strom an Insta-Models, die mit Feuer-Emojis kommentierten, auf die er mit flirtenden Zwinker-Emojis antwortete. Als wäre Kates Magen nicht schon belastet genug.

»Ich glaube, mir wird schlecht«, murmelte sie angeekelt. »Er ist wirklich genauso, wie ich einen Mann nicht haben will!«

»Ja – reich, gut aussehend, erfolgreich, berühmt ... alles totale No-Gos«, erwiderte Chloe mit schiefem Grinsen.

»Das ist, was *du* siehst, Chloe. Was ich sehe, ist ein arroganter, angeberischer Egozentriker.«

»Und sieht aus, als wäre er Fan des weißen Puders«, merkte Natalie an.

»Echt?« Kate sah sie entsetzt an. »Wie kommst du denn darauf?«

»Siehst du diese Halskette mit dem Schlüsselanhänger, die er trägt?« Natalie zeigte auf eines der Fotos. »So was tragen die Leute nur, um damit Kokain zu nehmen.«

Kate verengte die Augen, um besser erkennen zu können, was

Natalie meinte. »Himmel, ich habe einen zu Ausschweifungen neigenden, kokainabhängigen Größenwahnsinnigen geheiratet!«, rief sie aus und reichte das Handy angewidert zurück. »Ich wusste, er ist ein Aufreißer, Mädels. Und es braucht deutlich mehr als ein blaues Häkchen auf Instagram, um meine Meinung über ihn zu ändern.«

»Das ist vielleicht *deine* Meinung. Ich würde mich von einem Mann würgen lassen, wenn er verifiziert wäre«, meinte Chloe.

»Also, das sind wohl schon zwei im Team Trevor«, sagte Siobhan grinsend. »Gibt es die T-Shirts auch in Kindergrößen?«

»So klein bin ich jetzt auch wieder nicht, Siobhan!«

»Chloe, bitte, sag mir, dass du nicht auf Trevors Seite bist«, flehte Kate.

»Tja ... nein. Aber wo wir schon dabei sind, denkst du, du könntest ihn bitten, mir ein Shoutout zu geben? Das könnte mein großer Durchbruch sein.«

»Ich werde Trevor um gar nichts bitten! Ich will ihm rein gar nichts schuldig sein«, sagte Kate bestimmt.

»Also, du bist ihm aber eigentlich schon ein paar Antworten schuldig«, schaltete sich Natalie ein. »Du hast ihn vor neun Jahren einfach so abserviert, ohne ihm eine Erklärung zu geben, und dann hast du ihn blockiert. Er hat bestimmt ein paar Fragen an dich.«

»Pech für ihn, auf Antworten kann er lange warten. Ich fasse es nicht, dass ich den schlimmsten Mann der Welt geheiratet habe, wo doch zu Hause der perfekte Verlobte auf mich wartet.«

»Definiere perfekt«, murmelte Natalie in sich hinein.

»Und ich bin es, die den Antrag gemacht hat! Ich kann mir nichts Peinlicheres vorstellen.«

»Wir haben uns alle schon mal peinlich benommen, wenn wir betrunken waren«, meinte Siobhan. »Wisst ihr noch, wie Chloe von diesem geparkten Auto angefahren wurde?«

»Zum hundertsten Mal, ich habe mir den Knöchel verstaucht und bin auf die Motorhaube gefallen!«, zischte Chloe.

»Mädels, meine Schuldgefühle fressen mich auf.« Kate vergrub das Gesicht in den Händen. »Der arme Norman hat die ganze Nacht versucht, mich anzurufen, während ich meinen Ex geheiratet habe! Ich bin wirklich der schlechteste Mensch der Welt!«

»Hey! Nimm mir nicht meinen Titel«, beschwerte sich Siobhan. »Und du bist nicht der schlechteste Mensch, du bist der beste Mensch, den ich kenne.«

»Ja, Kate. Menschen werden doch nicht nur über ihren schlimmsten Fehler definiert«, sagte Chloe.

»Wow, Chloe. Das war ja richtig poetisch«, sagte Kate.

»Moment mal, was hab ich noch mal gesagt?«

»Chloe, wenn du schlau wärst, müsste man vor dir Angst haben«, sagte Natalie lachend.

»Also, ihr haltet mich nicht für einen schlechten Menschen?«, wollte Kate wissen.

»Natürlich nicht!«, antwortete Natalie. »Stell es dir als deine Zeit der *Reputation* vor. Du hast einen schlechten Moment, aber das macht dich noch nicht zu einem schlechten Menschen.«

Der Bezug zu einem Taylor-Swift-Album ergab völlig Sinn für Kate.

»Ja, du hast recht«, sagte sie. »Das definiert mich nicht als Menschen. Ich kann die vergangene Nacht hinter mir lassen und wieder ich selbst sein. Und mich außerdem auf die wundervolle Zeit mit Norman freuen, die mir bevorsteht!«

»Du meinst, langweilige Zeit«, sagte Siobhan.

»In diesem Kreis wird nicht über Taylor gelästert!«, beharrte Kate. »Ich muss jetzt nur diese dämlichen Dates durchstehen und die Annullierung unterschreiben lassen, damit ich den Mann heiraten kann, mit dem ich wirklich zusammen sein soll.«

»Hast du Norman schon zurückgerufen?«, fragte Chloe.

»Ja. Und falls er je fragen sollte, Chloe hat die zusätzlichen Nächte im Hotel kostenlos für uns rausgeschlagen, weil sie Influencerin ist«, erklärte Kate.

Siobhan prustete los vor Lachen. »Kate, von allen Lügen auf der Welt, die du dir hättest einfallen lassen können, musstest du dir die unglaubhafteste aussuchen?«

»Lass sie in Ruhe, Siobhan. Steinböcke können nicht lügen, selbst wenn es um ihr Leben geht«, sagte Natalie ebenfalls lachend.

»Es ist sowieso egal, weil Norman es geglaubt hat. Aber jetzt mal im Ernst, Mädels. Norman darf niemals herausfinden, was wirklich passiert ist.«

»Allerdings«, sagte Natalie. Siobhan und Chloe nickten zustimmend.

»Wir können das schaffen, Mädels, das weiß ich. Ich brauche nur irgendeine Strategie, um diese drei Dates zu überstehen. Einen Plan«, sagte Kate und zermarterte sich bereits das Gehirn.

»Weil das mit dem Plan ja bisher so gut geklappt hat«, meinte Siobhan augenrollend.

»Aber was, wenn es einen Weg gäbe, Trevor dazu zu bringen, noch vor dem dritten Date die Annullierung zu unterschreiben? Also, wie könnte ich ihn früher loswerden?«

»Ich habe eine Idee!«, sagte Natalie, als wäre in ihrem Kopf eine Glühbirne angegangen. »Du musst ihm ein No-Go servieren!«

»Nat, das ist genial!«, rief Kate. »Was gibt es für No-Gos bei Frauen?«

»Also, immer wenn ich einen Mann abturnen will, sage ich etwas wie ›Warum kann die Regierung nicht einfach mehr Geld drucken?‹«

»Oh, das ist gut! Was noch?«

»Versuch mal den Ausdruck ›Geburtstagswoche‹ einzubauen«, schlug Chloe vor. »Letztes Mal als ich das bei einem Date gesagt habe, hat der Typ Nasenbluten bekommen.«

»Super! Habt ihr noch mehr?«

»Bestell Chicken Nuggets im Restaurant! Und iss extra geräuschvoll«, schlug Siobhan vor.

»Okay, Mädels, das ist alles sehr gut. Trevor Rush wird das schlimmste Date ever erleben. Am Ende wird er es kaum erwarten können, die Annullierung zu unterschreiben, und er wird den dummen Plan, mein Leben zu ruinieren, gleich wieder vergessen!«

Kate hatte das Gefühl, wenigstens einen Hauch von Kontrolle zurückzugewinnen. Trevor hatte sie in eine verzwickte Lage gebracht, aber sie würde nicht kampflos aufgeben. Wenn er sie unbedingt mit seinem toxischen Plan quälen wollte, würde sie ihn einfach auch quälen. Sie würde die schlimmste Ehefrau der Welt sein. Und mit etwas Glück würde das seinen Fiebertraum so bald wie möglich beenden.

Trevor hatte keine Ahnung, was ihm bevorstand.

»Okay, also, ich weiß nicht, wie es bei euch dünnen Hühnern aussieht, aber ich brauche noch eine dritte Runde Frühstück«, meinte Siobhan und erhob sich.

»Siobhan, du hast doch schon alles probiert!«, sagte Chloe.

»Entschuldigt mal, ich habe 54 Dollar für dieses Buffet bezahlt, und da soll es sich auch lohnen!«

»Danke, dass ihr mir das Frühstück spendiert habt, Mädels«, sagte Kate. Sie war ihren Freundinnen dankbar, dass sie für sie bezahlt hatten, obwohl sie nicht sicher war, ob sie überhaupt etwas runterbekommen würde, nach allem, was passiert war.

»Sieh es als Hochzeitsgeschenk.«

»Für welche der Hochzeiten?«, fragte Chloe lachend.

»Zu früh«, entgegnete Kate.

»Die Preise in dem Laden hier sind auf jeden Fall Wucher«, meinte Natalie. »Zum Abendessen werde ich nur Luft nehmen.«

»Iss deine acht Mahlzeiten am Tag einfach jetzt alle auf Vorrat«, schlug Siobhan vor.

»Keine schlechte Idee! Bringst du mir einen Teller mit?«

»Oder du könntest von deinem Brokebitch Mountain runterkommen und dir selbst noch was holen.«

»Mit diesen Augenbrauen gehe ich nirgendwohin. Ich sehe aus wie Ratatouille!«

»Das stimmt nicht, Nat«, sagte Chloe.

»Oh, das ist nett, Chloe.«

»Der Name der Ratte lautet Remy, Ratatouille heißt das Gericht, das er kocht. Also siehst du aus wie Remy, nicht wie Ratatouille.«

»Tja, mit der Hautfarbe siehst DU aus wie Donald Trumps geheime Tochter!«

»Okay, der war nicht schlecht.« Chloe lachte.

»Danke«, sagte Natalie stolz. »Siobhan, bringst du mir jetzt bitte noch was zu essen mit?«

»Na gut. Was willst du haben?«

»Ich glaube, sie haben jetzt Mittagessen aufgefahren«, sagte Natalie mit Blick in Richtung des Buffets. »Könntest du mir einen Caesar's Salat machen? Aber anstatt des Kopfsalats hätte ich gern Krautsalat. Und anstatt des Käses bitte etwas Tofu? Und statt Schinken hätte ich gern ... «, fuhr Natalie fort.

»Wie wäre es, wenn ich dir einfach einen normalen Caesar's Salat mit einem Dildo als Beilage bringe?«

»Warum zur Hölle würdest du das machen?«

»Tja, auf die Weise kannst du dich selbst ficken, wenn du den Salat nicht magst«, erklärte Siobhan grinsend, ehe sie in Richtung Buffet davonging.

KAPITEL ZWÖLF

Das erste Date

Am Abend machte sich Kate für ihr erstes Date mit Trevor fertig.

Sie hatte den schlimmsten Kater weggeduscht, und ihr generelles Gefühl von Unwohlsein begann endlich zu verschwinden. Sie waren von der Flitterwochen-Suite wieder in ihr normales Doppelzimmer umgezogen. Auch wenn die Suite in jederlei Hinsicht luxuriöser ausfiel, war Kate in diesem Zimmer schon einmal zu oft aufgewacht. Außerdem war der Raum derart verwüstet, dass er schon fast unbewohnbar war. Glücklicherweise waren Trevor und seine Black Card für die Kosten aufgekommen.

Kate hatte sich die Zähne geputzt, die kastanienbraunen Haare in ihrem üblichen Stil geföhnt und ein wenig Make-up aufgetragen. Sie hatte es sogar geschafft, mithilfe von Seife und Wasser, den Ehering wieder von ihrem Finger zu ziehen. Jetzt musste sie nur noch Trevor Rush aus ihrem Leben entfernen, ein für alle Mal. Durch die Zeitverschiebung würde Norman noch schlafen, so dass sie sich auf die bevorstehende Aufgabe konzentrieren konnte, ohne daran denken zu müssen, ihm regelmäßig zu schreiben. Drei Dates, und sie war Trevor wieder los, erinnerte sie sich selbst.

Sie würde das schaffen.

»Kate, was zur Hölle!«, rief Natalie, als Kate aus dem Badezimmer kam.

»Was denn?«, fragte Kate verwirrt.

»Du siehst hübsch aus! Was ist daraus geworden, Trevor zu vergraulen?«

»Nat hat recht«, stimmte Siobhan zu. »Du hast dich viel zu sehr angestrengt.«

»Ich würde Zähne putzen und Haare waschen jetzt nicht als ›anstrengend‹ bezeichnen«, meinte Kate. »Was hätte ich denn tun sollen?«

»Mundgeruch ist ein echtes No-Go«, meinte Chloe. »Wir sollten rohen Knoblauch besorgen, den du essen kannst.«

»Ich verbringe nicht den ganzen Abend mit dem Geschmack von rohem Knoblauch im Mund! Überlegt euch was anderes.«

»Kannst du spontan durch die Vagina pupsen?«, fragte Siobhan.

»Natürlich nicht!«

»Anfängerin.«

»Mädels, ich weiß, ihr findet das alle wahnsinnig komisch, aber hat eine von euch vielleicht noch einen sinnvollen Vorschlag?«, seufzte Kate.

»Ja, ich«, sagte Chloe und zog ihren Lippenstift aus der Handtasche. »Bitte lächeln!« Kate tat wie geheißen, und Chloe tippte ihr etwas Lippenstift an die Zähne. »Hier, das sollte helfen.«

»Ich finde immer noch, dass sie zu gut aussieht«, meinte Natalie.

»Keine Sorge, Mädels«, versicherte Kate ihnen. »Es sind meine Taten, die Trevor den Rest geben werden. Ich werde mich wie die schlimmste Ehefrau der Welt aufführen. Nach diesem Date wird er mich gar nicht mehr schnell genug loswerden wollen.«

Die Freundinnen verließen das Zimmer und begleiteten Kate zum Haupteingang des Hotels, wo sie sich mit Trevor treffen sollte. Als der Aufzug sich öffnete, wären sie fast einem gut aussehenden Mann in die Arme gelaufen.

»Rein oder raus?«, fragte Siobhan, bevor er sich an ihnen vorbeidrängen konnte.

»Die Nacht ist noch jung«, erwiderte der mysteriöse Fremde.

Siobhan grinste, und die Freundinnen stiegen in den Aufzug zu.

»Nach unten?«, fragte er.

»Die Nacht ist noch jung«, entgegnete Siobhan augenzwinkernd.

Kate lachte in sich hinein. Siobhans Pläne für den Abend waren eindeutig. Die Mädels gingen durch die Lobby und zum Haupteingang hinaus.

»Ah, es geht doch nichts über ein wenig Frischluft«, sagte Siobhan, während sie sich eine Zigarette anzündete.

»Ich kann es immer noch nicht glauben, dass du dir ein Päckchen davon gekauft hast«, sagte Kate vorwurfsvoll. Als die Mama der Gruppe hasste sie die Vorstellung, dass Siobhan tatsächlich Geld dafür bezahlte, sich selbst zu vergiften.

»Ich bin halt oral fixiert. Und Zigaretten im Urlaub zählen nicht, das weiß doch jeder«, erwiderte Siobhan achselzuckend. »Oh, seht mal, da ist der italienische Hengst.«

Kate erblickte Trevor, der in einem teuer wirkenden schwarzen Samtblazer an seinem schwarzen Mercedes lehnte.

»O Mann«, meinte Kate genervt. »Selbst die Art, wie er lehnt, ist arrogant.«

»Warte, ich hatte gerade eine Idee!«, sagte Siobhan. »Zieh mal schnell an meiner Zigarette!«

»Siobhan, du weißt, dass ich rauchen hasse!«

»Ja, aber vielleicht hasst Trevor es auch. Rauchen ist für viele ein absolutes No-Go!«

Kate nahm die Zigarette zwischen die Finger. Sie hatte noch nie in ihrem Leben geraucht und hatte es auch nie vorgehabt. Aber wenn es Trevor vertreiben konnte, war es den Versuch wert. Doch als Kate einen Zug nahm, musste sie sofort unkontrolliert husten.

»Hätte dich nicht für eine Raucherin gehalten, Sommersprosse«, sagte Trevor, als er zu ihnen rüberschlenderte.

»Ähem«, machte Kate, als sie versuchte, sich zu räuspern und wieder zu Atem zu kommen. »Mmhmm, ich rauche für mein Leben gern. So an die drei Päckchen am Tag.«

»Tja, gut zu wissen, dass du immer noch die schlechteste Lügnerin der Welt bist. Das macht die Sache einfacher.«

Na super, sie hatte gerade umsonst ihren ersten Zug genommen. Und der schreckliche Geschmack hing ihr noch im Mund fest. Sie spürte Übelkeit in sich aufsteigen. Gerade, als der Kater endlich am Abklingen war, wurde ihr schon wieder schlecht.

»Wie immer schön, die Four Lokos zu sehen«, sagte Trevor zu ihren Freundinnen.

»Sie wollen, dass ich um elf zu Hause bin«, sagte Kate hastig.

»Ladies, ihr seid aber streng mit der frischvermählten Braut.«

»Also, Mitternacht klingt vielleicht vernünftiger«, meinte Siobhan.

Kate verpasste ihr einen Stoß mit dem Ellenbogen in den Rücken.

»Mitternacht geht klar. Keine Sorge, Ladies, sie ist in guten Händen«, versicherte ihnen Trevor und öffnete die Autotür für sie. »Mrs. Rush, wenn Sie mich bitte begleiten würden.«

»Das ist nicht mein Name«, entgegnete Kate patzig, während sie ins Auto stieg.

Trevor schloss die Tür hinter ihr und wandte sich wieder an ihre Freundinnen. »Ach, übrigens, Ladies, ich habe euch ein paar Geschenktütchen zusammengestellt – von unserer Hochzeit.« Er öffnete den Kofferraum und reichte jeder von ihnen eine kleine pinke Tüte.

Kate konnte sehen, wie er ihnen etwas gab, und war überhaupt nicht begeistert. Die Mädels lugten in die Tüten und brachen in Gelächter aus. Vermutlich hatte er ihnen etwas von den kitschigen Souvenirartikeln aus der Kapelle gegeben. Sie versuchte die Autotür zu öffnen, doch sie ging nicht auf. Trevor musste die Kindersicherung eingeschaltet haben, um sie einzusperren.

»ÖFFNET JA NICHT DIESE TÜTEN!«, schrie Kate und hämmerte an die Fensterscheibe.

Aber es half nichts. Ihre Freundinnen konnten sie nicht hören und spazierten bereits mit ihren kleinen Goodiebags davon. Diese Tüten enthielten genug peinliches Material, um Kate für den Rest ihres Lebens zu blamieren. Auf keinen Fall durfte etwas davon nach Irland gelangen. Sie konnte es nicht riskieren, Beweise von ihrer Hochzeit mit Trevor irgendwo herumliegen zu haben.

»Na, dann«, sagte Trevor, als er neben ihr ins Auto stieg. »Bist du bereit für unsere Flitterwochen?«

»Das sind NICHT unsere Flitterwochen!«, fuhr Kate ihn an.

»Zwei Frischvermählte auf einer romantischen Reise? Klingt nach Flitterwochen, finde ich.«

»Also, ich bin jedenfalls nicht in Flitterstimmung.«

»Noch nicht ...

»Glaub doch, was du willst«, entgegnete Kate mit gekünsteltem Lächeln, wobei sie sicherging, das der Lippenstift auf ihren Zähnen zu sehen war.

»Du hast da was an den Zähnen ...

»O mein Gott«, sagte Kate mit gespieltem Entsetzen. Sie zog ein Taschentuch aus der Handtasche und wischte sich die Zähne damit ab. »Das passiert mir immer, wenn ich Lippenstift trage! Du musst mich furchtbar hässlich finden.«

»Du könntest nicht hässlich sein, selbst wenn du es wolltest, Sommersprosse«, erwiderte er mit einem Lächeln.

Verdammt. Trevor zu vergraulen gestaltete sich schwieriger als erwartet.

Wie auch immer. Sie hatte noch genügend Munition in petto.

Lorenzo ließ den Motor an, und sie fuhren los. Während der Fahrt rutschte Kate auf ihrem Sitz herum und versuchte, sich zu entspannen. Doch ihr war immer noch flau von der Zigarette, und sie konnte keine bequeme Stellung finden.

»Mache ich dich nervös?«, fragte Trevor.

»Nervös? Nein. Wird mir übel? Ja«, erwiderte Kate.

»Das kommt ziemlich sicher davon, dass du deine erste Zigarette geraucht hast. Diese Dinger bringen dich um, weißt du?«

»Ja, ist schon komisch, seit ich deine Frau bin, habe ich so einen Hang zum Selbstzerstörerischen entwickelt.«

»Bis der Tod uns scheidet, Liebling.«

»Je früher, desto besser.«

»Wo ist denn eigentlich dein Ehering?«, fragte Trevor mit Blick auf ihre Hand.

»Ich hab ihn mit etwas Seife abbekommen. Und diese bescheuerten Dates, die du geplant hast, werde ich auch irgendwie überstehen«, sagte Kate und verschränkte die Arme vor der Brust.

»Du hältst eine Weltreise für so schlimm?«

»Wovon sprichst du? Ich kann keine Weltreise machen! Meine Hochzeit ist in dieser Woche!«

»Entspann dich, Sommersprosse. Ich weiß, du hast einen etwas strikten Zeitplan. Aber vor neun Jahren habe ich dir versprochen, dir eines Tages die Welt zu Füßen zu legen. Oder hast du das etwa auch vergessen?«

Kate hatte Trevors Versprechen keineswegs vergessen. Er hatte immer gesagt, sie beide würden zusammen die Welt bereisen und ganz viel Musik und Liebe machen. Aber wie sich herausgestellt hatte, war das nichts als heiße Luft gewesen.

»Nein, ich erinnere mich an deine leeren Versprechungen, keine Sorge«, erwiderte sie finster.

»An denen war nichts leer«, widersprach Trevor. »Vegas ist die Heimat der besten Nachbildungen weltberühmter Monumente. Also müssen wir für unsere drei Dates gar nicht weit fahren.«

»Oder du könntest verreisen und mir einfach eine Postkarte schicken«, schlug Kate vor.

»Nee, ohne Mrs. Rush an meiner Seite wäre es nur halb so schön.«

»Ich habe doch gesagt, du sollst mich nicht so nennen.«

»Sorry, Sommersprosse.«

»Himmelherrgott, du bist wirklich der nervigste Mann, dem ich je begegnet bin!«

»Wenn dein Ehemann dich nicht wahnsinnig macht, ist er nicht wirklich dein Ehemann, oder?«, meinte Trevor zwinkernd.

»Sind wir endlich da?«, rief Kate voller Verzweiflung dem Fahrer zu.

KAPITEL DREIZEHN

London

Als sie an ihrem Ziel ankamen, öffnete Trevor für Kate die mit der Kindersicherung verschlossene Tür und entließ sie aus dem Auto. Vor sich erblickte sie ein gigantisches Riesenrad. Sie wusste von ihrer Recherche für den Junggesellinnenabschied, dass es High Roller hieß und zum The LINQ Hotel and Casino gehörte. Es sah dem London Eye erstaunlich ähnlich, auch wenn es noch höher war. Mit ihren Freundinnen hatte sie auch vorgehabt, damit zu fahren.

Alles ein Teil ihres geliebten Reiseplans, der jetzt in kleine Stücke zerrissen war.

»Erster Halt auf unserer Flitterwochenreise um die Welt«, sagte Trevor. »London.«

»Ich bin mir nicht sicher, ob das LINQ wirklich nach dem Vorbild von London gestaltet ist«, meinte Kate.

»Also, wir sind von Fish-and-Chips-Läden umgeben, da drüben steht eine rote Telefonzelle, und oh, sieh nur, das London Eye. Für mich reicht das.«

»Ich war schon mal im echten London Eye, deshalb beeindruckt mich diese billige Kopie kein bisschen«, meinte Kate mit erhobenem Kinn.

»Aber das hier wird ein wesentlich intimeres Erlebnis werden.«

»Behalte deine Hände einfach dort, wo ich sie sehen kann, bitte.«

Als sie beim Riesenrad ankamen, ging Trevor einfach an der Schlange der Wartenden vorbei zum Eingang.

»Äh, hallo! Da ist eine Schlange«, sagte Kate, die sich immer an die Regeln hielt. Der Steinbock in ihr konnte es nicht gutheißen, wenn man sich vordrängelte.

»Wir haben etwas anderes vor als die Touristen«, erklärte Trevor. Er drehte sich um und sprach mit einer Frau am Ticketschalter, die offensichtlich dafür zuständig war, die Fahrgäste zu den Gondeln zu führen. »Hi, ich habe eine spezielle Reservierung für Mr. und Mrs. Rush.«

Trevor nutzte wirklich jede Gelegenheit, um Kate daran zu erinnern, dass sie mit ihm verheiratet war. Es machte sie wahnsinnig, aber sie weigerte sich, ihm das zu zeigen.

Das war genau, was er wollte.

»Mr. Rush, natürlich! Willkommen im High Roller!«, sagte die Frau. Sie war ganz offensichtlich schwer beeindruckt von seiner Berühmtheit und vermutlich geblendet von seinem Charme. Als Nächstes musterte sie Kate, als versuchte sie herauszufinden, was an ihr so besonders war. »Ist das Mrs. Rush? Ich habe auf Instagram gar nichts von einer Hochzeit gesehen?«

»Wir halten uns noch bedeckt, bis sie es ihrem Verlobten sagt.«

»Oh ...«, machte die Frau verwirrt.

»Sie haben übrigens wunderschöne Augen«, schmeichelte ihr Trevor schamlos.

»Wow ... danke schön.« Die Frau errötete.

Kate kochte vor Wut, auch wenn sie nicht ganz sicher war, aus welchem Grund. Es konnte ihr doch egal sein, oder? Das war die perfekte Gelegenheit, Trevor zu zeigen, wie kalt sie das ließ. »Ich kann Ihre Schicht übernehmen, wenn Sie gern an meiner Stelle mitfahren möchten?«, bot sie der Frau an.

»Ähm ...«

»Sie müssen meine Frau entschuldigen«, sagte Trevor. »Sie ist nicht daran gewöhnt, korrekt behandelt zu werden.«

»Ach, ich habe einen Cocker Spaniel zu Hause, bei dem ist es genauso!«

»Äh, haben Sie mich gerade mit einem Hund verglichen?«, sagte Kate fassungslos.

»Verzeihung, Mrs. Rush«, sagte die Frau beschämt. »Also, ihre spezielle Gondel ist bereit. Hier entlang, bitte.«

Die Frau führte sie eine Rampe entlang, und die Gondel senkte sich zu ihnen herab. Von außen sah sie aus wie alle anderen Riesenradgondeln auch. Aber als die Tür aufging, traute Kate ihren Augen kaum.

Im Inneren stand ein hübsch gedeckter Tisch und zwei antike Stühle, bereit für ein extravagantes Candle Light Dinner.

»Lieber Himmel, was ist das?«, fragte Kate, geschockt von der schieren Opulenz des Ganzen. Die anderen Gondeln waren einfach nur Kugeln aus Glas und Metall, doch diese war eingerichtet wie ein Fünf-Sterne-Restaurant, inklusive einer Flasche Champagner, die im Kühler für sie bereitstand.

»Es ist das erste Date unserer Flitterwochen, Dummerchen.«

»Mr. und Mrs. Rush, ich hoffe, Sie genießen den Champagner«, sagte die Frau. »Das Essen wird serviert, wenn Sie wieder hier unten ankommen.«

»Vielen Dank«, sagte Trevor und betrat die Gondel. Er zog einen Stuhl hervor und lud seine Frau mit einer Handbewegung ein, sich zu setzen.

Kate war immer noch fassungslos über die Dekoration. Sie stieg in die Gondel und nahm am Tisch Platz. Unwillkürlich fragte sie sich, ob alle, die genug Geld besaßen, eine Gondel einfach so buchen konnten, oder ob das nur einem bestimmten Personenkreis vorbehalten war. Sie hatte so ein Gefühl, dass Letzteres zutraf.

»Champagner?« Trevor hielt die Flasche in die Höhe.

»Solange es keine Champagnerdusche ist. Die letzte hat mir gereicht.«

»Vielleicht weckt es deine Erinnerungen, zum Beispiel daran, wie verliebt du gestern Nacht in mich warst.«

»Darauf würde ich mich nicht verlassen.«

Trevor öffnete die Flasche mit einem Zischen und füllte ihre Gläser. »Lass uns anstoßen«, sagte er dann. »Auf zwei Liebende, die sich nach langer Zeit wiedergefunden haben.«

»Wie wäre es mit ... auf Fehler, die wiedergutgemacht werden müssen«, schlug Kate vor und hob ihr Glas.

»Auf den besten Fehler deines Lebens«, erwiderte Trevor und prostete ihr zu. Dann nahm er schnell einen Schluck, ehe sie etwas erwidern konnte, damit sie das letzte Wort behielt.

Kate hatte das Gefühl, dass ihr vor Wut der Rauch aus den Ohren kommen musste, doch sie mahnte sich selbst zur Ruhe, während sie einen Schluck Champagner nahm. Sie hatte nicht vor, sich den ganzen Abend mit ihm zu streiten. Sie wollte es nur hinter sich bringen. Aber er machte es ihr nicht leicht, die Fassung zu wahren. Er war einfach so furchtbar nervig.

Das, was sie am meisten an ihm ärgerte, war allerdings die Tatsache, dass er noch genauso verdammt gut aussah wie vor neun Jahren. Noch besser sogar, so sehr sie es auch hasste, das zuzugeben. Der Trevor, den sie gekannt hatte, war ein in den Tag lebender Träumer gewesen. Dem Trevor, den sie jetzt vor sich sah, lag die Welt zu Füßen.

Und doch, vor neun Jahren hatte sie an ihn geglaubt. Er hatte etwas, das andere Menschen einfach nicht hatten. Eine seltene Eigenschaft, die schwer zu beschreiben war. Damals hatten alle in ihm nur den talentlosen DJ gesehen, der es zu nichts bringen würde. Doch nicht Kate. Sie hatte schon immer gewusst, dass er zu Größerem bestimmt war. Und wenn sie ihn jetzt so ansah, wusste sie, dass sie recht gehabt hatte.

Das Problem war nur, dass Kate nicht mehr wollte, dass er erfolgreich war, nachdem er ihr das Herz gebrochen hatte. Sie wollte, dass das Schicksal ihn bestrafte, weil er sie betrogen hatte. In dem Moment, als sie diese wunderschöne Frau vor seiner Wohnung gesehen hatte, hatte sie ihn gehasst. Es war so schwer, einem Menschen Gutes zu wünschen, der ihr Selbstwertgefühl zerstört hatte. Sie dagegen hatte ihn damals immer aufgebaut und ihm gesagt, dass er es eines Tages schaffen würde.

Doch wenn man einen Mann aufbaute, konnte dieser einen auch zerbrechen.

Sie durfte ihr Ziel nicht aus den Augen verlieren.

Die Annullierung.

Das war alles, was sie brauchte. Und sie würde sie bekommen.

»Also, was denkst du?«, fragte Trevor und deutete auf die Gondel.

»Ehrlich gesagt, bin ich nicht ganz schwindelfrei. Ich muss hier raus«, log Kate.

»Netter Versuch, Sommersprosse. Erinnerst du dich nicht an unser erstes Date in New York damals?«, fragte er.

»Wie könnte ich das vergessen? Du hast mich zu Hooters geschleppt«, erwiderte Kate augenrollend.

»Ach, komm schon, du weißt genau, dass ich da wegen der Chicken Wings hingehe, nicht wegen der Brüste«, sagte er lachend. »Aber das war unser zweites Date, nicht unser erstes. Bei unserem ersten waren wir auf Coney Island.«

»Ach ja, wir waren ...«

»... auf dem Wonder Wheel«, beendete er ihren Satz, als sie stockte.

Verdammt. Er hatte recht. Es war ihr erstes offizielles Date gewesen. Sie hatten alle Fahrgeschäfte und alle Spiele ausgetestet. Er hatte ihr sogar einen Teddy erspielt, bei einem dieser Box-Maschinen. Das hatte sie damals ziemlich beeindruckt. Gegen Ende des Abends hatten sie sich leidenschaftlich geküsst – auf dem Wonder-Wheel-Riesenrad, von dem aus man den in Mondlicht getauchten Ozean überblicken konnte. Es war eine der besten Nächte ihres Lebens gewesen. Damals erschien ihr alles mit Trevor so leicht. Das Leben war voller Möglichkeiten.

Nein, nein, nein.

Sie wusste genau, was er vorhatte. Er versuchte, ihre Entschlossenheit mit nostalgischen Gefühlen zu korrumpieren. Sie in Erinnerungen schwelgen zu lassen. Doch das war das Problem mit Fremdgehern. Alle Erinnerungen sind von dem Fehltritt überschattet. Natürlich waren diese Momente damals wunderschön, aber im Nachhinein waren sie von Fragezeichen durchlöchert. Hatte er anderen Frauen Nachrichten geschrieben, während er auf diesen romantischen Dates mit Kate gewesen war? Die Blumen, die er ihr gekauft hatte, waren sie nur eine Wiedergutmachung, weil er etwas mit einer anderen gehabt hatte? Wie viele Frauen waren in jenem Sommer in seinem Bett gewesen, als Kate dachte, es sei ein heiliger Tempel, der nur für ihre Liebe allein reserviert war? Das war das Schlimmste am Betrug, obwohl darüber nur selten geredet wurde. Jeder süße Moment war von der Untreue verdorben.

Trevor Rush war nicht annähernd so schlau, wie er dachte. Wenn seine Strategie daraus bestand, ihre Erinnerungen aufzufrischen, dann würde sie sicherlich nicht aufgehen.

»Das ist lange her, und ich würde gern das Thema wechseln«, sagte Kate schnippisch.

»Na gut, kein Problem«, erwiderte Trevor. »Dann wieder zu letzter Nacht.«

»Ich will auch nicht über die peinlichen Aktionen der betrunkenen Kate sprechen.«

»Du meinst, der *wahren* Kate?«

»Nein, ich meine das volltrunkene Etwas, das seinen Hintern nicht von seinem Ellenbogen unterscheiden konnte und niemals in der Lage gewesen wäre zu heiraten. Also, was auch immer ich dir gestern Nacht erzählt habe, vergiss es einfach.«

»Und was ist damit, dass du mir gesagt hast, dass du mich noch liebst?«, fragte Trevor mit hochgezogener Augenbraue.

»Das war eindeutig der Four Loko, der aus mir gesprochen hat! Ich habe kein Wort ernst gemeint«, entgegnete Kate mit erhobenem Kopf.

»Vielleicht nicht bewusst«, meinte Trevor. »Manchmal verleiht Alkohol den Menschen das Selbstvertrauen, das ihnen fehlt, wenn sie nüchtern sind. Ich denke, gestern Abend kam dein wahres Ich zum Vorschein, das du jahrelang unterdrückt hattest.«

»Wow, wie erleuchtend. Hast du deinen Abschluss in Psychologie an einem einarmigen Banditen gewonnen?«

»Nein, es war an einem dieser Automaten mit der Kralle, um genau zu sein.«

Kate musste unwillkürlich lachen. »Bist du immer so nervig?«

»Nein, manchmal bin ich noch nerviger«, entgegnete Trevor grinsend.

»Hör auf, so zu grinsen!«

»Wie denn?« Er grinste wieder.

»Na, so! Du machst das alle paar Minuten. Es macht mich wahnsinnig!«

»Weil du wahnsinnig verliebt bist.«

»In Norman vielleicht.«

»Du bist nur *vielleicht* in Norman verliebt?«

»Du bist ein Meister darin, nur das zu hören, was du hören willst, weißt du das?«

»Aha, du hältst mich für einen Meister.«

»Ganz im Gegenteil. Ehrlich gesagt, weiß ich nicht, wie du ganz Vegas davon überzeugen konntest, ein brillanter DJ zu sein.«

»Ich meine mich zu erinnern, dass du damals von meinen DJ-Fähigkeiten ziemlich beeindruckt warst«, sagte Trevor. Er lehnte sich zurück und nippte an seinem Champagner, in Erwartung ihrer Antwort. Er bedachte sie mit einem durchdringenden Blick, der ihr mal wieder bis in die Seele zu dringen schien. Sie fühlte sich immer so nackt, wenn er sie auf diese Weise ansah. Sein Blick besaß eine unvergleichliche Intensität, und er war sich dessen bewusst.

Klassischer Skorpion-Move. Sie liebten es, andere zappeln zu lassen.

Und seine Taktik ging auf. Sie war offiziell sprachlos.

»Also, ich ... Ich bin keine einundzwanzigjährige Partymaus mehr. Ich bin erwachsen geworden«, sagte Kate mit selbstgerechtem Tonfall.

»Wow, wie ist denn so die Aussicht von deinem Elfenbeinturm aus?«

»Ach, bitte. Du bist doch derjenige, der auf andere hinabschaut.«

Inzwischen war die Gondel ganz oben angekommen, hoch über dem elektrisierenden Summen der Stadt, während die Sonne der Nacht wich. Kate genoss den spektakulären Blick über die Skyline von Vegas und den gesamten Strip mit all seinen berühmten Hotels und Casinos. Die Neonlichter pulsierten hektisch und ließen ein lebhaftes Farbenspiel über den dunkle Abendhimmel tanzen.

Es war atemberaubend.

»Die Aussicht von oben ist nicht die schlechteste, finde ich«, meinte Trevor und sah sich um.

»Also, wie kommt ein Las-Vegas-DJ an eine Amex Black Card? *So* gut können deine Remixe doch gar nicht sein.«

Trevor lachte. »Da hast du recht. Ich investiere das meiste Geld, das ich als Resident-DJ im *Omnia* verdiene, an der Börse.

Das ist die einzige Methode, wie das Geld mit der Wirtschaft mitwächst.«

Das erinnerte Kate an Natalies Vorschlag, Männer zu vergraulen. »Ich verstehe nichts von Wirtschaft«, sagte sie, auf ahnungslos machend. »Warum druckt die Regierung nicht einfach mehr Geld?«

»Weil das eine Hyperinflation bewirken würde.«

»Ist das was Schlechtes?«

»Du bist ein schlaues Mädchen, Sommersprosse«, sagte Trevor. »Was denkst du?«

»Ich denke, das Einzige, was hyperinflationär ist, ist dein Ego. Denn niemand in Irland hat jemals von dir gehört. Ich schätze, du bist nicht so berühmt, wie du tust«, sagte Kate, im Versuch, seine Selbstgefälligkeit zu dämpfen.

»Ja, ich bin noch nicht international unterwegs. Vegas kann ein ziemliches Gefängnis für einen DJ sein.«

»Aber offensichtlich ein ziemlich komfortables Gefängnis. Schicke Anzüge, eigener Chauffeur, Frauen, die dir zu Füßen liegen. Nicht zu vergessen, die zwei Millionen Follower.«

»Oh, hat mich da jemand gestalkt, Mrs. Rush?«, sagte er mit hochgezogenen Augenbrauen. »Deine Besessenheit ist schlimmer, als ich dachte.«

»Ich bin NICHT besessen von dir.«

»Sorry, ich meinte, Verliebtheit ...«

»Wie wäre es mit Genervtheit«, erwiderte Kate. »Und es war Chloe, die dich gestalkt hat, nicht ich. Sie würde alles tun für ein Shoutout auf Instagram von jemandem wie dir. Aber ich bin nicht so leicht zu beeindrucken.«

»Verstehe ...« Trevor lächelte. »Also, ja, ich habe zwei Millionen Follower, aber die kommen fast alle hier aus der Gegend. Mein Ziel ist es, international bekannt zu werden. Sobald man auf dem Level ist, liegt einem die Welt zu Füßen.«

»Du hast deinen Ehrgeiz jedenfalls nicht verloren.«

»Tja, mir hat mal jemand gesagt, ich sei der beste DJ der Welt, und ich schätze, ich habe der Person geglaubt.«

»Ach ja?« Sie lachte auf. »Wer hat denn so was behauptet?«

»Das warst du, Kate.«

Es war das erste Mal, dass er sie nicht mit irgendeinem nervigen Spitznamen ansprach. Und er hatte recht. Sie hatte ihm das gesagt – und sie hatte es ernst gemeint. Immer wenn er in einem Club auflegte, war sie dabei, um ihn anzufeuern. Sie war sein Groupie, als er noch ein Niemand war. Selbst an den Abenden, an denen er vor leeren Kneipen spielte, war sie da und jubelte für ihn. Er hatte wirklich eine Gabe. Sein Talent war einer der Gründe, warum sie sich in ihn verliebt hatte. Sie erinnerte sich sogar noch an den Moment, als es passiert war.

An dem Abend, als sie sich kennengelernt hatten.

Kate und ihre Freundinnen hatten gerade ihre Schicht im Irish Pub beendet und überlegten, ob sie noch ausgehen sollten. Sie waren von der Arbeit erschöpft, aber irgendetwas sagte Kate, dass die Nacht gerade erst begonnen hatte. Also machten sie sich zu viert auf den Weg zu ihrem späteren Lieblingsclub, *The Emerald Underground*, und als sie die Tanzfläche betraten, war Trevor gerade dabei, mit seinem Set zu beginnen. Ihre Blicke trafen sich, und sie spürte, wie der Bass in ihrem Körper wummerte. Trevor spielte seinen eigenen Remix von Taylor Swifts »How You Get The Girl« und, ja, er hatte das Mädchen bekommen.

Der Rest war Geschichte.

Und Vergangenheit.

»Mit einem solchen Größenwahn musste dein Traum ja wahr werden. ›Fake it till ya make it‹, stimmt's?«, meinte Kate.

»Stimmt. Obwohl an unserem leidenschaftlichen Kuss auf der Bühne gestern Nacht nichts Gespieltes dran war«, zwinkerte Trevor mit verführerischem Funkeln in den Augen.

Plötzlich bemerkte Kate, dass sie rot anlief. Warum zum Teufel brachte er sie zum Erröten? Er sollte diese Art von Macht nicht mehr über sie haben. Es gab absolut keinen Grund für ihren Körper, jetzt eine solche Menge Blut in ihre Wangen zu pumpen. Scham, das musste es sein. Sie war schlicht und ergreifend peinlich berührt. Sie musste die Aufmerksamkeit wieder von sich ablenken.

»Darum geht es jetzt nicht«, sagte Kate, und um das Gespräch schnell in eine andere Richtung zu lenken: »Also, was genau hält dich davon ab, es international zu versuchen? Ich sehe nichts, was dir im Weg steht.«

»Also, im Moment spiele ich in meinen Liveshows nur Remixe und Mash-ups. Aber um als DJ international einen Durchbruch zu erreichen, braucht man etwas Neues, Kreatives. Etwas, das die Leute noch nie gehört haben. Denk mal an die ganzen berühmten DJs, die du kennst. Sie haben alle ihre eigenen Hits.«

»Dann schreib doch einen eigenen Song«, erwiderte Kate achselzuckend. Sie bemerkte plötzlich, dass sie es schon wieder tat. Sie baute ihn auf. Sie glaubte an ihn. Warum war sie sein verdammtes Cheerleader? Das war der Mann, der ihr das Herz aus der Brust gerissen und in tausend Stücke zerbrochen hatte. Das durfte sie niemals vergessen.

»Du klingst genau wie Charlie«, sagte Trevor lachend. »Aber ich kann keine Musik schreiben, also habe ich nichts Neues zu teilen. Das ist der Fluch von Vegas. Ohne neuen Sound sitzt man hier fest und legt bis in alle Ewigkeit Remixe auf, im neunten Höllenkreis von Sin City.«

»O mein Gott, du bist so eine Dramaqueen«, sagte Kate lachend. »Du könntest ganz leicht einen Song schreiben, du müsstest nur deine melodramatischen Worte in einen Songtext verwandeln.«

»Nee, Songs zu schreiben war schon immer *dein* Ding.«

»Vor hundert Jahren vielleicht.«

Trevor erblasste, als hätte ihm gerade jemand eine Todesnachricht überbracht. »Du schreibst keine Songs mehr?«, fragte er.

»Gott, nein. Ich habe jetzt einen richtigen Job.«

»Du hältst Musik machen nicht für einen richtigen Job.«

»Tja, vielleicht für ein paar besonders Glückliche. Aber es ist offensichtlich nicht für jeden realistisch. Ich bin jetzt Veranstaltungsmanagerin. Ich habe schon ein paar echt coole Musikfestivals in Irland organisiert. Und ich bin ziemlich gut in dem, was ich tue. Manche sagen, ich wäre eine der Besten«, prahlte sie.

»Also planst du alles im Hintergrund für die Leute, die ihre Musik dann vor Tausenden von Menschen aufführen?«

»Genau. Aber denk nicht mal daran, mich um einen Gig auf einem Festival zu bitten. Sobald diese drei Dates vorbei sind, ist das mit uns erledigt.«

»Das wollte ich nicht sagen. Ich wollte dich fragen, ob es weh tut.«

»Ob was weh tut?«

»Anderen Leuten dabei zu helfen, *deinen* Traum zu leben.«

Kate musste lachen. »Mein Traum war mit einundzwanzig noch ein anderer als jetzt mit dreißig.«

»Und was ist dein neuer Traum?«

»Ein schönes, ruhiges Leben mit einem netten, sicheren Job und einem netten, liebevollen Ehemann.«

Trevor begann lautstark zu schnarchen.

»Entschuldige mal!«, fuhr Kate ihn an

»Oh, sorry.« Er tat so, als würde er gerade aufwachen. »Ich muss eingeschlafen sein.«

»Weißt du, wenn du dich weiterhin so idiotisch aufführst, verpasse ich dir deine eigene Champagnerdusche und ruiniere dir deinen schicken Anzug«, drohte Kate.

»Aber dann müsste ich mich ausziehen. Sorry, Sommersprosse, aber beim ersten Date wirst du mich nicht nackt sehen. Vielleicht beim zweiten.«

»Gütiger Himmel, du bist unmöglich«, erwiderte Kate und massierte sich die Schläfen.

»Ich hätte niemals gedacht, dass ausgerechnet du dir ein normales Leben wünschst. Du bist kein normaler Mensch.«

»Doch, das bin ich! Ich bin der normalste Mensch auf der Welt.«

»Also, hältst du dich nicht für etwas Besonderes?«, fragte Trevor.

»Ich halte mich nicht für etwas Besseres, nein.«

»Das habe ich nicht gefragt. Ich habe mich auf deine Stimme bezogen. Du denkst, du hast eine normale Gesangstimme?«

»Es ist nichts Besonderes an meiner Stimme«, erwiderte sie achselzuckend.

»Wow, dieser Verlobte von dir hat dich ordentlich zurechtgestutzt.« Trevor verzog das Gesicht.

»Was soll denn das nun wieder heißen?«

»Also, die Kate, an die ich mich erinnere, war die beste Sängerin, die ich je gehört habe. Aber in den vergangenen neun Jahren scheint dich irgendjemand vom Gegenteil überzeugt zu haben.«

»Die Realität war das. Ich habe einen Song ...« Kate hielt inne, als sie merkte, dass sie zu viel verraten hatte. Sie hatte nicht vor, Trevor von ihrer Veröffentlichung zu erzählen, vor allem, weil es in dem Text um ihn ging. Und weil der Song ein totaler Flop gewesen war. Wäre sie die talentierte Sängerin, für die er sie hielt, dann wäre ihre erste Single doch nicht so ein Reinfall gewesen, oder? Sie Sache war eindeutig.

»Du hast einen Song veröffentlicht?«, fragte Trevor dennoch.

»Nein.«

»Du hast doch gerade gesagt ...«

»Musik war nicht mein Schicksal. Punkt. Können wir jetzt bitte das Thema wechseln?«, sagte Kate verärgert.

»Okay ... also, zurück zu letzter Nacht ...«, erwiderte Trevor mit schelmischem Grinsen.

»Lieber Himmel«, seufzte sie. Sie hasste ihn dafür, dass er diese peinliche Nacht schon wieder erwähnte, aber sie konnte genauso wenig damit umgehen, dass er von ihrer gescheiterten Musikkarriere erfuhr. »Na schön, was ist mit gestern Nacht?«

»Auch wenn der Alkohol dich in dein wahres, ehrlichstes Selbst verwandelt hat, gab es doch eine Sache, die du mir nicht gesagt hast.«

»Und was soll das gewesen sein?«

»Hmm, lass mal überlegen ... Wie wäre es damit, warum du mich vor neun Jahren per Textnachricht abserviert und dann blockiert hast, ehe ich irgendeine Chance hatte, zu reagieren«, sagte Trevor mit plötzlich sehr ernster Stimme.

Da war sie.

Die Millionen-Dollar-Frage.

Doch Kate hatte nicht vor, darauf zu antworten. Zumindest nicht wahrheitsgemäß. Zu diesem Gespräch war sie nicht bereit. Dieses Gespräch war der Grund, warum sie verschwunden war. Sie war damals nicht in der Lage gewesen, Trevor auf seine Affäre anzusprechen, und sie war es jetzt auch nicht. Wahrscheinlich würde sie niemals dazu bereit sein. Sie wusste, sie würde das Gespräch nicht überstehen, ohne in Tränen auszubrechen. Und Kate würde in hundert Jahren nicht zulassen, dass Trevor sie weinen sah. Sie wollte nicht, dass er wusste, was für einen großen Einfluss er noch auf sie hatte.

Es hatte lang gedauert, bis sie wieder zu sich selbst gefunden hatte, nach dem, was Trevor ihr angetan hatte. Sie konnte diese tränenreichen Nächte nicht vergessen, in denen sie Taylor Swift gehört und sich in den Schlaf geweint hatte. »Wildest Dreams«,

»I Knew You Were Trouble« und »Teardrops on my Guitar« – hoch und runter. Das war der Soundtrack zu den Erinnerungen an ihn. Emotionales Chaos. Sie konnte diese Songs inzwischen nicht mehr hören, weil sie dann sofort an ihn denken musste. Manchmal kann Untreue verziehen werden, doch Taylor Swifts Songs für sie zu ruinieren, war unverzeihlich. Die Wunde war endlich verheilt, und sie würde nicht zulassen, dass Trevor Rush die Narbe wieder aufriss. Nicht nach dem Fortschritt, den sie gemacht hatte.

Und sie war Trevor keine Erklärung schuldig. Er wusste, dass er sie betrogen hatte. Er wusste nur nicht, dass sie es wusste. Es war offensichtlich, dass er sie verlassen hätte, nachdem er sich mit dieser wunderschönen Frau getroffen hatte. Er war bloß sauer, dass sie ihm zuvorgekommen war. Er musste immer das letzte Wort haben, doch Kate hatte ihm dazu nicht die Chance gegeben. Sie weigerte sich ihm zu sagen, warum sie ihn blockiert hatte. Es würde nur zu noch mehr Drama führen.

Sie musste ihn an der Oberfläche halten.

»Oh, habe ich dich blockiert?«, fragte sie mit Unschuldsmiene.

»Netter Versuch, Sommersprosse. Du weißt genau, dass du mich aus deinem Leben ausgeschlossen hast. Ohne mit der Wimper zu zucken hast du mich abserviert. Vollkommen grundlos.«

»HA! Du denkst, ich hätte keinen Grund gehabt?«

»Dann lass ihn mal hören! Nenn ihn mir«, verlangte er.

Seinem Tonfall war anzumerken, dass er die Antwort auf diese Frage unbedingt wissen wollte. Sie konnte es in seinen Augen sehen. Es war wie ein Rätsel, das er verzweifelt zu lösen versuchte. Wie ein Puzzleteil, das verloren gegangen war und ihn davon abhielt, das Bild komplett zu machen. Er hatte tatsächlich keine Ahnung, warum Kate mit ihm vor neun Jahren Schluss gemacht hatte, und das schien ihn wahnsinnig zu machen. Jetzt war es an Kate, triumphierend zu grinsen. Endlich saß sie am längeren Hebel.

»Ich nenne dir den Grund, wenn du heute Abend noch die Annullierung unterschreibst«, sagte sie.

»Oh, echt jetzt?« Trevor lehnte sich in seinem Stuhl zurück.

»Das erscheint mir ein fairer Deal zu sein.«

»Sorry, Sommersprosse, ich werde unsere Flitterwochen um nichts auf der Welt abkürzen. Zumindest nicht, bevor die nüchterne Kate zugibt, dass sie noch in mich verliebt ist.«

»Diese Worte werden mir niemals über die Lippen kommen!«

»Das werden wir ja sehen …«, erwiderte er. »Aber da ist eine Sache, die du nicht bestreiten kannst, egal, wie sehr du es auch versuchst.«

»Und was soll das sein?«

»Zwischen uns knistert es immer noch.« Er zwinkerte ihr zu.

Die Gondel kam am Fuß des Riesenrads an, und die Türen gingen auf.

»Mr. Rush, für Sie das Beef Wellington«, sagte die Frau von vorhin und stellte einen Teller vor ihm ab. »Und für sie das Gleiche, Mrs. Rush.«

Kate musste zugeben, dass das Essen phantastisch aussah. Am Morgen war ihr noch zu schlecht gewesen, so dass sie nicht wirklich etwas vom Buffet gegessen hatte, und inzwischen war sie völlig ausgehungert. Aber plötzlich fiel ihr etwas ein, womit sie Trevor nerven konnte.

»Oh, das kann ich nicht essen … Ich bin Vegetarierin«, log Kate.

»Kein Problem, Mrs. Rush, wir haben auch ein vegetarisches Gericht vorbereitet. Tofu-Tartar.« Die Dame kehrte mit dem angekündigten Essen zurück. Es sah schrecklich aus. Sie konnte unmöglich ein ganzes Quadrat rohen Tofu essen. Sie war am Verhungern.

»Geben Sie mir das verdammte Rindfleisch!«, sagte Kate zähneknirschend.

Auf Trevors Gesicht lag ein triumphierendes Lächeln, als die Frau die Teller wieder austauschte.

»Ich glaube, ich habe auch Gnocchi für beide bestellt?«, fragte Trevor.

»Ja, Mr. Rush, bitte schön«, sagte die Frau und stellte eine Schüssel Gnocchi zwischen sie.

»Perfekt, vielen Dank.«

»Guten Appetit«, wünschte ihnen die Frau, ehe sie die Tür zur Gondel wieder schloss.

»So zu tun, als seist du Vegetarierin?« Trevor lachte. »Das ist echt durchschaubar.«

»Ach, halt die Klappe.« Kate lächelte schwach. Sie entspannte sich in ihrem Stuhl und versuchte, sich auf das hervorragend duftende Essen zu konzentrieren. Eine Runde mehr würde sie nicht umbringen.

»Entspricht das Essen Ihren Standards, Mrs. Rush?«, fragte Trevor.

»Nicht schlecht«, gestand sie. »Obwohl es schön gewesen wäre, wenn ich selbst hätte wählen dürfen.«

»Ich musste das vorab bestellen. Was hättest du denn gewollt?«

»Chicken Nuggets.«

»Also, Chicken Nuggets gibt es bei Hooters, gleich die Straße runter, wenn du ...«

»Das hier ist okay«, unterbrach Kate ihn. Sie war leicht angefressen, dass ihr Chicken-Nuggets-Trick nicht funktioniert hatte, doch als sie sich wieder dem leckeren Essen vor sich zuwandte, war das schnell vergessen. Gnocchi war ihr absolutes Lieblingsessen, auch wenn sie es im Restaurant nie bestellte. Norman sprach es immer »Knotschi« aus, und das machte sie wahnsinnig. »Das Essen sieht echt gut aus, das muss man dir lassen. Ich liebe Gnocchi.«

»Ich weiß.«

»Äh ... woher weißt du das?«

»Das hast du mir damals gesagt.«

»Du erinnerst dich daran, was ich vor neun Jahren gern gegessen habe?«

»Ja, weißt du noch, wie wir in Queens in diesem italienischen Restaurant waren? Du hast gesagt, du hättest noch nie etwas so Leckeres gegessen.«

»Ja! Das hatte ich total vergessen. Und ich habe immer wieder nach Grissini gefragt, bis der Kellner mir keine mehr bringen wollte!« Kate lachte.

»Man muss ihm zugutehalten, dass du ihn wirklich hast rumrennen lassen wie ein kopfloses Huhn«, meinte Trevor lächelnd.

»O Gott, das war ...« Kate hatte sagen wollen, dass es ein großartiger Abend gewesen war. Und das entsprach auch der Wahrheit. Aber mit Trevor zusammen in Erinnerungen zu schwelgen, würde zu nichts Gutem führen. »Wo zur Hölle kommt das Essen überhaupt her?«, fragte sie.

»Du hast richtig getippt. Hell.«

»Wie bitte?«

»Hell's Kitchen ist auf der anderen Straßenseite. Ich habe das Essen für uns herbringen lassen«, sagte Trevor.

Kate war schockiert. Sie hatte versucht, einen Tisch im Hell's Kitchen für sich und die Mädels zu reservieren, aber das Restaurant war für Monate im Voraus ausgebucht. Und doch war Trevor offenbar wichtig genug, dass sie im das Essen hinbrachten, wo er es haben wollte? Es war schon immer ihr Traum gewesen, dort mal zu essen, und jetzt kam sie endlich dazu.

»Also, ich nehme an, es wäre unhöflich von mir, es nicht wenigstens zu probieren«, sagte Kate und nahm das Besteck.

Gott sei Dank hatte sie keine Chicken Nuggets bestellt.

KAPITEL VIERZEHN

Wilde Fahrt

Kate verbrachte den Rest der Riesenradfahrt damit, Trevors persönlichen Fragen auszuweichen und sich selbst so langweilig und wenig begehrenswert wie möglich erscheinen zu lassen. Unglücklicherweise durchschaute Trevor Kates Absichten und zeigte sich völlig unbeeindruckt von ihrem Sabotageversuch. Ihr Plan, ihn mit No-Gos zu vergraulen, stellte sich als schwieriger heraus, als sie erwartet hatte.

Nachdem sie das Essen verspeist und den Champagner geleert hatten, war es Zeit für Kate, zum Hotel zurückzukehren. Als sie aus der Gondel stiegen, zwinkerte Trevor der Frau, die sie bedient hatte, zu und reichte ihr einen Hundertdollarschein als Trinkgeld. Obwohl Kate das schamlose Zuzwinkern missfiel, verspürte sie doch eine gewisse Bewunderung für diese freundliche Geste. Norman hielt nichts von Trinkgeld, und sie hatte schon oft hinter seinem Rücken Servicemitarbeitern Trinkgeld zugesteckt. Da sie selbst als Kellnerin gearbeitet hatte, wusste sie, wie sehr man sich darüber freute, und sie mochte es, diese Art positive Energie ins Universum zu schicken. Doch sie hatte nicht vor, Trevor wissen zu lassen, dass sie seine Großzügigkeit bewunderte.

Es war Zeit, der Sache ein Ende zu setzen.

»Alles klar, das erste Date wäre damit abgehakt«, sagte Kate. Sie war darauf bedacht, es wie einen rein geschäftlichen Termin erscheinen zu lassen.

»Es ist noch nicht vorbei, Liebling«, entgegnete Trevor und ging los in Richtung Vegas Strip.

»Wie bitte?«

»Du hast doch nicht gedacht, dass ich es dir so leicht mache, oder?«

»Es ist schon fast elf Uhr. Meine Freundinnen warten auf mich«, rief Kate.

»Ich bin mir ziemlich sicher, dass Siobhan gesagt hat, Mitternacht sei in Ordnung. Deine gläsernen Tanzschuhe sollten noch eine Stunde halten, Cinderella.«

»Wir hatten einen Plan, Trevor. Daran müssen wir uns halten!«

»Was hast du nur immer mit deinen Plänen? Damals haben wir nie etwas geplant, wenn wir zusammen waren. Alles war spontan.«

»Spontanität ist nur ein anderes Wort für Leichtsinnigkeit.«

»Und Leichtsinnigkeit ist nur ein anderes Wort für Spaß«, fuhr Trevor fort. »Erinnerst du dich nicht an all unsere spontanen Nächte zusammen in jenem Sommer? Zum Beispiel, als wir in den Riverside Park geschlichen sind und mitten auf der Skateboard-Halfpipe Sex hatten?«

»O mein Gott, ja! Und weißt du noch, dass dieser Wachmann uns erwischt hat?«, sagte Kate beschämt.

»Ja, aber er hat uns sicher erst noch zehn Minuten zugesehen.«

»Wir haben bestimmt eine gute Show abgeliefert.« Kate musste lachen. Sie wusste, dass sie ihre Schutzmauer herunterließ, und bemühte sich um Fassung. »Also, das sind alles Sachen, die Leute mit einundzwanzig machen. Würden wir uns jetzt so aufführen, würde man uns für verrückt erklären.«

»Ich wäre lieber verrückt und glücklich, als nicht verrückt und traurig.«

Lorenzo hielt mit dem Mercedes neben ihnen, und Trevor öffnete Kate die Tür.

»Wo um alles in der Welt fahren wir hin?«, fragte Kate, als sie einstieg.

»Wirst du schon sehen.« Trevor lächelte.

Nach einer etwa fünfminütigen Fahrt den Strip hinunter hielten sie vor dem New York New York Hotel and Casino. Sie wusste sofort, was er vorhatte. Zuerst das Riesenrad, um sie an ihr erstes Date zu erinnern, und jetzt das New-York-Casino, um sie an ihren gemeinsamen Sommer zu erinnern.

Sie hatte seine Strategie durchschaut.

»Und was genau gibt es hier?«, fragte Kate und kletterte aus dem Auto.

»Du bist aber ganz schön ungeduldig, weißt du das?«

»Ich mag einfach keine Überraschungen.« Kate fiel plötzlich eine von Chloes Vorschlägen ein, um Trevor zu vergraulen, und es war die perfekte Gelegenheit, ihn einzusetzen. »Außer die Überraschung findet in meiner Geburtstagswoche statt«, fügte sie hinzu.

»Deiner ... Geburtstagswoche?« Trevor zog eine Augenbraue hoch.

»Ja, genau. Vierundzwanzig Stunden reichen nicht, um meinen Geburtstag zu feiern. Ich brauche eine ganze Woche im Januar, die sich nur um mich dreht!«

»Das ist das Dümmste, was ich je gehört habe.«

»Oh ... ist das ein No-Go für dich? Ich würde verstehen, wenn du ... «

»Du brauchst keine Geburtstagswoche. Eine Frau wie du braucht einen Geburtstagsmonat! Einunddreißig Tage Nonstop-Feiern.«

So viel zu Chloes Vorschlag.

Warum war es so schwer, ihn zu vergraulen? Ihr gingen die Ideen aus.

Trevor führte sie in den hinteren Bereich des New York New

York, wo sie den Aufzug in den zweiten Stock nahmen. Oben angekommen stellte Kate fest, dass sie sich in einer Art Funpark befanden. Waren sie dafür nicht zu alt?

»Videospiele?«, fragte sie. »Im Ernst?«

»Nee, wir machen es richtig«, sagte Trevor und zeigte auf ein großes Schild mit Neonschrift.

Kate rutschte das Herz in die Hose, als sie das Schild las: »The Big Apple Coaster.«

»Nein, nein, nein, nein!«, sagte Kate bestimmt. »Unter keinen Umständen steige ich in eine Achterbahn!«

»O doch, das tust du«, erwiderte er. »Es ist Teil unseres Dates.«

»Ganz sicher nicht!«

»Ist das irgendwie dein Motto, oder so?«

»Nur wenn es um dich geht!«

»Und doch war deine Antwort bei unserer Eheschließung ›unbedingt‹.«

»Weil ich betrunken war!«, verteidigte sich Kate. »Ich weigere mich, da mitzufahren. Ich weigere mich!«

»Lass uns nicht vergessen, wer hier bestimmen darf«, sagte Trevor. »Wenn du nicht mitmachst, werde ich die Annullierung nicht unterschreiben.«

»Okay, also, jetzt bist du einfach nur gemein. Ich hasse Achterbahnen!«

»Ich meine mich zu erinnern, dass wir in Coney Island alle Achterbahnen gefahren sind, die es dort gibt.«

»Da war ich noch eine einundzwanzigjährige Verrückte. Inzwischen achte ich tatsächlich auf meine Sicherheit. Mir wird schon schlecht, wenn ich nur daran denke!«, erwiderte Kate, der bereits der Schweiß ausgebrochen war. »Was, wenn die Bahn entgleist?«

»Was, wenn nicht?«

Als sie auf die Achterbahn zugingen, erblickte Kate ein Schild, auf dem stand: »Betriebszeiten elf bis zwanzig Uhr«. Endlich hatte sie mal Glück.

»Ha! Sie ist nicht mehr geöffnet. Die schließt um acht«, sagte sie erleichtert.

»Sie schließen um acht für die Öffentlichkeit. Aber ich habe vorher angerufen und ihnen gesagt, dass Trevor Rush um viertel nach elf eine Fahrt buchen möchte.«

Wie konnte es sein, dass er ihr immer einen Schritt voraus war?

»Trevor, ich leide unter Höhenangst! Mir wird schlecht!«, rief sie. »Alles, nur das nicht!«

»Okay, wie wäre es dann mit einem Kuss?«, schlug er vor und grinste verschlagen.

»Jetzt legst du es aber darauf an, dass mir *wirklich* schlecht wird«, schnaubte Kate.

»Weißt du, was ich glaube? Dass du einen netten kleinen Kinderzug vorziehen würdest.«

»Ja! Das klingt perfekt!«

»Ein langsamer Zug mit gerader, festgelegter Strecke, der mit vorhersehbarer Geschwindigkeit fährt, ohne Kurven oder Kehrtwenden.«

»Absolut! Lass uns damit fahren.«

»Aber was du wirklich brauchst, ist eine wilde Abenteuerfahrt, so dass du dich wieder richtig lebendig fühlst«, erwiderte Trevor.

Kate dämmerte, was er ihr zu sagen versuchte. Es war eine ziemlich durchschaubare Allegorie.

»Wow, lass mich raten, Norman ist der langsame Zug? Sehr poetisch«, meinte Kate sarkastisch. »Gegen Sicherheit und Vorhersehbarkeit ist nichts einzuwenden, weißt du?«

»Aber wenn es hart auf hart kommt, wissen wir ja, welche Fahrt du bevorzugst«, erwiderte er augenzwinkernd.

»Du bist ekelhaft.«

»Mr. Rush, herzlich willkommen«, sagte ein Anweiser vor der Achterbahn. »Ich bin ein großer Fan von Ihnen.«

»Danke, das bedeutet mir viel. Sehr nett von Ihnen, uns so spät noch zu empfangen.«

»Gern geschehen. Sie können schon mal hochgehen in den Wartebereich, die Bahn wird gleich da sein. Sie sitzen ganz vorne, so wie Sie es gewünscht haben.«

»Ganz vorne?«, kreischte Kate. »Bist du wahnsinnig?«

Warum musste Trevor sie unbedingt foltern? Es war geradezu sadistisch, sie derart mit ihren Ängsten zu quälen.

»Keine Angst«, sagte Trevor und führte sie in den Wartebereich.

»Oh, das ist eine große Hilfe, vielen Dank auch. ›Keine Angst‹ – okay, plötzlich habe ich keine Angst mehr. Ich bitte dich«, sagte Kate augenrollend.

»Ist mit den Augen zu rollen dein neues Lieblingshobby?«

»Nur wenn du deinen Mund aufmachst. Ist wie ein Muskelreflex.«

»Erinnert mich an all die Nächte, in denen ich dich dazu gebracht habe, die Augen zu verdrehen, aber aus einem ganz anderen Grund.«

»Vielleicht habe ich nur so getan«, sagte Kate, stur wie immer.

Natürlich log sie, doch das würde sie vor ihm ganz bestimmt nicht zugeben. Trevors Ego war so schon groß genug, ohne zu hören, dass er gut im Bett war. Obwohl ihm das sehr wahrscheinlich ohnehin klar war. Selbst als Einundzwanzigjähriger hatte er schon genau gewusst, wie er hart und sanft zugleich sein konnte. Mit ihm hatte sie nicht ein einziges Mal einen Orgasmus vortäuschen müssen. Sie waren immer zusammen zum Höhepunkt gekommen, obwohl das unglaublich selten war, wie sie inzwischen wusste. Doch diese Art von Sex war nicht von Dauer.

Es war die Art von Sex, die man während eines Sommers im Ausland hatte, nicht für den Rest seines Lebens.

»Wenn das vorgetäuscht war, hättest du inzwischen einen Oscar gewonnen«, sagte Trevor lachend.

»Da stimme ich dir zu. Meine vorgetäuschten Orgasmen sind unglaublich überzeugend«, prahlte Kate.

»Tja, du hast bestimmt jede Menge Übung mit Nelson.«

»Er heißt NORMAN!«

»Also gibst du zu, dass du mit Norman vortäuschst?«

Kate spürte, wie ihr wieder die Röte ins Gesicht stieg. Vor lauter Wut würde sie noch Rosazea bekommen. Er hatte kein Recht, ihr Sexualleben zu kommentieren. Aber was sie am meisten ärgerte, war, dass er nicht völlig danebenlag mit dem, was er sagte. Norman schaffte es nicht immer, sie zum Orgasmus zu bringen. Doch sie hatte sich selbst eingeredet, dass es beim Sex um den Weg ging, nicht um das Ziel. Nur weil man den Gipfel des Berges nicht erreichte, hieß das nicht, dass man die Wanderung nicht genießen konnte. Richtig?

»Norman ist ein Zauberer, wenn es um die sexuellen Künste geht«, log Kate.

»Jetzt wird *mir* gleich schlecht.« Trevor tat so, als müsste er würgen.

»Eifersucht ist so unattraktiv bei Männern«, erwiderte Kate ungerührt.

Die Achterbahn kam auf sie zu, und Kate spürte, wie sich ihr Magen vor Angst zusammenzog.

»Trevor, bitte, zwing mich nicht dazu. Was, wenn wir sterben? Hast du nie einen Film gesehen, wo die Achterbahn entgleist?« Kate bekam Panik.

»Ah, doch – für den Film haben sie diese Achterbahn benutzt.«

»WAS?«

»Das war ein Witz, Liebling.« Trevor lächelte breit.

»Das ist nicht der Moment, um witzig zu sein! Ich riskiere hier mein Leben!«

»Das Leben ist voller Risiken, Sommersprosse«, sagte er. »Ladies first.«

Kate setzte sich in die erste Reihe der Achterbahn und machte sich fast in die Hose vor Angst. Trevor zog den schwarzen Bügel über sie, nun gab es kein Entkommen mehr.

»O Gott, ich glaube, ich habe eine Panikattacke«, stöhnte sie. Sie hasste das Gefühl, eingesperrt zu sein. Sie hatte keine Kontrolle mehr. Es war quasi ihre Vorstellung von der Hölle.

Der Mann von der Achterbahn kam zu ihnen und kontrollierte den Sitz des Bügels und dass er richtig eingerastet war.

»Bist du bereit, ... *to feel the Rush?*«, fragte Trevor.

»Ich bin bereit für einen raschen Abgang!«

Die Bahn setzte sich in Bewegung.

»O Mannomannomann«, rief Kate.

»Nimm meine Hand, Liebling.«

»Ich würde deine Hand nicht nehmen, wenn mein Leben davon abhinge!«

Der Wagen begann den Anstieg, als wollte er von Sin City geradewegs in den Himmel fahren.

»Bitte, Gott, wenn du mich hören kannst, ich weiß, ich war schon eine Weile nicht mehr in der Kirche, aber ich verspreche, wenn du mich hier unbeschadet wieder rausbringst, werde ich für den Rest meines Lebens jeden Sonntag hingehen. Ich kann sogar einer dieser Leute werden, die bei der heiligen Kommunion helfen!«, flehte Kate.

Sie kamen oben an, und die Bahn hielt an, bevor sie sich in die Tiefe stürzen würde. Für einen kurzen Moment genoss Kate die Schönheit der Stadt von oben. Es war atemberaubend. Auch wenn sie die Sterne am Himmel nicht sehen konnte, machte das nichts, denn jede Glühbirne in der Stadt sah aus wie ein wunderschöner Diamant, der in der Nacht funkelte. Doch dann ...

Der Fall.

Kate entfuhr ein lauter Schrei, als der Wagen mit über hundert Kilometer die Stunde die Bahn hinabsauste. Panisch griff sie nach Trevors Hand und klammerte sich daran fest.

Doch während die Achterbahn nach vorne schoss, reisten Kates Gedanken neun Jahre in die Vergangenheit zurück. Plötzlich erinnerte sie sich an das erste Mal, als sie in Trevors roten Mustang gestiegen war. Das Ding war eine echte Todesfalle, eine verrostete Schrottlaube im wahrsten Sinne des Wortes. Aber sie hatte die Gefahr lieben gelernt; den Rausch von Benzin und Adrenalin. Sie saß auf dem Beifahrersitz, den Wind in den Haaren, berauscht von der schieren Waghalsigkeit. Sie rasten durch die Straßen Brooklyns, testeten Grenzen aus und brachen Regeln. Er hatte dann immer ihre Hand genommen und gesagt, sie gemeinsam alles schaffen konnten. Sie hatte das Gefühl, mit ihm in diesem roten Mustang überall hinfahren zu können. Es gab keine falschen Abzweigungen, solange sie mit ihm unterwegs war.

Die Achterbahn neigte sich zur Seite und katapultierte Kate ruckartig zurück in die Gegenwart.

Sie wurde von links nach rechts geschleudert und wagte es nicht, Trevors Hand loszulassen, aus Angst, aus dem Wagen geworfen zu werden. Er drückte sie, und sie wusste, was er ihr damit sagen wollte.

Dass sie sich keine Sorgen machen musste.

Dass er auf sie aufpasste.

Und aus unerklärlichen Gründen glaubte sie ihm.

Dann sah sie, wie sie auf den Looping zu rasten. Sie schrie auf und umklammerte Trevors Hand noch fester. Sie spürte, wie ihr das Blut in den Kopf schoss, als sie kopfüber fuhren. Es war nicht so schlimm, wie sie es erwartet hatte, und nach ein paar weiteren Drehungen und Kurven begann Kate, sich an das Gefühl zu gewöhnen. Das Adrenalin versetzte sie in einen Zustand der Euphorie. Plötzlich konnte sie die kurze Sekunde ohne Schwerkraft genießen, und sie musste zugeben, dass es etwas seltsam Angenehmes an sich hatte.

Nach ein paar weiteren scharfen Kurven fuhr die Bahn in einen dunklen Tunnel ein und verlangsamte die Fahrt.

Es war vorbei.

Sie hatte überlebt.

»Wie fühlst du dich?«, fragte Trevor.

»O mein Gott, ich dachte, ich müsste sterben«, sagte Kate lachend.

»Aber das ist nicht passiert, siehst du?«

»Mein Herz rast wie verrückt!« Kate versuchte, zu Atem zu kommen. Plötzlich bemerkte sie, dass sie immer noch Trevors Hand hielt, obwohl die Fahrt zu Ende war. Schnell zog sie sie weg, in der Hoffnung, dass er es nicht erwähnen würde. Wobei sie nicht davon ausging, dass er ihr diesen Gefallen tun würde.

»Alles klar, Leute, bitte rechts aussteigen«, sagte der Mann.

Der Bügel hob sich, und sie stiegen aus dem Wagen. Als Kate einen Fuß auf die Plattform stellte, merkte sie, dass ihre Knie ganz weich waren.

»O mein Gott, mir ist schwindelig.«

»Hier, nimm meine Hand«, sagte Trevor.

»Nein, danke«, erwiderte Kate und wich zurück.

»Lustig, vor einer Minute hast du sie noch richtig fest umklammert.«

»Das liegt daran, dass ich dachte, ich würde sterben. Interpretiere da jetzt nicht zu viel hinein.«

»Erinnert mich irgendwie an unsere wilden Fahrten in meinem alten Mustang«, sagte er.

Konnte er etwa Gedanken lesen? Er war schon immer gut darin gewesen, andere einschätzen zu können. Kates Gedanken, ihre Körpersprache – für ihn war sie immer ein offenes Buch gewesen.

»Kann schon sein«, entgegnete sie leichthin.

»Gemeinsam können wir alles schaffen«, meinte Trevor grinsend.

»Wohl eher nicht.«

Sie verließen die Plattform und kamen an einer Theke vorbei, wo Schnappschüsse von der Fahrt verkauft wurden. Der Mann von vorher drückte auf ein paar Knöpfe, und plötzlich erschienen ihre Fotos auf dem Bildschirm.

»Wow«, sagte Trevor, als er Kates Gesichtsausdruck auf dem Bild sah. Ihr Mund war weit geöffnet, ihr Blick drückte puren Schock und Panik aus. Ihre kastanienbraunen Haare flatterten ihr wild um den Kopf. Sie sah aus wie eine völlig Verrückte. Es war mit Abstand das schlimmste Foto, das Kate je von sich gesehen hatte, und sie wollte, dass es umgehend gelöscht wurde.

»Mein Gott«, sagte sie voller Entsetzen. »Ein Wunder, dass ich keine Fliegen verschluckt habe!«

»Sieht aus, als hättest du den *Rush* gespürt«, sagte Trevor lachend.

»Habe ich gar nicht.«

»Hmm ... nun, in diesem Fall muss ich mir wohl für unser zweites Date noch aufregendere Dinge einfallen lassen.«

»Okay, okay!«, rief Kate. »Ich habe *etwas* gespürt. Nicht den *Rush*, aber schon eine Art Rausch. Bist du zufrieden?«

»Sehr.«

»Oh, es gefällt dir also, mich zu quälen?«

»Ein bisschen schon«, gab Trevor zu und sah wieder das Foto an. »Aber wenn es eine solche Qual war, wieso lächelst du dann?«

»Das ist kein Lächeln, der Wind hat meinen Mund aufgeweht!«

»Wow, du versuchst echt alles, um zu beweisen, dass du keinen Spaß hattest. Wäre es nicht leichter, einfach zuzugeben, dass du in mich verliebt bist?«

»ICH BIN NICHT IN DICH VERLIEBT!«

»Du sagst das mit so viel Leidenschaft. Wo glaubst du, kommt diese ganze Energie her?«, fragte Trevor, um sie aufzuziehen.

»Ich mache dieses kindische Spiel nicht mehr mit. Ich bin beim Riesenrad mitgefahren, und ich bin in die dämliche Achterbahn gestiegen. Jetzt ist es fast Mitternacht, und ich würde gern nach Hause gehen. Bring mich nicht dazu, meine gute Fee anzurufen.«

»Okay. Ich glaube, mit Siobhan könnte ich es ohnehin nicht aufnehmen.« Trevor lachte wieder.

»Sie würde dich wahrscheinlich mit einer Mund-zu-Mund-Beatmung angreifen«, scherzte Kate.

Sie spürte, wie sich plötzlich ein Knoten in ihrem Magen formte.

Oh-oh.

»Was ist los?«, fragte Trevor, der offenbar bemerkte, wie blass sie geworden war.

»Ich glaube, ich muss ...«

Aber es war schon zu spät.

Der Kater gemischt mit der magenverdrehenden Achterbahnfahrt waren zu viel für Kates Körper. Ehe sie es verhindern konnte, erbrach sie sich schon über Trevors schwarzes Samtjackett.

»O mein Gott«, brachte sie voller Scham hervor. »Es tut mir unglaublich leid.«

»Kein Problem, Liebling.«

»Nein, ernsthaft, Trevor, das ist so peinlich. Ich würde es vollkommen verstehen, wenn du mich ekelhaft und unattraktiv findest und unsere restlichen Dates lieber absagen möchtest.«

»Das muss dir nicht peinlich sein, Sommersprosse«, sagte er. »In Gesundheit und Krankheit, erinnerst du dich?«

»Du bist unmöglich«, seufzte Kate. Auch wenn sie nicht absichtlich gebrochen hatte, wäre es doch eine gute Gelegenheit gewesen, Trevor zu vergraulen. »Tut mir jedenfalls leid um den Anzug. Ich bezahle dir die Reinigung.«

»Ach, Unsinn, ich kaufe mir einfach einen neuen.«

»Der sieht aus, als hätte er mindestens fünftausend gekostet!«

»Zehn, um genau zu sein«, meinte er. »Aber das war es wert.«

»Mich in der Achterbahn schreien zu hören, war dir zehntausend Dollar wert?«

»Nein«, sagte Trevor. »Aber deine Hand halten zu dürfen.«

Warum musste er immer solche Sachen sagen? Er hatte kein Recht, so charmant zu sein. Doch andererseits kannte sie ihn nicht anders. Kates Erfahrung nach sagten Männer in der Regel immer das Falsche. Nur Trevor fand irgendwie immer die richtigen Worte. Sie waren strategisch, kalkuliert. Nie nur ein Murmeln oder Stammeln. Alles, was er sagte, hatte Bedeutung und war beabsichtigt. Seine Worte hatten Gewicht. Es war einer der Gründe, warum sie sich damals in ihn verliebt hatte.

Doch die Geschichte durfte sich nicht wiederholen.

»Okay, der Spaß ist vorbei«, sagte sie. »Bring mich zurück zum Hotel.«

»Eins nach dem anderen«, sagte Trevor. Er wandte sich wieder dem Mann an der Verkaufstheke zu. »Wir nehmen ein Foto von unserer Fahrt, bitte. Den größten Abzug, den sie haben.«

»Unglaublich«, sagte Kate und verdrehte die Augen.

Als sie kurz vor Mitternacht wieder vorm *Bellagio* ankamen, stieg Kate aus dem Auto und drehte sich zu ihm, um sich zu verabschieden. Ihr erster Impuls war, sich bei ihm zu bedanken, was absolut keinen Sinn ergab. Wieso waren Frauen nur so konditioniert, immer so höflich zu sein? Sie war immerhin gegen ihren Willen mit ihm ausgegangen.

»Das Erste hätten wir schon mal geschafft«, sagte sie stattdessen, um klarzumachen, dass sie nur wegen ihrer Abmachung hier war.

»Unser Date morgen wird etwas früher beginnen. Ich werde um sieben Uhr hier auf dich warten. Sei bitte pünktlich.«

»Ich war noch nie im Leben unpünktlich! Genauer gesagt bin ich immer eine Viertelstunde zu früh«, prahlte sie.

»Super. Dann dauert unser Date fünfzehn Minuten länger. Bis dann, Liebling.« Er zwinkerte ihr zu.

Sie wollte am liebsten losschreien.

Trevor war viel zu gut darin, sie zu reizen. Aber sie wollte jetzt nur noch weg, deshalb ging sie nicht weiter darauf ein. Stattdessen warf sie ihm ein gekünsteltes Lächeln zu und schloss die Autotür.

Während Kate in den Fahrstuhl stieg und dann zu ihrem Zimmer ging, überlegte sie, was ihre Freundinnen wohl gerade taten. Es war gut möglich, dass sie unterwegs waren und die Stadt unsicher machten, dabei brannte sie doch darauf, ihnen von ihrem Date zu erzählen.

Kate öffnete die Tür und stellte erleichtert fest, dass sie da waren. Allerdings war sie von dem, was sie taten, alles andere als begeistert.

Die Mädels tanzten durchs Zimmer, die Geschenktüten, die Trevor ihnen gegeben hatte, lagen leer auf dem Boden. Siobhan trug ein großes #TeamTrevor-T-Shirt, Chloe trank aus einer riesigen Tasse, auf der ein Hochzeitsfoto der betrunkenen Kate prangte, und Natalie trug zwei Hochzeitsschlüsselringe als Ohrringe. Es war offensichtlich, dass die drei betrunken waren, und ein Blick auf die Minibar bestätigte den Verdacht. Sie war komplett geplündert. Das würde sie zweifellos ein kleines Vermögen kosten.

Sie hatten wirklich alles gemacht, was sie nicht hätten tun sollen.

»Wirklich jetzt?« Kate trat mit missbilligender Miene durch die Tür.

»Erwischt«, riefen die Mädels, ohne auch nur den Versuch zu unternehmen, sich zu rechtfertigen.

KAPITEL FÜNFZEHN

Wet Republic

Am folgenden Morgen betraten die Freundinnen gemeinsam das MGM Grand Hotel, auf dem Weg zur Wet Republic, der größten Poolparty in ganz Vegas.

Kate hatte den Mädels noch nichts von ihrem Date mit Trevor erzählt. Zu wütend war sie gewesen, weil sie die Minibar geplündert und die Hochzeitsouvenirs ausgepackt hatten. Während der Fahrt mit dem Taxi hatte sie ebenfalls geschwiegen, auch wenn ihre Freundinnen sie immer wieder darum gebeten hatten, ihnen alles im Detail zu erzählen.

Als sie das Casino durchquerten, zog Kate ihr Handy heraus, um Norman zu schreiben. Sie musste verhindern, dass er sich wieder Sorgen machte. Wenn er sich sorgte, würde er sicher misstrauisch werden.

Kate: Hey, Normie, ich wollte nur kurz schreiben. Alles gut hier 😘

Norman: Das Hotel hat bei uns angerufen und nach der finalen Anzahl der Hochzeitsgäste gefragt. Falls dich das noch interessiert.

Kate: Natürlich interessiert mich das, Normie! Kannst du ihnen sagen, dass zweihundert Gäste zugesagt haben?

Norman: Ich dachte, du würdest dich um alles kümmern?

Kate: Tue ich auch. Sag ihnen, sie sollen nächstes Mal auf meinem Handy anrufen und nicht auf dem Festnetz, wenn sie noch weitere Fragen haben.

Norman: Alles klar. Schreib mir in einer Stunde wieder, damit ich weiß, dass es dir gut geht.

Kate: Mache ich, Normie, bis bald 😘

Sie steckte das Handy weg und atmete tief durch. Sie musste Norman bei Laune halten, andererseits könnte er ihr auch ruhig etwas entgegenkommen. Sie hatte am Morgen noch ein paar letzte Dinge für die Hochzeit per E-Mail geklärt, und sie hatte alles, so gut es ging, unter Kontrolle. Abgesehen davon, dass sie verheiratet war, natürlich. Der wichtigste Punkt auf ihrer To-do-Liste war es, die Annullierung unterschrieben zu bekommen.

Nichts konnte sie davon ablenken.

»Kate, es tut uns leid, dass wir die Hochzeitssouvenirs ausgepackt haben. Bitte, sei nicht mehr sauer auf uns. Wir wollen doch nur wissen, wie das Date gelaufen ist«, bettelte Chloe.

Kate hasste es, sauer auf ihre Freundinnen zu sein. Sie hatte jetzt wohl lange genug geschmollt.

»Na, schön«, sagte sie schließlich. »Aber es gibt eigentlich nicht so viel zu erzählen. Er hat mich zum High Roller Riesenrad ausgeführt, wo wir Abendessen von Hell's Kitchen hatten, und dann hat er mich gezwungen, diese dämliche Achterbahn mit ihm zu fahren.«

»Das ist ja so romantisch!«, quietschte Chloe.

»Es war nicht romantisch, als ich ihm auf das teure Jackett gebrochen habe.«

»Was? Wirklich?«, fragte Natalie.

»Yep. Es war total peinlich.«

»Aber du wolltest ihn doch vergraulen. Was könnte ein größeres No-Go sein als jemanden vollzukotzen?«

»Zu blöd, dass es nicht funktioniert hat. Er meinte, meine Hand halten zu dürfen, war es wert, dass ich seinen Zehn-Tausend-Dollar-Anzug ruiniert habe«, erwiderte Kate seufzend.

»Wow! Du solltest ihn mal fragen, wie viel ihm dann ein Handjob wert wäre«, sagte Siobhan, die wie immer eine schmutzige Phantasie hatte.

»O Kate, du hast seine Hand gehalten? Das ist so süß«, schwärmte Chloe.

»Ach, hör auf. Es hatte keine tiefere Bedeutung, dass ich seine Hand gehalten habe«, versicherte Kate ihnen. »Wie auch immer, genug von meinem Abend. Was habt ihr drei denn so getrieben? Bevor ihr die Minibar geplündert habt?«

»Was uns sehr leid tut«, wiederholte Chloe. »Natalie und ich waren im Wellness. Ich brauchte eine Tiefenreinigung, um die ganze Bräunungscreme wieder abzubekommen.«

»Na, es ist jedenfalls schön zu sehen, dass du wieder so blass bist wie wir anderen auch«, meinte Kate lachend.

»Und auf dem Rückweg vom Wellnessbereich haben wir das hässlichste Kleid der Welt gesehen und fanden, es wäre perfekt für dich!«

»Wow, mit Freundinnen wie euch braucht man keine Feinde.«

»NEIN!«, widersprach Natalie. »Sie meint, es wäre perfekt für dein Date mit Trevor heute Abend. Er wird denken, dass du absolut kein Empfinden für Stil hast. Sobald er das sieht, wird er derjenige sein, der kotzen muss.«

»Okay, das ergibt mehr Sinn. Ziemlich genial, um ehrlich zu sein. Danke, Mädels! Was habt ihr sonst noch gemacht?«

»Das war es eigentlich auch schon. Nur Wellness, Shopping und Burger von Five Guys.«

»Oh, lecker. Was ist mit dir, Siobhan?«

Siobhan nahm gerade einen großen Schluck aus ihrer Red-Bull-Dose, die sie mit Wodka aufgefüllt hatte. »Ich hatte auch five guys.«

»Mann, ich bin neidisch. Ich liebe die Burger.«

»Oh, Liebes, ich rede nicht von Burgern«, sagte Siobhan grinsend.

»Bitte, sag mir, dass du das nicht ernst meinst!«, sagte Natalie entsetzt.

»Natürlich nicht. Hey, Mädels, meine Vagina ist doch kein Clownauto.«

»Na, ja ...«

»Aber ich hatte Sex mit dem Typen aus dem Aufzug.«

»Und, war es gut?«, wollte Kate wissen.

»Furchtbar«, erwiderte Siobhan und verzog das Gesicht. »Er hat versucht, mich oral zu befriedigen, hatte aber von nichts eine Ahnung. Ich schwöre, er hat da unten Bop It Extreme gespielt, und nicht auf eine gute Art.«

»Weißt du, du musst auch nicht gleich mit jedem schlafen, den du triffst«, meinte Natalie.

»Wittere ich da eine gewisse Kritik der Generation Z?«

»Nein, ich denke nur, dass du vielleicht versuchst, etwas Symbolisches beim Sex zu finden, das du längst hast.«

»Ach, komm schon. Den Freud kannst du gleich wieder einpacken. Manchmal ist ein Penis nur ein Penis.«

»Ich glaube nicht, dass der Spruch so geht ...«

»Aber nach dem schlechten Sex habe ich eine Werbung für die Chippendales Stripshow gesehen«, erzählte Siobhan. »Uuuund ich habe uns vier Tickets gekauft.«

»O mein Gott, Siobhan! Das war tatsächlich einer der Punkte auf meinem ursprünglichen Plan!«, sagte Kate begeistert.

»Ja, ich habe irgendwie ein schlechtes Gewissen, dass dein Reiseplan futsch ist.«

»Also hast du doch ein Herz!«

»Lasst uns mal keine voreiligen Schlüsse ziehen«, erwiderte Siobhan grinsend. »Die Show findet heute Abend um elf im Rio All-Suite Hotel and Casino statt. Hoffentlich entlässt dich dein Ehemann frühzeitig wegen guter Führung.«

»Dafür werde ich sorgen«, sagte Kate zuversichtlich. »Tut mir leid, dass ich vorhin sauer war, Mädels. Mein Leben wurde auf den Kopf gestellt, und ich bin einfach ziemlich fertig.«

»Kate, wenn es jemanden gibt, der das übersteht, dann bist du es«, sagte Natalie. »Trevor Rush muss da erst einmal rankommen.«

Die Mädels kamen am Wet Republic an und zückten ihre Geldbörsen, um den Eintritt zu bezahlen.

»Nicht nötig, Ladies«, sagte der Türsteher. »Ihr drei könnt kostenlos rein.«

»Wir sind zu viert«, sagte Kate verwirrt.

»Für den Gentleman macht das 250 Dollar«, erwiderte der Türsteher und nickte in Richtung Natalie.

»GENTLEMAN?«, fuhr Natalie ihn an. »Ich bin eine Frau!«

Der Türsteher musterte Natalie von oben bis unten, von ihrem Kurzhaarschnitt über die buschigen falschen Augenbrauen bis zu den unrasierten Beinen. »Ich fürchte, da muss ich einen Ausweis sehen.«

»Das ist doch lächerlich!«, schimpfte Natalie und kramte in ihrer Handtasche.

»Ich dachte, du wolltest gern kontrolliert werden?«, fragte Siobhan lachend.

»HIER!« Natalie reichte dem Mann ihren Ausweis.

Der Türsteher sah von dem Foto zu ihr. »Du solltest echt was mit diesen Augenbrauen machen«, meinte er, als er ihr die Karte zurückreichte.

»Oder vielleicht solltest du nicht von den Augenbrauen einer

Person auf ihr Geschlecht schließen! Und warum gibt es überhaupt einen unterschiedlichen Preis für Männer und Frauen? Es sollte für alle gleich sein!«

»Nat, kannst du bitte Feministin sein, nachdem wir drinnen sind?«, raunte Siobhan ihr zu.

»Hör zu, Lady, du kannst entweder 250 Dollar zahlen oder kostenlos rein. Aber entscheide dich schnell, ihr haltet die Schlange auf«, sagte der Türsteher ungeduldig.

Natalie musste einsehen, dass sie diese Schlacht jetzt nicht kämpfen sollte. Vor allem, weil sie keine 250 Dollar dabeihatte. »Kostenlos ist gut«, stimmte sie zu.

Der Türsteher öffnete das Tor und ließ die vier Freundinnen rein. Beim Anblick, der sich ihnen bot, verschlug es ihnen regelrecht den Atem. Der Pool war riesig und quoll geradezu über vor attraktiven Menschen. Es kam Kate so vor, als würde eine Modelagentur eine private Poolparty veranstalten. Die Freundinnen sahen sich verunsichert um, alle außer Siobhan natürlich.

»Also, das ist die Art von Vitamin D, nach der ich gesucht habe«, meinte sie und gaffte die Männer in knappen Badehosen an. »Und die Sonne scheint!«

»Bist du gar nicht verunsichert?«, fragte Chloe. »Hier sehen alle aus wie Rockstars oder Supermodels.«

»Ja, und ich bin ein Rockstar gefangen im Körper eines Supermodels. Passt also perfekt.«

»Ich komme mir winzig vor ohne meine Absätze. Was, wenn die Leute über mein Tattoo lachen? Und ich bin so blass im Vergleich zu allen anderen.«

»Wenigstens siehst du nicht mehr aus wie ein Oompa Loompa«, meinte Natalie.

»Du bist absolut nicht in der Position, solche Kommentare abzugeben, Nat«, erwiderte Chloe und deutete auf die Augenbrauen ihrer Freundin.

»Und dann noch diese behaarten Beine«, fügte Siobhan hinzu und verzog das Gesicht.

»O sorry, dass ich nicht euren patriarchalen Schönheitsidealen entspreche«, erwiderte Natalie genervt. »Ihr wisst alle, dass ich es hasse, wenn mich Guys anstarren.«

»Nat, das ist aber homophob von dir!«, sagte Chloe.

»*Guys* nicht *Gays*, Dummchen!«

»Also, die Gays würden dir jedenfalls sagen, dass du dich rasieren sollst. Ich sag ja bloß. Ich habe mich vor diesem Urlaub so richtig wachsen lassen. Ich fühle mich wie ein sexy Delfin.«

»Ich auch. Ich hab mir extra das Bermudadreieck-Bikini-Waxing gegönnt«, prahlte Siobhan.

»Das erklärt die vielen verirrten Seemänner«, scherzte Natalie.

Siobhan prustete los vor Lachen. »Okay, Bitch, der war gut!«

»Kommt, lasst uns einen Liegestuhl für unsere Taschen suchen«, schlug Kate vor.

Die Freundinnen gingen am Pool entlang, bis sie einen leeren Liegestuhl gefunden hatten. Es war so voll, dass sie nur eine einzige freie Liege fanden, aber sie war groß genug, dass sie alle ihre Taschen darauf abstellen und sich im Schatten fertig machen konnten. Kate trug einen süßen grünen Triangel-Bikini, Chloe einen gepunkteten Tankini im Fünfziger-Stil, der ihr einen Pin-up-Look verlieh. Natalie hatte sich in einen schwarz glänzenden Badeanzug geworfen und Siobhan hatte einen auffälligen roten Bandeau-Bikini gewählt.

»Okay, Mädels, wer braucht sonst noch Sonnencreme?«, fragte Kate.

»Ich nicht, danke«, winkte Chloe ab.

»Chloe, es sind vierzig Grad und keine Wolke am Himmel. Du wirst dich verbrennen.«

»Also, im Moment hat meine Haut die Farbe einer Milchflasche, und da mein künstlicher Teint weg ist, hätte ich jetzt gern den richtigen.«

»Du könntest auch einfach lernen, dich so zu lieben, wie du bist?«, schlug Siobhan vor.

»Mach dich nicht lächerlich«, sagte Chloe. »Sieh mich doch an, ich habe locker drei Kilo zu viel auf den Rippen. Wenn wir nach Hause kommen fange ich sofort eine Diät an.«

»Das letzte Mal, als ich eine Diät gemacht habe, habe ich sieben ...«

»Du hast SIEBEN Kilo verloren?«, rief Chloe, als wollte sie unbedingt das Geheimnis dahinter erfahren.

»Nein, sieben Tage Spaß.«

»Tja, es ist eigentlich nicht so schwer abzunehmen. Man muss einfach nur 1200 Kalorien am Tag zu sich nehmen.«

»Und wie viele in der Nacht?«

»Keine. Das ist alles.«

»Dann bin ich raus«, meinte Siobhan. »Vertraut mir Mädels, das einzige Gewicht, das eine Frau verlieren muss, ist das Gewicht der Meinung anderer.«

»Wo war diese Energie, als du meine Körperbehaarung verurteilt hast?«, fragte Natalie und zog die falschen Augenbrauen hoch.

»Ich bin nur um deine Sicherheit besorgt, Nat. Wenn du die Beine überschlägst, machst du noch Feuer damit.«

»Sie hat recht, Nat«, meinte Chloe. »Deine Vagina könnte wirklich einen weiblichen Touch gebrauchen.«

»Ja, wem sagst du das?«, seufzte Natalie.

»Letzte Chance für die Sonnencreme«, sagte Kate und hielt die Tube in die Höhe.

»Nein, danke, Mam«, sagte Chloe.

»Okay, aber jammert nicht, wenn ihr Sonnenbrand bekommt«, meinte Kate und steckte die Sonnencreme wieder weg.

Kate, Natalie und Chloe suchten sich eine geeignete Stelle und stiegen ins Wasser. Es war ein guter Platz, mit Blick auf das DJ-Pult. Die Musik wummerte, aber sie konnten sich noch unterhalten, ohne schreien zu müssen. Die frische Luft fühlte sich großartig an, im Vergleich zu den stickigen Innenräumen des Casinos, auch wenn der Geruch von Chlor und Bier in der Luft lag.

»Wo ist Siobhan?«, fragte Kate, als ihr auffiel, dass sie plötzlich nur noch zu dritt waren.

»ARSCHBOMBE!«, schrie Siobhan ein Stück weiter vorne.

Als Nächstes hörten die Freundinnen ein lautes Platschen, gefolgt von einer Welle, die ihnen ins Gesicht schlug.

»Herrgott, Siobhan«, rief Chloe, als sie bemerkte, dass ihre Haare nass geworden waren. »Meine Frisur ist ruiniert!«

»Oh, seid ihr etwa im Pool nass geworden?«, feixte Siobhan.

»Sollen wir uns was zu trinken holen?«, schlug Natalie vor.

»Gleich. Erst muss uns Kate noch mehr von gestern Abend erzählen«, sagte Chloe neugierig. »Komm schon, Kate, verrate uns mehr. Wie hast du dich mit Trevor gefühlt? Hat er in dir das Flattern ausgelöst?«

»Chloe, Trevor Rush ist der letzte Mensch auf Erden, wegen dem ich Herzflattern bekommen würde.«

»Ich meinte doch nicht Herzflattern, sondern die andere Art von Flattern.«

»Ich habe keine Ahnung, wovon du sprichst«, erwiderte Kate unschuldig.

»Mann, sie ist so naiv«, sagte Siobhan. »Hat deine Vagina gepocht, Kate?«

»SIOBHAN?«

»Und?«

»Natürlich nicht!«, zischte Kate. »Das gibt es auch gar nicht!«

»Oh, doch, gibt es wohl!«, schaltete sich Natalie ein. »Passiert mir immer, wenn ich Fanfiction lese.«

»Tja, ich schätze, es passiert nicht jedem«, meinte Kate achselzuckend.

Um ehrlich zu sein, wusste Kate genau, wovon die Mädels sprachen. Aber es war sehr lange her, seit sie so etwas empfunden hatte. Neun Jahre, um genau zu sein. Natürlich hatte Trevor in ihr das Flattern ausgelöst. Wenn sie in seinem Mustang saß und er ihr die Hand auf den Oberschenkel legte, wenn sich ihre Blicke über seinem DJ-Pult trafen, während er auflegte, oder als er ihr auf der Kirmes einen Teddybären erspielt hatte. Doch bei ihrem Date am Abend zuvor war das mit Sicherheit nicht der Fall gewesen. Obwohl er die Kontrolle über sie gehabt hatte, hatte er diese Art von Macht über sie verloren.

Es hatte sie anfangs leicht besorgt, dass Norman dieses Gefühl bei ihr nicht hervorrufen konnte. Aber sie hatte sich eingeredet, dass das Flattern eine Art von Rausch war, das ohnehin vermieden werden sollte. Ein Rausch war nie etwas Gutes – ihr Junggesellinnenabschied war das beste Beispiel dafür. Ihre Zukunft mit Norman war logisch und rational, basierte auf gleichen Interessen – und nicht auf primitiven Sehnsüchten und hedonistischer Lust.

»Es heißt, wenn ein Mann dir da unten keinen Herzschlag verursacht, ist er nicht der richtige«, meinte Natalie.

»Das heißt es gar nicht!«, entgegnete Kate patzig.

»Hätte ich ein Date mit Trevor, wäre ich Klopfer von Bambi«, meinte Chloe.

»Ich wäre das verdammte Jumanji«, setzte Siobhan noch einen drauf und prustete los vor Lachen.

»Ihr zwei seid unmöglich.« Kate schüttelte den Kopf.

»Hat er dir verraten, wohin er dich zum zweiten Date ausführt?«, wollte Natalie wissen.

»Nein, er macht es spannend. Aber wisst ihr noch, wie er in jenem Sommer gesagt hat, er würde mir eines Tages die Welt zu

Füßen legen? Offenbar will er mich für unsere sogenannten Flitterwochen zu allen Nachbildungen berühmter Bauwerke führen, damit wir hier in Vegas die Welt bereisen können.«

»Das ist aber eine schöne Idee!«, meinte Chloe.

»Ja, er gibt sich richtig Mühe«, fügte Siobhan hinzu.

»Ich fasse es nicht, das ihr euch von seinem Märchenprinz-Getue täuschen lasst«, sagte Kate. »Kein Wunder bringt er mich zu den Nachahmungen der Denkmäler. Denn er ist selbst ein Nachahmer. Er sieht vielleicht aus wie der echte, aber glaubt mir, Mädels, Trevor Rush ist absolut kein Märchenprinz. Ich bin schon einmal auf seinen Charme hereingefallen, und seht nur, wo mich das hingeführt hat.«

»Aber vielleicht hat er sich verändert«, überlegte Chloe.

»Ach, ich bitte dich. Eine Schlange schüttelt bloß ihre Haut ab, um eine noch größere Schlange zu werden. Er hat sogar mit der Ticketverkäuferin vom Riesenrad geflirtet! Vertraut mir, ich werde nicht mehr auf Trevor Rush und seine billigen Tricks hereinfallen. Davon abgesehen will er nur mein Leben ruinieren, mehr nicht. Das ist alles nur ein ausgefeilter Racheplan.«

»Bist du dir sicher?«

»Absolut«, sagte Kate. »Hat er mir selbst gesagt.«

»Hat er dich gefragt, warum du ihn vor neun Jahren ignoriert und dann überall blockiert hast?«, fragte Natalie.

»Natürlich hat er das. Genau genommen hat er verzweifelt versucht, den Grund herauszufinden. Ihr hättet sein Gesicht sehen sollen. Aber ich werde ihm garantiert nichts verraten.«

»Das ist herzzerreißend!«

»Ach, komm schon, Nat, sag mir nicht, du bist jetzt auch Team Trevor? Was ist aus deinem Männerhass geworden?«

»Meine Meinung zu Männern bleibt davon unberührt. Aber du hast Trevor abserviert und aus deinem Leben ausgeschlossen, ohne ihm zu sagen, warum. Das muss ihn wahnsinnig gemacht haben! Es ist als würde man jemanden ins Gefängnis stecken, ohne dass er einen Gerichtsprozess bekommt.«

»Er war nicht im Gefängnis, Nat. Wenn überhaupt hatte er so die Möglichkeit, mit noch mehr Frauen zu schlafen, ohne sich zu schuldig zu fühlen. Ihr könnt Trevor verteidigen, so viel ihr wollt, aber ich werde mich von seinen Lügen nicht mehr einwickeln lassen. Ich bedeute ihm nicht wirklich etwas. Er versucht nur, dieses toxische Spiel zu gewinnen. Aber das lasse ich nicht zu«, sagte Kate voller Überzeugung.

»Es muss doch wenigstens eine gute Sache bei eurem Date gegeben haben«, meinte Chloe.

»Also ... er hat Gnocchi korrekt ausgesprochen.«

»Fuck, das ist heiß.«

»Aber nun genug von meinem desaströsen Leben«, sagte Kate, die nur zu gern das Thema wechseln wollte. »Ist euch denn schon jemand aufgefallen, der euch gefällt?«

»Also, Natalie fällt jedenfalls allen auf mit diesen Augenbrauen. Die Leute denken, es wäre ein Raubtier entflohen«, sagte Siobhan lachend.

»Du bist doch diejenige, die zerbrochene Handschellen trägt!«, zischte Natalie. »Aber nein, ich werde hier bestimmt niemanden kennenlernen. Es ist viel zu eng. Diese Party ist ein pansexueller Albtraum.«

»Ach, hör auf, Nat. Ich hab dein Gejammere so satt.«

»Aber findet ihr es nicht auch widerlich, dass Frauen kostenlos reindürfen und Männer bezahlen müssen? Das ist, als wären wir Tiere in einem Zoo.«

»Und selbst wenn. Du musst auf andere einen offenen und zugänglichen Eindruck machen, wenn du angesprochen werden willst«, meinte Kate. »Was ist mit dem Typ da?« Sie zeigte auf einen Mann am anderen Ende des Pools, der in Natalies Richtung sah.

»Nein, zu groß«, winkte Natalie ab.

»Der ist etwa eins neunzig, das ist doch total hot!«, meinte Chloe.

»Chloe, sieh ihn dir mal an. Der passt doch kaum noch durch eine Tür. Ich habe bestimmt keinen Sex mit einer Bohnenstange!«

»Dann suchen wir dir jemand anderen aus!«

»Da drüben ist ein Mädchen, das cool aussieht«, meinte Natalie. »Die mit dem Undercut.«

»Dann, los, sprich sie an!«, forderte Kate sie auf.

»O Gott, nein, ich bin immer viel zu nervös, wenn ich mit Frauen spreche.«

»Du sprichst doch auch mit uns.«

»Das ist was anderes. Von euch finde ich auch keine attraktiv.«

»Bitch«, sagte Siobhan mit gespielt beleidigter Miene.

»Ihr wisst doch, was ich meine! Hört zu, ich werde hier niemanden kennenlernen. Lasst uns nicht vergessen, dass ich zwei haarige Raupen im Gesicht kleben habe!«

»Das könnten wir nicht vergessen, selbst wenn wir es wollten.«

»Chloe, was ist mit dir?«, frage Kate, bereit, für sie die Assistentin zu spielen. »Hast du jemanden gesehen?«

»Nee. Ich hab vorhin bei Tinder nachgesehen, und das Line-up ist enttäuschend.«

»Was ist das hier? Ein Dating-Festival?«, meinte Siobhan.

»Keine Matches?«, fragte Kate.

»Doch, ein Match. Aber er hat auf meine Nachricht nicht reagiert, obwohl er sie gelesen hat«, seufzte Chloe.

»Ach, du bist bestimmt einfach so heiß, dass es ihn sprachlos gemacht hat«, meinte Kate im Versuch, die Situation positiv darzustellen.

»Ja ... vielleicht hast du recht«, sagte Chloe. »Ich bin sowieso drüber hinweg. Wenn ich noch ein Foto von einem Mann sehe, der einen Fisch hält, muss ich brechen. Warum tun die das immer?«

»Das ist der Höhlenmensch in ihnen«, schaltete sich Natalie ein. »Auf die Weise wollen sie dir zeigen, dass sie für dich sorgen können.«

»Ja, sie sorgen dafür, dass mir schlecht wird«, erwiderte Chloe und verzog das Gesicht. »Wo wir schon davon sprechen, hast du was von den Methoden ausprobiert, die wir dir empfohlen haben, um Trevor zu vergraulen?«

»Nichts davon hat funktioniert«, seufzte Kate. »Habt ihr noch mehr Ideen?«

»Vielleicht solltest du mit anderen Typen flirten, während ihr zusammen seid. Männer hassen das«, schlug Siobhan vor.

»Ja, außerdem scheinen Männer ein echtes Problem mit Astrologie zu haben«, fügte Natalie hinzu. »Sag einfach, eure Sternzeichen sind nicht kompatibel oder so.«

»Ach, und kau mit offenem Mund! Das findet doch jeder ekelhaft«, setzte Chloe hinzu.

»Alles super Ideen, Mädels, danke euch!« Kate versuchte, sich alle Vorschläge zu merken. Für das zweite Date musste sie wirklich alle Register ziehen. Sie musste eine noch schlechtere Ehefrau sein, als sie es am Vorabend gewesen war. Herausforderung angenommen. »Übrigens, Chloe, der Typ da drüben starrt dich die ganze Zeit an. Und er hat keinen Fisch in der Hand.«

»Wo denn?«, fragte Chloe eifrig.

»Gleich da drüben!« Kate zeigte auf einen Mann mit einem unauffälligen Allerweltsgesicht.

»Igitt, nein. Er sieht aus wie eine frühe Version eines Menschen. Und er hat ein Tattoo.«

»Du doch auch!«, stellte Siobhan fest und schielte auf ihr Live-Laugh-Love-Arschgeweih.

»Das war keine Absicht! Und ich werde es entfernen lassen, sobald wir wieder zu Hause sind!«, zischte Chloe. Der Mann hatte offenbar bemerkt, dass Chloe ihn ansah, und kam auf sie zu. Seine zwei Freunde folgten ihm. »O Gott, er kommt rüber!«

»Und bringt seine Freunde mit.« Siobhan beäugte sie neugierig.

»Die sehen nicht mal gut aus, Siobhan!«

»Entspann dich, ich habe nur vor, mit ihnen zu flirten und uns ein paar kostenlose Drinks rauszuschlagen.«

»Du hast schon Schlimmeres für weniger getan«, meinte Natalie achselzuckend.

»Was habt ihr Ladies so vor heute?«, fragte der erste Typ.

»Nichts Gutes«, erwiderte Siobhan grinsend.

»Oh, das gefällt mir«, antwortete er lächelnd und wandte sich Chloe zu. »Kann ich dich mal was fragen?«

»Ähm ... klar.«

»Hat es weh getan?«

»Ooh.« Chloe errötete. »Als ich vom Himmel gefallen bin?«

»Nein, als du dieses Tattoo gestochen bekommen hast. Es sieht entzündet aus«, meinte er mit verzogener Miene.

»Alles gut.«

»Wenn du das sagst«, erwiderte der Typ. »Ich bin übrigens Tomas.«

»Chloe«, sagte sie seufzend.

»Kate.«

»Ich bin Natalie. Meine Pronomen sind sie / ihr.«

»Ich bin Siobhan. Meine Pronomen sind sie / Hure.«

»Oh, das hört sich schon besser an«, sagte Tomas lachend. »Das sind meine Kumpel, Richard und Harrison.«

»Hey«, grüßte Richard.

»Freut mich, euch kennenzulernen«, sagte Harrison.

»Die Freude ist ganz deinerseits«, entgegnete Natalie mit gekünsteltem Lächeln.

»Moment mal!«, rief Siobhan. »Eure Namen sind Tomas, Richard und Harrison?«

»Ja …«

»Wie in dem Film *Tom, Dick und Harry*?« Siobhan lachte.

»Himmel.« Natalie verdrehte die Augen.

»Oh, krass, das ist uns noch nie aufgefallen«, sagte Tomas. Die Männer lachten. »Ihr Mädels seid echt lustig. Um ehrlich zu sein, von dort drüben habt ihr ziemlich unnahbar gewirkt.«

»Und doch … seid ihr hier«, murmelte Natalie.

»Wie lange seid ihr in Vegas? Wir schmeißen nämlich eine riesige Vierte-Juli-Party. Ihr solltet unbedingt kommen!«, sagte Tomas.

»Mal sehen«, erwiderte Chloe. Sie mochte vielleicht nicht auf die Typen stehen, aber sie stand definitiv auf Partys. »Wer weiß, vielleicht haben wir ja Zeit. Wann ist denn diese Vierte-Juli-Party genau?«

»Äh … am 4. Juli«, antwortete Tomas verwirrt.

»Mensch, Chloe. Hundert Millionen Spermien, und du warst die schnellste?«, sagte Siobhan.

»Ich meinte, an welchem Wochentag.«

»Äh, Chloe«, wandte Kate ein. »Das ist am Freitag. Ich denke, wir sind da mit was anderem beschäftigt.«

»Mit was?«

»Meiner Hochzeit!«

»Ach, stimmt.«

»Oh, wie schade«, sagte Harrison. »Ihr hättet die Party geliebt. Wir planen einen großen Bier-Pong-Wettbewerb. Der Hauptgewinn ist ein Date mit mir.«

»Was gewinnt der zweite Platz? Zwei Dates mit dir?«, fragte Natalie.

»O Mann, das ist ne gute Idee!«, sagte Harrison, dem der Witz offenbar entgangen war.

»Also, was ist denn hier ein guter Drink?«, wollte Siobhan wissen. An diesem Punkt war sie mehr als bereit, die spendierten Getränke abzugreifen und die Männer abzuservieren.

»Wir trinken Irish Car Bombs«, antwortete Tomas.

»Das ist ganz schön diskriminierend«, meinte Natalie.

»Nat, ich versuche hier, uns ein paar Freigetränke zu organisieren«, raunte Siobhan ihr zu.

»Da verdurste ich lieber.«

»Hört nicht auf sie«, sagte Siobhan. »Was ist der Unterschied zwischen drei Schwänzen und einem Witz?«

»Was?«, fragten die Männer.

»Natalie kann keinen Witz vertragen.«

Die drei brachen in Gelächter aus. »Buuuurn«, machte Harrison.

»Lässt du das auf dir sitzen?«, fragte Tomas.

Natalie räusperte sich. »Ich weiß wenigstens immer, wer auf mir sitzt, im Gegensatz zu Siobhan. Könnten Schwänze fliegen, wäre ihr Mund ein Flughafen.«

Das Lachen der Männer war inzwischen schon fast hysterisch.

»Seit wann sind Frauen so lustig?«, fragte Richard außer Atem.

»Tu nicht so überrascht«, meinte Natalie. Sie versuchte, sich auf die Zunge zu beißen, doch die Männer machten ihr das offenbar unmöglich.

»Ihr wisst doch, was ich meine. Man hört doch nie eine Frau einen Witz machen.«

»Und was ist mit deiner Mutter? Immerhin hat sie dich gemacht«, erwiderte Natalie grinsend.

Der Witz ging über Richards kahl werdenden Kopf hinweg.

»Aber jetzt mal ernsthaft, Männer, wir sind am Verdursten«, sagte Siobhan. »Gibt es hier ne Cocktailkarte oder so?«

»Hmm, keine Ahnung. Aber wir haben gestern Abend mit ein

paar Mädels gesprochen, die haben etwas bestellt, das hieß Angel Shot«, sagte Harrison.

»Angel Shot? Was ist das denn?«, fragte Siobhan, die davon noch nie gehört hatte.

»Keine Ahnung, aber alle Frauen, mit denen wir gestern geredet haben, wollten so einen haben«, sagte Harrison. »Dann sind wir rausgeflogen, weil wir zu viel Party gemacht haben.«

»Ja, uns verträgt kein Club«, prahlte Tomas.

»Also, wenn alle so einen Angel Shot getrunken haben, muss es ja gut sein. Warum holt ihr Männer uns nicht mal eine Runde?«, schlug Siobhan vor.

»Oder wie wäre es, wenn ihr vier mit auf unser Zimmer kommt und wir ein bisschen Spaß haben zusammen«, schlug Richard vor.

»Nein«, sagte Natalie.

»Nein, was?«

»Nein ist ein vollständiger Satz.«

»Ach, kommt schon. Mädels wie ihr sagen immer nein, auch wenn sie eigentlich ja meinen.«

»Lasst es mich noch mal ganz deutlich formulieren«, sagte Natalie, deren Toleranzgrenze offensichtlich überschritten war. »Ich hätte lieber Sex mit einem Dildo aus Schmirgelpapier.«

»Pffft, schon gut. Du bist sowieso hässlich«, entgegnete Richard gehässig.

»Du kannst also nicht einmal eine Hässliche abschleppen? Wie peinlich«, erwiderte Natalie schlagfertig.

»Was ist mir dir?«, fragte Richard an Siobhan gewandt.

»Sorry, Jungs, auch wenn ich berüchtigt dafür bin, mit jedem Tom, Dick und Harry ins Bett zu steigen, ist es automatisch vorbei für mich, sobald ihr meine Freundinnen beleidigt.«

»Aah, danke, Siobhan«, sagte Natalie, offensichtlich überrascht von ihrer Loyalität.

»Chicks gehen vor Dicks«, meinte Siobhan achselzuckend.

»Kein Problem, du siehst sowieso aus wie ein gestrandeter Wal«, sagte Tomas.

Siobhan prustete los vor Lachen. »Zu blöd, dass deine Harpune nicht groß genug für mich ist.«

»Fick dich.«

»Das würdest du gern tun, schon klar. Aber wenn ihr es nicht mal schafft, eine Frau bei einer Poolparty feucht zu bekommen, solltet ihr vielleicht an eurer Anmachtaktik arbeiten.«

Die Mädels lachten, während Tom, Dick und Harry mit eingezogenen Schwänzen von dannen zogen.

»Nicht schlecht, Siobhan«, meinte Kate lachend. »Unglaublich, wie dreist manche Männer sein können.«

»Aber wirklich! Das Selbstvertrauen eines durchschnittlichen Heteromannes müsste man haben«, seufzte Natalie übertrieben theatralisch.

»Allerdings.«

»Und ist es nicht lustig, dass Männer Frauen amüsant finden, bis wir ihnen sagen, dass wir nicht mit ihnen schlafen wollen?«

»Los, kommt«, sagte Siobhan. »Wir können uns unsere Drinks selbst besorgen!«

»Kannst du sie holen? Ich will den Platz hier nicht verlieren«, sagte Chloe.

»Na schön.«

»Chloe, du siehst schon ziemlich rot aus. Vielleicht sollten wir in den Schatten wechseln«, meinte Kate.

»Auf keinen Fall, der Platz ist perfekt!«

»Komm, Natalie, hilf mir, die Getränke zu tragen«, sagte Siobhan.

Siobhan und Natalie kletterten aus dem Pool und gingen zur Bar.

»Diese Typen waren vielleicht Neandertaler«, stellte Natalie fest. »Verstehst du jetzt langsam, warum ich Männer hasse?«

»Ach, entspann dich, sie sind nicht alle so. In jeder Ecke der Welt kann man auch gute Männer finden.«

»Zu blöd, dass die Erde rund ist«, erwiderte Natalie. Mit Blick auf die Poolbar sagte sie: »O Gott, an der Bar ist die Hölle los, das wird ewig dauern.«

»Lass mich nur machen.« Siobhan war noch nie der Typ fürs Schlangestehen gewesen und wild entschlossen, sofort bedient zu werden. »Sorry, sorry, Achtung, Verzeihung«, sagte sie, während sie sich nach vorne durchdrängelte. »Entschuldigen Sie, haben Sie auch Angel Shots?«

Die Barfrau sah sie seltsam ernst an. »Hast du gerade nach Angel Shots gefragt?«, wollte sie wissen.

»Ja. Ich bräuchte vier davon«, antwortete Siobhan.

»Gleich vier?«, wiederholte die Barfrau schockiert.

»Ja, und ich brauche sie sofort«, meinte Siobhan ungeduldig.

»Keine Sorge, ich verstehe, was du sagen willst«, sagte die Barfrau und drückte auf einen roten Knopf an der Theke.

»Oh, wow, es gibt einen Knopf extra für Angel Shots?«

»Wir nehmen diese Sache sehr ernst.«

»Super Service hier!« Siobhan war beeindruckt.

»Ma'am, ist das die Person, mit der sie da sind? Die mit den Augenbrauen?«, fragte die Barfrau und zeigte auf Natalie.

»O ja. Das ist eine der Personen für die der Angel Shot gedacht ist«, erklärte Siobhan.

Die Barfrau machte eine Handbewegung in Richtung zweier Türsteher, die daraufhin auf Natalie zugingen.

»Was haben die vor?«, fragte Siobhan.

»Keine Sorge, alles unter Kontrolle.«

Die zwei Männer bauten sich vor Natalie auf. »Sir, bitte kommen Sie mit uns«, sagte einer der Türsteher.

»Sir?«, wiederholte Natalie genervt. »Könnten bitte alle aufhören, mich falsch zu gendern?«

»Sie müssen sich beruhigen und kooperieren«, sagte der eine Mann mit fester Stimme.

»Was zur Hölle ist hier los?«, fragte Siobhan die Barfrau.

»Du bist jetzt sicher. Unsere Sicherheitsleute kümmern sich um die Bedrohung«, sagte sie.

»Die Bedrohung? Welche Bedrohung? Ich habe doch nur einen Angel Shot bestellt«, erwiderte Siobhan verwirrt.

»Hast du die Flyer in der Damentoilette nicht gesehen?«

»Nein.«

Die Barfrau öffnete eine Schublade und zog einen Flyer heraus. Darauf stand: »Wirst du sexuell belästigt? Bestelle einen Angel Shot und wir rufen sofort den Sicherheitsdienst.«

»O mein Gott, das ist ein Missverständnis«, sagte Siobhan erschrocken.

Doch ehe sie die Situation erklären konnte, sprintete Natalie los, um den Türstehern zu entkommen.

»DA WILL EINER ABHAUEN!«, brüllte einer der Türsteher und zückte eine Elektroschockpistole. Er feuerte sie genau in Natalies Nacken, als sie wegrannte, und sie wurde von zehntausend Volt niedergestreckt.

Alle Umstehenden wichen zurück und schnappten entsetzt nach Luft.

»Dafür wird sie mich umbringen«, murmelte Siobhan in sich hinein.

KAPITEL SECHZEHN

Das zweite Date

»Dafür bringe ich dich um!«, schrie Natalie und hämmerte an die Badezimmertür.

»Es war ein Missverständnis!«, rief Siobhan. Sie hatte die Tür verbarrikadiert, um sich vor Natalies Wut zu retten.

»Komm schon, Nat, sie wusste nicht, dass sie mit dem Elektroschocker auf dich losgehen würden«, versuchte Kate sie zu besänftigen. »Und ich muss dringend ins Bad, um mich für das Date mit Trevor fertig zu machen. Also, mach auf, Siobhan.«

Siobhan schloss die Tür auf und schlich vorsichtig nach draußen. Kate lief hinter ihr ins Bad, das hässliche Kleid, das ihre Freundinnen für sie gekauft hatten, über dem Arm.

»Das werde ich dir nie verzeihen, Siobhan!« Natalie deutete aufgebracht auf den roten Abdruck in ihrem Nacken. »Diese Narbe könnte ich für den Rest meines Lebens haben!«

»Ach, ich bitte dich. Da habe ich ja größere Knutschflecken«, spielte Siobhan es herunter.

»Du bist für mich gestorben. Ich spreche nie wieder mit dir!«

»Nat, das war doch überhaupt keine Absicht! Woher hätte ich denn wissen sollen, dass Angel Shot das geheime Codewort für sexuelle Belästigung ist?«

»Du hättest das aufklären sollen, bevor sie auf mich losgegangen sind!«

»Es passierte alles so schnell. Ich war genauso geschockt wie du!«, sagte Siobhan. Plötzlich fiel ihr auf, was sie gesagt hatte, und sie brach in Gelächter aus.

»Mann, du bist echt ein Arsch, Siobhan!«

»Wenigstens siehst du nicht aus wie ein Hummer, Nat. Ich hab mich total verbrannt!«, klagte Chloe. Die Konsequenz ihrer Entscheidung, in der Hitze Nevadas keine Sonnencreme zu verwenden, bekam sie nun in aller Deutlichkeit zu spüren – sie war im Gesicht, an Hals und Dekolleté knallrot. Verzweifelt versuchte sie, sich mit der fächelnden Hand Kühlung zu verschaffen.

»Man könnte denken, du wärst mitten in der Wüste ohne Sonnencreme rausgegangen«, meinte Natalie sarkastisch.

»Tja, sorry, dass ich kein Wetterologe bin, Nat!«, rief Chloe und öffnete eine winzige Schnapsflasche aus der Minibar.

»Gib mir auch was davon!«

»Nein, das ist mein emotionaler Unterstützungswodka. Hol dir deinen eigenen!«

»Das ist die letzte Flasche! Gib mir was ab, oder ich folge dir nicht mehr auf Insta«, drohte Natalie.

»Das wagst du nicht!«

»O doch.«

»Na, schön, dann folge ich dir auch nicht mehr. Du postest sowieso nur irgendwelche sozialen Infografiken«, schnaubte Chloe.

»Ja, weil ich Aktivistin bin.«

»Die nie auf einer Demo gewesen ist. Du bist eine Inaktivistin.«

»Es ist nicht meine Schuld, dass ich mitten im Nirgendwo wohne und meine Eltern mich nicht zu einer Demo fahren wollen!«, schmollte Natalie. »Aber als ob eine von euch jemals auf einer Demo gewesen wäre!«

»Anfang des Jahres waren wir beim Frauenmarsch!«, widersprach Chloe dickköpfig.

»Chloe, das war kein Frauenmarsch. Das war der Winterschlussverkauf bei Zara!«

»Aber es waren alles Frauen ... und wir sind marschiert!«

»Ihr seid unmöglich!«

»Komm schon, Chloe, lass Nat in Ruhe«, meinte Siobhan. »Die ersten dreißig Jahre der Kindheit sind immer die schwersten.«

»Ich schreie gleich los!«, rief Natalie, am Rande der Verzweiflung.

»Mädels, hört doch auf zu zanken«, bat Kate, als sie das Badezimmer verließ. Sie trug das Kleid, das ihre Freundinnen ihr gekauft hatten, und wenn sie ehrlich war, wusste sie nicht, ob sie je etwas so Scheußliches gesehen hatte. Es war braun, und darüber lag ein schreckliches Blumenmuster, das überhaupt nicht dazu passte. Es tat förmlich in den Augen weh, es anzusehen. »Und?«

»Perfekt!«, rief Chloe. »Und mit perfekt meine ich, das Furchtbarste, das ich je gesehen habe.«

»Bist du sicher, dass es nicht *zu* hässlich ist?«, fragte Kate. Sie war etwas hin- und hergerissen, was das Kleid anging. Sie achtete eigentlich immer darauf, gut gekleidet zu sein. Klar, sie konnte sich keine Designermarken leisten wie Chloe, aber sie sah immer schick aus. Dieses Kleid dagegen ließ es so wirken, als hätte sie keinerlei Stilbewusstsein.

»Das ist doch der gerade Punkt, dass es zu hässlich ist. Du willst ihn schließlich vergraulen«, erinnerte Chloe.

»Oder willst du das etwa nicht mehr?«, fragte Siobhan.

»Natürlich will ich das!«, fuhr Kate sie gereizt an.

»Huch, da ist aber jemand empfindlich.«

»Sorry, bin nur etwas angespannt«, meinte Kate wieder ruhiger. »Ein Date mit Trevor ist wie ein geistiger Wettstreit, und er scheint mir immer einen Schritt voraus zu sein. Aber wenn ich den heutigen Abend hinter mich gebracht habe, bin ich nur noch ein Date davon entfernt, frei zu sein.«

»Frei von Spaß, frei von Aufregung, frei von Lachen …«

»Okay, das ist genug«, unterbrach Kate sie. »Chloe, trag einmal pro Stunde Aloe-Vera-Gel auf deinen Sonnenbrand auf. Natalie, reib dir die Wunde mit Wund- und Heilsalbe ein, um sie zu beruhigen. Und Siobhan ... nimm am besten gleich Penicillin. Die Wahrscheinlichkeit, dass du dir inzwischen nicht irgendwas eingefangen hast, ist minimal.«

»Zumindest Herpes von diesem Pool.«

»Oder der Pool hat Herpes von dir«, murmelte Natalie.

»Wir treffen uns um elf im Rio für die Chippendaleshow«, sagte Kate. Sie freute sich schon sehr darauf. Nachdem der Reiseplan zerstört worden war und Trevor den Urlaub an sich gerissen hatte, war sie davon ausgegangen, nichts von den von ihr ursprünglich geplanten Dingen mehr machen zu können. Dass Siobhan die Tickets gekauft hatte, bedeutete ihr viel. Und es gab ihr das Gefühl, immer noch zumindest einen Hauch von Kontrolle über ihr Leben zu haben. »Außerdem habe ich gedacht, wir könnten morgen früh im Grand Canyon wandern gehen? Das stand auch in meinem Reiseplan.«

»Den du zerrissen hast?«, sagte Siobhan grinsend.

»Ja, Siobhan, den Reiseplan, den ich zerrissen habe. Aber glücklicherweise habe ich noch alles im Kopf.«

»Ja ... was für ein Glück.«

»Okay, Mädels, ich muss los.« Kate ging auf die Zimmertür zu. »Versucht, euch nicht gegenseitig umzubringen, während ich weg bin.«

»Das kann ich nicht versprechen«, rief Natalie Kate hinterher, als diese durch die Tür verschwand.

Als Kate die Lobby des *Bellagio* betrat, sah sie Trevor sofort. Er trug wieder einen Anzug, nur dass er dieses Mal die zwei oberen Knöpfe des weißen Hemdes geöffnet hatte und damit schamlos seinen Kokain-Schlüssel-Anhänger an der Halskette präsentierte. Das war allerdings nicht der auffälligste Unterschied zum Vortag. Denn Trevor stand nicht neben seinem üblichen Wagen. Er lehnte an einem gelben Lamborghini Huracán.

»Du hast einen Lamborghini für unser Date gemietet?«, fragte Kate.

»Der ist nicht gemietet.« Trevor grinste.

Auch wenn Kate wusste, was Trevor vorhatte, war das *nicht* die Art und Weise, wie man sie beeindrucken konnte. Sie machte sich nichts aus Autos, und es war offensichtlich eine geschmacklose Zurschaustellung seines Reichtums. Klar, es gab sicher Leute, die einem Mann mit Lamborghini zu Füßen liegen würden, aber Kate gehörte definitiv nicht dazu. Norman würde niemals in einen Lamborghini steigen. So eine billige Taktik hatte er nicht nötig, weil er niemandem etwas beweisen musste. Hätte Trevor wirklich einen Nerv bei ihr treffen wollen, hätte er in seinem alten roten Mustang aus jenem Sommer aufkreuzen sollen. Dann wäre unter Umständen alles möglich gewesen.

Er musterte sie von Kopf bis Fuß und konnte seine Missbilligung nicht verhehlen. »Das ist ein ... interessantes Kleid«, sagte er mit verzogener Miene.

»Oh, danke schön«, erwiderte Kate mit gespieltem Stolz. »Das passt total zu mir, oder? Ich konnte es kaum erwarten, es anzuziehen.«

»Du würdest noch besser aussehen, wenn du es ausziehst«, meinte er zwinkernd.

»Tja, die Idee kannst du dir gleich wieder aus dem Kopf schlagen, das wird nicht passieren. Fahren wir wirklich in dem Ding?«, fragte sie mit Blick auf das Luxusauto. »Sieht sogar noch umweltverschmutzender aus als diese dumme Hummer-Limo.«

»Hummer-Limo?«

»Ja. Eine pinke Limo, die die Mädels am Flughafen mieten wollten. Aber manchen von uns ist das Wohl des Planeten nicht völlig egal.«

»Apropos Mädels, sind sie heute nicht mitgekommen?«

»Sie sind gerade nicht besonders gut drauf. Und stehen kurz

davor, sich gegenseitig umzubringen. Aber wir treffen uns um elf, um eine Show anzusehen, also muss ich bis dahin wieder zurück sein. Keine Widerrede, die Tickets sind schon gekauft.«

»Dein Wunsch ist mir Befehl, Liebling.«

»Okay, dann wünsche ich mir, dass du die Annullierung unterschreibst.«

»Du erhältst aber nur einen Wunsch pro Abend, Sommersprosse. Und ich werde dich bis elf Uhr nach Hause bringen.«

Trevor öffnete die Beifahrertür des Lamborghini, und Kate stieg ein. Die Innenausstattung war unglaublich luxuriös mit Ledersitzen und getönten Scheiben.

»Also, wie findest du es?«, fragte Trevor, als er sich neben sie setzte.

»Ein bisschen zu protzig für meinen Geschmack«, sagte Kate, wenig begeistert. »Wenn du mich fragst, hat jeder Mann, der so ein Auto kauft, etwas zu kompensieren.«

»Tja, wir wissen beide, dass das nicht stimmt, Sommersprosse«, erwiderte Trevor grinsend.

Mist, er hatte natürlich recht. Trevor brauchte dieses Auto sicherlich nicht, um irgendetwas zu verlängern. Aber so oder so schrie der Wagen »Seht nur, wie erfolgreich ich bin« und nicht »Seht nur, wie glücklich ich bin«.

»Trotzdem, jemandem, der so viel Geld in ein Auto investiert, fehlt definitiv etwas anderes in seinem Leben«, sagte sie. »Ich wäre eher beeindruckt gewesen, wenn du in deinem alten Mustang aufgetaucht wärst.«

»Traurigerweise ist der Mustang vor ein paar Jahren mitten auf der Straße liegen geblieben.«

»Die perfekte Metapher für unsere Liebe«, sagte Kate und schnitt eine Grimasse.

»Wir können jetzt gleich einen neuen kaufen, wenn du das lieber möchtest?«

»Jetzt fahr einfach los!«

Kates Handy begann plötzlich in ihrer Tasche zu vibrieren. Sie zog es heraus und erstarrte, als sie den Namen auf dem Bildschirm erblickte.

Es war Norman.

Er rief per Videocall an. Was sollte sie bloß tun? Sie konnte schlecht ein Gespräch mit Video aus dem Lamborghini ihres Ex-Freundes führen. Aber wenn sie nicht dranging, würde sich Norman wieder Sorgen machen. Sie hätte ihm schon vor Ewigkeiten schreiben sollen, aber nach dem Drama um Natalie und den Elektroschocker war das völlig in den Hintergrund geraten.

»O Gott, es ist Norman. Ich habe vergessen, ihm vorhin zu schreiben«, erklärte sie voller Panik.

»Du vergisst ihn aber ganz schön oft«, stellte Trevor grinsend fest.

»Ich muss da drangehen. Keinen Ton von dir jetzt!«

»Meine Lippen sind versiegelt«, sagte er und machte eine Geste, als würde er seinen Mund mit einem Reißverschluss schließen.

Kate holte tief Luft und nahm das Gespräch an, ohne die Kamera zu aktivieren. Ein Bild war jetzt keine Option.

»Hi, Normie!«, sagte sie möglichst unbekümmert.

»KATE!«, rief Norman, wieder mal verärgert. »Warum ist es so schwer, mir einmal pro Stunde eine Nachricht zu schicken, wie du es versprochen hast?«

»Normie, es tut mir leid. Wir waren so beschäftigt, und es ist doch mitten in der Nacht in Irland, deshalb dachte ich, du schläfst sowieso.«

»Wie soll ich denn schlafen, wenn ich vor Sorge um dich ganz krank bin? Schalte das Video ein, damit ich sehen kann, dass es dir gut geht.«

»Ähm, das geht gerade nicht.«

»Kate, was zur Hölle ist da los?«

Sie brauchte eine Ausrede. »Nichts ist los. Es ist nur so viel geplant. Wir haben den ... den, äh ... den Grand Canyon besucht und ... da war kein Empfang, so dass ich dir nicht schreiben konnte.«

»Tja, ich weiß leider, dass das gelogen ist, weil ich auf meinem Handy deinen Standort gesehen habe, und ihr wart bei einer Poolparty!«, schimpfte Norman.

Erwischt.

»Ja, also ... es gab eine kleine Planänderung.«

»Kate, ich weiß, dass es da etwas gibt, das du mir verheimlichst. Du weichst sonst nie von deinen Plänen ab. Bist du eigentlich noch du selbst? Die Frau, der ich einen Antrag gemacht habe?«

»Norman, das ist nicht fair, so etwas zu sagen.«

»Tut mir leid, wenn du das so empfindest, Kate, aber du benimmst dich wie eine Verrückte, und ich habe jedes Recht, mir Sorgen zu machen!«

»Es gibt aber keinen Grund, sich Sorgen zu machen, Normie. Es muss doch mitten in der Nacht sein bei dir. Geh ins Bett und schlaf ein wenig.«

»Erst wenn du mir sagst, warum du dich so seltsam verhältst.«

Trevor drehte den Zündschüssel und ließ den Motor des Lamborghinis aufheulen. Es war schrecklich laut.

»Was war das für ein Geräusch?«, fragte Norman. »Klingt, als wärst du in einem Sportwagen!«

»Norman, du musst dir keine ...«

Trevor nahm Kate das Handy aus der Hand.

»Wag es ja nicht!«, raunte sie ihm zu.

»Norman, deine Verlobte wurde entführt«, sagte Trevor mit tiefer, verstellter Stimme.

»O mein Gott! Was?«, kreischte Norman. »Kate, geht es dir gut?«

Kate schnappte sich ihr Handy wieder. »Ich bring dich um!«, flüsterte sie Trevor zu und verpasste ihm einen Stoß mit dem Ellenbogen.

»Hallo?«, rief Norman panisch.

»Norman, es tut mir so leid, das war ein Witz.«

»WER WAR DAS?«

»Das war ... Siobhan! Sie hat zu viel geraucht, und ihre Stimme ist total heiser«, log Kate.

»Das war ein schrecklicher Scherz! Gib mir Siobhan, ich will sofort mit ihr sprechen!«

Wieder erwischt. Sie spürte, wie sie erneut dieses erstickende Gefühl überkam. Sie musste das Gespräch so schnell wie möglich beenden.

»Norman, ich kann dich nicht hören!«, rief sie ins Telefon. »Ich fahre durch einen Tunnel!«

»Einen Tunnel?«

»Der Empfang geht weg ... Du musst dir keine Sorgen machen. Lieb dich, und wir sprechen uns morgen!« Kate machte knackende Geräusche ins Handy, um vorzutäuschen, dass die Verbindung abbrach.

Sie legte auf und konnte endlich wieder durchatmen.

»Ärger im Paradies?«, fragte Trevor scheinheilig, obwohl er genau wusste, dass *er* der Verursacher des Ärgers war.

»Das war nicht lustig! Norman hätte einen Herzinfarkt bekommen können!«

»Das hätte wenigstens unsere Probleme gelöst«, meinte er lachend. »Er klang wie ein ziemlicher Jammerlappen. Und hat er gesagt, er kann dein Handy orten?«

»Nein, er kann nur meinen Aufenthaltsort in Echtzeit sehen, damit er weiß, dass es mir gut geht«, verteidigte Kate ihn.

»Also … er kann dein Handy orten?«

»Wenigstens ist er um meine Sicherheit besorgt, im Gegensatz zu dir, der mich in eine Achterbahn gesetzt hat!«

»Die Kate, an die ich mich erinnere, hat die Gefahr immer geliebt. Sie hätte die Freiheit der Sicherheit vorgezogen. Ich kann es nicht glauben, dass du so langweilig geworden bist.«

Da war es wieder. Siobhan hatte sie auch so beschrieben. Es stimmte schon ein wenig, nahm Kate an. Immerhin stellte sie ihre eigenen Bedürfnisse oft hinter denen anderer an. Aber warum sollte das etwas Schlechtes sein? War es nicht eine gute Eigenschaft, selbstlos zu sein? Andere Leute glücklich zu machen, machte sie selbst auch glücklich. Natürlich würde Trevor das als Charakterfehler interpretieren. Er war die Personifizierung moralischer Dekadenz.

»Anpassung ist nichts Negatives«, versuchte sie sich zu verteidigen.

»Trotzdem … manchmal musst du dich an erste Stelle setzen. Sonst endest du noch als Ehefrau eines Zahnarztes.«

»Er ist Kieferchirurg, und das letzte Mal, als ich nachgesehen habe, stand auf seinem Namensschild Dr. Norman Cox.«

»Ich wette er ist der zehnte Zahnarzt in dieser Werbung, der immer etwas auszusetzen hat. Neun von zehn Zahnärzten empfehlen Colgate. Außer Norman.«

»Ist dieses Date bald vorbei?«, seufzte Kate.

Sie fuhren noch ein paar Minuten, ehe Trevor anhielt, um einzuparken. Durch das Fenster sah Kate, wohin er sie gebracht hatte.

Das Venetian Resort.

»Wir sind schon da?«, fragte Kate verwirrt. »Da hätten wir genauso gut laufen können.«

»Ich hatte Sorge, du könntest noch weiche Knie haben von gestern Abend.«

»Das war von der Achterbahn! Und wenn es bei diesem Date wieder so etwas Aufregendes gibt, Trevor, dann schwöre ich dir ...«

»Keine Sorge, dieses Date ist viel entspannter«, beruhigte sie Trevor. »Und für diesen Teil unserer Flitterwochen um die Welt entführe ich dich in mein Heimatland.«

»Brooklyn?« Kate zog eine Augenbraue hoch.

»Nein ... Italien. Meine Großeltern stammen aus Venedig. Wir werden in einer Gondel auf dem Kanal von Venedig fahren.«

Kate musste zugeben, dass ihr die Idee gefiel. Wie der High Roller auch, war das ebenfalls ein Punkt in ihrem mittlerweile zerfetzten Reiseplan gewesen. Irgendwie freute sie sich, doch noch einen Teil der Sehenswürdigkeiten zu Gesicht zu bekommen, die auf jeder Must-See-Liste für Touristen standen. Sie liebte Listen einfach.

»Okay, dann lass es uns mal hinter uns bringen«, sagte Kate und öffnete die Beifahrertür.

Sie stiegen aus, und Trevor warf den Autoschlüssel einem Hotelpagen zu, der einen venezianisch angehauchten Anzug trug.

»O mein Gott! Trevor Rush«, rief der Page. »Ich bin ein riesiger Fan von Ihnen!«

Das hatte Kate gerade noch gefehlt. Ein weiterer Mensch, der Trevor zu Füßen lag und sein ohnehin schon großes Ego weiter aufblies. Warum musste ihn auch jeder in Vegas kennen? Okay, er war berühmt. Aber er war nicht berühmt-berühmt. Nicht so, als wäre er zu Late-Night-Talkshows eingeladen oder würde in Hollywood-Blockbustern mitspielen.

Plötzlich fiel Kate etwas ein. Siobhan hatte doch gesagt, dass es Männern überhaupt nicht passte, wenn man offen vor ihnen mit anderen Männern flirtete. Dieser Page war das perfekte Ziel.

»Sie sind also ein riesiger Fan«, sagte Kate und ging auf ihn zu. »Allerdings, mit diesen Muskeln!«

Der schlaksige Page sah auf seine Spaghetti-Arme. »Oh ... danke. Ich habe etwa vor einem Monat mit Krafttraining angefangen. Aber bisher noch mit wenig Erfolg.« Er errötete.

»Sie sehen nach nur einem Monat schon *so* aus? Lieber Himmel, Ihre Gene müssen wahnsinnig gut sein. Und diese kantige Kieferpartie! Wie ist Ihr Name? Lassen Sie mich raten ... Adonis?«

»O nein.« Der Page lachte. »Ich heiße Patrick.«

»Das ist sexy«, sagte Kate und berührte ihn am Oberarm. »Ich liebe starke irische Namen!«

»Bist du fertig?«, fragte Trevor mit verschränkten Armen.

»Oh, sorry, Trevor«, sagte Kate. »Ich kann einem sexy Iren einfach nicht widerstehen.«

»Miss, ich hoffe, das ist nicht unangebracht, aber ... Könnte ich Sie um einen Gefallen bitten?«, fragte Patrick.

»Lassen Sie mich raten ...«, säuselte Kate. »Sie wollen meine Telefonnummer haben?«

»Oh, nein! Ich wollte Sie bitten, ein Foto von mir und Trevor Rush zu machen.«

Kate sah rot, während Trevor triumphierend grinste. Ihr Versuch, ihn eifersüchtig zu machen, war kräftig nach hinten losgegangen.

So viel zu diesem Plan.

»Klar, kein Problem.« Kate lächelte zähneknirschend. Sie weigerte sich, ihre Verärgerung zu zeigen, und nahm das Handy des Hotelpagen, während Trevor den Arm um dessen Schulter legte. Nachdem sie ein Foto gemacht hatte, reichte sie das Handy zurück.

»Vielleicht sollten wir noch eins mit dem Lamborghini im Hintergrund machen«, schlug Trevor vor, wohl wissend, dass sie das erst recht auf die Palme bringen würde.

»Super Idee!«, freute sich Patrick.

»Soweit ich weiß, bin ich nicht dein privater Fotograf. Los, komm jetzt!«, sagte Kate und stürmte davon.

Trevor holte sie ein und ging neben ihr. »Versuchst du, mich eifersüchtig zu machen, Sommersprosse? Du solltest es doch besser wissen«, neckte er sie.

»Ach, halt die Klappe!« Kate eilte auf den Kanal zu.

»Ich habe jedenfalls keinen Grund, eifersüchtig zu sein. Du bist schon meine Frau.«

»Tja, du solltest auf Norman eifersüchtig sein, denn in vier Tagen werde ich *seine* Frau sein!«

»Das werden wir noch sehen ...« Trevors Grinsen war selbstgefällig wie immer.

KAPITEL SIEBZEHN

Venedig

In der Gondel wartete bereits eine prächtige Antipasti-Platte auf sie, mit einer verführerischen Auswahl an Schinken, Käse, Brot und sogar mit Erdbeeren als Verzierung.

»Grazie, Giovanni«, sagte Trevor, als er neben Kate Platz nahm.

Trevor und der Gondoliere begannen sich auf Italienisch zu unterhalten, und Kate hatte keine Ahnung, über was sie redeten. Sie hatte mal mit einem Onlinekurs versucht, Italienisch zu lernen, doch das Eulenmaskottchen hatte sie als einschüchternd empfunden und daher ziemlich schnell wieder aufgehört. Von der Eule hatte sie sogar Albträume bekommen, in denen diese am Fußende ihres Bettes stand wie ein schlaflähmender Dämon.

Die Gondel setzte sich in Bewegung und begann ihren Serpentinenkurs durch den Kanal.

Die Szenerie war wirklich hübsch, das musste sie zugeben. Die Wände erinnerten an alte venezianische Hausfassaden, und das Wasser schimmerte türkis. Obwohl es heiß war, wehte eine milde Brise durch den Kanal, und eine liebliche Melodie, die ihr ein überraschend beruhigendes Gefühl gab. In der Luft lag sogar ein leichter Lavendelduft. Zunächst fand sie das verwirrend, aber dann sah sie, dass neben der Antipasti-Platte eine Vase mit ihren Lieblingsblumen stand.

»Lavendel …«, sagte sie und berührte die duftenden Blätter.

»Dein Lieblingsduft, oder?«

Kate konnte es nicht fassen, dass sich Trevor daran erinnerte. Es war immerhin fast zehn Jahre her. Erst ihr Lieblingsessen und jetzt ihre Lieblingspflanze? Doch dann fiel ihr wieder ein, dass er versuchte, sie mit den Erinnerungen zu manipulieren.

»Was soll das werden?«, fragte sie. »Denkst du, so bekommst du mich rum?«

»Wieso?«, fragte Trevor mit einem verschlagenen Lächeln. »Funktioniert es?«

»Absolut nicht!«

»Sah aber fast so aus. Also, bist du bereit, mir zu sagen, warum du vor neun Jahren einfach verschwunden bist?«

»Sind wir schon wieder an dem Punkt?«, fragte Kate. »Und ich bin mir ziemlich sicher, dass ich dir damals einen Grund gegeben habe.«

»Oh, du meinst, die unpersönliche Nachricht, die du mir an meinem Geburtstag via Instagram geschickt hast? Die, in der du behauptet hast, wir hätten nichts weiter als eine nette kleine Affäre gehabt?«

»Mehr war es doch auch nicht.«

»Ach, bitte«, erwiderte Trevor lachend. »Als ob wir nicht unser ganzes gemeinsames Leben geplant hätten. Findest du es nicht ziemlich grausam, jemanden an seinem Geburtstag sitzen zu lassen?«

»Genauso grausam, wie jemandem zu verweigern, eine Annullierung zu unterschreiben und die Person stattdessen zu drei Dates zu zwingen.«

»Ich weiß, deshalb genieße ich es auch so«, entgegnete Trevor zwinkernd. »Aber keine Sorge, Sommersprosse, ich werde noch herausfinden, warum du mich *wirklich* verlassen hast.«

Kate ging gar nicht mehr darauf ein. Je weniger, desto besser. Sie hatte nicht vor, dieses Gespräch zu führen, egal, wie sehr er es darauf anlegte. Sie fand es allerdings ziemlich interessant, dass er so darauf drängte, die Antwort zu erfahren. Fast so, als hätte er eine unbekannte Krankheit und nur sie würde das Heilmittel kennen. Aber sie hatte nicht die Absicht, ihm das zu geben. Wenn diese Dates eine Art sein sollten, sie zu quälen, dann konnte sie ihn genauso auf die Folter spannen, indem sie ihm die Antwort vorenthielt.

»Also, dann lass mich dir eine andere Frage stellen«, fuhr er fort. »Gab es einen speziellen Moment, als du aufgehört hast, du selbst zu sein und jemand anderes geworden bist?«

»Sagt der Mann, der von einem erfolglosen Herumtreiber zu einem berühmten Vegas-DJ wurde.«

»Ja, aber das war immer mein Traum gewesen. Ich bin mir selbst treu geblieben. Das ist das Geheimnis des Erfolgs, weißt du? Sobald du versuchst, jemand zu sein, der du nicht bist, ist Misserfolg programmiert.«

»Ist der Vortrag mal zu Ende?«, fragte Kate mit gelangweilter Miene.

»Ich meine es ernst. Gab es einen Moment, als du aufgewacht bist und beschlossen hast, keinen Spaß mehr haben zu wollen?«

»Wenn du damit andeuten willst, dass ich dir zu langweilig bin, kannst du mich durch eine beliebige Frau deiner Wahl ersetzen. Alles, was du tun musst, ist, die Annullierung zu unterschreiben, und schon bist du mich los.«

»Netter Versuch, Sommersprosse.« Trevor lächelte. »Ich weiß, die wahre Kate steckt noch in dir ... irgendwo.«

Kate seufzte und nahm eine Erdbeere von der Antipasti-Platte. Ihr fiel ein, dass sie mit offenem Mund kauen sollte, um Trevor abzuschrecken, also steckte sie sich die Erdbeere in den Mund und begann zu kauen wie ein Kleinkind vor dem iPad, wobei sie so viele Geräusche mit dem Mund machte wie möglich.

»Das ist aber ein ganz schöner Mund, den du da hast«, meinte Trevor.

»Oh, sorry, ich bin so ein lauter Kauer«, erwiderte sie. »Schlimme Angewohnheit, ich weiß.«

»Tja, wenn du so weiterkaust, werde ich dich küssen müssen, damit du aufhörst«, sagte er und sah ihr in die Augen.

Schachmatt.

»Na, schön«, sagte Kate und warf die Erdbeere beiseite. »Die in Irland schmecken sowieso besser.«

»Kann es kaum erwarten, sie mal zu probieren«, meinte Trevor. »Wir sollten mal einen Besuch planen, damit ich deine Familie kennenlerne.«

»Du kommst meiner Familie nicht zu nahe!«, fuhr Kate ihn an. »Meine Eltern sind definitiv Team Norman!«

»Das liegt daran, dass sie bisher nur ein Team kennen.«

»Es gibt auch nur ein Team, weil ich schon vergeben bin.«

»Ja, vergeben und vergessen«, erwiderte Trevor.

Kate hatte das Gefühl, als würde sie von einem Blitz getroffen, so wütend war sie. Nicht, weil Trevor falschlag. Im Gegenteil, sie befürchtete, dass er tatsächlich recht haben könnte.

Als Norman sich um Kate bemüht hatte, war er der romantische Gentleman gewesen, den sie sich immer gewünscht hatte. Er führte sie zu tollen Dates aus und gab ihr immer das Gefühl, etwas Besonderes zu sein. Doch nachdem sie eine Weile zusammen gewesen waren, wurden diese großen Gesten allmählich weniger und weniger. Manchmal hatte sie das Gefühl, dass Norman selbstgefällig geworden war, sobald er wusste, dass er sie an der Angel hatte. Romantik, so schien es, war wie Sand in einer Sanduhr, der mit der Zeit zur Neige ging. Ihre Beziehung hatte sich vom romantischen Candlelight Dinner zu chinesischem Take-Away-Essen auf der Couch entwickelt. Sie mochte es zwar auch gemütlich, doch manchmal wünschte sich schon, Norman würde sich etwas Aufregendes für sie beide ausdenken. Es kam ihr so vor, als wäre ihr Wert für ihn mit der Zeit gesunken.

Kate hatte ihn damit konfrontiert, aber Norman versicherte ihr, dass sie sich das nur einbildete. Er liebte sie, sagte er, und der Gedanke, dass er sie für selbstverständlich hielt, wäre völlig abwegig. Dann, wie aus dem Nichts, machte er ihr einen Heiratsantrag. Die Sanduhr der Romantik war wieder gedreht worden, und der Sand der Liebe lief erneut. Damals war sie begeistert gewesen.

Doch dann hatte er ihr keinen Verlobungsring geschenkt.

Das hatte sie fast umgebracht. Aber sie täuschte ein Lächeln vor und hoffte, das Fehlen eines Diamanten würde durch eine Fülle an anderen romantischen Gesten ausgeglichen. Traurigerweise war das nicht der Fall.

Sie musste daran denken, was Natalie im Flugzeug darüber gesagt hatte, dass Männer nur als Mittel zum Zweck romantisch waren. Sie fragte sich, ob Männer romantische Gesten als Tauschhandel begriffen. Waren sie nur romantisch, bis sie die Frau *hatten*? Kauften sie dir Blumen, weil sie dich liebten, oder weil das ihre Chance auf Sex erhöhte? Kate kannte die Antwort nicht, aber Norman investierte im Vergleich zur Anfangszeit definitiv nur noch einen Bruchteil der Mühen in die Beziehung.

Sie liebte diese erste Phase des Umworbenwerdens, die kleinen Aufmerksamkeiten, die ihr das Gefühl gaben, geschätzt und begehrt zu werden. Für Kate war Romantik wichtig. Und doch gab sie sich mittlerweile mit nur sehr wenig davon zufrieden. Irgendwie schien Trevor das zu wissen. Er schien immer alles zu wissen.

»Ich fühle mich von Norman sehr wertgeschätzt«, sagte Kate, womit sie sich genauso überzeugen wollte wie Trevor. »Das ist genau der Grund, warum er mein Verlobter ist.«

»Und doch ... trägst du keinen Verlobungsring«, stellte Trevor mit frechem Grinsen fest.

Einen Nerv zu treffen war eine Sache. Doch jetzt versuchte er offensichtlich, ihr gesamtes Nervensystem in Brand zu setzen vor Wut.

»Norman und ich brauchen keinen Diamantring, um irgendetwas zu beweisen«, entgegnete Kate und versuchte, ihren Ärger zu unterdrücken. »Außerdem sind Verlobungsringe nur ein Marketingtrick, den sich die De Beers haben einfallen lassen, um in den Vierzigern den Verkauf von Diamanten anzukurbeln. Es ist nur eine Masche.«

»Und lass mich raten. Es war Norman, der dir das erzählt hat?«, fragte Trevor, obwohl er die Antwort zu kennen schien.

»Ja, schon ... aber es stimmt! Recherchier es mal. Es ist nichts als schlaues Marketing.«

»Vielleicht. Aber insgeheim hättest du dir doch einen Ring gewünscht, richtig?«

»Nö«, erwiderte Kate stur. Natürlich log sie.

»Ach, komm schon. Frauen lieben dieses ganze Verlobungsdrama«, sagte Trevor.

»Männer sagen immer, Frauen würden Dramen lieben, dabei sind Männer viel dramatischer«, erwiderte Kate. »Hast du mal einen Mann mit einer stinknormalen Erkältung erlebt?«

»Ich muss dir widersprechen. Männer hassen Dramen.«

»Ha!« Kate lachte. »Du hast offenbar noch nie ein Geschichtsbuch aufgeschlagen.«

»Okay, Punkt für dich«, gab Trevor lachend zu. »Aber du vergisst den Slogan, den die De Beers damals benutzten, als sie ihre Diamanten verkauften.«

»Wie lautet der?«

»Diamanten sind für immer.« Trevor lächelte. »Sie sind wunderschön und unzerstörbar. Es geht nicht darum, Männer dazu zu bringen, Geld lockerzumachen. Ein Diamant ist das perfekte Symbol für die wahre Liebe. Das ist das Einzige, was ich an unserer Hochzeit bereue. Es ist eine Schande, dass ich dir nicht den Ring meiner Großmutter geben konnte.«

»Warum den Ring deiner Großmutter?«, fragt Kate neugierig.

»Er war seit Generationen im Familienbesitz. Er ist praktisch unbezahlbar.«

»Tja, ich bin mir sicher, dass du ihn eines Tages irgendeinem glücklichen Mädchen an den Finger stecken wirst, die sich auch wirklich darüber freut.«

»Nein. Er ist verschwunden.«

»Gut, dass du alles Geld in der Welt besitzt, um deiner zukünftigen Verlobten jeden Ring zu kaufen, den sie sich wünscht.«

»Siehst du, das ist das Problem. Erfolg ist ein zweischneidiges Schwert. Du weißt nie, ob dich jemand wirklich liebt oder nur dein Geld will. Es ist einsam an der Spitze.«

»Ooooo. Der reiche und berühmte Playboy mit dem Lamborghini hat Gefühle«, sagte Kate mit gespielter Schmolllippe.

»Du hältst mich für einen Playboy?« Trevor lachte.

»Eigentlich nicht. Ich halte dich für einen Frauenheld, um genau zu sein.«

»Ist das so?«

»Sieh dich doch an. Du bist ein erfolgreicher Vegas-DJ, der zwei Millionen Follower hat. Wahrscheinlich schläfst du jede Nacht mit einer anderen.«

Trevor lachte wieder. »Du denkst, ich schlafe mit 365 Frauen im Jahr?«

»Kann ich mir vorstellen«, meinte Kate achselzuckend.

»Ich wusste gar nicht, dass ich so ein Hengst bin. Du hältst mich also für den attraktivsten Mann der Welt?«

»Das habe ich NICHT gesagt!«

»Also, nur zu deiner Information, ich bin kein Frauenheld.«

»Du erwartest ernsthaft, dass ich dir das glaube? Die Frauen hier werfen sich dir regelrecht an den Hals. Und ich habe deinen Instagram-Feed gesehen.«

»Als ich gerade nach Vegas gekommen war, habe ich natürlich erst mal ein bisschen Spaß gehabt. Aber rückblickend habe ich nur versucht, eine Art von Leere zu füllen. In Vegas gibt es so einige faszinierende Frauen, aber sie haben alle einen Fehler.«

»Und welcher ist das?«

»Sie sind nicht du.«

Kate spürte ihr Herz plötzlich überdeutlich schlagen. Es klopfte so laut, dass sie den Puls in jedem ihrer Körperteile spüren konnte. *Jedem!* Das durfte nicht passieren. Sie bekam jetzt sicher nicht das »Flattern«, wie Chloe es genannt hatte. Diese Art von Dingen passierten Kate nicht. Oder zumindest war es ihr seit neun Jahren nicht mehr passiert.

Seine Worte schienen aus irgendeinem Grund so unglaublich ernsthaft. Einen Moment lang meinte sie, Trevors sanfte Seite durchblitzen zu sehen, die Verletzlichkeit, die sie früher so gemocht hatte. Sie hatte das Gefühl, einen kurzen Blick auf den wahren Trevor zu erhaschen, der sich unter dem erfolgreichen DJ verbarg. Irgendwo hinter der Maske steckte der Mann, in den sie sich damals verliebt hatte.

Nein.

Sie weigerte sich, auf ihn hereinzufallen. Er konnte zu gut mit Worten umgehen, das war das Problem. Aber wahrscheinlich erzählte er allen Frauen das Gleiche. Womöglich hatte er sogar eine Liste von romantischen Anmachsprüchen im Kopf, auf die er jederzeit zugreifen konnte. Es war alles Teil seines toxischen Plans. Sie musste sich in den Griff bekommen.

Das Flattern war bei diesem Date nicht willkommen.

»Sorry, aber den Playboy mit dem Herz aus Gold kaufe ich dir nicht ab«, sagte Kate und erstickte seine romantische Geste im Keim. »Alle Riesenräder und Gondelfahrten der Welt können mich nicht umstimmen. Ehrlich gesagt mochte ich dich lieber, als du kein Geld hattest.«

»Das macht dich so einzigartig«, sagte Trevor. »Die Frau, die keinen Diamanten will, hat den größten von allen verdient.«

»Das wäre ein guter Songtext«, meinte Kate, die unwillkürlich eine Melodie dazu im Kopf hatte.

Trevors Augen leuchteten voller Bewunderung auf. »Na, sieh dir die kleine Songwriterin an, die da aus ihrer Schale gekrochen kommt.«

»Ach, mein Gott, kann ich denn nichts sagen, ohne dass du vom Thema ablenkst? Es ist, als wärst du mir ständig einen Schritt ...«

»Voraus?« Trevor lächelte.

»Hör auf, meine ...«

»Sätze zu beenden?

Kate rieb sich genervt die Schläfen. »Du machst mich noch wahnsinnig.«

»Denkst du nicht, du hast die Musik etwas zu voreilig aufgegeben?«

»Ich habe sie nicht aufgegeben, ich bin erwachsen geworden.«

»Erzähl mir mehr davon. Gestern hast du etwas von einem Song erwähnt ...«

Kate hatte sich schon gedacht, dass er noch einmal davon anfangen würde. Sie hatte ihm eigentlich nichts von dem Song verraten, nur fast. Trevor von ihrem fundamentalen Versagen zu erzählen, war das Letzte, das sie wollte. Aber es half jetzt alles nichts. Er würde nicht lockerlassen. Vielleicht konnte sie ihn mit dem absoluten Minimum an Informationen abspeisen.

»Na gut ... die Kurzfassung ...«

»Ich will die lange.«

»Du kannst froh sein, dass ich dir überhaupt davon erzähle!«

»Okay, okay.«

»Nach dem College habe ich es als Musikerin versucht, aber es war hoffnungslos. Ich konnte keine Gigs ergattern. Die Leute wollten Coversongs hören, aber ich habe lieber meine eigenen Sachen gespielt. Ich dachte, ich könnte einfach rausgehen und mir ein Publikum für meine Musik suchen. Also veröffentlichte ich einen eigenen Song. Rate mal, wie viele Leute den Stream angehört haben?«

»Bei deiner Stimme bestimmt Millionen«, meinte Trevor.

»Nicht mal tausend«, seufzte Kate. »Und wahrscheinlich waren das nur Siobhan, Nat und Chloe, die den Stream immer wieder angeklickt haben. Also, dein Bild von mir als großartige Singer-Songwriterin ist nur eine Einbildung von dir. Es ist eine Version von mir, die nie existiert hat.«

»O doch, sie hat existiert. Du brauchtest nur Zeit, um dein Handwerk zu erlernen. Das ist genau das, was wir in jenem Sommer getan haben. Du hast Songs geschrieben, und ich habe Beats gemixt. Es hat sich angefühlt wie der Anfang von etwas ganz Besonderem. Wir hätten phantastisch zusammen sein können.«

»Ach, bitte, wir haben nicht einen Song fertig bekommen!«

»Das lag daran, dass wir uns immer haben ablenken lassen von ...«

»Ich weiß, wovon wir uns haben ablenken lassen!«, unterbrach ihn Kate. Sie konnte nicht an den Sex mit Trevor denken. Und doch hatte sie Flashbacks zu jenen heißen Sommertagen in seiner Wohnung. Wo sie Musik und Liebe gemacht hatten. Obwohl sie eindeutig zu viele Stunden damit verbracht hatten, sich auf Letzteres zu konzentrieren.

»Ich denke, wir hätten die nächsten Sonny und Cher werden können.«

»Tja, Sonny hat Cher betrogen, also haben wir das schon mal gemeinsam«, meinte Kate.

Trevor verengte verwirrt die Augen zu Schlitzen. »Was soll das heißen?«

Kate bemerkte, dass sie zu viel gesagt hatte. Sie wollte ihm nicht verraten, dass sie von seiner Affäre wusste. Es würde nur tausend weitere Fragen nach sich ziehen, so dass sie am Ende in Tränen ausbrechen müsste. Und das wollte sie auf keinen Fall.

»Hör zu, wir hätten es gemeinsam nie zu etwas gebracht, Trevor. Und du hast es auch allein geschafft, was nur beweist, dass ich dich aufgehalten hätte. Also, lassen wir es jetzt einfach darauf beruhen«, sagte Kate, die endlich das Thema wechseln wollte.

»Weißt du, Sommersprosse, irgendwie habe ich das Gefühl, du hast eine Stimme im Kopf, die dir sagt, du seist nicht gut genug. Jemand hat diese Stimme dort eingepflanzt«, sagte Trevor. »Und ich habe so eine Ahnung, dass es sich bei diesem Jemand um Norman handelt.«

»Ach, bitte, Norman ist ein großartiger Mann.«

»Was hält er denn von deiner Musik?«, fragte Trevor.

»Na ja ... er ist generell nicht gerade ein großer Musikfan«, verteidigte Kate ihn.

»Er mag keine Musik? Das ist für dich keine rote Flagge?«

»Du hast gut reden. Du hast mehr rote Flaggen als ein Golfplatz!«

»Was denn zum Beispiel?«

»Na, da wäre zum einen diese Halskette mit dem Kokainanhänger«, sagte Kate.

Trevor senkte den Blick auf seine Kette und lächelte. »Wow, du hast mich echt durchschaut, oder, Sommersprosse?«

»Allerdings«, sagte Kate selbstgefällig.

»Aber du hast meine Frage noch nicht beantwortet. Was hält Norman von deiner Musik?«

»Er hat mich ermutigt, mir einen Job zu suchen, in dem ich meine Fähigkeiten wirklich einsetzen kann. Und es war ein guter Rat, denn jetzt habe ich eine tolle Karriere als Veranstaltungsmanagerin hingelegt. Worauf willst du überhaupt hinaus?«

»Ich will darauf hinaus, dass jemanden zu lieben, der nicht an einen glaubt, so ist, als würde ein Vogel seinen Käfig lieben.«

»Norman ist nicht mein Käfig«, schnaubte Kate aufgebracht.

»Ist er nicht? Es wirkt auf mich, als würdest du dich in einem schönen kleinen Vogelkäfig niederlassen, weil du denkst, du bist in dem Alter, ein paar Eier legen zu müssen, und du wählst lieber den sicheren Weg, anstatt fliegen zu lernen.«

»Ach, hör doch auf.« Kate lachte. »Wenigstens bin ich kein Pfau und gebe mit meinen teuren Anzügen und meinen Luxussportwagen an.«

»Tja, ich werde jedenfalls nie vergessen, wie ich dich das erste Mal habe singen hören. Weißt du noch?«

»O Gott, diese Karaokebar, ja! Was habe ich gesungen? Taylor Swifts …«

»›Love Story‹«, sagte Trevor. »Als du den ersten Ton gesungen hast, habe ich Gänsehaut bekommen.«

»Was auch immer du für Gänsehaut bekommen hast, die kam von Taylors genialen Lyrics, nicht von meinem Gesang«, stellte Kate wie üblich ihr Licht unter den Scheffel.

»Lass es uns testen«, schlug Trevor vor. »Hier sollte irgendwo eine Karaokebar sein.«

»Auf keinen Fall! Norman würde mich umbringen!«

»Norman würde dich umbringen?«

»Ja, ich habe mal bei einer Veranstaltungen von seiner Arbeit angefangen zu singen, als ich betrunken war, und ihn total blamiert. Meine Karaoke-Tage gehören offiziell der Vergangenheit an.«

»Hörst du nicht, was du da sagst?«

»Was denn?«

»Du hast gerade mein Argument untermauert. Norman ist der Grund, warum du aufgehört hast zu singen.«

»Ist er gar nicht! Er war es, der mir aufgeholfen hat, als ich am Boden war! Und ich bin sehr zufrieden damit, wie sich mein Leben entwickelt hat.«

»Zufrieden ist nicht das Gleiche wie glücklich«, erwiderte Trevor und sah ihr tief in die Augen. Es war als wollte er in ihre Seele schauen, um sie zu retten.

Aber Kate war kein Burgfräulein, das eines Ritters bedurfte. Sie war eine erwachsene Frau.

»Ist es, sobald man mal dreißig geworden ist«, widersprach sie. »Und über dreißig geht die Chance, als Künstler berühmt zu werden, gegen null.«

»Da wäre ich mir nicht so sicher. Bram Stoker hat *Dracula* erst mit fünfzig veröffentlicht. Und Dracula hat nicht aufgehört, Menschen zu töten, bis er tot war«, scherzte Trevor.

»Wie inspirierend.« Kate lachte wieder. »Dieser Motivationstalk wird immer besser.«

»Ich will doch nur sagen, dass du vielleicht ein bisschen zu früh das Handtuch geworfen hast. Wenn ich mich nicht immer weiter antreiben würde, wäre ich sicher nicht da, wo ich heute bin. Um ehrlich zu sein, verdanke ich einen Teil meines Erfolges dir.«

»Ach, bitte.«

»Ich meine es ernst. Hinter jedem starken Mann steht eine noch stärkere Frau.«

»Und vor jeder Frau steht ein Mann, der ihr das Rampenlicht streitig macht«, entgegnete Kate durch zusammengepresste Zähne.

»Ich würde dir nie das Rampenlicht streitig machen, Kate«, sagte er und sah ihr dabei mit seinem durchdringenden Blick fest in die Augen. »Alles was ich will, ist, dich strahlen zu sehen.«

Verdammt.

Da war das Flattern wieder.

Immer wenn er sie Kate nannte, wirkte er so aufrichtig. Aber sie musste sich daran erinnern, dass alles zu seinem Spiel gehörte. Es bedeutete ihr allerdings wirklich etwas, dass er ihre

Rolle bei seinem Erfolg honorierte. Sie war die Erste gewesen, die ihn angespornt und ihm gesagt hatte, dass er gut genug war, es zu schaffen. Doch andererseits war sein Erfolg erst eingetreten, nachdem sie New York verlassen hatte. Sie hatte also nicht wirklich was damit zu tun.

»Also, ich weiß es zu schätzen, was du mir sagen willst, aber es stimmt nicht ganz. Du hast es ohne mich geschafft, Trevor.«

»Nein, Kate, ich habe es *wegen* dir geschafft. Nichts inspiriert einen Mann mehr als ein gebrochenes Herz.«

Sie hatte *sein* Herz gebrochen?

Na, das war ja frech.

Damit hatte er sie endlich so weit gebracht, dass sie sich wieder in den Griff bekam. Das Flattern war offiziell vorbei. Er hatte sie betrogen und sah sich trotzdem als Opfer? Sie war kurz davor, es ihm um die Ohren zu hauen, doch sie musste die Fassung wahren und sich auf die Zunge beißen.

Sie brauchte diese Unterschrift.

»Tja, am Ende ist es für uns beide gut ausgegangen«, meinte sie achselzuckend.

»Trotzdem hast du eine wunderschöne Stimme. Es ist eine Schande, dass die Welt sie niemals hören wird.«

»Wenn niemand zuhört, macht es doch keinen Unterschied.«

»Ich wünschte, deine Träume wären größer als deine Ausreden. Wenn die richtige Person zuhört, ist das alles, was zählt«, meinte Trevor.

Kate hatte es satt, sich wegen ihre blöden Traums, den sie vor hundert Jahren mal gehabt hatte, im Kreis zu drehen. Er wusste, dass ihre gescheiterte Musikerkarriere ein sensibles Thema für sie war, und er weigerte sich trotzdem, es fallenzulassen. Noch eine seiner Foltermethoden, nahm sie an. Und wie immer, wenn Leute ihre Musik erwähnten, konnte sie nur an den Hasskommentar dieses Internettrolls denken:

Noch so eine verblendete Nachahmerin, die es zu nichts bringen wird.

Wer konnte es ihr verübeln, dass sie nicht mehr darüber reden wollte?

»Können wir bitte das Thema wechseln?«, fragte sie.

»Okay, zurück zu Norman …«

»NEIN! Er steht genauso wenig zur Diskussion. Es ist schlimm genug, dass du mein Leben mit ihm riskierst. Du bist ein Beziehungszerstörer!«

»Es ist keine Zerstörung, wenn es eine offensichtliche Verbesserung ist. Eher eine Renovierung«, neckte Trevor sie.

»Ach, bitte, er ist Arzt mit einem sechsstelligen Jahresgehalt.«

»Sechsstellig. Wie putzig.«

»Es ist mehr als genug.«

»Mehr als genug, um dir einen Ring zu kaufen.«

»Okay, das reicht jetzt!«, sagte Kate. »Ich werde nicht zulassen, dass du wieder einen dämlichen Schwanzvergleich mit Norman anfängst.«

»Nein, ich kann mir vorstellen, dass du das definitiv nicht willst«, erwiderte Trevor mit triumphierendem Grinsen.

Das war der letzte Tropfen, der das Fass zum Überlaufen brachte.

Mit Trevor war alles ein ewiger Kampf, und sie stand mittlerweile kurz davor aufzugeben.

»Entschuldigen Sie bitte, Sir? Steuern sie uns zurück ans Ufer?«, fragte Kate den Gondoliere.

»Er spricht nur italienisch«, erklärte Trevor ihr. »Ich schätze, du steckst hier fest.«

Kate zermarterte sich das Gehirn nach irgendwelchen Sätzen auf Italienisch, die sie in ihrem Onlinekurs gelernt hatte. Doch ihr wollte partout nichts einfallen.

»Na, schön, dann mache ich es eben selbst«, sagte sie und

stand auf. Sie riss dem Gondoliere das Paddel aus der Hand und begann, das Boot in Richtung Ufer zu lenken.

»Setz dich wieder hin«, verlangte Trevor.

»Nein!«, widersprach sie wie ein dickköpfiges Kind.

»Ohne Paddel sind wir aufgeschmissen.«

»Ich habe aber ein Paddel, vielen Dank!«

»Du wirst es bereuen, wenn du nicht anfängst, dich zu benehmen.«

»Das wage ich zu bezweifeln!« Kate war wild entschlossen zu beweisen, dass sie die Gondel wenden konnte.

»Hör auf, so eine sture Göre zu sein!«

»Zwing mich doch!«

»Mit Vergnügen«, entgegnete Trevor. Er stand auf und versuchte, sie zu packen.

»Nein!«, rief Kate und drehte sich etwas zu schnell zur Seite. Ehe sie sich versah, hatte sie Trevor versehentlich mit dem Paddel erwischt, was ihn über Bord ins Wasser beförderte.

»O mein Gott!«, schrie Kate.

Trevor tauchte aus dem Wasser auf. Glücklicherweise war es nicht tief. »Jetzt übertreibst du aber wirklich.«

»Tut mir leid, das war ein Versehen!«

»Du willst echt jeden meiner Anzüge ruinieren, oder?«

»Hier, nimm meine Hand«, sagte Kate, um ihm rauszuhelfen.

»Die habe ich schon genommen, Liebling, erinnerst du dich?«, scherzte Trevor.

»Ach, halt die Klappe und komm wieder an Bord.«

Trevor griff nach oben und packte Kates Hand. Er hielt sie fest, aber aus irgendeinem Grund zog er sich nicht ins Boot. Da erkannte Kate den verschlagenen Ausdruck in seinem Blick.

»Denk nicht mal daran«, warnte sie ihn.

»Ich habe dir doch gesagt, du wirst es bereuen«, sagte er mit schiefem Grinsen.

Mit einer schnellen Bewegung zog Trevor Kate aus dem Boot und zu sich ins Wasser. Sie quietschte, sobald sie wieder den Kopf über Wasser hatte.

»Was soll das?«, schrie sie. »Jetzt sind wir beide nass!«

»Das erinnert mich daran, als wir damals im See des Central Parks nackt baden waren.« Trevor lachte.

»Daran kann ich mich nicht erinnern«, log Kate.

»Ah, ja. Dein Problem mit dem selektiven Erinnerungsvermögen.«

»Das ist kein Problem. Du bist ein Problem! Und dich zu vergessen ist die Lösung.«

»Wie hat das bisher so geklappt bei dir?« Trevor zwinkerte.

Kate überlegte fieberhaft, doch ihr wollte keine schlagfertige Erwiderung einfallen.

»Na, Liebling, fehlen dir die Worte?«, fragte er, obwohl er wusste, dass sie das weiter verärgern würde.

»Ich bin sprachlos vor Wut!«

»Also, noch so ein Ding und aus den drei Dates werden vier Dates.«

»Das ist ein Bluff!«, sagte sie.

»Lass es ruhig drauf ankommen.«

Kate konnte es nicht riskieren. Sie brauchte diese Annullierung. Er hatte die Macht. Sie musste sich auf ihr Ziel konzentrieren. Das war alles ein Spiel. Und sie musste gewinnen, selbst wenn das bedeutete, dass sie nach seinen Regeln spielen musste.

»Also, bist du bereit, dich zu benehmen?«

»Na schön«, lenkte sie widerwillig ein.

»Braves Mädchen.«

KAPITEL ACHTZEHN

Italian Style

Als sie auf den Haupteingang des Hotels zugingen, versuchte Kate immer noch, das restliche Wasser aus ihrem hässlichen Blumenkleid zu wringen. Glücklicherweise hatte die Vegas-Hitze bereits ihre Haare getrocknet.

»Ich kann es immer noch nicht fassen, dass du mich ins Wasser gezogen hast«, klagte sie.

»Ich kann es immer noch nicht fassen, dass du mich reingeschubst hast«, entgegnete Trevor.

»Das war ein Versehen. Genau wie es ein Versehen war, dich zu heiraten!«

»Aus Versehen mit Absicht.«

»Das ist nicht lustig, Trevor. Ich bin noch ganz feucht wegen dir!«

»Mrs. Rush, benehmen Sie sich! Es ist erst unser zweites Date.«

»Du bist schlimmer als Siobhan. Die muss auch alles aufs Sexuelle beziehen.«

»Niemand ist schlimmer als Siobhan, wenn es darum geht.«

»Guter Punkt«, sagte Kate und lächelte unabsichtlich.

»War das ein Lächeln, Sommersprosse?«

Wieder ein Anfängerfehler. Um dieses Spiel zu gewinnen, musste sie die ganze Zeit wachsam bleiben. Sie war eine Frau mit einer Mission, erinnerte sie sich.

»Das war höchstens ein Grinsen«, korrigierte Kate.

»Das nehme ich auch«, sagte Trevor. »Wie auch immer, wir sollten dir besser ein neues Kleid kaufen.«

»Es trocknet langsam. Geht bestimmt gleich wieder.«

»Dieses Kleid geht niemals«, meinte Trevor mit Blick auf das grässliche Blumenmuster. »Du brauchst ein Kleid, das deiner Schönheit würdig ist.«

»Ach, hör schon auf. An einem guten Tag bin ich vielleicht eine Sieben.«

»Da haben wir es wieder. Immer musst du dich schlecht machen. Ich dachte, du hättest das Hässliche-Entlein-Syndrom inzwischen überwunden?«

»Na, super, noch mehr Psychoanalyse vom Vegas-DJ«, stöhnte Kate mit Blick zum Himmel.

»Du glaubst nicht an Selbstliebe?«, fragte Trevor.

»Also, es wäre deutlich einfacher, mich selbst zu lieben, wenn du nicht ständig meine Fehler hervorheben würdest.«

»Das tue ich doch gar nicht«, erwiderte Trevor verwirrt.

»Oh, ich bitte dich, du nennst mich alle zehn Sekunden Sommersprosse!«

»Sag mir jetzt nicht, das du nach all den Jahren noch unsicher bist, was deine Sommersprossen angeht?«

»Ich mag es nur nicht, wenn Aufmerksamkeit auf sie gelenkt wird.«

»Ich werde die Frauen nie verstehen«, sagte Trevor lachend.

»Vorsichtig, was du als Nächstes sagst«, meinte Kate. Auch ohne solche pauschalen Formulierungen befand er sich schon auf dünnem Eis.

»Frauen ist einfach nicht bewusst, dass es gerade die Besonderheiten sind, die sie ausmachen.«

Seine Aussage war überraschenderweise gar nicht beleidigend. Und außerdem hatte sie etwas Wahres.

Solange sie denken konnte, war ihr Selbstbewusstsein an Bedingungen geknüpft gewesen. Entweder »Ich liebe mich selbst, wenn ich drei Kilo abgenommen habe« oder »Ich liebe mich selbst, sobald ich mir diese Sommersprossen weglasern lasse«. Selbstliebe war immer etwas, das sie in der Zukunft erlangen konnte, wenn sie ein bestimmtes Ziel erreicht hatte. Doch wenn sie es dann tatsächlich schaffte, stand die nächste Sache an, die sie verändern wollte. Selbstvertrauen war für sie wie eine Oase in der Wüste, ein Trugbild, das immer so nah und doch so fern war. Sie wusste, wie dysfunktional das klang, besonders von einer feministischen Perspektive aus. Immerhin gewann jedes Mal das Patriarchat, wenn sich eine Frau selbst hasste. Sie hasste sich dafür, dass sie sich nicht selbst lieben konnte. Es war ein selbstzerstörender Kreislauf, der womöglich nie enden würde.

»Aber Frauen werden mit unrealistischen Schönheitsidealen konfrontiert, sobald sie auf der Welt sind«, erklärte sie. »Wenn du nicht ins Raster passt, lässt die Gesellschaft dich das sehr deutlich spüren.«

Trevor hielt inne und sah Kate fest in die Augen. »Wie zur Hölle kannst du nicht erkennen, dass die Sommersprossen das Schönste an dir sind?«

Mist.

Das Flattern war zurück.

Aber es war an der Zeit, die Rollläden dicht zu machen.

»Ist es nicht ein ziemliches Klischee, zu sagen, ›deine Fehler sind wunderschön‹?«, fragte sie stur.

»Außer, dass es keine Fehler sind«, erwiderte er lachend. »Wenn ich dich so nenne, versuche ich dir ein Kompliment zu machen.«

»Und doch schaffst du es immer, mich vor Wut zum Kochen zu bringen.«

»Also hättest du es lieber, dass deine Haut überall den gleichen Ton hätte?«

»Das wäre ein Traum.«

»Dein Traum ist es, ein Himmel ohne Sterne zu sein?«

»O mein Gott, du bist dermaßen theatralisch.« Kate musste lachen.

»Lass mich raten – du machst anderen Frauen immer Komplimente für ihre Sommersprossen, oder?«, sagte Trevor.

»Äh, ja, bei anderen Frauen sehen sie auch toll aus.«

»Und nur bei dir sind sie hässlich?«

»Ähm ... ich ... «, stotterte sie. Wenn er es so formulierte, brachte es ihre Selbstwertprobleme auf den Punkt.

»Ich habe einen Rat für dich, Sommersprosse«, sagte Trevor. »Solange du dich so sehr hasst, kannst du dich auch nicht lieben.«

Das war eine seltsam tiefgründige Aussage, mit einer solchen Überzeugung vorgetragen, zu der nur er fähig war. Aber sie hatte keine Lust, es noch weiter zu diskutieren. Sie mochte es nicht, wie er ihr den Spiegel vorhielt. Andererseits war das nicht ein Beweis dafür, dass sie ihr Spiegelbild nicht mochte?

Trevor führte Kate durch das Venetian Resort zu einer hübschen kleinen Einkaufszeile. Sie hatte einen eigenen venezianischen Kanal, genau wie der große vor dem Hotel, und die Decke war himmelblau gestrichen. Für einen kurzen Moment vergaß Kate, dass sie sich drinnen befand.

Als sie sich umsah, entdeckte sie nur Designerläden und fühlte sich wie ein Fisch auf dem Trockenen. Klar gab es die Designerlabel auch in Irland zu kaufen, aber Kate hatte sich so etwas noch nie leisten können. Früher war sie gern shoppen gegangen, aber Norman fand, dass teure Kleidung ein unnötiger Luxus sei. Er hatte recht, nahm sie an, aber ein bisschen Tagträumerei schadete doch niemandem.

»Ist Versace okay für dich?«, fragte Trevor.

»Wie bitte?«

»Dein neues Kleid. Es gibt auch Gucci, Armani, Prada ... «

»Trevor, das entspricht nicht wirklich meinem Preisrahmen«, wandte sie ein. »Lass uns einfach einen Souvenirshop suchen und was Günstiges kaufen.«

»Sommersprosse, du solltest doch inzwischen wissen, dass ich es hier bin, der das Sagen hat, oder?«, fragte Trevor. »Ich bin derjenige mit der Macht.«

»Aber ... «

»Meine Frau sollte angemessen gekleidet sein, das ist nicht verhandelbar. Also, ich frage dich noch mal. Ist Versace okay?«

»Na gut«, stimmte Kate zaghaft zu.

Trevor ging voraus auf eine Versace-Boutique zu, und Kate folgte ihm. Als sie ein Kleid im Schaufenster sah, riss sie bewundernd die Augen auf. Es war schöner als alles, was Kate je gesehen hatte. Es war ein Abendkleid aus blauem Samt mit einem tiefen Ausschnitt und hohem Schlitz am Bein. Es war elegant und doch sexy, der Inbegriff von Glamour und Kultiviertheit. Es war die Art Haute Couture, die man sonst nur bei der Met Gala sah. Ein Kunstwerk in jederlei Hinsicht.

»Wow«, machte sie staunend.

»Ah, also hast du *doch* einen guten Geschmack ... «, neckte Trevor sie. »Los, komm.«

Sie betraten den Laden und wurden von einer hübschen Verkäuferin mit extrem hohen Wangenknochen begrüßt.

»Mr. Rush, herzlich willkommen«, sagte sie und musterte ihn von oben bis unten. Sie zählte eindeutig auch zu seinen Fans.

»Hallo. Meine Frau und ich hatten einen kleinen Bootsunfall«, sagte Trevor. »Wir brauen ein paar neue Klamotten.«

»Aber das Günstigste, was sie dahaben«, wandte Kate ein.

»Ignorieren Sie sie, bitte. Sie ist ein hoffnungsloser Fall.«

»Wie bitte?«

»Sie haben übrigens bemerkenswerte Wangenknochen«, sagte Trevor zu der Verkäuferin.

Kate wurde wütend, doch sie musste sich eingestehen, dass er recht hatte. Die Verkäuferin hätte für die Kleider ebenso gut über den Laufsteg spazieren können, statt sie nur zu verkaufen. Sie sah aus wie eine der Frauen auf Trevors Instagramfotos. Perfektes Gesicht, perfekter Körper – wirklich alles an ihr war perfekt. Trotzdem war es eine Frechheit, dass er ihr Komplimente machte, während Kate direkt danebenstand. Auch wenn sein Versuch, sie eifersüchtig zu machen, leicht zu durchschauen war, hasste sie, dass es funktionierte. Doch warum tat es das überhaupt?

»Danke vielmals, Mr. Rush«, säuselte die Verkäuferin. »Was für ein Kompliment, wenn es von ihnen kommt.«

»Meine Frau nimmt das Kleid im Schaufenster, und ich nehme etwas in der Art, wie ich es gerade trage.«

»Wunderbar. Ich begleite ihre Frau zur Umkleide, während mein Kollege sich im Männerbereich um Sie kümmern wird. Mrs. Rush, hier entlang, bitte.«

Ehe Kate etwas erwidern konnte, wurde sie bereits in Richtung der Frauenumkleiden gescheucht. Das Kleid im Schaufenster war traumhaft, doch sie fürchtete sich ein wenig davor, den Preis zu erfahren. Die Verkäuferin schnappte sich eines der Kleider und öffnete die Tür zum Umkleideraum für Kate. »Lassen Sie mich wissen, wenn Sie eine andere Größe benötigen«, sagte sie lächelnd, ehe sie die Tür schloss.

Kate nahm allen Mut zusammen und drehte das Preisschild um.

Viertausendfünfhundert Dollar.

Sie wäre vor Schock fast zusammengebrochen. Doch andererseits durfte sie nicht überrascht sein. Das Kleid war ein Kunstwerk. Und Kunst war nicht billig.

Sie wollte es mehr als jedes andere Kleidungsstück, das sie je hatte kaufen wollen, aber sie hatte ein solch schlechtes Gewissen wegen des Preises. Es war sogar noch teurer als ihr Hochzeitskleid. Aber andererseits war es wirklich umwerfend. Und wenn Trevor wollte, dass sie es bekam, konnte sie wohl nichts dagegen machen. Vielleicht konnte sie es als einmaligen kleinen Luxus sehen, den sie sich ausnahmsweise mal gönnte. Sie konnte es sogar mit nach Hause nach Irland nehmen. Norman musste nie erfahren, wer es ihr gekauft hatte. Oder wie teuer es gewesen war.

Sie schälte sich aus dem klammen Blumenkleid und öffnete den Reißverschluss des anderen. Doch gerade als sie hineinschlüpfen wollte, klingelte ihr Handy in ihrer Tasche. Norman würde doch sicher nicht so schnell wieder anrufen. Er musste ihr wirklich etwas Raum geben, während sie ihr Leben wieder in die richtige Spur brachte.

Kate zog das Handy heraus. Es war schlimmer als Norman.

Es war ihre Mutter.

»Verdammt«, fluchte Kate in sich hinein.

»Alles in Ordnung da drinnen?«, fragte die Verkäuferin.

»Ja. Ich muss nur eben den Anruf entgegennehmen!«

»Kein Problem – ich bin gleich wieder da.«

Kate holte tief Luft und ging ans Telefon. Ein paar Jahre zuvor hatte sie den Fehler gemacht, ihrer Mutter zu zeigen, wie sie Videoanrufe tätigen konnte. Das bereute sie in diesem Moment mehr denn je. »Hi, Mam!«, grüßte sie, als sei nichts geschehen.

»Kate O'Connor, ich bin von deinem Verhalten entsetzt!«, sagte Margaret. Ihr Gesicht befand sich viel zu dicht vor der Kamera, so dass Kate nur die rissigen, geschürzten Lippen sehen konnte.

»Mam, halt das Handy nicht so nah an dein Gesicht«, wies sie ihre Mutter an.

Margaret zog das Handy etwas zurück, und nun war ihr ganzes Gesicht auf dem Bildschirm zu sehen. Ihren strengen Blick kannte Kate nur allzu gut. Margaret würde ihr eine ihrer Standpauken halten.

»Kate!«, fing sie an. »Wo in Gottes Namen sind deine Kleider?«

»Auf dem Boden neben mir, ich ziehe mich gerade um«, erklärte Kate. Dass sie kurz davor war, ein Versace-Kleid anzuprobieren, erwähnte sie besser nicht. »Was ist los, Mam? Es muss bei euch doch mitten in der Nacht sein.«

»Das ist es tatsächlich, Kate. Und ich bin gerade von einem sehr beunruhigenden Anruf von Norman geweckt worden. Er sagte, du hast deinen Junggesellinnenabschied um zwei Tage verlängert und benimmst dich wie eine Verrückte!«

»Chloe hat uns zwei kostenlose Nächte im Hotel verschafft, weil sie Influencerin ist. Da konnte ich nicht nein sagen.«

»Und wenn Chloe dir als Influencerin sagen würde, du sollst von einer Brücke springen, würdest du das auch tun?«, fragte Margaret provozierend.

»Nein, Mam, natürlich nicht.«

»Also hast du doch noch einen Funken gesunden Menschenverstand übrig. Warum erzählt mir Norman dann, dass du dich wie eine völlig Fremde verhältst? Er ist krank vor Sorge!«

»Ich bin noch die Alte, Mam. Frauen dürfen auch mal etwas Dampf ablassen bei ihrem Junggesellinnenabschied. Davon geht nicht gleich die Welt unter.«

»Kann sein. Norman ist jedenfalls mit den Nerven am Ende. Er wollte sich schon ein Flugticket besorgen, um dich nach Hause zu holen.«

»Er darf auf keinen Fall nach Vegas kommen!«, rief Kate voller Panik.

»Nun, er erzählte etwas davon, dass du in einem Sportwagen gesessen hättest und eine fremde Stimme ihm gesagt hätte, du seist entführt worden. Er denkt, du wärst einem Menschenhändler in die Hände gefallen.«

»Mam, sieh mich an. Sieht es so aus, als sei ich entführt worden?«

»Nun, ja, du befindest dich in einem winzig kleinen Raum und trägst nichts außer BH und Unterhose, und deine Haare sind feucht. Also, ja, Kate, es sieht tatsächlich so aus, als wärst du entführt worden.«

»Ich bin nur in einen Kanal gefallen ...«

»Einen Kanal?«

»Einen ganz flachen Kanal, Mam! Ich bin ein bisschen nass geworden, deshalb bin ich in einer Umkleide, um ein neues Kleid anzuziehen.«

»Super, du wirst dir noch vor der Hochzeit eine Lungenentzündung holen. Falls es überhaupt eine Hochzeit geben wird!«, fuhr Margaret sie an.

»Natürlich wird es eine Hochzeit geben. Kannst du bitte Norman zurückrufen und ihm sagen, dass er nicht nach Vegas kommen soll? Er reagiert über.«

»Tut er das, Kate? Denn es scheint mir, als würdest du mit dem Feuer spielen. Ich weiß nicht, was da drüben los ist, aber ich bin deine Mutter, und ich spüre es, wenn etwas nicht stimmt.«

Margaret hatte Kate schon immer durchschaut. Aber sie konnte unmöglich ahnen, dass sie im volltrunkenen Zustand Trevor Rush geheiratet hatte. Ihre Mutter hatte noch nie etwas von ihm gehalten und immer gesagt, dass Trevor nicht der Richtige für sie sei. Er war »kein guter Fang«, wie sie es nannte. Was nicht wirklich fair war, immerhin hatte sie Trevor nie persönlich kennengelernt.

Aber hatte sie nicht in gewisser Weise recht?

Margaret hatte Kate durch die schweren Zeiten begleitet, nachdem sie Trevor beim Fremdgehen erwischt hatte. Sie wusste, welch vernichtende Wirkung er auf sie haben konnte. All die schlaflosen Nächte, in denen sie Taylors Herzschmerz-Songs hoch und runter gehört hatte, waren ihr damals endlos vorgekommen. Aber das hatte Kate überwunden, und sie wollte auf keinen Fall dorthin zurück.

Trevor hatte sie hintergangen, und Norman war ihr treu. Das war das Ende vom Lied. Aber die einzige Art, von Trevor loszukommen und zurück zu Norman, war, diese Dates zu überstehen. Sobald das geschafft war, konnte sie zur Normalität zurückkehren und so tun, als sei das alles nie geschehen.

»Mam, ich verspreche, dass ich alles unter Kontrolle habe. Du musst mir einfach vertrauen«, sagte Kate.

»Na, schön. Ich sage Norman, dass ich mit dir gesprochen habe. Aber lass dir das gesagt sein, solltest du irgendetwas tun, um diese Hochzeit zu gefährden, werde ich vor Scham tot umfallen. Und dein armer Vater ist ebenfalls schon krank vor Sorge. Du weißt ganz genau, dass Stress dazu führen kann, dass der Krebs zurückkehrt!«

In dem Moment klopfte es an der Tür zur Umkleide. »Mrs. Rush«, rief die Verkäuferin. »Brauchen Sie noch etwas Zeit?« Verdammt.

»Ich komme in einer Minute raus!«, sagte Kate erschrocken.

»Kate ...«, fragte Margaret misstrauisch. »Hat die Frau dich gerade Mrs. Rush genannt?«

»Nein! Sie hat jemand anderen gemeint!«

»Aber warum hast du ihr dann geantwortet?«

Kate spürte, wie das erstickende Gefühl zurückkehrte. Sie fühlte sich ertappt »Sie ... Sie sagt nur, dass ich mich beeilen soll, weil noch andere vor der Umkleide warten.«

»Aber sie ...«

»Ich muss auflegen, Mam! Sag Norman, dass alles okay ist! Bis Freitag!«

Kate drückte auf das rote Symbol und schnappte nach Luft.

Der Druck, den Norman und ihre Mutter auf sie ausübten,

war nahezu unerträglich. Es gab nichts, was sie mehr hasste, als wenn sich die beiden gegen sie verbündeten, was leider ziemlich oft passierte. Sie mussten ihr Luft zum Atmen lassen, und sie musste diese Annullierung unterschrieben bekommen. Sie anzurufen und in Panik zu versetzen, war gerade nicht hilfreich. Um ein Haar hätte ihre Mutter sie beim Lügen ertappt, als die Verkäuferin sie Mrs. Rush genannt hatte, aber wenigstens war Trevor nicht in den Videoanruf hineingeplatzt. Das wäre das nächste Level an Desaster gewesen. Jetzt klang das erstickende Gefühl allmählich wieder ab. Sie musste bloß die Fassung wahren, bis dieser Albtraum vorbei war.

Kates Blick fiel erneut auf das Preisschild.

Viertausendfünfhundert Dollar war viel zu viel für ein Kleid, egal, wie sehr sie es liebte. Sie konnte Trevor nicht so viel für sie bezahlen lassen. Klar, das Kleid war ein Kunstwerk, aber sie war nicht die Art von Frau, die Kunstwerke trug. Das überließ sie lieber den Laufstegmodels und irgendwelchen Prominenten. Es war ja nicht so, als würde sie in nächster Zeit zur Met Gala eingeladen werden oder etwas in der Art. Ihre Mutter hatte recht.

Sie musste sich daran erinnern, wer sie war.

»Entschuldigen Sie bitte?«, rief Kate, als sie die Tür der Umkleide öffnete.

»Ja, Mrs. Rush?« Die Verkäuferin kam zu ihr geeilt.

»Also, das Kleid liegt nicht wirklich in meinem Preisrahmen. Haben Sie irgendwas für, sagen wir, vierhundert Dollar?«

»Sie meinen, einen Gürtel?«

»Äh ... nein«, erwiderte Kate. Sie konnte schlecht nur einen Gürtel tragen. »Ich nehme einfach das günstigste Kleid, das sie haben. Tut mir leid, dass ich Ihnen so eine Mühe mache.«

Die Verkäuferin bedachte Kate mit einem seltsamen Blick. »Mmhmm, ich bin gleich wieder da«, sagte sie.

Ein paar Minuten später kehrte sie mit einem silbernen Etuikleid zurück.

Es war perfekt. Schlicht und doch elegant.

Und es kostete nur 999 Dollar.

Immer noch nicht in Kates Preisrahmen, aber wenigstens würde sie nicht mehr so ein schlechtes Gewissen haben, es zu tragen.

Sie schlüpfte hinein und zog ihre Schuhe wieder an, die erstaunlich gut zu dem Kleid passten. Sie verließ die Umkleide und erblickte Trevor, der in einem schicken neuen Anzug auf sie wartete. Er wirkte gleichzeitig enttäuscht und beeindruckt.

»Und, wie findest du es?«, fragte Kate und drehte sich einmal für ihn im Kreis.

»Sehr schön«, sagte er. »Aber es ist nicht das, was du gern haben wolltest.«

»Das andere war mir zu extravagant. Ich bin ein einfaches Mädchen, ich mag schlichte Kleider lieber.«

»Hmm …«

»Das ist perfekt für mich, ehrlich.«

»Tja, es ist definitiv eine Verbesserung zu vorher«, meinte Trevor. »Miss, könnten sie uns die Schilder abschneiden und einscannen? Wir würden diese Kleider gern den restlichen Abend tragen.«

»Natürlich«, sagte sie und entfernte das Etikett von Kates Kleid. »Und was soll ich mit dem Kleid machen, das sie vorher getragen hat?«

»Verbrennen Sie es«, sagte Trevor mit todernster Miene.

»Hey!«, rief Kate. »Ich liebe dieses Kleid!«

»Tja, Liebling, das Kleid liebt dich jedenfalls nicht.«

KAPITEL
NEUNZEHN

Glück im Spiel

Nachdem er die neuen Kleider mit seiner Amex Black Card bezahlt hatte, führte Trevor Kate zurück zu dem Venedig nachempfundenen Indoor-Kanal.

»Und, ist das nicht besser, als in nassen Klamotten herumzulaufen?«, fragte er.

»Ich schätze schon«, gab Kate zu. »Du sorgst bei mir zu Hause übrigens für einen ziemlichen Aufruhr. Meine Mutter hat mich völlig panisch angerufen.«

»Warum das denn?«

»Warum? Wie wäre es damit, dass ich am Freitag heiraten soll und du mich in Vegas als Geisel hältst, nachdem du mich quasi gekidnappt hast?«

»Und du nennst *mich* theatralisch?« Trevor lachte.

»Ich meine es ernst!«, sagte Kate. »Meine Mutter macht sich furchtbare Sorgen. Sie befürchtet, dass die Hochzeit am Freitag nicht stattfinden könnte.«

»Warum rufst du sie nicht zurück und sagst ihr, dass du schon die perfekte Hochzeit gehabt hast?«

»Darüber macht man keine Witze. Sie würde an einem Herzinfarkt sterben! Sie ist kein Fan von Trevor Rush, glaub mir«, sagte Kate.

»Das wird sie aber bald sein.«

»Und was sagt deine Familie zu unserer betrunkenen Vegas-Hochzeit?«

»Sie freuen sich sehr. Obwohl sie etwas traurig sind, dass sie nicht bei der Zeremonie dabei waren. Aber ich habe ihnen versichert, dass wir bis Jahresende noch eine ordentliche italienische Hochzeit in einer katholischen Kirche haben werden.«

»Das werden wir garantiert nicht! Die einzige kirchliche Hochzeit, die ich haben werde, wird in der Kirche in Donnybrook stattfinden. Und nicht mit dir als Bräutigam!«

»Ich weiß nicht, ich finde, wir sollten irgendwann eine größere Hochzeit haben. Unsere ganze Familie und unsere Freunde einladen. Charlie, brennt schon darauf, dich kennenzulernen.«

»Und warum das?«

»Wahrscheinlich, um dich mir wegzuschnappen. Das ist schon früher mal passiert. Vielleicht ist das wirklich keine so gute Idee. Ich will nicht, dass du mir gestohlen wirst.«

»Bis darauf, dass man dir nicht stehlen kann, was dir nicht gehört. Und das wird sich nie ändern!«, entgegnete Kate mit ernster Miene.

»Du bist heute wieder mal besonders frech, Sommersprosse«, sagte Trevor.

»Bin ich nicht!«

»Also, benimmst du dich jetzt?«

»Absolut nicht.«

»Das ist eine Schande. Sieht so aus, als würdest du dann eure Show um elf verpassen ...«

Kate war furchtbar wütend. Aber ihr blieb nichts anderes übrig, als gute Miene zum bösen Spiel zu machen. »Sorry, Liebling«, sagte sie in übertrieben säuselndem Tonfall.

»Schon besser. Also, bist du bereit für den zweiten Teil unseres Dates?«

»Und wo findet der statt?«

»Am Roulettetisch«, antwortete Trevor und führte sie in den Casinobereich des Venetian Resorts.

»Glücksspiel? Im Ernst jetzt?«

»Was ist denn verkehrt an ein bisschen Spaß?«

»Hmm, lass mal nachdenken. Wie wäre es mit der Tatsache, dass das Ganze eine riesige Abzocke ist? Das Haus gewinnt immer.«

»Nicht immer. Ich habe etwas, das die meisten Menschen nicht haben.«

»Und was soll das sein?«

»Glück.«

»Ha!« Kate lachte ihm ins Gesicht.

»Du glaubst nicht an Glück?«

»Also, ich weiß, dass man manchmal Glück haben kann, zum Beispiel, wenn man zur richtigen Zeit am richtigen Ort ist. Aber es ist nicht irgendeine Macht des Universums.«

»Das sehe ich anders. Denk mal drüber nach. Du feierst ausgerechnet in Vegas deine Junggesellinnenparty, wo ich zufällig Resident-DJ bin, und du bestellst auch noch eine Champagnerdusche, als ich gerade mein Set beginnen will? Entweder hast du die ganze Sache geplant, oder es ist die Glücksfee, die uns zusammenbringen will.«

»Ich habe das garantiert nicht geplant! Bist du wahnsinnig? Das ist mit Abstand das Schrecklichste, was ich je erlebt habe.«

»Du nennst es schrecklich ... ich nenne es glücklich«, erwiderte Trevor. »Glaubst du nicht an Wünsche, die wahr werden?«

»Ähm ... ja. Aber das ist doch etwas ganz anderes.«

»Nein, ist es nicht. Du wünschst dir etwas und hoffst, dass das Universum dir Glück beschert. Vielleicht ist das der Grund, warum du hier bist.«

»Was soll das denn heißen?«

»Na, vielleicht hast du dir insgeheim einen großen Schwanz gewünscht«, sagte Trevor und grinste.

»Oh, den habe ich längst bekommen«, entgegnete sie.

»Pass auf, was du dir wünschst«, sagte er zwinkernd. »Erwartest du ernsthaft, dass ich dir glaube, du hättest in den vergangenen neun Jahren nicht einmal an mich gedacht?«

Es war eine ganz schön dreiste Frage. Und Kate hatte nicht vor, ihm eine Antwort darauf zu geben. Natürlich hatte sie an ihn gedacht. Jeden einzelnen Tag seit neun Jahren. Aber es waren keine positiven Gedanken gewesen, sondern Gedanken, die mit Schmerz und Enttäuschung verbunden waren.

Oft lag sie wach im Bett und stellte sich vor, was hätte sein können, zum Beispiel, wenn sie manche Dinge anders gemacht hätte. Sie phantasierte darüber, wie ihr Leben hätte aussehen können, wenn sie ihm nie die Chance gegeben hätte, ihr das Herz zu brechen. Doch daran schloss sich die nächste wichtige Frage an.

War es besser, von einem geliebten Menschen verletzt zu werden oder nie geliebt zu haben?

Auf diese Frage fehlte ihr nach wie vor eine befriedigende Antwort.

Vor allem, wenn es um Männer wie Trevor ging. Sie waren wie eine Droge. Euphorisierend, faszinierend, berauschend. Sie hatten die Macht, einem das größte High seines Lebens zu verschaffen. Aber Drogen können abhängig machen und gefährlich sein. Es war unabdingbar, dass man wieder runterkam, und je höher das High war, desto tiefer war der Fall. Trevor hatte Kate gezeigt, wie es sich anfühlt, lebendig zu sein, aber er hatte dabei auch ihr Leben ruiniert.

Neun Jahre später wusste sie es besser.

»Oh, ich habe sehr wohl an dich gedacht, Trevor. Aber glaub mir, es waren keine positiven Gedanken. Und mit Sicherheit habe ich keine Träume gehabt, die wahr geworden sind«, erwiderte Kate.

»Ich habe da so eine Theorie, was die Träume angeht – würdest du sie gern hören?«

»Nö.«

»Egal, ich erzähle sie dir trotzdem. Also, die meisten Leute denken, wenn sie sich etwas nur fest genug wünschen, ginge es irgendwann in Erfüllung. Aber vermutlich funktioniert es in beide Richtungen. Wenn jemand zum Beispiel jeden Tag denkt, er könnte sein Auto schrotten, wird er es am Ende vermutlich auch tun. Also, egal, an was du ganz fest denkst, ob gut oder schlecht, das Universum wird dafür sorgen, dass es irgendwann wahr wird.«

»Worauf willst du hinaus?«, fragte Kate.

»Deine Gedanken an mich waren vielleicht nicht positiv, aber du hast offenbar eine deutliche Nachricht ans Universum geschickt, jedes Mal, wenn du an mich gedacht hast. Und die Nachricht lautete, dass du und ich noch nicht fertig sind miteinander. Unsere Geschichte ist noch nicht vorbei«, erklärte Trevor voller Überzeugung.

Hatte er recht? War ihre tägliche Grübelei an ihrer schrecklichen Situation schuld? Hatte sie ihn versehentlich heraufbeschworen, wie einen Dämon aus der Hölle?

Nein.

Sie wollte sich von Trevor auf keinen Fall einreden lassen, dass sie selbst irgendwie verantwortlich war für dieses Durcheinander. Er hatte für diese üble Situation gesorgt. Nicht sie.

»Was du dir so zusammenphantasierst«, sagte Kate flapsig.

»Du musst schon zugeben, dass unser Treffen schicksalhaft war. Das Universum will uns eindeutig etwas mitteilen.«

»Tja, ich will es aber nicht hören.« Plötzlich fiel Kate wieder ein Vorschlag von Natalie ein, wie sie ihn vergraulen konnte. »Deine Theorie ist Quatsch, denn das Universum würde niemals einen Skorpion und einen Steinbock zusammenbringen.«

»Ach, hör auf«, winkte Trevor ab. »Dieses Sternzeichenzeug ist doch alles erfunden.«

»Sagt der größte Skorpion in der Geschichte der Skorpione.«

»Ich weiß gerade nicht, ob du es ernst meinst oder nicht. Du hältst es für in Ordnung, einen Menschen nur danach zu beurteilen, in welchem Monat er geboren wurde?«

»Ich weiß nur, dass ich ein Erdzeichen bin und du ein Wasserzeichen. Die sind absolut nicht kompatibel.«

»Ist die Erde nicht darauf angewiesen? Erblühen kann man nur mit ausreichend Wasser.« Trevor grinste.

Warum bekam sie Herzrasen? Sie versuchte, ihn zu vergraulen, um Himmels willen!

»Wüsten kommen ohne Wasser ganz gut zurecht«, erwiderte sie stur.

»Selbst Wüsten brauchen ab und zu einen schönen Regenguss. Und wenn es dann regnet ... schüttet es regelrecht«, flüsterte er ihr ins Ohr.

Nicht das Flattern. Nicht jetzt.

Das war NICHT der richtige Moment.

»Nur so aus Neugier, welches Sternzeichen hat Norman?«, fragte Trevor.

»Er ist Löwe, also ein Feuerzeichen«, prahlte Kate.

»Perfekt. Wasser löscht Feuer.«

»Das ist doch nicht irgendein blödes Stein-Schere-Papier-Spiel!«, schimpfte Kate wütend. Und wieder ein gescheiterter Versuch, Trevor zu verschrecken, von ihm selbst sabotiert. »Na schön, vergiss die Astrologie. Aber deine Theorie ist trotzdem falsch.«

»Neun Jahre haben wir aneinander gedacht, und dann heiraten wir in Vegas? Ich sage dir, die Glücksfee schwirrt hier irgendwo herum.«

»Tja, du hattest vielleicht Glück, was deine Karriere angeht, aber bei mir hört es auf«, sagte sie. »Für mich bist du nur so etwas wie eine winzige Fliege am Firmament.«

»Und wieder ein guter Songtext. Du hast einen Lauf, Sommersprosse!«

»Lieber Himmel«, seufzt sie. Er hatte wirklich auf alles eine schlagfertige Antwort.

Als sie durch das Casino gingen, bemerkte Kate den Lärm um sich herum. Sie hörte das Klingeln der Münzen, die aus den einarmigen Banditen geschüttet wurden, das Rascheln der Karten, die gemischt wurden, das Rollen der Würfel, das gelegentliche Jubeln eines Gewinners und das häufigere Stöhnen der Verlierer. Außerdem stank es nach Rauch und Alkohol. Doch schließlich gelangten sie zu einem schickeren Bereich des Casino, wo traditionellere Spiele gespielt wurden. Es fühlte sich mehr an wie ein Casino, wie man es in Monte Carlo erwarten würde.

»So, da wären wir«, sagte Trevor. »Lass uns mit Roulette beginnen.«

»Wie wäre es mit Russischem Roulette?«, schlug Kate vor. »Du spielst, ich schaue zu.«

»Und meine wunderschöne Frau als Witwe zurücklassen? Nein, das würdest du niemals verschmerzen.«

»Also, theoretisch würde ich dein ganzes Geld erben, dann könnte ich meine Tränen mit Hundert-Dollar-Scheinen trocknen. Genau genommen klingt die Option noch besser als die Annullierung, wenn ich es mir recht überlege.«

»Ich sag dir was. Du kannst alles behalten, was wir gewinnen und es in deine Fake-Hochzeit mit Nolan stecken.«

»Er heißt Norman!«

»Du gibst also zu, dass es eine Fake-Hochzeit ist?«

»Das tue ich NICHT!«

»Sorry, was ist der höflichere Ausdruck? Ach ja, Vernunftehe.«

»Na, das macht unsere dann wohl zur Unvernunftehe, in Anbetracht der Tatsache, dass ich während der Zeremonie nicht mehr geradeaus schauen konnte!«

»Oder vielleicht war es das erste Mal seit Jahren, dass du geradeaus gesehen hast.«

»Du hast wirklich auf alles eine Antwort«, seufzte Kate. »Können wir nicht wenigstens ein Spiel spielen, von dem ich weiß, wie es geht?«

»Okay, so wie Flaschendrehen?«

»Wir sind doch nur zu zweit!«

»Genau«, zwinkerte Trevor.

»Wie wäre es mit Verstecken? Ich verstecke mich und du suchst dir professionelle Hilfe«, sagte Kate. Sie fand, dass sie allmählich schlagfertiger wurde.

»Du machst dich, Sommersprosse.« Trevor lächelte, als wäre er stolz auf sie. »Roulette ist einfach. Ich zeige dir, wie es geht.«

Sie fanden einen Platz an einem der großen Roulettetische, und Trevor zog einen Fünfzig-Dollar-Schein heraus. »Wir sind in dieser Runde dabei, mein Freund«, sagte er zu einem Croupier mit Milchbubi-Gesicht.

»Sehr gern, Mr. Rush«, erwiderte der Croupier. Wieder jemand, der ihn sofort erkannte.

Der Croupier nahm das Geld und reichte ihnen einen Chip mit dem entsprechenden Wert.

»Also, wie genau spielen wir das?«, fragte Kate.

»Es ist ganz einfach. Die Kugel dreht sich, und wir sagen voraus, wo sie liegen bleiben wird. Man kann leichtere Vorhersagen treffen, wie zum Beispiel, dass sie auf Rot oder Schwarz landen wird oder auf einer geraden oder ungeraden Zahl. Oder man kann auf Zahlen setzen. Je genauer die Vorhersage, desto größer ist der Gewinn. Verstanden?«, erklärte Trevor.

»Alles klar«, sagte Kate. »Dann lass uns mit den ungeraden Zahlen anfangen.«

»Fünfzig Dollar auf ungerade«, sagte Trevor. Der Croupier platzierte den Chip.

Das Rad begann sich zu drehen, und die kleine weiße Kugel tanzte herum. Kate musste zugeben, dass es ziemlich spannend war. Als die Kugel schließlich liegen blieb, sah sie, dass sie die Fünfunddreißig getroffen hatte.

»Fünfunddreißig, schwarz« sagte der Croupier.

»Wir haben gewonnen!«, rief Kate. »Wie viel haben wir gewonnen?«

»Wir haben unseren Einsatz verdoppelt. Wir haben jetzt also hundert Dollar.«

»Oh, das gefällt mir«, meinte Kate händereibend.

»Die berühmten letzten Worte.« Trevor lachte. »Was ist deine nächste Vorhersage?«

»Setze einen Chip auf Rot und den anderen auf Ungerade«, sagte Kate.

»Sie haben die Dame gehört«, sagte Trevor zu dem Croupier.

Das Rad drehte sich wieder, und Kate spürte, wie die Spannung sie mitriss. Es war nicht schwer nachzuvollziehen, wie der ein oder andere von diesem Spiel abhängig werden konnte. Nach ein paar quälenden Sekunden blieb die Kugel endlich liegen.

»Achtzehn, rot«, verkündete der Croupier.

»O mein Gott!«, rief Kate. »Wir haben zweimal gewonnen!«

»Das haben wir in der Tat. Jetzt hast du zweihundert Dollar. Willst du das Geld nehmen und es dabei belassen?«

»Nein!«, sagte Kate. »Ich werde doch gerade erst warm!«

»Also, was ist als Nächstes dran? Du kannst übrigens auch auf Gruppen von Zahlen wetten, die nebeneinanderliegen.«

»Okay, dann lass uns sagen, die ersten zwölf«, schlug Kate vor. »Aber nur zwei der Chips. Die anderen beiden behalten wir.«

Der Croupier drehte das Rad. Kate kaute auf ihrer Unterlippe. Die Anspannung war quälend und euphorisierend zugleich.

»Fünf, rot«, verkündete der Croupier.

»Ja!«, rief Kate. »Wie viel habe ich gewonnen?«

»Du hast deinen Einsatz verdoppelt. Du hast dreihundert Dollar plus die hundert Dollar, die du nicht gesetzt hast«, erklärte Trevor.

»Okay, ich will auf eine Gruppe aus sechs Zahlen setzen. Vierhundert Dollar auf Achtundzwanzig bis Dreiunddreißig«, sagte Kate zu dem Croupier.

»Riskant«, sagte Trevor und verzog das Gesicht. »Das sind alle unsere Chips.«

»Ich habe so ein Gefühl.«

Der Croupier nahm die Chips und drehte das Rad. Kate war gespannt wie ein Flitzebogen. Sie hielt vor Aufregung den Atem an.

Das Rad stoppte.

»Dreißig, rot«, sagte der Croupier.

»AAAHHHHH«, schrie Kate.

»Sie ist das erste Mal in Vegas«, erklärte Trevor dem Croupier.

»Sie scheint ein Naturtalent zu sein«, meinte der Croupier.

»Wie viel habe ich jetzt?«, fragte Kate aufgeregt.

»Jetzt hast du 2400 Dollar«, sagte Trevor.

»Was?« Kate war fassungslos. Sie hatte soeben so viel Geld gewonnen, wie sie in einem Monat verdiente. Die Vorstellung war irrsinnig.

»Also, was hast du jetzt vor?«

»Ich habe so ein seltsames Gefühl, was die schwarze Dreizehn angeht«, meinte Kate.

»Dreizehn. Für manche eine Pechzahl.«

»Ich weiß. Aber irgendwie sehe ich sie gerade vor mir.«

»Na dann, folge deinem Instinkt!«, ermutigte sie Trevor.

»Wie hoch ist der Gewinn, wenn man auf nur eine Zahl setzt?«, fragte Kate den Croupier.

»Fünfunddreißig mal der Einsatz, Madam«, antwortete der Croupier.

»Heilige Mutter Gottes! Und was passiert, wenn ich falsch tippe?«

»Dann gewinnt das Haus.«

Kate war hin- und hergerissen. Sie hatte gerade 2400 Dollar gewonnen, was ein wirklich ordentlicher Gewinn war. Aber sie konnte diesen Betrag verfünfunddreißigfachen! Und doch war die Zahl Dreizehn bekannt dafür, Pech zu bringen. Es wäre absoluter Wahnsinn, alles auf eine solche Zahl zu setzen. Andererseits war die Dreizehn Taylor Swifts Glückszahl.

Ihr wurde flau im Magen bei der Vorstellung, nach ihrer Glückssträhne nun alles zu verlieren. Es war besser, mit dem davonzugehen, was sie hatte.

»Nein. Danke, ich möchte lieber aufhören«, sagte Kate.

»Bist du sicher?«, fragte Trevor. »Du sagtest, du hast so ein Gefühl, was die Dreizehn angeht.«

»Ja, aber ich bin ein abergläubischer Mensch, und Dreizehn ist die riskanteste Zahl überhaupt. Die Hotels hier haben nicht mal einen dreizehnten Stock. Es wäre verrückt, 2400 Dollar darauf zu setzen.«

»Wie du meinst«, sagte Trevor achselzuckend.

Kate wollte nicht alles verlieren. Sie hatte vor, Trevor zu ärgern, indem sie mit ihrem Gewinn etwas für Norman kaufte.

»Ich habe mich entschieden«, sagte sie. »Man muss wissen, wann es Zeit ist, aufzuhören, richtig? Ich hätte niemals zu träumen gewagt, einmal 2400 Dollar in Vegas zu gewinnen.«

»Aber vielleicht musst du lernen, von Größerem zu träumen.«

»Wir nehmen das Geld, Croupier, vielen Dank«, sagte Kate, von ihrer Entscheidung überzeugt.

Der Croupier reichte ihnen die Chips und drehte das Rad für die anderen Spieler am Tisch.

»Lass uns noch zusehen, was wir verpasst haben«, sagte Trevor.

Das Rad drehte sich weiter und ausnahmsweise wünschte sich Kate, dass sie falschgelegen hatte. Nach ein paar zermürbenden Sekunden blieb die Kugel liegen.

»Dreizehn, schwarz«, verkündete der Croupier.

Kate fühlte sich wie vom Blitz getroffen. Es war eine der größten Enttäuschungen ihres Lebens.

»Tja, wer hätte das gedacht«, sagte Trevor. »Die schwarze Dreizehn.«

»Ach, halt die Klappe, Trevor«, erwiderte Kate wütend. »Es gibt keinen Grund, auch noch Salz in die Wunde zu reiben.«

»Das tue ich doch gar nicht. Ich finde nur, du hättest deinen Instinkten folgen sollen. Das ist alles.«

»Kein vernünftiger Mensch hätte 2400 Dollar auf die Dreizehn gesetzt.«

»Und doch ... Hättest du es getan, wärst du jetzt um einiges reicher, genauer gesagt um ...«

»Ich will den Betrag gar nicht wissen!«, unterbrach ihn Kate. »Ich habe den sicheren Weg gewählt, und ich bereue meine Entscheidung nicht.« Natürlich tat sie es, sie bereute die Entscheidung zutiefst.

»Na, gut. Aber immer auf Nummer sicher zu gehen, bringt dich im Leben nicht besonders weit. Wenn dir dein Bauchgefühl sagt, dass du ein Risiko eingehen solltest, dann ist es vermutlich besser, es auch zu tun«, erklärte Trevor. »Willst du noch mal spielen?«

»Nein, das war genug Glücksspiel für mich, vielen Dank«, sagte Kate, nahm ihre Chips vom Tisch und wandte sich zum Gehen.

»Also, was wirst du Norman von deinem Gewinn kaufen? Einen neuen Pulsmesser für den Moment, wenn er herausfindet, dass seine Verlobte schon verheiratet ist, vielleicht?«, neckte sie Trevor.

»Ich hatte eigentlich an eine schöne Uhr gedacht. Nicht, dass dich das irgendwas anginge.«

»Eine Uhr ist eine schreckliche Idee.«

»Warum?«

»Du weißt, ich habe keine Zeit für Norman.«

»Sehr lustig«, erwiderte Kate augenrollend.

»Warum solltest du das ganze Geld dafür ausgeben, ihm eine Uhr zu kaufen, wenn er dir nicht einmal einen Ring geschenkt hat?«, fragte Trevor mit hochgezogener Augenbraue.

Kate fiel keine schlagfertige Erwiderung ein. Immerhin hatte Trevor irgendwie recht.

»Nun ... vielleicht könnte ich auch einen Teil des Geldes für mich ausgeben«, sagte sie zögerlich.

»Das solltest du.«

»Moment mal, es war dein Geld, mit dem ich gespielt habe«, fiel Kate ein. »Du solltest wenigstens die Hälfte der Chips nehmen. Als Bezahlung für mein Kleid.«

»Sei doch nicht albern. Es ist bloß Geld. Sieh es als Investition.«

»In was?«

»In dich«, sagte Trevor. »Für 2400 Dollar kannst du dir locker ein Studio mieten. Du könntest neue Musik aufnehmen.«

»Wow, du lässt wirklich nicht locker, oder?«, antwortete Kate lachend.

»Ist nur so eine Idee«, meinte er achselzuckend. »Immerhin hast du vor neun Jahren in mich investiert.«

»Ich habe dir nie Geld gegeben.«

»Trotzdem. Du hast mir gesagt, ich solle alles auf die schwarze Dreizehn setzen, obwohl alle Welt mir davon abgeraten hat. Bevor ich dich traf, war es mir immer peinlich gewesen, Leuten zu sagen, dass ich davon träume, DJ zu werden. Ich wurde ausgelacht deswegen. Aber nicht von dir. Du hast mich darin bestärkt, es zu versuchen. Wenn ich nicht auf dich, sondern auf die anderen gehört hätte, wäre ich heute nicht dort, wo ich bin. Wer weiß, vielleicht kann ich mich irgendwann revanchieren. Vielleicht kann ich derjenige sein, der für dich alles möglich macht«, sagte Trevor lächelnd, aber mit ernstem Blick.

Da war es wieder. Ein seltenes Aufblitzen des verletzlichen Mannes unter der rauen Schale. Sein Tonfall war sanft. Sogar aufrichtig. Die Maske war gefallen, und sein authentisches Selbst war einen Moment lang entblößt.

Es erinnerte sie daran, wie er in jenem Sommer mit ihr gesprochen hatte, wenn sie gemeinsam nebeneinander im Bett lagen, mit nacktem Körper und nackter Seele, und über ihre Hoffnungen und Träume redeten. Sie hatten sich regelrecht im anderen verlieren können. Sie erinnerte sich noch, dass sie manchmal gar nicht mehr wusste, wo sie selbst aufhörte und er anfing. Einer der Gründe, warum sie sich in ihn verliebt hatte, war der gewesen, dass er keine Angst hatte, sich ihr zu öffnen.

Er ließ sie hinein.

Hinter die Maske. Unter die Decke.

Hatte sie gerade wirklich daran gedacht, wie es gewesen war, mit Trevor nackt im Bett zu liegen? Was war bloß los mit ihr? Sie musste sich am Riemen reißen.

»Also, ich weiß es zu schätzen, dass du das sagst«, erwiderte sie. »Aber ich bin Optimistin. Es ist wichtig, das wertzuschätzen, was man hat, anstatt sich nach etwas zu sehnen, das man nicht hat.«

»Aber gibt es nicht einen Teil von dir, der sich fragt, was hätte sein können?«

»Ja, was hätte sein können, wenn du nicht so ein Vollidiot wärst?«, neckte sie ihn.

»Oder was gewesen wäre, wenn du dich für mich entschieden hättest, anstatt dich mit Wie-war-noch-sein-Name abzufinden?«

»Du denkst, ich habe mich mit Norman abgefunden?« Kate

lachte. »Er erfüllt jeden Punkt auf meiner Liste. Er ist also gewissermaßen perfekt.«

»Und doch kann er dir nicht dieses Gefühl geben wie ich«, sagte Trevor selbstbewusst.

»Du meinst verärgert? Genervt? Wütend?«

»Das Wort, das ich benutzen würde, ist erregt«, sagte Trevor mit schiefem Grinsen. »Nach all diesen Jahren weiß ich immer noch, was ich sagen muss, um dich scharf zu machen.«

»Ach, von wegen. Norman hat zehnmal mehr Sexappeal als du.«

»Also, was hat er getan, dass du dich in ihn verliebt hast?«

»Das war nicht schwer.«

»Er hat also nichts getan?«

»Das habe ich damit nicht gemeint!«, fuhr Kate ihn an. »Es war nicht schwer, weil es so romantisch war. Ich bin zu ihm gegangen, um meinen Weisheitszahn entfernen zu lassen, und danach hat er mich nach meiner Telefonnummer gefragt. Es ist eine perfekte Kennenlerngeschichte.«

»Ahh, also, so hat er dich dazu gebracht, sich in ihn zu verlieben ...«, sagte Trevor. »Er hat dir deine Weisheit geraubt. Jetzt ergibt endlich alles einen Sinn.«

»Ach, halt die Klappe! Er ist extrem sexy!«

»Du willst mir erzählen, Norman, der Zahnarzt, besorgt es dir so richtig, ja?«

»Yep. Jedes einzelne Mal.«

»Zu blöd, dass ich immer noch deine geheime Begierde bin.« Er zwinkerte ihr zu.

»Okay, das reicht jetzt«, sagte Kate. »Zeit, sich aus diesem Gespräch rauszukaufen.«

Sie gingen zur Kasse, und Kate reichte ihre Chips ein, um Bargeld dafür zu bekommen. Es fühlte sich verrückt an, 2400 Dollar zu kassieren. Sie hatte noch nie einen solchen Geldbetrag in den

Händen gehalten. Es kam ihr eher vor wie Monopoly-Geld, nicht wie echtes Geld, mit dem man etwas kaufen konnte. Irgendwie hatte sie ein schlechtes Gewissen, es für sich zu behalten. Aber Trevor wollte es nicht nehmen, also steckte sie es in ihre Handtasche. Bei den bevorstehenden Ausgaben für die Hochzeit würde es sicherlich hilfreich sein.

»Okay«, sagte sie und wandte sich an Trevor. »Es ist kurz vor elf, ich muss los, um mich mit den Mädels für die Chippendaleshow zu treffen. Und sag jetzt bloß nicht, du hast noch eine Überraschung geplant, denn wir hatten eine Abmachung.«

»Du hast mir noch gar nicht gesagt, dass es die Chippendales sind, die ihr euch anseht«, erwiderte Trevor wenig begeistert. »Ich weiß nicht, ob ich das gutheißen kann, Mrs. Rush.«

»Zu blöd. Es ist mein Junggesellinnenabschied, und ein Männerstriptease gehört da einfach dazu.«

»Aber du bist doch schon eine verheiratete Frau.«

»Sag nicht, dass du eifersüchtig bist. Ich dachte, dieses Gefühl sei dir unbekannt.«

»Nein. Aber Marcus, der Choreograph, ist ein sehr guter Freund von mir, und er meinte, es kann ziemlich zur Sache gehen«, warnte Trevor sie.

»Super, umso besser«, entgegnete Kate, um ihn zu ärgern.

»Na, dann. Sag nur nicht, ich hätte dich nicht gewarnt.«

KAPITEL ZWANZIG

Striptease

Trevor fuhr Kate zum Rio All-Suite Hotel and Casino, wo sie mit den Mädels zur Stripshow verabredet war.

Auf dem Beifahrersitz seines Angeberautos zog sie ihr Handy hervor, um Norman eine Nachricht zu schreiben. Die Tatsache, dass er ihre Mutter angerufen hatte, musste bedeuten, dass er vor Sorge die Wände hochging. Sie verstand ihn, aber andererseits hasste sie es, wenn er sich mit Margaret zusammentat. Sie behaupteten immer, nur ihr Bestes zu wollen, aber manchmal fragte sie sich, ob das wirklich stimmte. Ihren Traum von der Musik aufzugeben, beispielsweise, war ein Nebenprodukt ihrer »Ratschläge« gewesen. So nervig es auch von Trevor war, ihr größtes Scheitern anzusprechen, so merkte sie doch, wie sie anfing, manche Dinge zu hinterfragen. Hätte sie damals jemanden gehabt, der sie ermutigt hätte, ihren Traum weiterzuverfolgen, anstatt ihn aufzugeben, wo würde sie dann jetzt stehen?

Als sie Norman schrieb, spürte sie, wie das erstickende Gefühl sie wieder überkam. Sie wusste, dass sie ihm schreiben musste, um ihn zu beruhigen, andererseits war es wegen der Zeitverschiebung in Irland immer noch mitten in der Nacht. Sie wollte ihn nicht aufwecken. Kate steckte das Handy wieder ein, und sofort konnte sie wieder durchatmen.

Als sie beim Rio ankamen, übergab Trevor den Lamborghini einem Hotelpagen, damit er ihn parkte, und sie durchquerten das Casino, den Schildern zur Chippendaleshow folgend. Als

Kate die riesigen Plakate von halb nackten Männern mit Körpern wie Götter sah, wusste sie, dass sie am richtigen Ort waren.

»Kate!«, kreischten die Mädels, als sie sie in Begleitung von Trevor erblickten.

»Hier ist sie, Ladies«, sagte Trevor. »Gesund und munter.«

»Danke, dass du sie uns früher zurückgebracht hast«, sagte Chloe.

»Obwohl wir auch nichts dagegen hätten, wenn du noch etwas Zeit mit dem italienischen Hengst verbringen möchtest, Kate«, fügte Siobhan hinzu.

»Nennt ihr mich etwa so, Mädels?« Trevor grinste.

»Nein, tun wir nicht!«, widersprach Kate. »Siobhan blamiert mich nur gern.«

»Wir sollten besser reingehen – die Show fängt gleich an«, drängelte Natalie.

»Gute Idee«, stimmte Kate zu.

»Bist bald, Ladies. Benehmt euch«, sagte Trevor augenzwinkernd.

»Niemals«, erwiderte Siobhan und zwinkerte zurück.

Kate freute sich sehr, wieder bei ihren Freundinnen zu sein. Als sie Natalie ansah, musste sie allerdings zweimal hinsehen. Sie hatte eine völlig andere Frisur. Ihr Kurzhaarschnitt war zu einem Pony gekämmt, so dass ihre falschen Augenbrauen verdeckt wurden.

»NAT!«, rief Kate aus. »Deine Haare! Das sieht toll aus! Warum das Umstyling?«

»Tja, weißt du noch, wie niedergeschlagen ich vorhin war, weil ich den Elektroschocker abbekommen habe, und wie es mich fast in eine Depression gestürzt hätte?«, fragte Natalie.

»Ja ...«

»Also habe ich beschlossen, mir stattdessen einen Pony zuzulegen.«

»Finde ich großartig! Ehrlich, ich hatte schon Angst, ihr würdet euch gegenseitig umbringen, während ich weg bin.«

»Frauen dürfen sich nicht streiten, wenn eine von ihnen einen Pony geschnitten bekommt«, erklärte Siobhan.

»Ja, das gehört zum kleinen Einmaleins des Feminismus«, fügte Chloe hinzu.

»Außerdem kann man so die falschen Augenbrauen nicht mehr sehen. Ist also eine Win-Win-Situation!« Natalie lächelte.

»Steht dir jedenfalls super!«, sagte Kate. Sie war wirklich erleichtert, dass ihre Freundinnen sich wieder versöhnt hatten. »Chloe, wie geht's deinem Sonnenbrand?«

»Was denkst du denn?«, fragte Chloe und zeigte auf ihre gerötete Haut. »Ich sehe aus wie ein HUMMER!«

»Ich finde, du siehst eher aus wie Mr. Krabs.« Siobhan lachte laut auf.

»Du bist doch die Expertin für Krabben, Siobhan. Meintest du nicht, du hättest dir das Bermuda-Dreieck-Waxing gegönnt?«

»Oh, der war gut, Chloe. Volle Punktzahl!«

Kate lachte in sich hinein. Die Gang bewegte sich wieder in ihrer gewohnten Dynamik. »Los, kommt«, sagte sie. »Lasst uns zu unseren Plätzen gehen!«

Die Freundinnen präsentierten dem Türsteher ihre Tickets und gingen direkt in den Veranstaltungssaal. Drinnen gab es eine große Bühne umgeben von verschiedenen Tischen, mit kleinen Sitzecken an der hinteren Wand. Siobhan hatten ihnen Plätze in der ersten Reihe gebucht, und sie setzten sich an den Tisch mit der Aufschrift »Kates Bachelorette Party« auf dem Reservierungskärtchen. Kate fand die Vorstellung von männlichen Strippern nicht wirklich ansprechend, aber es war Teil der Vegas-Erfahrung, wenn man hier Junggesellinnenabschied feierte. Außerdem gefiel ihr der Veranstaltungsort. Es war alles wesentlich schicker, als sie es erwartet hatte.

»Du hast für mich Plätze in der ersten Reihe besorgt, Siobhan?«, fragte Kate geschmeichelt. »Das ist so lieb von dir.«

»Das habe ich für mich getan. Ich will, dass uns der Schweiß der nackten Eier direkt ins Gesicht trifft.«

»Ich hätte mir einen Regenponcho einpacken sollen«, seufzte Natalie.

»Oh, Kate – zieh doch den an«, schlug Chloe vor. Sie griff in ihre Handtasche und zog einen schmalen Schleier heraus, den Kate vors Gesicht ziehen konnte.

»Ooh, danke, Chloe«, sagte sie. »Schön, daran erinnert zu werden, dass wir auf einem Junggesellinnenabschied sind. Und danke noch mal für die Tickets, Siobhan.«

»Mit Vergnügen«, sagte Siobhan lächelnd. »Wortwörtlich. Möglicherweise habe ich später einen Orgasmus.«

»Wie war das zweite Date mit Trevor?«, wollte Chloe wissen. »Raus mit der Sprache!«

»Tja ... es war ehrlich gesagt gar nicht *soo* unerträglich«, gab Kate zu.

»Moment mal, wo ist das hässliche Kleid, das wir dir gekauft haben?«, fragte Natalie verwirrt.

»Ja, und das ist Versace, was du da trägst, oder? Sieht aus wie die aktuelle Frühjahr / Sommer-Kollektion«, stellte Chloe fachmännisch fest. Sie hatte wirklich ein Auge für Designerkleidung.

»Ja ... Trevor hat mich zu einer Gondelfahrt drüben beim Venetian eingeladen. Aber ich habe ihn aus Versehen ins Wasser geworfen, und dann hat er mich reingezogen. Danach hat er mich in diese Boutique geschleift, obwohl ich ihm gesagt habe, dass es auch irgendein billiges Kleid tun würde. Und um die Sache noch schlimmer zu machen, hat dann auch noch meine Mutter angerufen und einen Aufstand gemacht, weil wir länger in Vegas bleiben.«

»O Gott, ich kann mir gut vorstellen, was Margaret gesagt hat. Sie kann sich echt in Rage reden«, meinte Siobhan.

»Offenbar hat Norman sich solche Sorgen gemacht, dass er mit dem Gedanken gespielt hat, nach Vegas zu kommen, um mich nach Hause zu holen!«

»Hast du ihm gesagt, dass der Flug Geld kostet?«, fragte Natalie lachend. »Das sollte ihn abhalten.«

»Kate, erzähl endlich weiter von deinem Date«, verlangte Chloe und schlug ihr ungeduldig auf den Oberschenkel.

»Okay, sorry! Also, das war es aber eigentlich auch schon. Nachdem er mir das Kleid gekauft hat, ist er mit mir ins Casino gegangen, zum Roulettespielen. Ich hatte eine kleine Glückssträhne und habe 2400 Dollar gewonnen.«

»Du machst Witze, oder?«, fragte Siobhan. »Das heißt, wir haben tatsächlich Geld für die Stripper!«

»Ich werde mein Geld nicht nackten Männern hinterherwerfen!«, sagte Kate. »Ich habe schon ein schlechtes Gewissen, das Geld überhaupt gewonnen zu haben. Vielleicht spende ich es.«

»Ach, hör schon auf, Mutter Theresa. Wir brauchen Bargeld, um es auf die Tänzer regnen zu lassen!«

»Auf keinen Fall.«

»Ich habe noch ein paar Münzen in der Tasche«, meinte Chloe. »Wir könnten es zumindest hageln lassen?«

»Ich bin mir sicher, diese Männer werden gut bezahlt. Bestimmt einen Dollar für jede siebenundsiebzig Cents, die eine weibliche Stripperin verdient«, sagte Natalie finster.

»Nat, wir können für deinen Junggesellinnenabschied gern in einen Stripclub mit Stripperinnen gehen und dein Geld verteilen, so wie du es möchtest. Aber es ist Kates Abend«, ermahnte sie Siobhan.

»Na gut.«

»Kate, jetzt erzähl noch was von deinem Date«, drängte Chloe.

»Ihr wisst doch schon alles«, erwiderte Kate achselzuckend.

»Verdammt, lass dir doch nicht alles aus der Nase ziehen! Was hat er gesagt? Wie hast du dich gefühlt? Wir wollen alle Details!«

»Er hat etwas gesagt, das mich wirklich geärgert hat. Er meinte, ich hätte diese ganze Situation in gewisser Weise selbst heraufbeschworen, weil ich die letzten neun Jahre immer an ihn gedacht hätte. Wie kann man nur so dreist sein?«

»Aber vielleicht hat er gar nicht so unrecht? Ich habe auch schon davon gehört!«

»So ein Quatsch.«

»Lasst es uns ausprobieren«, meinte Siobhan. »O nein, sexy Stripper mit definierten Bauchmuskeln wollen mir einen Lapdance geben. Ich habe solche Angst! Mir schlackern schon die Knie!«

»Warte mal, heißt das, ihr habt über die Vergangenheit gesprochen?«, fragte Natalie. »Hast du für dich eine Art Abschluss gefunden?«

»Es geht mir nicht um einen Abschluss, sondern um eine Annullierung«, erinnerte sich Kate auch selbst an ihre Mission. »Ich muss Distanz wahren. Er versucht, mich mit Erinnerungen zu umgarnen, und mit Geld, aber das funktioniert bei mir nicht. Ich habe zu Hause einen Mann, der mich nie verletzen wird. Und das ist etwas, das man mit Geld nicht kaufen kann.«

»Verdammt!«, rief Natalie unvermittelt.

»Was ist denn?«

»Mir ist gerade aufgefallen, dass ich morgen zur Arbeit muss! Ich habe mir nur für heute freigenommen!«, sagte Natalie panisch. Sie zog ihr Handy heraus und begann hektisch, eine E-Mail an ihren Chef zu tippen.

»Ich habe mir die ganze Woche freigenommen, um mich von diesem Urlaub zu erholen«, erklärte Siobhan.

»Mein Chef wird mich umbringen«, sagte Natalie. »Und er hat schon mal versucht, mich zu feuern!«

»Warum? Was hast du gemacht?«, fragte Kate.

»Er meinte, ich würde meine Arbeit nicht pünktlich fertig bekommen. Aber zu meiner Verteidigung, ich dachte EOD bedeutet End of December!«

»Klassischer Chloe-Moment«, murmelte Siobhan.

»Kann bitte jemand meine E-Mail gegenlesen? Ich bin Legasthenikerin.«

»Klar.« Siobhan schnappte sich das Handy. »Hmm ... nein, das ist alles falsch. Du schreibst E-Mails wie eine Frau.«

»Was soll das denn heißen?«

»Du bist viel zu höflich und entschuldigst dich dauernd. Kann ich ein bisschen was ändern?«

»Okay, gut, aber zeig mir die Mail, bevor du sie wegschickst.«

»Lieber Greg«, begann Siobhan zu schreiben. »Ich hoffe, dir geht's beschissen.«

»Gib das her!« Natalie riss ihr Handy wieder an sich.

»Chloe, hat sich der Typ von Tinder bei dir gemeldet?«, wollte Kate wissen.

»Lass mich noch mal nachsehen.« Chloe griff in ihre Handtasche. »Aber es ist mir sowieso egal, weil ich es satthabe, dass Männer meine Nachrichten tagelang marinieren lassen, als wären sie Gottes Geschenk, wo sie doch in Wahrheit nichts tun, als der Welt zu schaden.«

»Wow, Chloe in ihrer feministischen Phase«, staunte Natalie. »Ich bin fasziniert.«

»Vergesst, was ich gesagt habe. Er hat geantwortet!«, sagte Chloe aufgeregt und starrte auf ihr Handy.

»Beinahe«, seufzte Natalie.

Ein oberkörperfreier Kellner trat an ihren Tisch, und Siobhan, die ihn nicht hatte kommen sehen, wäre um ein Haar von ihrem Stuhl gefallen vor Entzücken. »Heilige Scheiße«, murmelte sie.

»Kann ich euch was zu trinken bringen, bevor die Show beginnt?«, fragte der Kellner.

»Oh, klar«, sagte Kate und nahm schnell die Karte zur Hand. »Ähm ... ich nehme einen Penis Colada.«

»Exzellente Wahl«, meinte der Kellner.

»Ich den Screaming Orgasm«, entschied Natalie.

»Es gibt für alles ein erstes Mal«, meinte Siobhan grinsend.

»Ich bekomme den Leg Spreader«, sagte Chloe.

»Und ich nehme den Meet me after the show for mind-blowing sex.«

»Ich glaube nicht, dass das auf der Karte steht, Miss«, sagte der Kellner verwirrt.

»Oh, du meinst einen Drink?«, erwiderte Siobhan mit gespielt scheuem Blick. »Dann einfach einen Porn Star Martini.«

»Kommt sofort, Ladies«, sagte der Kellner.

»Oh, und dir spendiere ich auch einen. Irgendwas mit Ananas«, sagte Siobhan noch und zwinkerte ihm zu.

»Vielen Dank.« Der Kellner zwinkerte zurück, ehe er auf die Bar zuging.

»Warum denn Ananas?«, fragte Natalie.

»Das erkläre ich dir, wenn du groß bist«, entgegnete Siobhan grinsend.

»Ich bin tatsächlich ziemlich aufgeregt, Mädels«, stellte Kate fest. Es war das erste Mal seit Ewigkeiten, dass sie sich wieder fühlte wie auf einem Junggesellinnenabschied. »Diese Show hat super Bewertungen.«

»Du bist die Einzige auf der Welt, die sich vor einer Stripshow die Bewertungen durchliest«, sagte Chloe lachend.

»Das sind nicht bloß Stripper. Es ist eine richtige Show, die sie da auf die Bühne bringen. Das sind Künstler.«

»Gut, ich war schon immer eine Unterstützerin der Schönen Künste«, sagte Siobhan mit gekünstelter Stimme. »Ich hoffe, es gibt viel Publikumsbeteiligung. Ich wünsche mir ein sehr ... eindringliches Erlebnis.«

»Kann sie bitte irgendjemand am Stuhl festbinden, bevor sie noch runterrutscht«, sagte Natalie kopfschüttelnd.

»Nat, bitte, überlass das Bondage den Jungs auf der Bühne.«

»Was hat Trevor denn für das dritte Date geplant?«, fragte Chloe.

»Keine Ahnung. Ich hoffe, es geht schnell vorbei, damit ich ihn dazu bekomme, die Unterlagen zu unterschreiben, und er endlich aus meinem Leben verschwindet. Klopf auf Holz.« Kate sah sich nach einem Holztisch um, konnte aber keinen entdeckten. Die Tische und Stühle waren alle aus Metall. »Mist, es gibt kein Holz, um draufzuklopfen.«

»Gibt es nicht einen kleinen Teil von dir, der die Dates insgeheim genießt?«, fragte Chloe.

»Nö.«

»Ach, komm schon, Kate. Gib zu, dass er heiß ist«, meinte Siobhan.

»Aber er ist *zu* heiß. Einen Mann wie Trevor heiratet man nicht.«

»Nur dass du genau das getan hast.«

»Aus Versehen! Ja, er ist lächerlich gut aussehend, riesig und hat Muskeln, aber das ist doch nur Fassade. Da steckt nichts dahinter«, meinte Kate achselzuckend. »Nat, unterstütz mich doch mal.«

»Sorry, Kate«, sagte Natalie. »Selbst ich muss zugeben, dass er ziemlich heiß ist ... für einen Mann.«

»Nichts gegen fünfzehn Zentimeter Persönlichkeit«, feixte Siobhan.

»Mädels, wir wissen doch alle, dass es nie fünfzehn Zentimeter sind, wenn Männer das behaupten. Und fürs Protokoll, auf die Größe kommt es nicht an«, sagte Kate.

»Und doch habe ich noch nie eine Frau gesehen, die einen fünf Zentimeter großen Vibrator gekauft hätte.« Siobhan lachte.

»Siobhan hat recht. Jedes Mal, wenn ich Trevor sehe, muss ich ihm einfach in den Schritt starren«, gab Chloe zu.

»Chloe!« Kate schnappte entsetzt nach Luft.

»Ich schwöre, es hat mich zuerst angestarrt!«

»Ich wette, er muss Dropbox benutzen, nur um ein Dick Pic zu verschicken«, schaltete Siobhan sich ein.

»Er muss unfassbar gewesen sein im Bett damals«, sagte Chloe.

»Natürlich war er das, aber das war auch eine besondere Art von Sex – der Verrückter-Sommer-in-den-Staaten-während-du-noch-Studentin-bist-Sex. Das ist nicht die Art von Sex, die man sein ganzes Leben lang hat. Man kann nicht jede Nacht abartig guten Sex haben.«

»Warum denn nicht?«, fragte Siobhan verwirrt.

»Weil es nicht realistisch ist. Und fürs Protokoll, Norman ist da unten genau richtig proportioniert.«

»Das sage ich den Männern auch, wenn ich sie nicht beleidigen will«, meinte Chloe.

»Genau«, stimmte Siobhan zu.

»Also, nicht jede Frau will einen Mann, der Magnum-Kondome benutzt, okay?«

»Ich wusste es!«, rief Siobhan. »Ich wusste, er benutzt Magnums!«

Der Kellner kehrte mit einem vollen Tablett zurück und stellte ihre Getränke auf dem Tisch ab. Die Cocktails sahen fabelhaft aus – genau das, was Kate nach diesem Abend voller Hin und Her mit Trevor gebrauchen konnte.

»Die sehen zu gut aus, um wahr zu sein«, sagte Chloe. »Wartet, lasst mich ein Foto machen, bevor wir sie trinken. Kannst du vielleicht eins machen?«, fragte sie den Kellner.

»Klar.« Er nahm ihr Handy entgegen.

Die Mädels rückten zusammen und hielten ihre Getränke mit breitem Lächeln in die Kamera. Der Kellner reichte das Telefon zurück. Chloe betrachtete das Ergebnis und beschwerte sich sofort. »Oh, das gefällt mir nicht. Kannst du noch eins machen?«, bat sie ihn.

»Ignoriere sie«, sagte Natalie zu dem Kellner. »Sie ist Löwe.«

»Schon okay.« Er lachte. »Bin ich auch.«

»Und ich kann es kaum erwarten, dich brüllen zu hören«, flirtete Siobhan, während sie die Getränke bezahlte.

»Danke, Ladies. Die Show wird gleich anfangen.«

Die Lichter wurden gedimmt, und die Freundinnen entspannten sich in ihren Sitzen in der ersten Reihe, um Kates erste Stripshow überhaupt zu sehen.

»Ladies ... seid ihr bereit?«, fragte ein Mann auf der Bühne, der ebenfalls oberkörperfrei war. Er schien der Moderator der Show zu sein.

»WUHUU!«, schrien die Zuschauerinnen.

»Seid ihr bereit, ins Schwitzen zu kommen?«

»JAAAA!«

»Dann kommen hier die CHIPPENDALES!«

Plötzlich standen etwa ein Dutzend der heißesten Männer auf der Bühne, die Kate je gesehen hatte. Sie trugen alle Anzüge und liefen in synchroner Formation.

Siobhan war sofort in ihrem Element. »O heilige Scheiße, die sind noch heißer, als ich es mir vorgestellt habe!«, rief sie.

Die Männer verharrten in ihrer Position auf der Bühne, und für eine Sekunde hätte man eine Stecknadeln fallen hören können, als die Zuschauerinnen gesammelt den Atem anhielten, gespannt darauf, was als Nächstes passieren würde. Dann, mit einer schnellen Handbewegung, rissen alle Männer gleichzeitig ihre Anzüge vom Körper, so dass ihre definierten Bauchmuskeln und gewölbten Bizepse zu sehen waren.

»Ich glaube, meine Spirale ist gerade rausgefallen«, sagte Siobhan.

»Siobhan!«, rief Kate lachend.

»Der Damm ist gebrochen! Ich wiederhole, der Damm ist gebrochen!«

Die Männer begannen synchron zur Musik zu tanzen. Als die erste Nummer beendet war, erschienen sie in Polizeiuniformen und leuchteten mit langen Stabtaschenlampen ins Publikum.

»Haben wir denn irgendwelche ungezogenen Bräute hier heute Abend?«, fragte der Moderator.

»Bei uns ist eine Braut, Officers!«, rief Chloe ihnen zu.

»Mädels, hört auf! Ich will keinen Lapdance!«, raunte Kate ihnen zu und zog sich rasch den Schleier vom Kopf.

»Gib mir den«, sagte Siobhan und schnappte sich den Schleier. »HIIIEEER, JUNGS!«

Zwei der Tänzer kamen zu ihr und begannen, sich an ihr zu reiben. Die Mädels jubelten und feuerten sie an.

»Wuhuu!«, rief Kate.

»Nicht schlecht«, machte Natalie achselzuckend.

»Das beweist, dass Trevor recht hatte«, sagte Chloe. »Träume können wahr werden!«

»Ich träume nicht«, sagte Siobhan, während sie einem der Tänzer über die Bauchmuskeln leckte. »Ich mache wahr.«

»Sobald es um einen Mann geht, kann Siobhan alles schaffen«, scherzte Natalie.

Die Musik wechselte, und die Stripper kehrten auf die Bühne zurück. »Och, Menno, ich wollte die Handschellen haben«, seufzte Siobhan.

»Du bist deine Handschellen doch gerade erst losgeworden!«, meinte Kate lachend.

Die Show ging weiter, und die Männer tanzten zu verschiedenen Themen, wozu sie sich entweder als Feuerwehrmänner, Bauarbeiter oder Cowboys verkleideten. Nach einer Stunde etwa schien die Show langsam zu einem Abschluss zu kommen.

Doch da tauchte der Moderator wieder auf der Bühne auf.

»Ladies, unsere Show hat fast ihren Höhepunkt erreicht«, verkündete er.

»ICH AUCH!«, brüllte Siobhan.

»Doch zunächst ... Ich glaube, wir haben eine ganz besondere Braut hier heute Abend«, sagte der Moderator. »Einen großen Applaus für Kate aus Irland!«

Das Publikum begann zu jubeln, und Kates Wangen verfärbten sich tiefrot. »Was soll denn das?«, raunte sie den Mädels völlig verwirrt zu.

»Ich habe nichts Spezielles gebucht«, erwiderte Siobhan genauso perplex.

»Komm bitte zu mir auf die Bühne, Kate!«, wies der Moderator sie an.

»Mädels, dafür bringe ich euch um!«, zischte Kate, als sie von ihrem Platz aufstand. Unbeholfen stieg sie auf die Bühne, wo der Moderator sie begrüßte.

»Kate, ist es wahr, dass du für deinen Junggesellinnenabschied den langen Weg von Irland hierher auf dich genommen hast?«, fragte er.

»Ja«, sagte Kate ins Mikro.

»Und du bist zu Hause mit einem Zahnarzt verlobt, stimmt das?«

»Äh ... ja.«

»Nun, dann lehn dich zurück, und lass uns deine ultimative Zahnarzt-Phantasie wahr werden lassen.«

Hinter ihr rollten vier der Stripper einen Zahnarztstuhl auf die Bühne. Das Letzte, was sie wollte, war ein Lapdance vor all diesen Leuten mitten auf der Bühne! Dafür würde sie die Mädels wirklich umbringen!

»Oh, nein ... ich ...«, setzte sie an. Doch bevor Kate sich versah, saß sie schon auf dem Zahnarztstuhl und wurde nach hinten gekippt, während die Stripper sie mit einem seidenen Tuch festbanden. Sie wollte protestieren, doch dann fiel ihr ein, dass sie die Braut auf einem Junggesellinnenabschied bei einer Stripshow war. Was hatte sie erwartet?

»Kate, bist du bereit für einen ganz besonderen Lapdance von Norman, dem Zahnarzt?«

Da fiel der Groschen. Es konnte nur einen Menschen geben, der hinter alldem steckte, und es war zu spät, ihn aufzuhalten.

Aus den Lautsprechern ertönte nun »... Ready For It?« von Taylor Swift in voller Lautstärke.

»Einen Riesenapplaus für ... TREVOR RUSH«, brüllte der Moderator.

Trevor betrat die Bühne, verkleidet als »sexy Zahnarzt«. Er trug einen weißen Laborkittel, eine Nerd-Brille und blaue Chirurgenhandschuhe. Die Zuschauerinnen kreischten aufgeregt. Die meisten Frauen im Publikum schienen ihn zu kennen.

Kate versuchte aus dem Zahnarztstuhl aufzustehen, doch es war hoffnungslos. Ihre Handgelenke und Knöchel waren gefesselt. Sie war dem Ganzen vollkommen ausgeliefert.

»Ich glaube, unsere Patientin braucht eine orale Untersuchung!«, rief der Moderator ins Mikro, und die Menge tobte.

Siobhan, Natalie und Chloe brachen in schallendes Gelächter aus. Nur Trevor Rush konnte eine Männer-Stripshow kapern, um seinen Standpunkt klarzumachen. Es war seine eigene Art von Dramatik.

Trevor fing an, erotisch zur Musik zu tanzen, und bewegte sich dabei auf Kate zu. Er wand sich vor dem Zahnarztstuhl, während Kate die Augen verdrehte.

»Das sollte als unser drittes Date zählen«, raunte sie ihm verärgert zu.

»Nö, das ist eine Zugabe, nur für dich«, zwinkerte Trevor. Er fing an, die Handschuhe langsam auszuziehen, während die Zuschauerinnen ihn anfeuerten und nach mehr verlangten.

»Ich glaube, unsere Patientin hat zu viel genascht«, sagte der Moderator. »Lasst uns nachsehen, ob sie Löcher hat, die untersucht werden müssen!«

Trevor riss sich den Kittel runter, so dass sein nackter Oberkörper entblößt war. Seine Muskeln waren noch definierter, als Kate es in Erinnerung hatte. Er hatte offenbar die letzten neun Jahre damit verbracht, regelmäßig zu trainieren. Oder auch ständig.

Er sah aus wie ein griechischer Gott!

»Herr im Himmel«, rief Siobhan aus und fächelte sich Luft zu.

Trevor drehte sich wieder zu Kate um und stieg zu ihr auf den Stuhl. Er begann, seinen Körper an ihr zu reiben, seine eingeölten Bauchmuskeln streiften sie sanft.

»Du denkst, das turnt mich an?«, fragte Kate.

»Ich dachte, du liebst Zahnärzte?«, erwiderte Trevor mit hochgezogener Augenbraue.

»Im Moment gerade nicht.«

»O stimmt, du sagtest, dass du es magst, wenn es ordentlich zur Sache geht.« Trevor grinste.

»Oh-oh«, machte der Moderator. »Der Zahnarzt hat ein Loch gefunden. Unsere Patientin braucht den BOHRER!«

»Aufgepasst«, zwinkerte Trevor.

In einer schnellen Bewegung riss er sich die Stripperhosen weg, und das Publikum schnappte hörbar nach Luft. Seine Bizepse waren nicht die einzigen Muskeln, die noch größer waren, als sie es in Erinnerung hatte.

»Er ist zu groß für Magnums«, sagte Siobhan. »Er braucht Anacondoms!«

Trevor rieb sich wieder an Kate, aber sie war wild entschlossen, so unbeeindruckt wie möglich auszusehen. Sie versuchte, den Blick von seinem Schritt abzuwenden. Glücklicherweise wusste sie, dass sie nicht erregt werden konnte, wenn sie von so vielen Leuten beobachtet wurde. Und doch begann sie sich zu fragen, wie es wohl wäre, jetzt mit Trevor allein zu sein.

Nein, diesen Gedanken durfte sie gar nicht erst zulassen.

»Immer noch nicht erregt«, sagte Kate stur.

»Tja, dann hatte ich wohl recht. Zahnärzte sind nicht sexy«, sagte Trevor und wandte sich zum Gehen. Er ging zum vorderen Bühnenrand und verbeugte sich.

»Thor, zeig uns deinen Hammer!«, bettelte Siobhan.

»Einen Riesenapplaus für TREVOR RUSH, Ladies!«, rief der Moderator.

Das Publikum war, wie zu erwarten, total aus dem Häuschen. Trevor drehte sich um und zwinkerte Kate zu, als er von der Bühne ging.

»Und einen genauso großen Applaus für die wunderbare Kate!«, sagte der Moderator, als er ihr die Hände und Knöchel wieder befreite. Sie stand von dem Zahnarztstuhl auf und rang sich ein Lächeln für die Zuschauerinnen ab. Dann kehrte sie mit knallrotem Gesicht zu den Mädels zurück.

»Ich fasse es nicht, dass er das getan hat«, sagte Kate sauer.

»Ich weiß, das hätte ich sein sollen, da oben«, seufzte Siobhan. »Es tut weh, wenn andere Leute meinen Traum leben.«

Die Stripper führten einen letzten synchronen Tanz auf, und die Show steigerte sich zu einem furiosen Finale. Siobhan war aufgestanden und applaudierte begeistert. Kate wusste, dass

Trevor nach der Show draußen auf sie warten würde, um sich in seinem Erfolg zu sonnen. Aber sie hatte nicht vor, ihm zu zeigen, dass sein kleiner Stunt funktioniert hatte.

»Hat euch die Show gefallen, Ladies?« Trevor stand tatsächlich grinsend vor der Eingangstür, als die Freundinnen den Saal verließen.

»Wir hatten Spaß, bis dieser arrogante DJ die Bühne übernommen und die Show an sich gerissen hat«, sagte Kate.

»Einige behaupten, es sei das Highlight der Show gewesen«, erwiderte er.

»Das muss die Jury noch entscheiden.«

»Na, wenn die Jury, DAS nicht überzeugt?«, meinte Siobhan mit Blick auf Trevors Hose.

»Es hat mich wieder angestarrt!«, sagte Chloe und hielt sich schnell die Augen zu. »Klopfer klopft wieder!«

»Sag mal, Trevor ...« Siobhan grinste. »Hast du schon mal Jumanji gespielt?«

»Reißt euch zusammen, Mädels!«, zischte Kate und stieß sie mit den Ellenbogen an.

»Also, habe ich meine Behauptung bewiesen, dass Zahnärzte nicht sexy sind?«, fragte Trevor.

»Absolut nicht.«

»Also, fandest du mich doch sexy?«

»Das ist NICHT, was ich gesagt habe!«

»Hat aber so gewirkt. Ich fand den Zahnarztstuhl eine schöne Idee. Marcus hat ihn extra für mich aus dem Lager geholt. Er war mir noch einen Gefallen schuldig«, sagte Trevor selbstzufrieden. »Jedenfalls, Ladies, würde ich euch drei gern einladen, meine Frau und mich zu unserem dritten Date morgen zu begleiten.«

»Okay, also, wenn du darauf bestehst ...«, sagte Siobhan. »Wo geht's denn hin?«

»Zum Grand Canyon«, sagte Trevor. »Ich habe gehört, dass

der auch auf deinem Reiseplan stand. Wäre doch eine Schande, wenn ihr das verpassen würdet.«

»Wir haben eigentlich geplant, morgen durch den Grand Canyon zu wandern«, sagte Kate und reckte das Kinn in die Höhe. »*Ohne* dich.«

»Wandern? Nein, Liebling, Wandern ist nicht das Richtige für euch«, sagte Trevor. »Die Aussicht von oben ist viel beeindruckender.«

»Von oben?«

»Ich werde morgen um fünfzehn Uhr vor dem Hotel sein. Lasst mich nicht warten«, zwinkerte er und ging davon.

Kate stöhnte und drehte sich zu den Mädels um. »Der Mann macht mich noch wahnsinnig!«

»Mich würde er auch wahnsinnig machen«, meinte Siobhan und leckte sich die Lippen.

»Himmel.« Kate lachte. »Alles klar, Mädels, dann lasst uns ins Bett gehen.«

»Macht ihr drei Nonnen nur«, sagte Siobhan abenteuerlustig. »Meine Nacht hat gerade erst angefangen.«

KAPITEL EINUNDZWANZIG

Nächtliches Lauern

Kate wachte mitten in der Nacht gegen drei Uhr auf.

Sie hatte einen furchtbaren Traum gehabt.

Sie stand am Altar und war nicht in der Lage, vor Norman das Ehegelübde abzulegen. Alle Leute in der Kirche starrten sie an, während sie kein Wort herausbrachte. Dann, plötzlich, fielen ihr die Zähne aus, einer nach dem anderen. Ihre Freunde und ihre Familie sahen ihr beschämt zu, während sie verzweifelt versuchte, ihre Zähne vom Boden der Kirche aufzusammeln. Und dann stand Trevor plötzlich in der Kirchentür. Hinter ihm leuchtete ein weißes Licht. Er war der Einzige, der sie nicht angewidert ansah. Stattdessen hatte er dieses nervige Grinsen auf dem Gesicht.

Da wachte sie auf.

Kate rollte sich herum und sah ihre Freundinnen in ihren Betten schlafen. Chloe trug eine seidene Schlafmaske und Ohrstöpsel. Natalie im Nachbarbett schnarchte wie ein Vorschlaghammer und redete ab und zu im Schlaf.

»Peppa, bitte lass meine Familie gehen«, murmelte sie gerade.

Siobhan war nicht da. Nach der Chippendaleshow hatte sie beschlossen, noch vor der Tür auf die Stripper zu warten. Offensichtlich war sie erfolgreich gewesen. Kate hoffte, dass es ihr gutging. Als Mutter der Kompanie begann sie, sich Sorgen zu machen. Doch sie zwang sich dazu, sich zu entspannen. Siobhan war schon immer die Freundin gewesen, von der man nichts hörte bis zum nächsten Morgen, auch wenn man ihr sagte, sie sollte schreiben, wenn sie gut nach Hause gekommen war. Sie war zwar wild, aber sie hatte trotzdem immer alles unter Kontrolle.

Im Gegensatz zu Kate, die das Gefühl hatte, jegliche Kontrolle verloren zu haben. Trevor machte ihr nicht nur das Leben zur Hölle, sondern war inzwischen auch in ihre Träume vorgedrungen. War es nicht schlimm genug, dass er sie im bewussten Zustand quälte? Musste er jetzt auch noch ihr Unterbewusstsein foltern? Doch das Schlimmste daran war, dass, je mehr Zeit sie mit ihm verbrachte, sie ihn immer weniger hassen konnte.

Sie befürchtete, dass sie sich an ihn gewöhnte. Er war auf nervtötende Weise charmant und irritierend gut aussehend. Sein Verhalten war geradezu lächerlich, aber selbst seine unerhörtesten Aktionen hatten etwas Charismatisches an sich. Eine Stripshow zu crashen, zum Beispiel. Woher nahm er diese Dreistigkeit? So etwas konnte auch nur ihm einfallen.

Und doch musste sie unwillkürlich lächeln.

Er schaffte es, zu ihr durchzudringen, genau wie vor neun Jahren. Es waren diese sporadischen Blicke auf den zärtlichen Mann unter der extravaganten Fassade, die sie hin und wieder erhaschte. Das Weiche unter der glänzenden Rüstung. Aber vermutlich war das alles auch gespielt. Er täuschte die Verletzlichkeit nur vor, um sie dazu zu bringen, sich wieder in ihn zu verlieben. Funktionierte es?

Nein.

Er konnte nur gut mit Worten umgehen, mehr nicht, und wusste irgendwie immer, was er zu sagen hatte, um sie auf die Palme zu bringen. Warum genoss er es so sehr, mit ihr zu spielen? Und warum fing sie auch noch an, es zu mögen? Aber diese verbotenen Gedanken durfte sie nicht zulassen. Sie musste so kühl und distanziert bleiben wie möglich. Sie war vielleicht ein bisschen warm geworden, ihm gegenüber, aber sie war noch längst nicht geschmolzen. Alles, was Kate tun musste, war, sich daran zu erinnern, was für ein Playboy er in Wirklichkeit war.

Und sie wusste genau, wie sie das erreichen konnte.

Sie beugte sich zur Seite und schnappte sich ihr Handy vom Nachttisch. Nachdem sie Instagram geöffnet hatte, scrollte sie gleich zu ihrer Blockiert-Liste. Wenn es etwas gab, das sie daran erinnern konnte, wer Trevor Rush wirklich war, dann war das mit Sicherheit sein Insta-Feed.

Während sie die Liste runterscrollte, stellte sie überrascht fest, wie lang diese inzwischen war. Sie hatte über die Jahre wirklich etliche Leute blockiert. Aber alle hatten es verdient. Es waren hauptsächlich seltsame Männer, die sie um Fußfotos gebeten hatten, Kommilitoninnen, die sich in Schneeballsystemen verfangen hatten, und irgendwelche Bots, die ihr sagten, sie hätte bei einem Preisausschreiben gewonnen, an dem sie nie teilgenommen hatte. Aber dann, ganz unten in der Liste, entdeckte sie die erste Person, die sie je blockiert hatte.

@TrevorRushOfficial

Igitt, diese Arroganz. Official? Er war ein DJ, nicht irgendein Hollywoodstar.

Andererseits hatte er jede Menge Fans. Sein blaues Häkchen irritierte sie. Nicht, weil er es nicht verdient hätte, verifiziert zu sein, sondern weil er Social Media früher gehasst hatte. Sie selbst hatte ihn in jenem Sommer dazu überredet, sich bei Instagram anzumelden. Er wollte eigentlich lieber im Moment leben, doch sie hatte ihm erklärt, dass Social Media als Werkzeug dienen konnte, ihn zu promoten und über Follower eine Fanbase zu kreieren. Sie hatte natürlich recht gehabt. Sie hatte immer recht. Aber es war frustrierend, dass sie ihn damals überreden musste, Instagram beizutreten, und er jetzt verifiziert war und zwei Millionen Follower besaß.

Wieder ein Beispiel dafür, wie Frauen Männer aufbauten und dann von ihnen im Stich gelassen wurden.

An ihrem letzten gemeinsamen Abend hatte er tatsächlich erst eingewilligt. Er hatte eingesehen, dass es eine gute Art war, das Leben des anderen zu verfolgen, wenn sie eine Fernbeziehung hatten. So konnten sie leichter in Kontakt bleiben. Nachdem sie das Polaroidfoto von ihnen beiden vor der Freiheitsstatue gemacht hatte, sagte er, er hätte endlich ein Foto, das es wert war, gepostet zu werden. Er fotografierte das Polaroid mit dem Handy ab und lud es noch vor Ort hoch. Sie erinnerte sich außerdem genau daran, was er dazugeschrieben hatte.

Fortsetzung folgt …

Natürlich hatte sie auch ein Foto des Polaroids gepostet, immerhin hatte es einen extremen *1989*-Vibe, eine Ästhetik, von der Kate damals besessen gewesen war. Doch nachdem Trevor sie betrogen hatte, löschte sie das Bild, genau wie alles andere, was sie damals von ihm gepostet hatte.

Verbrannte Erde.

Was hätte sie sonst tun sollen? Er hatte ihr das Herz gebrochen.

Ihr Finger schwebte einen Moment lang unentschlossen über dem Display, ehe sie das Blockieren rückgängig machte. Sie hatte sich geschworen, das niemals zu tun, aber sie wusste, dass sie ihn sofort wieder blockieren konnte, sobald sie einen kurzen Blick auf seinen Feed geworfen hatte. Und sobald Kate sein Profil geöffnet hatte, fand sie auch, wonach sie gesucht hatte.

Hunderte von Fotos, die unterstrichen, welche Art von Mann er war. Trevor auf Party-Yachten, umgeben von bildschönen Models. Trevor in Rooftop-Bars, wo er Champagnerkorken knallen ließ. Trevor in Limos, Pools, Flugzeugen, der das ausschweifende Leben eines Playboys führte. Die Art, wie er sich darstellte, war so dekadent, dass sie sich unwillkürlich fragte, ob er nicht ein Ölgemälde von sich selbst auf dem Speicher liegen hatte. So wie es aussah, ging Trevor Rush nicht nur auf Partys.

Trevor Rush *war* die Party.

Ihr drehte sich der Magen um, als sie all die Frauen in seinen Kommentaren erblickte. Schon allein an den Profilbildern konnte sie erkennen, dass sie alle in der ersten Liga spielten. In den Kommentaren schrieben sie eigentlich alle das Gleiche. Hauptsächlich fanden sich dort ein Haufen Feuer-Emojis, aber einige schrieben auch »Bis bald wieder«, »Bester DJ in Vegas« oder »Hottie«. Als wäre das nicht schon ekelhaft genug, sah sie, dass Trevor auf einige der Kommentare mit zwinkernden Smileys geantwortet hatte. So typisch. Er liebte die Aufmerksamkeit, die er von diesen Frauen bekam, und sie hatte keinen Zweifel daran, dass seine Nachrichteneingang genauso voll war wie sein Kommentarbereich. Sie hasste es, wie diese Frauen sein Ego befeuerten. War er nicht auch ohne die ewige Bauchpinselei schon eingebildet genug? Andererseits täuschte er sie eben auch alle, genau wie sie damals.

Kurzerhand beschloss Kate nachzusehen, ob sie Zugriff auf ihre alten Nachrichten hatte. Überraschenderweise, selbst nach fast zehn Jahren mit unzähligen Instagram-Updates, waren sie immer noch da, wie eine Zeitkapsel ihrer Beziehung.

Die ersten Nachrichten, die sie las, waren die letzten, die sie ausgetauscht hatten.

Trevor: Kann grad nicht reden, bin in einem Meeting.

Kate: Trevor, ich habe nachgedacht und beschlossen, nächsten Sommer nicht nach New York zurückzukommen. Mein Leben ist hier, und das, was wir hatten, war doch eigentlich nicht mehr als eine nette kleine Affäre. Wir sind nicht richtig füreinander, und ich denke, es ist das Beste, wenn wir getrennte Wege gehen.

Nur das Beste 👍

Danach hatte sie ihn blockiert. Es hatte sie fast umgebracht, es zu tun, vor allem, weil sie gesehen hatte, dass er bereits dabei war, eine Antwort zu tippen. Aber es war das Richtige. Sie konnte ihn nicht das letzte Wort haben lassen. Dafür war sie viel zu stolz.

Rückblickend erschien ihr die Nachricht an ihn ziemlich kalt. Sie waren verrückt nacheinander gewesen, und sie hatte ihn auf eine solch skrupellose Weise abserviert. Dieses Daumen-hoch-Emoji war geradezu brutal, ein gnadenloser Schlusspunkt, wenn es den je gegeben hatte. Es war kein Wunder, dass er verzweifelt nach dem wahren Grund suchte. Für einen kurzen Moment fragte sie sich, wie er sich wohl gefühlt hatte.

Aber dieser Gedankengang war überflüssig. Trevor Rush hatte kein Mitgefühl verdient. Es war richtig gewesen, ihn so zu behandeln. Immerhin hatte er ihr Selbstbewusstsein zunichtegemacht, auch wenn er nichts davon ahnte. Und das sollte er auch nie. Herzensbrechern war es egal, wenn sie anderen weh taten, warum taten sie es sonst? Früher oder später hätte er sie sowieso sitzenlassen. Und dann hätte er sie nicht nur betrogen, sondern auch noch abserviert. Sie war nach wie vor stolz darauf, das letzte Wort gehabt zu haben.

Plötzlich war Kate neugierig, wie er dorthin gekommen war, wo er heute war. Es war immerhin ein geradezu kometenhafter Aufstieg vom unbekannten DJ zum König von Vegas. Kate wusste, dass sie ihn einfach wieder blockieren und weiterschlafen sollte, aber sie konnte sich nicht davon abhalten, seine Timeline durchzugehen. Sie wollte die Story hinter Trevors Erfolg erfahren.

Von Anfang an.

Kate begann hastig durch seinen Feed zu scrollen, wobei sie die meisten Posts ignorierte. Ihr Finger berührte wieder und wieder das Display, um den Anfang zu erreichen. Doch es waren unglaublich viele Posts. Mehr als bei Chloe, und das hatte etwas zu heißen. Und das bei einem Mann, der Social Media eigentlich hasste. Sie scrollte und scrollte, bis sie endlich das Ende seines Feeds erreichte.

Kate stockte der Atem.

Sein allererstes Foto war immer noch das Polaroid von ihm mit ihr.

Er hatte es nicht gelöscht.

Kate setzte sich im Bett auf, überrumpelt von dem, was sie sah. Da waren sie, vor der Freiheitsstatue, schrecklich verliebt. Warum zur Hölle hatte er das Bild nicht gelöscht? Es ergab keinen Sinn. Kate hatte alle Spuren von Trevor Rush aus ihrem Profil entfernt, und doch war sie immer noch auf diesem Foto in seiner Timeline. Ihr rutschte das Herz in die Hose, als sie die Caption las.

Fortsetzung folgt ...

Sie wusste nicht mehr, was sie denken sollte. Dieses Foto passte überhaupt nicht zu seinem Playboy-Image. Es war völlig untypisch. Und doch war es da. Auf dem Display. Jagte ihr Schockwellen durch den Körper. Ihr Flattern war mit Macht zurückgekehrt. Ihr Verstand versuchte verzweifelt, ihn zu verachten, aber ihr Körper tanzte vor Leidenschaft. Es erschien ihr einfach so romantisch, dass er das Foto nicht gelöscht hatte. Und das ganz ohne Hintergedanken. Man musste tief tauchen, um es zu finden, aber da war es dann, sichtbar für alle Welt. Unter all den Fotos der Extravaganz und des Luxuslebens steckte ein kleiner Blick auf sein wahres, sanftes Selbst.

Die Qualität des Fotos war nicht gerade überragend, und sie zoomte rein, um Details darin erkennen zu können.

Doch da passierte die Katastrophe.

Kate klickte versehentlich doppelt auf das Foto und versah es mit einem roten Herz. Was bedeutete, Trevor würde eine Benachrichtigung erhalten, dass sie das Foto von ihnen als Paar gerade gelikt hatte!

Sie drückte panisch auf den Knopf, der es rückgängig machte, und schleuderte ihr Handy ans Fußende des Bettes. Sie musste jetzt ruhig bleiben. Trevor hatte so viele Follower. Vielleicht würde ihr Herz in der Fülle seiner Benachrichtigungen untergehen. Wahrscheinlich fiel es ihm nicht einmal auf.

Doch dann piepste ihr Handy.

Sie lehnte sich nach vorne, um es sich zu angeln, und sah die Benachrichtigung.

@TrevorRushOfficial folgt dir jetzt.

»Nein, nein, nein, nein, nein«, flüsterte Kate verzweifelt.

Chloe drehte sich im Schlaf um, wachte aber glücklicherweise nicht auf. Das durfte einfach nicht wahr sein. Trevor würde ihr das ewig vorhalten. Da tauchte auch schon eine Nachricht von ihm auf.

Trevor: Das habe ich gesehen, Sommersprosse 😉

Das war nun offiziell eine Katastrophe. Da kam sie nicht mehr raus. Und ignorieren konnte sie ihn auch nicht. Er wusste, dass sie online war. Ihr blieb nichts anderes übrig, als ihm zu antworten.

Kate: Ich habe keine Ahnung, wovon du redest ...

Trevor: Mich um drei Uhr morgens stalken? Verdammt, dich hat es aber erwischt 😉

Kate: Ach, halt die Klappe, das war ein Versehen!

Trevor: Also, du scrollst meine Timeline ganz bis nach unten und likst ein Foto von uns als Paar, um drei Uhr morgens … aus Versehen?

Kate: Mir ist der Finger ausgerutscht!

Trevor: Der mit meinem Ring dran?

Kate: Du bist unmöglich! Warum bist du überhaupt wach?

Trevor: Arbeite an einem Projekt. Warum bist du wach?

Kate: Geht dich nix an.

Trevor: Ich nehme an, du hast von mir geträumt 😉

Kate: Jeder Traum, in dem du vorkommst, zählt als Albtraum!

Trevor: Manchmal zeigen uns Albträume unsere tiefsten Sehnsüchte …

Kate: Ich schlafe jetzt!

Trevor: Braves Mädchen. Du musst dich ausruhen vor unserem Ausflug in den Grand Canyon morgen. Oh, und falls du mich wieder blockierst, füge ich unserer Abmachung ein weiteres Date hinzu 😉

Kate: Das ist nicht fair!

Trevor: Finde ich schon. Du hast meine Timeline ausspioniert. Jetzt ist es an der Zeit, dass ich das bei deiner tue. Gute Nacht, Sommersprosse 😉

Kate hätte am liebsten losgeschrien, aber sie wollte ihre schlafenden Freundinnen nicht wecken.

Wie hatte sie bloß so achtlos sein können? Ein dummes Herz, und plötzlich hatte Trevor Zugang zu ihrem gesamten

Instagram-Feed. Und sie konnte nichts dagegen tun. Wenn sie ihn wieder blockierte, würde es den Albtraum, in dem sie feststeckte, nur verlängern. Panisch ging sie im Kopf die Posts durch, die sich in ihrer Timeline befanden. Sie überlegte fieberhaft, ob Trevor irgendetwas Verfängliches entdecken konnte.

O Gott, er würde Norman sehen. Er würde alles sehen, von ihren Pärchenbildern bis zu ihrer Verlobungsverkündung. Vielleicht sollte sie besser ihre Fotos durchgehen und die archivieren, die Trevor nicht sehen sollte.

Nein.

Sie würde nicht zulassen, dass Trevor wieder solche Macht über sie bekam. Und was kümmerte sie es überhaupt? Sie liebte Norman, und Trevor sollte das auch merken. Und sich anschauen, wie ein echten Gentleman aussah – ein Mann, der nicht jeden Abend damit verbrachte, Champagner zu schlürfen und mit Models Party zu machen. Ein Mann, der nicht mit jeder Frau flirtete, die ihm über den Weg lief. Ein Mann, der nicht fremdging.

Trevor konnte sich ruhig durch alle Fotos scrollen. Sie würde sich davon nicht aus der Fassung bringen lassen.

Glücklicherweise hatte sie alle Posts, die mit ihrer gescheiterten Musikkarriere zu tun hatten, längst gelöscht. Damals hatte sie versucht, ihren Song »Your Scar« als Independentkünstlerin zu promoten. Es erschien alles so einfach. Stelle deine Musik online und werde entdeckt. Das passierte doch ständig, oder? Wie sich herausstellte, war es nicht so. Ohne ein Label im Rücken sang Kate wie in einen Abgrund, ungehört – zumindest von den richtigen Leuten. Aber alle diese Posts waren weg, also musste sie sich darum schon mal keine Sorgen machen.

Kate beschloss, ihr Stalking fortzusetzen, immerhin tat er gerade das Gleiche. Sie scrollte nach oben, von der Vergangenheit in die Gegenwart, um die Erfolgsstory zu verfolgen, wie

@TrevorRush zu @TrevorRushOfficial wurde. So wie sie es verstand, hatte er weiterhin Gigs in New York gehabt, nachdem sie fortgegangen war. Doch die Veranstaltungen schienen größer zu werden. Es waren definitiv nicht mehr die Auftritte in den kleinen Eckkneipen, die sie anfangs von ihm gesehen hatte. Langsam aber sicher wurden die Partys größer und größer, und seine Fanbase war vermutlich ebenfalls gewachsen. Es ergab Sinn, schließlich hatte er Talent. Er konnte jede Veranstaltung zu einer unvergesslichen Nacht werden lassen. Damals hatten sie gescherzt, dass er mit seinen Remixen einen Bingoabend im Seniorenheim in eine Ibiza-Party verwandeln könnte.

Irgendwie war sie froh, dass sein Talent erkannt wurde. Aber natürlich gab es auch einen Teil in ihr, der sich wünschte, seine Musikkarriere wäre den Bach runtergegangen – genau wie ihre. Ursprünglich hatten sie mal geplant, zusammen aufzutreten, doch nur einer von ihnen hatte es als Solokünstler geschafft. Da war das Gefühl doch nur natürlich. Immerhin würde es wohl niemandem gefallen, den fremdgehenden Ex erfolgreich zu sehen.

Als sie Trevors Timeline halb durchgescrollt hatte, verspürte Kate den nächsten Stich, und er war noch heftiger als der letzte. Auf einem der Fotos entdeckte Kate die Frau, die sie damals gesehen hatte.

Die Frau, die Trevor auf die Wange geküsst hatte.

Die Frau, die er nach drinnen geführt hatte.

Die Frau, mit der er sie betrogen hatte.

Sie hatte plötzlich einen Kloß im Hals, als sie das Bild auf dem Display anstarrte. Die Frau war genauso wunderschön, wie Kate es in Erinnerung hatte. Das Foto zeigte sie und Trevor lachend bei irgendeiner Promi-Veranstaltung. Die Frau war bestimmt Model, und ganz offensichtlich gehörten die beiden zusammen. Aber es war die Caption, die Kate wirklich das Herz brach.

Hinter jedem starken Mann steht eine noch stärkere Frau.

Der verlogene, hinterhältige Bastard. Das war der Spruch, den Trevor damals für Kate benutzt hatte. Und plötzlich bezeichnete er so die Frau, mit der er sie betrogen hatte. Sie war so wütend, dass sie es gar nicht hätte in Worte fassen können. Den Satz hatte er ihr sogar gestern erst gesagt, als sie bei den venezianischen Kanälen waren. Offensichtlich war es eine Art Anmache, die er öfter verwendete.

Besaß er gar kein Schamgefühl?

Sie machte einen Screenshot, um es den Mädels am nächsten Morgen zu zeigen. Sie würden sich bestimmt genauso aufregen wie sie. Nicht auszudenken, dass sie gerade angefangen hatte, ihm gegenüber aufzutauen, nachdem sie entdeckt hatte, dass sie immer noch auf seinem ersten Foto war. Vermutlich löschte er einfach gar keine Fotos von Frauen, mit denen er geschlafen hatte, um die anderen eifersüchtig zu machen. Seine Psychospielchen kannten keine Grenzen. Aber sie weigerte sich, weiter mitzuspielen. Sie würde sich davon nicht beeinflussen lassen, nicht mal ein kleines bisschen.

Kate klickte auf die Frau in dem Foto, um zu sehen, ob sie getaggt war. Und tatsächlich erschien ihr Profilname, als sie den Bildschirm antippte.

@Viola89

Natürlich war ihr Name Viola. Ein wunderschöner Name für eine wunderschöne Frau. Und natürlich war ihr Geburtsjahr 1989, quasi das beste Jahr, in dem man geboren werden konnte. Kate klickte, um ihr Profil zu öffnen. Doch sie wurde enttäuscht.

Privates Profil. Anfrage senden.

Dreißig Beiträge. 1320 Follower. 950 gefolgt.

Kate hätte alles gegeben, um herauszufinden, wer diese Frau war. Aber vielleicht war es besser so, dass sie nicht mehr von ihr sehen konnte. Kates Selbstbewusstsein war ohnehin schon angeknackst genug, auch ohne dass sie sich mit irgendeinem perfekten Model vergleichen musste. Es würde sowieso zu nichts führen. In Anbetracht der Tatsache, dass das die Frau war, mit der Trevor sie betrogen hatte, würde es nur die Wunde wieder aufreißen, die sie neun Jahre lang versucht hatte, zu verschließen. Sie erinnerte sich daran, dass sie nicht eifersüchtig war. Kein bisschen.

Zu Hause wartete ein Mann auf sie, der sie nicht ständig wahnsinnig machte. Und ihr wurde bewusst, dass dank der Zeitverschiebung, Norman sogar schon wach sein würde. Es war die perfekte Zeit, ihm zu schreiben.

Kate: Hey, Normie, meine Mutter hat angerufen und gesagt, du machst dir Sorgen. Wollte dir nur sagen, dass alles gut ist. Vermisse dich 😘

Norman: Hab noch mal mit Margaret telefoniert. Sie stimmt mir zu, dass dein Verhalten merkwürdig ist. Wir machen uns Sorgen um deine geistige Gesundheit.

Kate: Gibt keinen Grund dazu, Normie. Du musst mir einfach vertrauen 😘

Norman: Du machst es mir gerade sehr schwer, dir zu vertrauen, Kate. Stell dir mal vor, ich hätte einen Junggesellenabschied veranstaltet und ihn um zwei Tage verlängert, ohne mir die Mühe zu machen, dir jede Stunde zu schreiben.

Kate: Ich verspreche dir, dass alles unter Kontrolle ist. Ich liebe dich, wir sehen uns am Mittwoch 😘

Kate schaltete das Handy aus und legte es zurück auf den Nachttisch. Sie hatte gehofft, dass sie sich besser fühlen würde, wenn sie Norman schrieb, nach den Social-Media-Psychospielchen von

Trevor. Dummerweise war dem nicht so. Doch auch wenn sie sich nun wesentlich schlechter fühlte als zuvor, fiel ihr wieder ein, dass sie ursprünglich Trevors Profil geöffnet hatte, um sich daran zu erinnern, was für ein Playboy er war.

Na, das hatte sie geschafft.

KAPITEL ZWEIUNDZWANZIG

Das dritte Date

»Na los, es ist schon fast drei Uhr! Wir kommen noch zu spät!«, drängte Chloe ihre Freundinnen, die dabei waren, sich für das Date fertig zu machen. Chloe hatte immer noch Sonnenbrand, aber trotzdem wollte sie diese einmalige Gelegenheit für spektakuläre Fotos unbedingt nutzen.

»Zum ersten Mal ist Chloe als Erste fertig«, stellte Natalie grinsend fest.

»Ich will es nur nicht verpassen!«

»Chloe, der Grand Canyon ist sechs Millionen Jahre alt, der geht nirgendwohin«, erwiderte Kate, die noch einen letzten Hauch Make-up auftrug.

»Also, Trevor hat gesagt, wir werden es von oben sehen, und ich rechne mit gutem Content. Dafür brauchen wir aber so viel Tageslicht wie möglich«, erklärte Chloe.

»Ich will so wenig Tageslicht wie möglich. Ich bin schon wieder verkatert«, stöhnte Siobhan, die ausgestreckt auf dem Bett lag.

»Ach, komm schon, Siobhan, das wird ein toller Tag.«

»Ich hatte einen tollen Tag bis um zehn Uhr heute Morgen.«

»Was ist da passiert?«

»Ich bin aufgewacht.«

»In wer weiß wessen Bett«, meinte Natalie in abschätzigem Tonfall.

»Es war der Kellner von den Chippendales, um genau zu sein«, prahlte Siobhan.

»Und wie ist sein Name?«, fragte Natalie, obwohl sie genau wusste, dass sie ihn nicht würde nennen können.

»Sein Name? Es war ein One-Night-Stand, keine Hochzeit. Ich bin nicht Kate, die jeden heiratet, der ihr über den Weg läuft.«

»Hey!«, beschwerte sich Kate.

»Aber vielleicht solltest du mal langsam machen mit den vielen One-Night-Stands, Siobhan. Du willst dir doch keine Geschlechtskrankheit einfangen«, meinte Natalie.

»Eifersucht ist auch eine Krankheit, Nat«, entgegnete Siobhan. »Gute Besserung.«

»Ich bin nicht eifersüchtig! Ich mache mir bloß Sorgen!«

»Ich fasse es nicht, dass ausgerechnet du so prüde geworden bist. Du hast dich an Halloween letztes Jahr quasi als Klitoris verkleidet!«

»Das war, weil ich versucht habe, meinem Ex-Freund Mark aus dem Weg zu gehen. Ich wusste, dass er mich so nie finden würde!«

»Wie auch immer. Aber du hattest gesagt, du versuchst auf unserer Reise jemanden abzuschleppen, dabei strengst du dich überhaupt nicht an!«

»Tja, nicht jede von uns hat so eine Ausdauer, mit drei Typen in drei Tagen zu schlafen.«

»Ach, hör schon auf«, winkte Siobhan ab. »Stell dir vor, ein Mann hätte bei einem Junggesellenabschied drei Frauen klargemacht. Er wäre der absolute Held und würde für den Rest seines Lebens als lebende Legende verehrt werden. Was ist denn aus deinem sexpositiven Feminismus geworden?«

»Ja, schon. Aber als ich sagte ›fick das Patriarchat‹, habe ich das nicht wortwörtlich gemeint.«

»Glaubt mir, Mädels, die Gesellschaft wird euch als Schlampe bezeichnen, egal, was ihr tut. Also könnt ihr es auch einfach genießen.«

»Okay, sind wir alle abfahrbereit?«, unterbrach Chloe sie. Ihr ging offenbar die Geduld aus.

»Ja«, antwortete Kate und drehte die Wimperntusche zu. »Aber ich würde gern fürs Protokoll festhalten, dass ich nicht glücklich bin damit. Im Reiseplan stand, dass wir durch den Grand Canyon *wandern*.«

»Ich glaube, dein Reiseplan hat sich schon seit einer Weile erledigt, Kate.« Siobhan lachte.

Kate wusste, dass es sinnlos war, es zu bestreiten. Ihr Reiseplan war wirklich längst Geschichte. Aber dennoch war sie aufgeregt, den Grand Canyon zu sehen. Das Wandern hätte sie auch schön gefunden, aber ein Ausblick von oben war natürlich etwas ganz Besonderes. Und sie musste Trevor zugutehalten, dass es nett von ihm war, ihre Freundinnen auch einzuladen.

Trotzdem war sie noch sauer auf ihn, nach dem, was sie nachts auf Instagram entdeckt hatte.

»Ach, und niemand ist nett zu Trevor, verstanden?«, wies Kate die anderen an.

»Ich hätte schwören können, du fängst gerade an, ihn zu mögen«, meinte Chloe.

»Ich hätte fast den Fehler gemacht, ihm gegenüber aufzutauen. Aber dann habe ich ihn letzte Nacht auf Instagram gestalkt.«

»Jetzt sprechen wir eine Sprache! Was hast du rausgefunden?«

»Also, sein allererstes Foto ist immer noch das von uns beiden. Das Polaroid, auf dem wir vor der Freiheitsstatue stehen. An dem Abend, als wir uns voneinander verabschiedet haben.«

»Er hat es nie gelöscht? Das ist das Romantischste, was ich je gehört habe! Ich glaub, ich muss weinen!«, sagte Chloe gerührt.

»Das dachte ich zuerst auch, aber dann habe ich noch ein Foto von ihm mit der Frau gefunden, mit der er mich betrogen hat.

Ihr Name ist Viola, und sie ist offensichtlich irgendein Laufstegmodel.«

»Lass mal sehen«, verlangte Natalie.

Kate zog seufzend ihr Handy heraus. Sie öffnete den Screenshot und zeigte ihren Freundinnen das Foto.

»WOW! Was für eine heiße Frau!«, sagte Natalie. »Ich würde sie Mummy nennen.«

»Zeig mal her«, sagte Chloe und warf einen Blick auf das Display. »Heilige Scheiße.«

»Können wir bitte nicht weiter Salz in die Wunde streuen?«, bat Kate.

»Aber, Kate, du bist immer noch sein erstes Foto. Das muss doch etwas zu bedeuten haben. Außerdem bist du mindestens genauso hübsch wie diese Viola«, sagte Chloe.

»Ah, Viola ist so ein heißer Name!«, meinte Natalie mit verklärtem Blick.

»Okay, okay, wir haben es verstanden.« Genervt schnappte sich Kate ihr Handy wieder. »Sie ist eine Million Mal besser als ich, und ich werde es nie mit ihr aufnehmen können. Aber das ist auch egal, weil ich inzwischen weiß, dass es damals die richtige Entscheidung war, ihn zu verlassen. Regel Nummer eins, sei niemals die Nummer zwei bei jemandem. Trevor ist immer noch ein Playboy, also werden wir heute nicht nett zu ihm sein. Das heißt auch, kein Flirten, Siobhan.«

»Ach, kommt schon! Wenn er dich für mich verlässt, sind all deine Probleme gelöst. Ich versuche nur, eine gute Freundin zu sein!«, behauptete Siobhan.

»So selbstlos«, erwiderte Kate lachend.

»Na los jetzt!«, drängelte Chloe ungeduldig. »Wir kommen zu spät!«

Trevor wartete bereits vor dem Haupteingang des *Bellagios* auf sie, wie er es angekündigt hatte. Trotzdem fiel Kate vor Schreck die Kinnlade runter, als sie ihn sah.

Er lehnte an einer pinken Hummer-Limo. Es war genau die Limo, mit der die Mädels am Flughafen hatten fahren wollen.

»Also, das nenne ich mal ein heißes Teil«, sagte Siobhan zu den anderen. »Und die Limo ist auch nicht schlecht.«

»Siobhan, bitte! Sein Ego ist schon groß genug«, raunte Kate ihr zu, als sie auf ihn zugingen.

»Eure Kutsche wartet, Ladies«, sagte Trevor und machte eine Handbewegung in Richtung des pinken Monstrums.

Er wusste genau, was er tat. Sie war dumm genug gewesen, ihm gegenüber zu erwähnen, dass die Mädels sich die Hummer-Limo gewünscht hatten, und jetzt zog er sie damit auf seine Seite, dass er ihnen eine gemietet hatte. Kate hätte wissen müssen, dass so etwas passieren würde. Nach seinem Striptease war klar, dass er zu allem bereit war, wenn es dazu diente, sie wütend zu machen.

»Sollen wir los?« Er öffnete die riesige Wagentür, und die Freundinnen stiegen staunend ein.

Der Anblick war überwältigend. Alles war pink. Pinke Ledersitze, ein pinker Plüschteppich, ein pinker Flatscreen und eine pinke Champagnerflasche.

»Wahnsinn, das ist wie Fifty Shades of Pink hier drinnen«, sagte Natalie, während sie den Blick schweifen ließ.

»Also, ich weiß, wie gern ihr Mädels die hier mieten wolltet. Und ich habe ein schlechtes Gewissen, weil ich euren Junggesellinnenabschied gecrasht habe«, sagte Trevor.

»Seht nur, wer auf einmal ein Gewissen hat«, murmelte Kate.

»Ach, du Scheiße, ist das eine Poledance-Stange dadrin?«, fragte Siobhan, als ihr Blick auf einen pinken Zylinder fiel, der vom Boden bis zur Decke reichte.

»Richtig erkannt«, antwortete Trevor und schloss die Tür hinter sich. »Lorenzo, zum Flugplatz, bitte.«

Lorenzo ließ den Motor an und fuhr sie zu ihrem Ziel. Trevor zog eine pinke Flasche aus einem pinken Eimer voller Eiswürfel und präsentierte sie den Frauen. »Pinker Champagner, Ladies?«

»Himmel«, seufzte Kate. So viel zum Thema Overkill.

»Ist was, Liebling?«

»Es erscheint mir nur etwas zu viel, meinst du nicht?«

»Nichts ist zu viel für meine Frau.«

»Tja, also ich hätte gern ein Gläschen von dem pinken Champagner, Trevor. Ich muss dringend kontern«, sagte Siobhan, die immer noch sichtlich unter ihrem Kater litt.

Trevor ließ den Korken ploppen und füllte Siobhan, Natalie und Chloe die Gläser auf. »Und für die Braut vielleicht eine Champagnerdusche?«, schlug er vor.

»Vielleicht auch nicht«, erwiderte sie mit gekünsteltem Lächeln.

»Also, Trevor ...«, setzte Siobhan an, als sie an ihrem Drink nippte. »Das war ja eine ordentliche Show, die du da gestern Abend abgeliefert hast.«

»Nun, ich habe mich schon immer als Entertainer gesehen. Ich hoffe, mein Hüftschwung war nicht zu viel für die Damen.«

»Ganz und gar nicht.«

»Also, ich für meinen Teil könnte dich wegen Verursachung eines Schleudertraumas verklagen«, sagte Kate.

»Aber wer hat schon was gegen ein schönes Schleudertrauma ab und an?« Siobhan zwinkerte Trevor zu.

»Ach, Siobhan, wäre ich bloß nicht verheiratet«, gab Trevor zurück, offenbar, um Kate eifersüchtig zu machen.

»Wir können das mit der Ehe jederzeit rückgängig machen, Liebling«, sagte Kate. »Eine Unterschrift, und du bist frei.«

»Netter Versuch, Sommersprosse.«

»Ich hätte da allerdings ein Feedback zu deinem Striptease, Trevor«, fuhr Siobhan fort. »Du hättest die Badehose ausziehen und den Helikopter machen sollen. Man sollte dem Publikum schon geben, was es will, oder nicht?«

»Was denkst du, Sommersprosse?«, fragte Trevor, um sie weiter zu reizen.

»Ich denke, das hätte etliche der Genfer Konventionen verletzt«, zischte Kate.

»Hmm ... Es ist natürlich auch immer gut, nicht alles zu zeigen.«

»Stimmt. Die Enttäuschung wäre zu groß.«

Kate zog ihr Handy heraus, um sich nicht anmerken zu lassen, dass Trevor es schaffte, sie zu ärgern. Es war ohnehin an der Zeit, Norman zu schreiben.

Kate: Hey, Normie, wir sind jetzt auf dem Weg zum Grand Canyon. Vermisse dich 😘

Norman antwortete nicht gleich wie sonst, was Kate ein wenig seltsam fand. Aber als sie genauer hinsah, bemerkte sie, dass die Nachricht noch nicht zugestellt war. Er würde sicher antworten, sobald er sie bekam.

»Hat diese wunderschöne pinke Traummaschine zufällig einen USB-Anschluss?«, fragte Siobhan, die ihr Handy gezückt hatte.

»Hier drüben«, rief Natalie.

Siobhan schloss ihr Handy an, und endlich kam ihre eigens für den Junggesellinnenabschied zusammengestellte Playlist zum Einsatz. Ein paar Sekunden später plärrte Shania Twains »Man! I Feel Like A Woman« aus den Lautsprechern.

Die Freundinnen kreischten begeistert mit. Selbst Kate konnte nicht an sich halten.

»JAAAAA!«, brüllte Chloe.

»Dieser Song hat diesem Junggesellinnenabschied echt gefehlt«, stellte Natalie fest.

»Also dann, Trevor Rush«, sagte Siobhan und begab sich zur Poledance-Stange. »Lass mich dir mal zeigen, wie ein richtiger Striptease aussieht.«

Nach ein paar Gläsern pinken Champagners und etlichen Poledance-Choreographien von Siobhan kam die Hummer-Limo endlich am Flugplatz an. Aber als die Freundinnen aus dem Auto stiegen, sahen sie sich überrascht an. Sie hatten mit einem Hubschrauber für ihre Tour über den Grand Canyon gerechnet, doch vor ihnen stand ein kleiner Privatjet.

»Moment mal, wo ist der Helikopter?«, fragte Kate.

»Oh, du wolltest also doch den Helikopter?«, fragte Trevor grinsend.

»Ich meinte den, der uns über den Grand Canyon fliegen soll!«

»Ich habe nie gesagt, dass wir mit einem Hubschrauber fliegen. Wir werden das Flugzeug nehmen.«

»Ein Flugzeug kann aber nicht so niedrig fliegen«, erwiderte Kate genervt. »Wir werden doch kaum was erkennen!«

»Ja, ich hatte auf guten Foto-Content gehofft«, stimmte Chloe enttäuscht ein.

»Ich verspreche, es wird die beste Aussicht sein, die der Canyon zu bieten hat«, sagte Trevor. »Aber ihr müsst eure Taschen in der Limo lassen – das Flugzeug hat eine Gewichtsobergrenze.«

Die Freundinnen warfen ihre Handtaschen in die Limo, ehe sie die schmale Treppe zum Flugzeug emporstiegen. Als sie die Kabine betraten, warteten dort drei sportlich aussehende Männer in Anzügen. Es waren seltsame Gestalten. Alle drei waren extrem gut aussehend, zweifellos, aber diese Anzüge ... Irgendetwas stimmte nicht.

»O du heilige Scheiße«, sagte Siobhan, als sie die Gäste erblickte.

»Ladies, darf ich vorstellen, das sind Michael, William und Luke. Eure Dates für den heutigen Nachmittag«, sagte Trevor.

»Ich nehme William«, sagte Kate missmutig.

»Ich fürchte, du bleibst bei mir, Sommersprosse.«

Kate war verwirrt. Warum hatte Trevor Siobhan, Natalie und Chloe Dates besorgt? Was bezweckte er damit? Und irgendwie verhielten sich die Männer verdächtig. Doch nachdem sie die offenen Münder der Mädels gesehen hatte, verkniff sie sich weitere Fragen. Sie wirkten glücklich, und Kate war es wichtig, dass sie Spaß hatten. Vor allem nachdem so vieles von dem, was sie geplant hatte, nicht hatte stattfinden können.

»Captain, es kann losgehen«, rief Trevor ins Cockpit.

Während des Fluges lernten Kates Freundinnen die drei Männer kennen. Siobhan hatte sich für Michael entschieden, weil er am stärksten aussah. »Also, Michael«, sagte sie flirtend. »Ich will ja nicht angeben, aber ich bin zufällig ein zertifiziertes Mitglied des Mile High Clubs.«

»Oh, wirklich?« Michael lächelte. »Da sind wir schon zu zweit.«

»Interessant. Was hältst du davon, wenn wir unsere Mitgliedschaft erneuern?«

Chloe hatte sich zu William hingezogen gefühlt, weil sein Name so royal klang, und sie stand auf Königshäuser.

»Kannst du mir sagen, wann der beste Moment ist, um Fotos zu machen?«, fragte sie mit Blick aus dem Fenster.

»Das dauert noch eine Weile. Aber ich kann bis dahin ein paar Fotos von dir machen, wenn du möchtest?«, schlug William vor.

»Ich ... ich glaube, das ist das Netteste, was ein Mann je zu mir gesagt hat«, sagte Chloe, den Tränen nahe.

Für Natalie blieb nur Luke, der ihren hohen Ansprüchen hoffentlich gerecht werden würde. Leider fühlte sie sich während des Flugs ziemlich elend.

»Sorry, ich bin keine gute Fliegerin«, entschuldige sie sich. »Wie oft verunglücken Flugzeuge?«

»Nur einmal«, antwortete Luke.

»O Gott. Ich muss mich ablenken. Sag mal, Luke ... an welchem Tag und um welche Uhrzeit bist du geboren?«, fragte Natalie, um sein Sternzeichen zu erfahren.

»Also ... ich bin am 17. März geboren. Ich weiß allerdings nicht, um welche Uhrzeit«, gab er zu.

»Oh, wow, Fische ist mein Lieblingssternzeichen. Außerdem bist du am St. Patrick's Day geboren. Und ich komme aus Irland. Bitte, sag mir, dass du Aszendent Widder bist. O mein Gott, das ist so aufregend! Wir könnten tatsächlich kompatibel sein!«

»Wie war noch gleich dein Name?«, fragte Luke, der leicht erschrocken wirkte.

Kate sah aus dem Fenster und fragte sich, wie lange es noch dauern würde, bis sie über dem Grand Canyon wären. Sie machte sich ein wenig Sorgen, weil das Flugzeug über den Wolken flog und sie darunter kaum etwas erkennen konnte. Möglicherweise überquerten sie den Canyon, ohne es zu bemerken.

Sie wünschte, sie hätte an ihrem ursprünglichen Plan festgehalten und wäre mit den Mädels wandern gegangen. Das machten doch alle so. Dieser ganze pompöse Flug schien nichts anderem zu dienen, als dass Trevor mit seinem Reichtum angeben konnte. Sie hatte aber nichts übrig für Lamborghini und Privatjets. Er musste doch inzwischen wissen, dass materielle Dinge sie nicht beeindrucken konnten. Und doch erschien ihr das Flugzeug etwas zu karg eingerichtet für einen Privatjet. Es war alles andere als luxuriös, und so wie es aussah, gab es nicht einmal eine Bar.

»Warum genau sind wir hier?«, fragte Kate schließlich.

»Natürlich um den Grand Canyon zu sehen«, antwortete Trevor achselzuckend.

»Niemand will den Canyon vom Flugzeug aus sehen. Wir sind viel zu weit oben, und die Fenster sind winzig. Irgendetwas stimmt hier doch nicht.«

»Deine Instinkte sind mal wieder rasiermesserscharf, Mrs. Rush.«

»Also habe ich recht? Du führst etwas im Schilde?«

»Vielleicht.«

»O Gott, ich weiß, was es ist. Diese Männer sind Stripper von gestern Abend, richtig? Ich wusste, sie sehen komisch aus in ihren Anzügen. Darunter sind sie nackt!«

»Wir sind alle nackt unter unseren Kleidern, Sommersprosse.«

»Lass mich raten«, fuhr Kate unbeirrt fort. »Das wird eine Stripshow, der wir nicht entkommen können!«

»Ich fürchte, es ist viel schlimmer als das.« Trevor stand auf und wandte sich an alle Frauen. »Ladies, wenn ihr nach rechts schaut, seht ihr, dass wir uns dem Grand Canyon nähern.«

Die Freundinnen gingen zu den Fenstern und sahen nach unten. Sie konnten das Rotorange der Felsen unter sich ausmachen, sie aber nicht wirklich gut erkennen. Chloe begann mit der Handykamera zu zoomen, um ein gutes Foto von der felsigen Wüstenlandschaft zu bekommen, aber es war aus dieser Höhe viel zu verschwommen.

»Von hier oben können wir kaum was sehen«, seufzte Chloe.

»Das ist mir bewusst«, erwiderte Trevor. »Deshalb ist es an der Zeit, euch den eigentlichen Zweck des Fluges zu enthüllen.«

Die Frauen sahen sich verwirrt an.

»Was denn für einen eigentlichen Zweck?«, fragte Natalie.

»Wisst ihr, Michael, William und Luke sind in Wahrheit gar nicht eure Dates«, sagte Trevor grinsend. »Sie sind eure Tandemmaster fürs Fallschirmspringen.«

KAPITEL DREIUNDZWANZIG

Freier Fall

Kate hatte das Gefühl, ihr Leben vor ihrem inneren Auge vorbeiziehen zu sehen.

Das war sicher nur ein kranker Scherz. Trevor konnte nicht ernsthaft von ihr erwarten, dass sie aus einem Flugzeug sprang. Das war ein Psychospiel auf einem ganz neuen Level. Das war keine Spielerei mehr, sondern regelrecht Folter.

»Nein, nein, nein, nein, nein«, stammelte Kate.

»Ich glaube, das Wort, das du suchst, ist *Ja*«, sagte Trevor.

»Auf keinen Fall! Das muss ein Scherz sein. Hier gibt es nicht mal Ausrüstung fürs Fallschirmspringen!«

»Eigentlich schon«, widersprach Michael und öffnete eine Kiste, die ihr vorher gar nicht aufgefallen war.

»Ich wusste, dass du niemals mitgeflogen wärst, wenn du die Ausrüstung gesehen hättest«, erklärte Trevor.

»Moment mal« sagte Natalie und drehte sich zu Luke um. »Du bist also nur mein Tandemmaster?«

»Sorry«, erwiderte Luke achselzuckend.

»Ich habe dir vertraut!«, fuhr Natalie ihn an. »Bist du überhaupt Sternzeichen Fische?«

»Ja.«

»Hmm, bestimmt mit Aszendent Skorpion!«

»Das darf nicht wahr sein!«, zischte Kate wütend. »Wir sind hier unter Vorspiegelung falscher Tatsachen hergelockt worden, und ich verlange, sofort zurückgebracht zu werden.«

»Tja, unser Captain fliegt nach Utah. Falls du also nicht ausgerechnet dorthin möchtest, ist der einzige Weg hier raus der nach unten«, erklärte Trevor.

»Ich mache es«, verkündete Chloe tapfer.

Kate warf ihr einen finsteren Blick zu.

»Was denn? Das gibt bestimmt super Content!«, verteidigte sich Chloe.

»Ich mache es auch«, sagte Siobhan. »Michael an mich gebunden zu haben klingt gar nicht mal so übel.« Sie zwinkerte ihm flirtend zu, und er erwiderte den Blick.

»Ich würde auch springen, aber ich will William als Tandempartner. Ich könnte Luke niemals wieder vertrauen«, schmollte Natalie.

»Okay, dann ist es abgemacht«, sagte Trevor. »Legen wir die Ausrüstung an.«

»Wie bitte?« Kate wedelte mit den Händen in der Luft. »Ich habe gar nicht zugestimmt!«

»Ach, das ist aber schade. Andererseits soll es in Utah um diese Jahreszeit auch schön sein. Schick uns doch mal eine Postkarte.«

Kate war außer sich vor Wut. Sie hatte Höhenangst, das wusste Trevor genau. Für wen hielt sich der Kerl, dass er sie zwang, sich so weit aus ihrer Komfortzone herauszuwagen? Es war so typisch für ihn. In eine Achterbahn zu steigen war eine Sache, aus einem Flugzeug zu springen eine ganz andere! Allerdings schien sie kaum eine Wahl zu haben. Es war schlimm genug, drei Tage vor ihrer Hochzeit immer noch in Vegas zu sein, aber in Utah festzusitzen wäre noch viel schlimmer, zumal sie keine Ahnung hatte, wo das lag.

Sie erinnerte sich daran, dass es das letzte Date war. Das war der letzte Foltertrick, den Trevor noch im Ärmel hatte. Wenn sie das durchstand, würde sie ihn endlich los sein.

»Na gut!«, brüllte sie.

Nachdem sie etwa zwanzig Minuten damit verbracht hatten, sich die Ausrüstung anzulegen und den Einweisungen zu lauschen, waren die Freundinnen bereit zum Sprung.

»Ihr werdet sehr schnell fallen, also bitte versucht, ruhig zu bleiben, während wir in der Luft sind«, wies Michael sie an. »Und denkt daran, was ich euch zur Atmung gesagt habe. Schöne tiefe Atemzüge, ein ... und aus.«

»Ich liebe diesen Jumpsuit irgendwie«, sagte Chloe und sah an sich hinab. »Wartet! Nennt man es deshalb Jumpsuit? Weil man darin springt?«

»Ich schätze schon ...«

»Ich habe das Gefühl, dass noch etwas fehlt«, meinte Chloe nachdenklich. »Kann ich einen Gürtel darauf tragen?«

»Nein, kannst du nicht«, antwortete Michael bestimmt. »Also, gibt es eine Freiwillige, die zuerst springen will?«

»Das mache ich«, meldete sich Siobhan. »Wenn der Fallschirm versagt, könnt ihr alle einfach auf meinem Arsch landen.«

»Oh, das ist so nett von dir«, sagte Natalie.

»Siobhan, nimmst du mein Handy und filmst meine Landung?«, bat Chloe.

»O Mann ... na gut.« Widerwillig nahm Siobhan das Handy und steckte es in die Reißverschlusstasche ihres Jumpsuits.

»Ach, mach doch lieber einen Livestream auf Insta anstatt eines Videos. Ich will, dass meine Follower meine Landung in Echtzeit verfolgen können«, entschied Chloe.

»Alles klar, dann mal los«, sagte Michael und band sich an Siobhan fest.

»Siobhan, die sich an einen Mann binden lässt? Ist die Hölle zugefroren?«, feixte Natalie.

Die Tür des Flugzeugs wurde geöffnet, und der Wind war so stark, dass es ihnen den Atem verschlug.

»O mein Gott!«, rief Kate erschrocken.

»Oh, habe ich dir den Atem geraubt?«, fragte Trevor scheinheilig.

»Ich hasse dich.«

»Hass ist ein starkes Wort.«

»Nicht stark genug.«

Michael und Siobhan näherten sich der Tür und hielten sich an der Brüstung fest.

»Mädels, sollte ich sterben, sagt ja keinen Quatsch über mich bei meiner Beerdigung, dass ich ein guter Mensch gewesen bin oder dass mein Lächeln jeden Raum erhellt hat. Sagt ihnen, dass ich gestorben bin, wie ich gelebt habe. Mit einem Mann auf mir drauf«, verlangte Siobhan.

Michael ließ die Brüstung los, und sie sprangen gemeinsam aus dem Flugzeug.

»Und begrabt mich mit meinem Vibrator. Nur für den Fall!«, waren Siobhans letzte Worte, ehe sie Hunderte von Metern in die Tiefe stürzte.

»Mit welchem?«, rief Natalie ihr hinterher.

»Chloe, wir sind dran«, sagte Luke.

»Wenn Siobhan das nicht gut draufbekommt, wie wir landen, bringe ich sie um«, murmelte Chloe.

»Ich hoffe, du überlebst, Chloe«, sagte Natalie. »Luke, ich wünschte, ich könnte das Gleiche zu dir sagen.«

»Verfluche ihn nicht! Wenn er stirbt, sterbe ich mit ihm!«

»Na schön, ich verhexe ihn, *nachdem* ihr sicher gelandet seid.«

Luke ließ die Brüstung los, und die zwei waren plötzlich verschwunden.

»Bist du bereit?«, fragte William Natalie.

»So bereit wie möglich«, seufzte Natalie.

William ließ los, und sie folgten den anderen.

»Und da waren es nur noch zwei«, sagte Trevor.

»Trevor, ich kann das nicht. Ich werde mich wieder übergeben«, sagte Kate voller Panik.

»Nein, wirst du nicht. Ich verspreche es dir. Du musst mir nur vertrauen.«

»Auf keinen Fall! Du hast mir nicht einmal einen richtigen Tandemmaster besorgt!«

»Ich habe einen Fallschirmspringerschein. Ich mache das einmal im Monat. Du bist also in guten Händen.«

»Aber warum tust du das? Warum folterst du mich so?«

»Ich foltere dich nicht. Ich versuche dir zu zeigen, wie man lebt«, sagte Trevor.

»Lebt? Was, wenn wir sterben?«, erwiderte Kate. Ihr schlug das Herz bis zum Hals.

»Oh, du versteckst dich also lieber für den Rest deines Lebens in deiner Komfortzone, ohne jemals etwas Neues zu erleben?«

»Ja! Ganz genau!«

»Kate, alles, was du vom Leben willst, liegt auf der anderen Seite der Angst. Hin und wieder musst du einen großen Sprung über deinen Schatten wagen. Du musst alles auf die schwarze Dreizehn setzen.«

Kate dachte an das Gefühl, als sie die Zahl auf dem Rouletterad erblickt hatte. Aber das war etwas anderes. Der Einsatz war viel höher als bei einer Runde Roulette. Sie spielte nicht um Geld.

Sie spielte mit ihrem Leben.

»Falls es dir hilft, die Wahrscheinlichkeit, bei einem Fallschirmsprung zu sterben, liegt bei 0,00002 Prozent«, sagte Trevor.

»So hoch?«, rief Kate panisch. Sie umfasste die Metallbrüstung, als hinge ihr Leben davon ab.

»Okay, wir müssen jetzt springen, sonst verpassen wir den Ausblick.«

»Ich kann das nicht, Trevor«, sagte sie und krallte sich fester an die Metallstange.

»Du musst jetzt loslassen, Kate.«

»Nein, muss ich nicht!«

»Ich zähle von drei runter«, kündigte Trevor an. »Drei …«

»Trevor, ich kann wirklich nicht …«

»Zwei …«

»Ich kann das nicht!«

»EINS!«

Kate schloss die Augen. Und dann tat sie das Undenkbare.

Sie ließ los.

»AAAHHHHHH!«, schrie Kate, als sie aus dem Flugzeug sprang und in die Tiefe stürzte.

Es verschlug ihr augenblicklich den Atem, und das Gefühl war furchterregend. Sie meinte, ersticken zu müssen. Sie konnte überhaupt nicht mehr atmen. Es war zehnmal schlimmer als das Gefühl, das sie in der Achterbahn gehabt hatte.

»Kate«, rief Trevor über das Rauschen des Windes. »Atme einfach ein …«

Kate versuchte, ihre Nerven zu beruhigen und sich auf das Atmen zu konzentrieren. Aber sie fühlte sich, als hätte sie absolut keine Kontrolle über die Situation. Hilflos im freien Fall? Das war die Hölle auf Erden. Aber sie erinnerte sich daran, dass sie in der Achterbahn auch nach ein paar Sekunden das Gefühl genossen hatte. Vielleicht würde es ihr hier genauso gehen. Sie riss sich zusammen und atmete durch die Nase ein.

»Und ausatmen«, rief Trevor.

Kate ließ die Luft wieder aus ihrer Lunge entweichen und hatte das Gefühl, ihren Atem wieder kontrollieren zu können. Sie öffnete die Augen und erlebte den unglaublichsten Ausblick, den sie sich je hätte erträumen können. Der Grand Canyon erstreckte sich meilenweit vor ihnen, seine kupferfarbene Erhabenheit wand sich scheinbar unendlich in die Ferne. Die gezackten Konturen und tiefen Schluchten waren geradezu betörend, ein Meisterwerk, geschaffen von den Händen der Natur.

Es war im wahrsten Sinne des Wortes atemberaubend.

»O mein Gott«, rief Kate. »Ich fliege!«

»Was habe ich dir gesagt?«, erwiderte Trevor lachend. »Beste Art, den Canyon zu sehen.«

»Es ist wunderschön«, sagte sie. Ihr Herz fühlte sich in diesem Moment so voll an. Als wäre alles möglich. Wenn sie aus einem Flugzeug springen konnte, was sollte sie dann noch aufhalten?

Nach ein paar Sekunden im freien Fall zog Trevor die Reißleine, und der Fallschirm öffnete sich, woraufhin sich die Fallgeschwindigkeit verringerte. Sie konnte die Aussicht sogar noch besser genießen, als sie dem Boden näher kamen. Unter ihr zeichneten des Canyons Adern aus Kupfer und Rost Serpentinen auf die Leinwand der Erde, und sie verstand, dass man seine volle Schönheit nur wirklich aus der Luft erfassen konnte. Es war in jederlei Hinsicht spektakulär.

»Trevor, das ist phantastisch!«, brüllte Kate.

»Du könntest auch sagen, ... *you are feeling the rush*«, neckte er sie.

Trevors Spruch war nervig wie immer, und doch hatte er dieses Mal recht. Kate hatte noch nie etwas Vergleichbares erlebt. Es war das Gefühl purer Befreiung. Natürlich hatte Trevor sie gezwungen, zu diesem Date zu gehen, und sie gezwungen, aus einem Flugzeug zu springen, aber auch wenn sie es gegen ihren Willen getan hatte, fühlte sie sich dennoch so frei wie noch nie in ihrem Leben. Vielleicht war es genau der Schubs, den sie gebraucht hatte.

Als Siobhan mit Michael auf dem Boden landete, grinste sie über beide Ohren.

»Mann, das war fast so gut wie Sex«, rief sie.

»Nicht schlecht, was?« Michael löste die Gurte, die sie verbanden.

»Ich habe den Ständer in meinem Rücken übrigens gespürt«, sagte Siobhan lachend. »Dazu kommen wir später noch.«

Sobald Michael sich von ihr gelöst hatte, zog sie Chloes Handy raus, um Instagram zu öffnen. Aber es war gesperrt.

»Ach, verdammt«, murmelte Siobhan. Chloe hatte nichts von einem Passwort gesagt. »Mal überlegen ... 1111.« Siobhan tippte die Zahlen ein, und der Homescreen leuchtete auf. »Typisch Chloe. Okay, Instagram Live ... Livestream aufnehmen.«

Siobhan begann den Stream, und sah, dass ein paar Leute hinzukamen, um zuzusehen.

»Hallo, Chloes Follower«, sagte Siobhan in die Kamera. »Wir senden hier live vom Grand Canyon, wo Chloe gleich nach ihrem allerersten Fallschirmsprung landen wird.« Sie drehte die Kamera um und richtete sie gen Himmel.

Etwa hundert Meter über dem Boden war Chloe zu sehen, die sich dem Landebereich näherte. Doch irgendetwas stimmte nicht. Ein riesiger nasser Fleck um ihren Schritt herum war zu sehen, in hochauflösender Videoqualität, während Tröpfchen vom Himmel zu regnen begannen.

»Oh-oh«, machte Siobhan. »Die Wettervorhersage von heute. Wolkig mit gelegentlichen goldenen Schauern!«

Chloe rauschte zu Boden und schrie auf, als sie und Luke landeten. Sie zog die Schutzbrille ab und wirkte vollkommen verstört. Urin hatte ihren Jumpsuit durchweicht, der Fleck erstreckte sich von ihrem Nabel bis zu den Knien.

»Ich hab mich eingepinkelt!«, rief Chloe voller Bestürzung.

Sie schlang die Arme um den Bauch, und es war klar, was

als Nächstes passieren würde. Chloe erbrach sich auf den Boden, während ihre Follower ihr live dabei zusahen. Als wäre das Pinkeln nicht schlimm genug, war sie nun auch noch voller Kotze.

»Schalt das aus!«, schrie sie Siobhan an.

»Weiter mit Ed und dem Sport!«, sagte Siobhan und beendete den Livestream.

Natalie landete links von ihnen. Ihr schien es gefallen zu haben. »Das war echt nicht schlecht!«, sagte sie. Doch als sie ihre Brille abnahm, erblickte sie Chloes Fleck und prustete los. »Oh, Chloe. Nein!«

»Das ist nicht lustig! Ich bin voller Pisse!«, kreischte Chloe.

»Da wären wir schon zu zweit«, seufzte Luke, der ebenfalls etwas abbekommen hatte.

»Du hast es nicht anders verdient, Luke!«, zischte Natalie.

Kate und Trevor kamen elegant auf dem Boden auf. »O mein Gott, Mädels! Geht es allen gut?«, rief sie ihnen zu.

»Chloe hat sich eingepinkelt!« Siobhan konnte kaum noch an sich halten vor Lachen.

»Halt die Klappe, Siobhan!«, schrie Chloe.

»Ach, Chloe. Ist alles okay?«, fragte Kate besorgt.

»Ich schäme mich in Grund und Boden. Siobhan hat alles per Livestream gesendet!«

»Weil du mich darum gebeten hast! Dir kann man es aber auch nicht recht machen«, seufzte Siobhan.

»Alles klar, Ladies, ich würde sagen, wir schießen noch ein paar Fotos beim Canyon«, schlug Trevor vor.

»Ich will nie wieder fotografiert werden!«, schmollte Chloe.

»Deine Entscheidung«, sagte Trevor lachend. »Aber ich habe einen Hubschrauber gebucht, der uns zurückfliegt, und der kommt erst in zwanzig Minuten. Wir können also so lange den Ausblick genießen.«

Die Gruppe ging auf den Canyon zu und sortierte sich wieder paarweise. Obwohl Chloe ihn vollgepinkelt hatte, hielt sich Luke lieber an sie, vermutlich aus Angst, Natalie würde ihn von der Klippe stoßen.

Als Kate am Rand ankam, war sie von der Erhabenheit des Canyons überwältigt. Sie sah in die Schlucht hinab und stellte fest, dass ihre Höhenangst mit einem Mal verschwunden war. Ihr ging es so wie in der Achterbahn oder auf dem Beifahrersitz des alten Mustangs.

Sie fühlte sich furchtlos.

»Wunderschön, nicht wahr?«, fragte Trevor.

»Das ist es wirklich«, sagte sie und vergaß für einen Moment ihre Rolle.

»Also, ich werde doch langsam richtig gut darin, diese Dates zu planen, oder?« Er grinste.

Sie sah ihn an, und es war das erste Mal, dass sie von seinem Grinsen nicht mehr genervt war. Es war das erste Mal in neun Jahren, dass sie ihn nicht hasste. Sie spürte ihren Herzschlag im ganzen Körper pulsieren. Es konnte auch noch das Adrenalin sein, das ihr durch die Adern schoss, aber Kate wusste insgeheim, dass es nicht nur das war. Alles an ihm, das sie so wütend machte, war plötzlich das, was sie am meisten an ihm liebte. Sein Selbstvertrauen, sein Charme, seine Dreistigkeit. Es war plötzlich ganz leicht, sich zu erinnern, warum sie sich damals in ihn verliebt hatte.

Trotzdem wandte sie den Kopf ab.

Sie konnte sich nicht von der Nostalgie ihrer an die Oberfläche blubbernden Emotionen blenden lassen. Sein Betrug hatte sie zu sehr verletzt. Sein Fremdgehen hatte sie als Mensch unwiederbringlich verändert. Den Dolch, den er ihr unwissentlich ins Herz getrieben hatte, hatte sie zwar mittlerweile herausziehen können. Aber die Narbe würde immer bleiben.

Und ihn mit Viola auf Instagram zu sehen hatte sie an den Schmerz von damals erinnert. Aber das gehörte zu dem Leben, das Trevor als berühmter DJ führte, dazu. Natürlich würde er sich mit wunderschönen Frauen umgeben. Frauen, die unendlich viel schöner waren als Kate.

Sie konnte mit den Violas dieser Welt nicht mithalten.

Sie war ein Niemand.

Ein Leben mit Trevor war in der Theorie vielleicht faszinierend, aber wie konnte es in der Praxis aussehen? Schlaflose Nächte, in denen sie sich fragte, ob er gerade auf einer Party mit lauter Models feierte. Ständige Furcht, ob er sich gerade auf irgendeiner Luxusyacht mit Influencerinnen befand oder auf in einer Rooftop-Bar mit Hollywoodsternchen. Sie war nicht unbedingt ein eifersüchtiger Mensch, aber ihr Selbstvertrauen war nicht stark genug, um in Trevors Welt zu bestehen. Er hatte sie bereits einmal betrogen, und er würde es wieder tun. Sie müsste also auf ewig mit diesem Misstrauen leben.

Wie konnte sie dem Mann, der ihr das Herz gebrochen hatte, jemals vertrauen?

Norman war der einzige Mann, auf den sie zählen konnte, nach dem Schaden, den Trevor angerichtet hatte. Er war sicher. Er war kein Risiko. Klar, vielleicht war das Leben mit ihm nicht gerade aufregend, aber es war normal. Daran war doch nichts verkehrt. Wer wurde schon gern verletzt? Es war Trevor, der sie zerstört hatte. Norman war für sie da gewesen, als sie sich wie eine hässliche, talentlose Niete gefühlt hatte. Auch wenn er nicht alle ihre emotionalen Bedürfnisse erfüllte, war seine Loyalität doch viel wert. Und egal, wie ihre Gefühle für Trevor mal waren und was jetzt wieder hochkam, nichts konnte etwas daran ändern, was er getan hatte.

Sie konnte ihren Mann nicht mit dem Mann betrügen, der sie betrogen hatte.

»Was gäbe ich drum, deine Gedanken lesen zu können«, sagte Trevor, der ihre Nachdenklichkeit bemerkt hatte.

»Das könntest selbst du dir nicht leisten«, entgegnete sie gewohnt schlagfertig.

»Ich würde jeden Cent, den ich besitze, dafür geben, einen Blick in deinen Kopf werfen zu dürfen.«

»Tja, zu blöd, dass das letzte Date fast zu Ende ist.«

Kate verspürte einen unerwarteten Schmerz, als ihr die Worte über die Lippen kamen. Weil sie nicht wahrhaben wollte, dass es schon so weit war. Dieser Moment sollte noch ewig andauern. Hätte sie hierbleiben können, ohne irgendwelche Konsequenzen oder eine Verantwortung, hätte sie es getan.

Aber das war nur eine Phantasie. Das echte Leben wartete zu Hause in Irland auf sie.

»O Sommersprosse«, sagte Trevor grinsend. »Das letzte Date fängt doch gerade erst an.«

KAPITEL VIERUNDZWANZIG

Paris

Der Helikopter brachte die Freundinnen zurück nach Vegas und landete auf einem privaten Hubschrauberlandeplatz östlich des Strips.

Der Himmel verfärbte sich melancholisch rosa, als die Sonne in der Ferne unterging. Kate war den gesamten Flug über in Gedanken. Ihre Gefühle für Trevor drangen an die Oberfläche, aber sie musste sie unterdrücken. Es war wie ein schmerzhaftes Sodbrennen, für das sie keine Linderung fand.

Sie sah erneut auf ihr Handy, doch Norman hatte immer noch nicht geantwortet. War er wütend auf sie? Es war untypisch für ihn, ihr nicht zu antworten.

Kate: Bist du sauer auf mich, Normie? Bitte, antworte 😘

Siobhan war ziemlich enttäuscht, dass die Tandemmaster ihre eigene Rückfahrt vom Canyon organisiert hatten, so dass sie Michael nur zum Abschied küssen durfte, und mehr nicht. Natalie dagegen war glücklich, Luke nie wieder sehen zu müssen.

Die Rotorblätter hörten auf, sich zu drehen, und die Freundinnen stiegen aus. Die pinke Hummer-Limo von vorher wartete auf sie.

»Wohin geht es als Nächstes?«, fragte Siobhan, die offensichtlich gern weiterhin Teil des dritten Dates sein wollte.

»Ich fürchte, der Abend ist für meine Frau und mich reserviert«, sagte Trevor. »Aber wir sehen uns später noch mal.«

»Bist du sicher, dass Siobhan nicht meinen Platz einnehmen kann? Sie ist viel lustiger als ich«, sagte Kate.

»Und viel … erfahrener«, ergänzte Siobhan mit tiefer Flirtstimme.

»Sorry, Ladies, aber Sommersprosse und ich haben jede Menge zu besprechen. Lorenzo wird uns alle wieder am Strip absetzen, und dann trennen sich unsere Wege«, sagte Trevor und öffnete die Tür der Limo für sie.

Die Freundinnen stiegen ein, und Chloe holte sofort ihr Handy heraus.

»Siobhan, sei ehrlich. Wie viele Leute haben gesehen, wie ich mich bepinkelt habe?«, fragte sie panisch.

»Das waren nur höchstens fünfzig oder so. Gottseidank sind die meisten deiner Follower fake«, sagte Siobhan lachend.

»Sind sie nicht!«

»Also, wie auch immer, es ist jedenfalls kein Weltuntergang.«

»Aber vielleicht der Untergang meiner Karriere als Influencerin!«

»Definiere Karriere«, murmelte Natalie.

»Komm schon, Chloe, ich bin mir sicher, du machst dir umsonst Sorgen«, sagte Kate und berührte tröstend die Schulter ihrer Freundin.

»Ja, keine Sorge, Chloe«, schaltete sich Trevor ein. »Außerdem gebe ich dir das Shoutout, erinnerst du dich? Deine Karriere hat gerade erst begonnen.«

»Oh, du hast also Trevor um das Shoutout gebeten, ja?«, fragte Kate beleidigt.

Chloe sah plötzlich seltsam schuldbewusst aus. »Äh … nicht direkt«, erwiderte sie.

»Lorenzo, zum Eiffelturm, bitte«, unterbrach Trevor.

»Sehr gern, Sir«, sagte Lorenzo und ließ den Motor an.

»Moment, wir fahren zum Eiffelturm?«, fragte Kate.

»Ja, zum Abendessen. Nur wir beide«, lächelte Trevor. »Sorry, Ladies.«

Nach einer kurzen Fahrt hielt die Limo vor dem Paris Las Vegas Hotel and Casino. Kate stieg aus und betrachtete staunend den glitzernden Eiffelturm. Es war natürlich nur eine Nachbildung, aber dennoch hatte er etwas Magisches an sich. Der Turm wirkte wie ein Hoffnungsschimmer vor der melancholischen Abenddämmerung.

»Lorenzo, bring die Damen zurück zum *Bellagio* und gib die Limo wieder ab, bitte«, wies Trevor seinen Fahrer an. »Und hast du das Päckchen abgeholt?«

»Selbstverständlich«, erwiderte Lorenzo. Er beugte sich zum Beifahrersitz und reichte Trevor eine große, unbeschriebene Tüte.

»Danke, Lorenzo.«

Kate winkte den Mädels zum Abschied, als die Limo davonfuhr. Plötzlich waren sie wieder zu zweit. Und, so schlecht sie sich auch deshalb fühlte, es gefiel ihr irgendwie, mit ihm allein zu sein.

»Sollen wir?«, fragte Trevor und bot ihr den Arm an.

»Es wird mich wohl kaum umbringen«, meinte Kate achselzuckend und hakte sich bei ihm unter.

»Wow, du bist aber gut gelaunt. Das ist das mit Abstand Netteste, was du in unseren Flitterwochen zu mir gesagt hast.«

Verdammt.

Sie wurde nachlässig. Sie begann, sich zu amüsieren. Mehr, als sie es wollte.

Aber das durfte sie nicht.

Trevor führte Kate ins Casino und zu einem großen, altmodischen Fahrstuhl. Sie traten ein, und Trevor drückte auf den Knopf für das oberste Stockwerk mit der Aussichtsplattform.

»Ich dachte, wir gehen essen?«, fragte Kate.

»Tun wir auch«, erwiderte Trevor geheimnisvoll.

Der Fahrstuhl bewegte sich in nervtötend langsamer Geschwindigkeit, und Kate bemerkte, dass Trevor viel zu dicht neben ihr stand. So nah, dass sie seinen Atem an ihrem Hals spürte. Ihr Herz klopfte wie wild. Die sexuelle Spannung war schon fast greifbar.

Würde er sie küssen? Würden sie einen leidenschaftlichen Moment im Fahrstuhl erleben?

Himmel, wünschte sie sich das vielleicht sogar?

»Zieh das an«, sagte er und zog etwas aus der Tüte.

Kate drehte sich um und sah, dass er das blaue Samtkleid aus dem Schaufenster bei Versace in den Händen hielt. Das Kleid, dass sie sich mehr als alles andere gewünscht hatte.

»Ich habe dir doch gesagt, dass es zu teuer ist! Und der Fahrstuhl ist schon fast oben.«

»Du hast Zeit.«

»Trevor, ich ...«

»Zieh es an, bevor ich dich dazu zwingen muss«, sagte er todernst.

Sie spürte, wie ihre Knie weich wurden. Ihre Blicke trafen sich, und es kam ihr so vor, als würde er ihr bis in die Seele schauen, so wie er es immer tat. Aber sie würde sich vor ihm sicher nicht ausziehen.

Auf keinen Fall.

»Na gut«, sagte sie. »Dreh dich um.«

Trevor reichte ihr das Kleid und drehte sich zur Wand des Fahrstuhls. Kate holte tief Luft und zog ihr altes Kleid aus, woraufhin sie sich verletzlich nackt fühlte. Sie hatte das Flattern noch nie so extrem verspürt. Ihr gesamter Körper schlug wie eine Trommel, wie ein urtümlicher Rhythmus, der drohte, sie ins Verderben zu stürzen. Lieber Gott, warum wollte sie, dass Trevor sich umdrehte? Warum betrog sie ihr Unterbewusstsein?

Sie musste sich schnell anziehen, bevor ihre Begierde sie übermannte. Sie schlüpfte in das Samtkleid und zog es in einer eiligen Bewegung über die Schultern. Doch ihr Rücken war frei. Sie fühlte sich immer noch nackt, ihrem eigenen Begehren ausgeliefert. Sie griff nach hinten, um schnell den Reißverschluss des Kleides zu schließen und damit die aufkeimende Lust zu ersticken.

Doch ihr Arm war nicht lang genug.

»Trevor …«, sagte sie mit erstickter Stimme. »Du musst den Reißverschluss für mich zumachen.«

Sie spürte, wie er sich umdrehte und einen Schritt nähertrat. Sie roch sein Parfüm. Dior Sauvage. Warum musste es gerade *dieser* Duft sein? Das waren praktisch reine Pheromone, und sie war eh schon am Durchdrehen. Dior hatte Nerven, einen solchen Duft herauszubringen. Jede Duftnote schien eigens dafür geschaffen worden zu sein, sie aus der Fassung zu bringen.

Ihr Herzklopfen wurde immer stärker. Sie hatte schon Angst, er würde die Trommel hören, die nur für ihn schlug. Da spürte sie wieder seinen Atem in ihrem Nacken. Ihr ganzer Körper zitterte vor Anspannung. Sie bebte vor seiner Berührung. Sollte er sie jetzt küssen, wusste sie, dass sie keinerlei Kontrolle haben würde. Sie wusste, dass sie aufgeben und in seinen Armen dahinschmelzen würde. Sie war kurz davor, sich zu vergessen.

Doch dann spürte sie, wie der Reißverschluss geschlossen wurde. Und die Bewegung riss sie zurück in die Realität. Gott sei Dank.

Sie war wieder Kate.

»Na, also«, sagte er. »Endlich ein Kleid, das deiner würdig ist.«

»Äh … danke«, sagte Kate und versuchte, nicht rot zu werden.

Sie stopfte ihr Zwölf-Euro-Kleid von Primark in die Handtasche, gerade als sich die Tür des Fahrstuhls im obersten Stock des

Turms öffnete. Doch irgendetwas war seltsam. Es war niemand da.

»Wo sind denn die ganzen Touristen?«, fragte Kate verwirrt.

»Die Aussichtsplattform ist für private Zwecke eine Stunde lang gesperrt«, sagte Trevor.

»Du hast den Eiffelturm für mich reserviert?«

»Findest du nicht, dass du das verdient hast?«

Fuck.

Das würde nicht leicht werden. Er zog wirklich alle Register. Es würde sie alle ihre Kraft kosten, sich nicht verführen zu lassen. Sie musste sich davon abhalten, zu Wachs in seinen Händen zu werden.

Sie musste es einfach schaffen.

»Guten Abend, Mr. und Mrs. Rush«, begrüßte sie ein Kellner, der wie aus dem Nichts aufgetaucht war. »Entschuldigen Sie bitte, dass der Aufzug so langsam ist. Es ist ein ziemlich altes Gebäude.«

»Kein Problem. Das hat meiner Frau die Chance gegeben, wieder zu Atem zu kommen«, entgegnete Trevor grinsend.

Bastard. Er wusste genau, dass er sie im Fahrstuhl fast aus dem Konzept gebracht hätte.

Sie musste einen kühlen Kopf bewahren.

Sie musste die kaltherzigste Eiskönigin überhaupt sein.

»Ausgezeichnet – Ihr Tisch ist gleich hier drüben«, sagte der Kellner. Er führte sie um die Ecke zu einem Tisch für zwei, der den spektakulärsten Blick über die Skyline von Vegas hatte. Die Aussicht war sogar noch besser als ganz oben in der Achterbahn. Die Sonne war gerade untergegangen, und die Neonlichter begannen, in der Dunkelheit zu leuchten, wie Glühwürmchen, die zum Leben erweckt wurden. Auf der Aussichtsplattform vor ihnen stand ihr gedeckter Tisch im Art déco-Stil, mit einer flackernden kleinen Laterne in der Mitte.

Trevor zog einen Stuhl für sie hervor.

»Das Restaurant unten wäre völlig in Ordnung gewesen«, sagte Kate überwältigt.

»Tja, es könnte das allerletzte Date sein, das wir miteinander haben. Ich wollte, dass es etwas Besonderes ist.«

Kate wurde mit einem Mal daran erinnert, dass all das bald vorbei sein würde. Es war der Moment, den sie so schnell wie möglich hatte erreichen wollen, doch nun hätte sie ihn am liebsten noch weiter hinausgezögert.

»Champagner?«, fragte der Kellner.

»Ja, bitte«, antwortete Trevor.

Der Kellner goss ihnen ein Glas ein und verschwand dann wieder um die Ecke.

»Auf das Ende ...«, sagte Trevor und hob sein Glas, »... oder den Anfang.«

»Wie meinst du das?«, fragte Kate.

»Ist es nicht offensichtlich? Ich wusste immer, dass unsere Geschichte noch fortgesetzt wird ...«

»Wie die Caption.«

»Unter dem Foto, das du um drei Uhr nachts gelikt hast, ja.«

»Aus Versehen!«, entgegnete Kate. »Die eigentliche Frage ist, warum hast du das Foto nicht gelöscht?«

»Warum sollte ich mein absolutes Lieblingsfoto löschen?«

»Weil es nicht wirklich zu deinem Playboy-Image passt.«

»Es ist eben nur das. Ein Image«, erwiderte er. »Ich hatte übrigens Spaß dabei, dein Profil zu durchstöbern. Dein Verlobter hat ein sehr spezielles Lächeln. Musst du eine Sonnenbrille aufsetzen, jedes Mal, wenn er den Mund aufmacht?«

»Ich finde seine Zähne perfekt, nur damit du es weißt.«

»Es ist auch das, was hinter den Zähnen liegt, was mir Sorgen bereitet«, meinte er mit verzogenem Gesicht. »Aber egal. Sobald du es ihm gesagt hast, spielt das sowieso keine Rolle mehr.«

Kate lachte. »Für dich ist alles so einfach, oder?«

»Das Leben ist einfach. Wenn du es zulässt. Bei dir war das vor neun Jahren auch so.«

»Damals war ich ein anderer Mensch.«

»Nein, du warst damals du selbst. Du hast dich verändert seitdem.«

»Das musst du gerade sagen. Wer genau ist der echte Trevor Rush? Denn dein Online-Profil entspricht nicht dem Mann, den ich damals gekannt habe.«

»Scheint, als würden wir beide Masken tragen. Ich frage mich, was wir dahinter verbergen wollen«, sagte er mit ernstem Tonfall. »Obwohl ich heute beim Flug durch die Luft definitiv einen Blick auf die echte Kate erhaschen konnte.«

»Nun, solche Erlebnisse sind aber nicht alltäglich«, sagte Kate.

»Du findest nicht, dass du es verdient hast, zu fliegen?«, fragte Trevor mit hochgezogener Augenbraue.

»Das ist nicht, was ich gesagt habe.«

»Das ist aber, was du gemeint hast.«

»Sag mir nicht, dass wir schon wieder über meine Musik reden müssen?«, seufzte Kate. »Viele Leute bekommen in ihrem Leben nicht die Chance zu fliegen. Dazu gehöre ich eben.«

»Weil du aufgegeben hast.«

»Nein, ich habe versucht zu fliegen, bin aber voll auf die Nase gefallen. Das ist etwas ganz anderes.«

»Deine Flügel mussten sich erst noch entwickeln.«

»Können wir diese blöde Vogelmetapher bitte sein lassen?«, bat ihn Kate. »Ich habe versagt, Trevor. Das kommt häufiger vor, als du denkst. Nicht jeder kann Erfolg haben.«

»Das Gegenteil von Erfolg ist nicht Versagen. Sondern Aufgeben. Die Leute geben auf und halten sich für nicht gut genug.«

»Oder vielleicht haben sie den Schmerz auch einfach satt. Wer hält so was denn freiwillig länger aus? Sorry, wenn ich dir das sagen muss, aber ich bin nicht gut genug.«

»Du hältst dich für unbegabt?«

»Nun ... das habe ich nicht gesagt.«

»Du bist nicht unbegabt, Kate«, sagte Trevor. »Du bist wahnsinnig talentiert.«

Mann, er war gut. Noch ein paar solcher Sprüche, und sie würde dahinschmelzen und vom Stuhl rutschen.

»Können wir bitte aufhören, immer wieder diese Diskussion zu führen?«, bat Kate und versuchte, die Fassung zu wahren.

Der Kellner kam mit den Vorspeisen und stellte sie vor sie auf dem Tisch ab. »Die Calamari zum Teilen, bitte schön.«

»Danke«, sagte Trevor.

»Und als Hauptspeise, Sir, fragt der Koch, wie Sie Ihr Steak gern gebraten hätten.«

»So, wie es ist, einen Streit mit einer Frau zu gewinnen.«

»Rare«, sagte der Kellner. »Sehr gern, der Herr. Und für Sie, Madam?«

»Das, was Männer gern hören würden, wenn sie das absolute Minimum geleistet haben«, sagte Kate mit schelmischem Grinsen.

»Well done für die Dame«, erwiderte der Kellner lächelnd. »Bon appétit.«

Kate wusste, dass der Scherz absolut nicht der Wahrheit entsprach. Was Trevor tat, war das Gegenteil vom absoluten Minimum. Er riss sich ein Bein aus, um die Dates mit ihr so spektakulär wie möglich zu gestalten. Er hatte ihr den Eiffelturm gemietet, um Himmels willen! Dennoch war es die einzige schlagfertige Erwiderung, die ihr eingefallen war, und sie wollte ihm auf keinen Fall zeigen, wie beeindruckt sie war. Sie durfte ihn nicht wissen lassen, dass ihre Mauer zu bröckeln begann.

»Sieh nur, wie schlagfertig du geworden bist«, sagte Trevor

beeindruckt. »Aber durchgebratenes Steak? Vielleicht sollte ich diese Annullierung doch unterschreiben.«

Kate musste lachen. Er machte es ihr verdammt schwer, einen kühlen Kopf zu bewahren. Aber sie durfte nicht vergessen, warum sie hier war. »Ich habe die Unterlagen in meiner Handtasche, wenn du gleich deine Unterschrift druntersetzen willst, nur zu!«

»Netter Versuch, Sommersprosse.«

»Na schön«, sagte Kate. »Obwohl ich immer noch nicht weiß, warum du mit mir verheiratet bleiben möchtest.«

»Vielleicht stehe ich auf Rothaarige.«

»Oh, das bin ich also für dich?« Kate zog fragend eine Augenbraue hoch. »Ein Fetisch?«

»Ich würde eher den Ausdruck ... *Besessenheit* verwenden.«

»Also, das ist eine interessante Wortwahl, denn offenbar bist du ja davon besessen, meine Beziehung zu Norman zu zerstören.«

Trevor lachte. »Ach, Sommersprosse. Gerade warst du noch so schlagfertig, und dann sagst du so was.«

»Und, liege ich falsch?«

»Ich versuche gar nichts zu zerstören, Kate. Ich versuche, dir zu zeigen, dass du nicht zerbrochen bist.«

Aber Kate *war* zerbrochen.

Und Trevor war derjenige, der dafür verantwortlich war.

Er war eine zerstörerische Naturgewalt, die nur Verwüstung hinterließ. Selbst jetzt sorgte sein Sturm dafür, dass ihr Leben an den Nähten zu reißen drohte. Das Zuhause, das sie mit Norman geschaffen hatte, wurde in ihren Gedanken Stein für Stein zerstört. Aber was für ein Monster wäre sie, wenn sie Norman verließ? Würde ihre Mutter je wieder mit ihr sprechen? Und sollte sich ihre Mutter weigern, mit ihr zu sprechen, wie konnte sie den Kontakt zu ihrem Dad aufrechterhalten? Was, wenn sein Krebs tatsächlich zurückkam und sie nicht für ihn da sein konnte? Trevor durfte mit seinen lächerlichen Versuchen, sie auf seine Seite zu ziehen, keinen Erfolg haben. Zu Hause hingen zu viele Menschen von ihr ab. Sie musste an alle denken, die von ihrem Handeln betroffen wären.

»Warum fixierst du dich nicht auf jemand anderen?«, fragte Kate. »Ich bin mir sicher, dein Posteingang bei Insta ist voll von Nachrichten dieser Bikinimodels. Du könntest bestimmt jede davon haben.«

»Ich habe kein Interesse an Bikinimodels. Die sind nur auf mein Geld aus«, erwiderte Trevor.

»Tja, woher weißt du denn, dass ich nicht auch auf dein Geld aus bin? Vielleicht ist das alles ein ausgeklügelter Plan, um es mir unter den Nagel zu reißen«, scherzte Kate.

»Sicher nicht. Dann würdest du mich nämlich um eine Scheidung bitten, nicht um eine Annullierung. Bei einer Scheidung würdest du die Hälfte von allem bekommen, was ich besitze. Wir haben keinen Ehevertrag aufgesetzt. Mit einer Annullierung steht dir gar nichts zu.«

»Du lässt eine Scheidung gerade sehr verlockend klingen«, meinte Kate lachend.

»Okay, abgemacht. Keine Annullierung. Nur eine Scheidung. Aber in Nevada dauert eine Scheidung etwa vier Monate, was bedeutet, du müsstest deine Hochzeit verschieben.«

»Also, du willst mir sagen, du würdest einer Scheidung zustimmen, obwohl das bedeuten würde, dass du die Hälfte von allem, was du dir erarbeitet hast, abgeben müsstest?«

»Ja. Im Austausch für vier gemeinsame Monate.«

»Vier Monate mit mir sind dir die Hälfte deines Besitzes wert?«

»Nein, Kate. Vier Monate mit dir sind *alles* wert, was ich besitze«, erwiderte Trevor ernsthaft.

Kate spürte, wie ihr Herzschlag sich beschleunigte. Er sagte immer das Richtige. Seine verletzliche Seite kam wieder zum Vorschein, die Seite, der sie nicht widerstehen konnte. Sie würde sich wieder verlieben.

»Du kannst nicht einfach solche Dinge sagen«, erwiderte sie atemlos.

»Du möchtest nicht, dass ich sage, wie viel du mir bedeutest?«

»Das ist doch lächerlich. Du willst mir ernsthaft weismachen, dass alles, was du dir aufgebaut hast, dein Erfolg, dein Ruhm und dein Vermögen, dir weniger wert ist als Zeit mit mir?«

»Ja.«

»Warum?«, rief Kate. »Warum, um Himmels willen?«

»Weil mein Erfolg, mein Ruhm und mein Vermögen immer nur einem einzigen Zweck gedient haben. Ich wusste, dass du zu mir zurückkehren würdest. Die vergangenen neun Jahre habe ich an nichts anderes gedacht. Und ich schwor mir, dass, wenn das Universum uns schließlich wieder zusammenführen würde, ich dir all das geben würde, was ich dir in jenem Sommer nicht geben konnte. Das war die treibende Kraft hinter dem Erfolg der vergangenen Jahre. Weil ich alles, was ich aufgebaut habe, für dich aufgebaut habe, Kate«, sagte Trevor und sah ihr dabei fest in die Augen.

Fuck.

Er meinte es ernst. Irgendwie wusste sie, dass er die Wahrheit sagte. Ausnahmsweise grinste er mal nicht. Es war, als würde er seine Maske freiwillig ablegen, um ihr einen Blick auf sein wahres Ich zu gewähren. Den wahren Trevor, zu dem sie sich so sehr hingezogen fühlte. Sie spürte, wie auch ihre Maske zu rutschen begann. Ihre Eigenart, es allen recht machen zu wollen, kam ins Wanken, seit sich ihre Wünsche immer mehr in den Vordergrund drängten.

Aber was war mit seinem heimtückischen Rachefeldzug?

Beichtete er ihr wirklich seine wahren Motive, oder war es nur der überraschende vierte Akt in seinem Plan, sie zu ruinieren?

»Warte mal«, sagte sie, um Fassung bemüht. »Ich dachte, das Ganze wäre nur ein ausgeklügelter Racheplan, um mein Leben zu ruinieren. Das hast du doch selbst zugegeben!«

»So etwas habe ich nie gesagt«, erklärte er. »Ich sagte, ich würde dir geben, was du verdient hast.«

»Und was ist das?«

»Die ganze Welt.«

Fuck. Fuck. Fuck.

Kate war kurz davor, die Kontrolle zu verlieren. Sie stellte sich plötzlich vor, wie Trevor den Tisch umwarf und sie packte, hier und jetzt. Sie gegen die Brüstung des Eiffelturms schob und ihren Hals küsste. Würde sie ihn aufhalten? Vielleicht würde sie den Kuss erwidern, nur für eine Sekunde. Oder vielleicht für zwei?

Galt die Fünf-Sekunden-Regel auch für Küsse mit dem Ex-Freund?

Verdammt, sie war völlig neben der Spur. Er sah sie erwartungsvoll an, während sie von ihren eigenen, verräterischen Gedanken in Versuchung geführt wurde. Sie musste sich in den Griff bekommen.

»Trevor, ich weiß wirklich nicht, warum du mich für etwas Besonderes hältst«, sagte Kate, wieder etwas gefasster. »Ich bin ein Niemand!«

»Aber du bist als ein Jemand geboren. Du solltest mit jemandem zusammen sein, der dein Feuer entfacht, nicht mit jemandem, der deinen Funken zum Erlöschen bringt.«

»Und was soll ich deiner Meinung nach tun? Die Hochzeit absagen, die ich zwei Jahre lang geplant habe?«, fragte Kate.

»Oh, das ist es also. Das Planen ist es, in das du verliebt bist.«

»Am Freitag kommen zweihundert Leute zur Kirche in Donnybrook. Ich kann sie nicht alle enttäuschen. Es soll der schönste Tag meines Lebens werden!«

»Es *soll* der schönste Tag deines Lebens werden? Klingt, als müsstest du dich selbst davon noch überzeugen.«

»Nein, so habe ich es geplant!«

»Genau wie du deinen Junggesellinnenabschied geplant hast?«

»Der wäre auch nach Plan gelaufen, wenn du nicht alles auf den Kopf gestellt hättest!«

»Und doch warst du es selbst, die den Reiseplan zerrissen hat«, sagte Trevor. »Ich sage ja bloß, wenn du Gott zum Lachen bringen willst, mach Pläne.«

»Oh, und du bist in diesem Szenario also Gott, ja? Also, wenn du mich fragst, ist ein Gott in Sin City zu sein nichts, womit man angeben sollte. Ich passe nicht in diese Welt. Ich gehöre nicht hierher.«

»Ich doch auch nicht«, erklärte er. »Ich habe es dir selbst gesagt, Vegas ist ein Fluch. Ich will genauso hier weg wie du. Vielleicht in ein schönes kleines Schloss in Irland. Du kannst dir eins aussuchen.«

»Du bist unmöglich«, erwiderte sie, obwohl sie dabei unwillkürlich lachen musste.

»Unmöglich attraktiv, ich weiß.«

Sie hasste es, dass es so war. Sein dämliches Gesicht mit dem dämlichen Grinsen machte die Sache so viel schwieriger. Kates Handy klingelte in ihrer Handtasche.

»Da zieht jemand an deiner Kette, vermute ich«, meinte Trevor.

Sie kramte ihr Handy hervor und sah, dass Trevor recht hatte. Norman rief an.

Aber sie wollte nicht drangehen.

Und würde sie es tun, bestünde die Gefahr, dass Trevor etwas sagen würde, was Norman noch mehr aufregen würde. Außerdem hatte sie Norman erst vorhin geschrieben, und er hatte noch nicht geantwortet. Sie fand, es war in Ordnung, ihn kurz warten zu lassen.

Sie stellte das Handy auf stumm und steckte es wieder ein.

»Du ignorierst Normans Anrufe? Interessant ...«

»Interpretiere nicht zu viel hinein. Ich will nur nicht, dass du dir wieder das Telefon schnappst und irgendetwas Dummes sagst. Das letzte Mal hast du ihn glauben lassen, ich sei entführt worden.«

»Oder vielleicht planst du, mit mir davonzulaufen.«

»Ha!« Kate lachte auf. »Und wie würde das aussehen? Wir fahren einfach in den Sonnenuntergang davon, ohne uns über irgendetwas Gedanken zu machen?«

»Warum denn nicht?«

»Das Leben ist kein Film, Trevor.«

»Nein, aber es könnte ein Song sein. Wir hätten uns zusammentun sollen. Du schreibst den Text und ich die Beats«, sagte Trevor.

Als er das sagte, kehrte das Flattern zurück. Er gab ihr den Beat, das stimmte, er wusste nur nicht, welche Art. Oder vielleicht wusste er es doch. Ein paar Worte reichten aus, und er konnte Impulse setzen in ihr, wie er wollte. Sie war ihm ausgeliefert.

»Das ist ja schön und gut, Trevor, wirklich«, sagte Kate und schlug die Beine übereinander. »Aber ich habe zu Hause ein richtiges Leben, das auf mich wartet. Und ich brauche diese Annullierung, um dorthin zurückzukehren. Es ist Zeit, dass dieses verrückte Kapitel in meinem Leben ein Ende findet.«

»Das ist das Problem, Kate«, sagte Trevor. »Ich war nur ein Kapitel in deinem Buch. Aber du warst der Titel von meinem.«

Kate spürte, wie es ihr das Herz zerriss.

Meinte er das ernst? Er wirkte aufrichtig. Immer wenn er sie

Kate und nicht Sommersprosse nannte, war es, als würde sein wahres, ehrliches Selbst zum Vorschein kommen. Aber wie konnte sie ihm vertrauen? Das war das Problem mit Trevor. Nach seinem Fremdgehen konnte sie sich nie mehr sicher sein, ob er es ernst meinte oder sie belog.

Was galt schon das Wort eines Lügners?

»Ich weiß nicht, was ich dazu sagen soll, Trevor«, meinte Kate. »Du machst es mir ziemlich schwer.«

»Ich versuche nur, dich davon abzuhalten, den größten Fehler deines Lebens zu begehen.«

»Tja, die Zeit ist um. Dein Plan ist nicht aufgegangen.«

»Mag sein ... aber mit deinem Plan, mich zu vergraulen, hattest du ebenfalls keinen Erfolg«, entgegnete Trevor grinsend.

»Moment mal«, sagte Kate verblüfft. »Du wusstest die ganze Zeit davon?«

»Du sagst das, als wäre es nicht das Offensichtlichste der Welt gewesen. Aber es hätte ohnehin nie funktioniert. Du könntest mich niemals anwidern. Jemanden zu lieben bedeutet, ihn mit allen Ecken und Kanten zu akzeptieren. In guten wie in schlechten Zeiten, weißt du noch?«

»Nein, weiß ich nicht mehr. Das ist das Problem«, erwiderte Kate und lachte. »Hör mal, Trevor, nichts für ungut, an einem anderen Ort zu einer anderen Zeit wäre es mit uns vielleicht anders ausgegangen.«

Trevor seufzte. Es schien, als würde er endlich anfangen zu akzeptieren, dass Kate zurück nach Irland gehen würde. »Nun ... uns bleibt immer Paris«, sagte er und sah zur Spitze des Eiffelturms hoch.

»Und New York«, lächelte Kate. »Es war wirklich ein phantastischer Sommer.«

»Aber du bist bereit für den Winter deines Leben, ich verstehe schon«, sagte Trevor.

»Du bist wirklich unmöglich.« Kate warf mit einem Tintenfischring nach ihm.

»Machst du mir etwa wieder einen Antrag, Sommersprosse?«

»Das hättest du wohl gern.«

»Ja, das stimmt.« Er lächelte. »Aber keine Sorge, ich respektiere deine endgültige Entscheidung.«

»Wow. Das ist ja richtig reif für ... «

»Fürs Erste«, unterbrach er sie.

»Mein Gott«, seufzte sie.

»Aber ich verspreche dir, ich unterschreibe die Annullierung nach dem *Omnia*.«

»Nach dem *Omnia*?«

»Ich trete um halb elf heute Abend dort auf. Für dich und deine Freundinnen ist ein Tisch im VIP-Bereich reserviert.«

»Trevor, wir fliegen morgen früh nach Hause ... «

»Ich habe euch vier First-Class-Tickets im Aer-Lingus-Flug nach Dublin um sieben Uhr morgens gebucht. Bis dahin sind es noch viele Stunden.«

»Und woher weiß ich, dass du uns wirklich die Tickets nach Hause gebucht hast?«

»Tja, ich schätze, du musst mir wohl oder übel vertrauen«, erwiderte Trevor. »Wie auch immer, dieses Date ist erst um Mitternacht zu Ende, Liebling.«

»Na, schön«, sagte sie. »Aber sobald die Uhr zwölf schlägt, unterschreibst du die Annullierung.«

»Abgemacht. Das sollte mir genügend Zeit geben.«

»Zeit wofür?«

Trevor sah sie mit entschlossenem Blick an. »Um Cinderella zu überzeugen, dass sie dem Prinzen gehört.«

KAPITEL FÜNFUNDZWANZIG

Hin- und hergerissen

Nach dem Essen gingen Kate und Trevor in verschiedene Richtungen davon – er in Richtung *Omnia* im *Caesar's Palace* und Kate zum *Bellagio*, um die Mädels zusammenzutrommeln.

Als sie das Casino durchquerte, fühlte sich Kate so hin- und hergerissen wie noch nie in ihrem Leben.

Hatte Trevor wirklich alles ernst gemeint, was er gesagt hatte? Hatte er wirklich alles für sie aufgebaut? Es war natürlich sehr romantisch, das zu sagen, aber wie aufrichtig war er? Sie hatte geglaubt, er tat alles nur, um sie zu quälen, um aus Rache ihr Leben zu zerstören. Doch anscheinend waren seine Absichten die ganze Zeit über ehrlich gewesen. Warum hatte er ihr das nicht von Anfang an gesagt?

Und hätte es ihn umgebracht, sie einfach zu packen und zu küssen?

Nein, so durfte sie nicht denken.

Himmel, sie war so durcheinander.

Sie brauchte ihre Freundinnen.

FOUR LOKOS

Kate: Wo seid ihr denn alle?

Natalie: Wir sind in einer Bar im *Bellagio* namens *Baccarat*.

Siobhan: Chloe hat ein kleines Problem ...

Chloe: Mein Leben ist vorbei!!

Kate: OMG, was ist los?«

Natalie: Sie ist nur 'ne Drama Queen

Siobhan: Wir erklären es dir, wenn du hier bist.

Kate: Gleich da 😘

Kate durchquerte das *Bellagio* und folgte den Schildern in Richtung *Baccarat Bar*. Sie versuchte, ihre Gedanken zu ordnen, aber in ihrem Kopf herrschte Chaos. Was sollte sie den Mädels bloß erzählen? Wo sollte sie anfangen? Sie hatte das Gefühl, den Verstand zu verlieren, aber ihre Freundinnen würden sie bestimmt wieder auf den Boden der Tatsachen holen. Sie hatten immer die besten Ratschläge für sie. Außer, es ging dabei um Alkohol.

»Kate, hier drüben!«, rief Siobhan, als Kate die Bar betrat.

»Wie war's?«, fragte Natalie, als Kate bei ihnen ankam. »Hat Trevor die Annullierung unterschrieben?«

»Noch nicht. Er will, dass wir alle ins *Omnia* kommen, um bei seinem Set dabei zu sein. Er hat uns einen Tisch im VIP-Bereich reserviert«, erklärte Kate und nahm bei ihnen Platz. »Chloe, was ist denn nun dein Problem?«

»Ach, ich bin bloß die reinste Lachnummer im Internet!«

»Wie das denn?«

»Jemand hat den Livestream von meiner Pinkel-Landung aufgezeichnet und zu einer dieser Meme-Seiten geschickt. Sie haben das Video gepostet und mich getaggt. Sieh nur!« Chloe hielt Kate ihr Handy hin.

Auf dem Video war tatsächlich genau zu erkennen, wie Chloe mit dem riesigen Urinfleck auf dem Overall zu Boden ging. Und dann, ein paar Sekunden später, übergab sie sich vor laufender Kamera. Es war das erste Mal, dass Kate es sah, sie war noch in der Luft gewesen, als es passiert war. Sie versuchte, all ihre Willenskraft zusammenzunehmen, um nicht zu lachen, doch sie schaffte es nicht.

»Kate!«, zischte Chloe. »Das ist nicht lustig!«

»Ja, lustig trifft es nicht ganz. Zum Schreien komisch passt eher«, sagte Siobhan lachend.

»Mein Leben ist vorbei! Sieh doch nur die Kommentare, sie nennen mich Piss Girl!«

Kate scrollte die Kommentare durch, um zu sehen, was die Leute so schrieben. Es war brutal.

Piss Girl. Piss-Fresse. Miss Piss.

Das waren nur einige der Bezeichnungen, die das Netz für Chloe fand. Dann entdeckte Kate unten auf den Bildschirm eine Zahl.

»Chloe, das Video hat 1,2 Millionen Views!«, rief Kate.

»WAS? Eben hatte es nur 900 000«, kreischte Chloe und schnappte sich wieder ihr Handy.

»Definitiv viral«, meinte Natalie.

»Und das Schlimmste ist, jetzt folgt mir jeder, weil sie mich getaggt haben!«

»Wie viele Follower hast du denn mittlerweile?«, fragte Kate.

»Zehneinhalbtausend.«

»Chloe! Das ist doch, was du dir immer gewünscht hast. Du hast die Zehntausend geknackt! Du bist eine Influencerin!«

»Ich wollte aber nicht deshalb Influencerin werden, weil ich mich BEPINKELT habe!«, schrie Chloe.

»Deshalb sollte man immer aufpassen, was man sich wünscht, Süße«, meinte Natalie grinsend.

»Es gibt keine schlechte Publicity, Chloe. Genieß deine fünfzehn Minuten der Schande. Sorry, des Ruhms«, sagte Siobhan.

»Trotzdem würde ich gern wissen, wer das aufgezeichnet und der Meme-Seite geschickt hat«, sagte Chloe.

»Ist doch egal.«

»O Gott! Ich wette, es war Casper! Er wollte sich bestimmt dafür rächen, dass ich sein Auto mit dem Schlüssel zerkratzt habe! Dieser Mistkerl!«

»Na ja, wenigstens hast du deine Lektion gelernt«, sagte Natalie.

»Nein, habe ich nicht! Sobald wir zu Hause sind, werde ich wie Beyoncé im *Lemonade*-Video auf sein Auto losgehen!«

»Ich bekomme allmählich das Gefühl, ihr zwei seid füreinander bestimmt.« Siobhan lachte. »Ich sehe schon die Überschrift vor mir. Piss Girl demoliert Auto ihres Ex' im *Lemonade*-Style.«

»Ich kann jetzt nicht noch weiter darüber nachdenken«, sagte Chloe. »Kate, erzähl uns doch noch etwas mehr von Trevor – ich brauche dringend Ablenkung.«

»Also, es hat ein paar Entwicklungen gegeben«, erklärte Kate. »Mir schwirrt der Kopf, um ehrlich zu sein. Ich habe keine Ahnung, wie ich mich fühlen soll.«

»Willst du meinen Stimmungsring tragen?«, bot Natalie an.

»Nein, danke«, lehnte Kate seufzend ab. »Trevor hat mir gerade gesagt, dass er alles, was er sich aufgebaut hat, für mich getan hat. Er meinte, er hätte die vergangenen neun Jahre darauf gehofft, dass ich zu ihm zurückkehren würde, damit er mir alles geben könnte, wozu er damals nicht in der Lage gewesen war. Und jetzt drehe ich durch, weil ich das Gefühl habe, er könnte die Wahrheit sagen!«

»Himmel«, machte Natalie. »Männer bauen wirklich lieber ein Imperium auf, statt zur Therapie zu gehen.«

»O mein Gott! Du bist seine Daisy! Du bist sein grünes Licht!«, rief Chloe unvermittelt.

»Chloe, hast du etwa *Der große Gatsby* gelesen?«

»Das ist ein Buch?«

»Himmel«, seufzte Natalie. »Aber Kate, das ist wirklich krass. Hast du ihm gesagt, dass er dir das Herz gebrochen hat?«

»Nein.«

»Ach, Kate, du bist echt ein Starrkopf!«, sagte Siobhan. »Warum redest du nicht einfach offen und ehrlich mit ihm?«

»Weil ich Angst davor habe! Ich will das nicht noch einmal erleben. Wahrscheinlich würde ich total zusammenbrechen. Ich will nicht vor ihm heulen!«

»Aber du machst den gleichen Fehler wie vor neun Jahren. Du hättest ihn damals schon damit konfrontieren sollen, anstatt wegzulaufen. Jetzt hast du die nächste Chance und rennst wieder weg! Ich habe dir doch im Flugzeug schon gesagt, dass du nicht einfach Leute aus deinem Leben werfen kannst, wie auf Social Media.«

»Siobhan hat recht, Kate«, stimmte Chloe zu. »Du bist die Schlauste von uns allen, aber du besitzt die emotionale Intelligenz eines Kleinkindes. Wenn dich jemand verletzt hat, sagst du ihm das und servierst ihn nicht einfach ab und blockierst ihn, ohne dass er etwas erwidern kann. So kommst du nie über ihn hinweg.«

»Okay, okay, ich habe verstanden«, sagte Kate. »Ich weiß nur nicht, warum ich solche Angst davor habe, mit ihm dieses Gespräch zu führen. Ich habe neun Jahre damit verbracht, von diesem Mann loszukommen. Ich glaube, ich habe Angst, die Wunde wieder aufzureißen, die so lange gebraucht hat, um zu heilen.«

Endlich gestand sie es sich ein. Es war erschreckend, aber nötig.

»Die Wunde wäre aber wesentlich schneller geheilt, hättest du damals einen ordentlichen Abschluss gefunden«, sagte Natalie. »Hol das besser jetzt nach, wo du die Gelegenheit dazu hast.«

»Okay, danke, Mädels.« Kate lächelte. »Da gibt es nur ein winziges Problem.«

»Und welches?«

»Ich bin dabei, mich wieder in ihn zu verlieben!«

»Ich wusste es«, murmelte Siobhan.

»O Gott, Kate! Wirklich?«, rief Chloe begeistert. »Ich meine, ich habe es auch schon ewig kommen sehen, aber trotzdem. Echt jetzt?«

»Auf dem Eiffelturm wollte ich, dass er mich küsst. Obwohl ich den Kuss nicht erwidert hätte. O Gott, was ist nur los mit mir? Dafür komme ich in die Hölle.« Kate schlug sich beschämt die Hände vors Gesicht.

»Kate, sei doch nicht albern. Wir sind in Sin City. Gott sieht nicht, was hier passiert. Das ist ein moralischer Blinder Fleck«, versuchte Siobhan sie zu beruhigen.

»Aber was soll ich denn jetzt tun? Ich heirate Norman in drei Tagen! Alles ist bis ins Detail geplant. Ich kann den schönsten Tag meines Lebens nicht für jemanden aufgeben, der mich vor Jahren betrogen hat! Das ist mehr als bescheuert. Es hat mich schon einmal zerbrochen, mich in Trevor zu verlieben. Aber Norman hat mich wieder aufgerichtet.«

»Du bist doch nicht Humpty Dumpty, Kate«, sagte Siobhan.

»Ich weiß, ich weiß. Ich würde es aber nicht überleben, noch mal von Trevor Rush zerbrochen zu werden. Ich muss auf meine Vernunft hören, die mir sagt, dass ich nach Hause fliegen und Norman heiraten sollte.«

»Aber was sagt dir dein Herz?«, fragte Siobhan. »Ich meine, ich habe zwar keins, aber wenn, würde ich darauf hören.«

»Ja, glaubst du, es würde mit Trevor funktionieren?«, fragte Natalie.

»Es hätte damals funktionieren können, wenn er nicht fremdgegangen wäre. Also, ja, er gibt mir dieses spezielle Gefühl, wie er es damals auch getan hat. Diese Euphorie, zu ihm zu gehören. Aber was ist damit, dass er mich betrogen hat?«

»Also glaubst du nicht, dass du ihm je verzeihen könntest?«, fragte Chloe.

»Selbst wenn ich ihm verzeihen würde, wie könnte ich ihm je wieder vertrauen? Ich trage immer noch die Narbe seines ersten Betrugs. Ein zweites Mal würde ich das ganz sicher nicht verkraften. Die ganzen Partys mit den halb nackten Instagram-Models. Gibt es überhaupt eine Frau, die einem Mann vertrauen würde, der von solchen Verlockungen umgeben ist? Ich habe Trevor schon einmal mein Herz geschenkt, und er hat es in tausend Stücke gerissen. Neun Jahre habe ich gebraucht, um es wieder zusammenzuflicken, und ich werde nicht zulassen, dass er es noch mal zerstört.«

»Dann hast du wohl deine Antwort«, meinte Natalie.

Kate fühlte sich gut mit ihrer Entscheidung. Es gab keinen Platz für sie in Trevors Leben. Sie gehörte nach Hause. »Okay, hier ist der Plan«, sagte sie zu ihren Freundinnen.

»Aller guten Pläne sind drei«, murmelte Siobhan und verdrehte die Augen.

»Wir gehen ins *Omnia* und hören uns Trevors Set an. Danach sage ich ihm, dass er mir das Herz gebrochen hat, als ich gesehen habe, wie er mich mit dieser Viola betrogen hat. Wenn er es zugibt und sich hoffentlich entschuldigt, kann ich vielleicht endlich darüber hinwegkommen. Dann unterschreibt er die Annullierung, und wir fliegen nach Hause, damit ich Norman heiraten kann. Klingt das gut?«

»Das sind ziemlich viele Zwischenschritte, vielleicht solltest du besser eine Tabelle anlegen«, erwidert Siobhan grinsend.

»Sehr lustig, Siobhan.« Kate warf ihr einen finsteren Blick zu. »Mädels, trinkt aus. Diese verrückte Fahrt hat im *Omnia* begonnen. Und genau dort wird sie auch enden.«

KAPITEL SECHSUNDZWANZIG

Ort des Verbrechens

Die Freundinnen gingen zu Fuß vom *Bellagio* zum *Caesar's Palace*. Schließlich kamen sie im *Omnia* an, dem ursprünglichen Ort des Verbrechens. Dem Verbrechen, Four Lokos zu trinken und Trevor auf der Bühne zu küssen, natürlich. Sie bemerkten die übliche Schlange vor dem Club und gingen direkt zum Eingang.

»Hallo«, sagte Kate zu dem Türsteher. »Mein Ehem... äh, Trevor Rush, hat einen Tisch im VIP-Bereich für uns reserviert. Für Kate.«

»Ah ja. Hier entlang, bitte.«

»Hättest du Trevor eben fast deinen Ehe...«

»Nein!!«, unterbrach Kate Siobhan.

Der Türsteher führte die Mädels zu ihrem VIP-Tisch, von wo aus sie die Bühne überblicken konnte. Er war noch größer als der, den sie letztes Mal gehabt hatten. Es hätten locker zwanzig Leute daran Platz gehabt.

»Ich fange an, es zu mögen, mit Mrs. Rush befreundet zu sein«, sagte Chloe, als sie den luxuriösen Platz begutachtete.

»Na, gewöhn dich besser nicht daran. Ich bin nur hier, um einen Abschluss zu finden, damit wir endlich wegkommen. Konzentriert euch auf unser Ziel.«

»Ich würde mich lieber auf die Männer konzentrieren«, sagte Siobhan und scannte den Saal nach ihrem potenziellen nächsten One-Night-Stand.

Der Moderator betrat die Bühne und fing an, die Menge anzuheizen.

»Hey, Partypeople, macht noch ein letztes Mal ordentlich Lärm für DJ DEADASS«, rief er ins Mikro. Die Menge brüllte. Kate schätzte, dass es mindestens dreitausend Leute waren, und ihr Jubeln war ohrenbetäubend.

»Herrgott, das ist so laut!«, klagte Chloe. »Ich kann mich nicht mal selbst denken hören!«

»Also nichts Neues, oder?«, neckte Natalie sie.

»Was?«

»Nicht wichtig.«

»Ihr wisst alle, was jetzt kommt«, fuhr der Moderator fort. »Es ist Zeit ...«

»TO FEEL THE RUSH«, grölten die Tanzenden.

»Ich kann es immer noch nicht fassen, dass dieser Slogan sich gehalten hat«, meinte Kate.

»Ich gewöhne mich langsam dran«, erwiderte Natalie achselzuckend.

»Ja, wie an einen Tumor.«

Die Menge rastete aus, als Trevor von unter der Bühne auftauchte. Sie verehrten ihn wie einen Gott. Für einen kurzen Moment war Kate seltsam stolz auf ihn. Sie hatte ihm vor neun Jahren gesagt, dass er es schaffen würde, und das hatte er getan. Lieber Himmel, war sie etwa stolz, seine Frau zu sein?

Nein, das wäre lächerlich.

»Macht mal richtig Krach«, rief Trevor ins Mikro, was die Menge noch weiter aufstachelte.

»Er ist echt ein Showtalent, das muss man ihm lassen«, sagte Natalie.

Trevor sah zu ihrem Tisch hoch und zwinkerte Kate zu. Sie musste unwillkürlich lächeln. Es war das gleiche Zwinkern, das er ihr immer zugeworfen hatte, als sie ihm bei seinen Auftritten in kleinen New Yorker Bars zugesehen hatte. Sie spürte, wie die Nostalgie sie zu blenden drohte.

Fuck.

»Mädels, ich brauche einen Drink«, sagte sie, als sie sich wieder zu ihnen umdrehte.

»Four Loko?«, schlug Siobhan vor.

»Auf gar keinen Fall! Aber einen Wodka könnte ich vertragen.«

»Das ist mein Mädchen!«, sagte Siobhan. Sie winkte einer Kellnerin zu. »Entschuldigen Sie, wie viel kosten vier Wodka mit Cola?«

»Erstklassigen Wodka oder normalen?«

»Nur den normalen, bitte«, antwortete Kate.

»Das sind dann um die zweihundert Dollar.«

»WIE BITTE? Ist schon okay, wir brauchen nichts.«

»Dieser Tisch ist vorbezahlt. Ich kann Ihnen alles bringen, was Sie wollen, es wird Sie nichts kosten.«

»Dann bitte zwölf erstklassige Wodkas mit Cola, bitte«, warf Siobhan ein.

»Ignorieren Sie sie«, sagte Kate zur Kellnerin. Sie wollte Trevors Großzügigkeit nicht ausnutzen. »Wir nehmen vier normale Wodka mit Cola, bitte.«

»Cola Light!«, rief Chloe.

Die Kellnerin kehrte zur Bar zurück, und die Freundinnen lehnten sich in ihren Stühlen zurück. Auch wenn die Musik laut war, machte es Kate nichts aus. Trevor spielte alle Hits. Er war wirklich ein hervorragender DJ. Seine Remixe und Mash-ups waren mitreißend. Es war auch nicht diese Trance Music, die oft in Clubs lief, sondern richtige Songs, zu denen man singen und tanzen konnte. Er spielte sogar Taylor Swift, wahrscheinlich weil er wusste, dass sie und ihre Freundinnen auf ihre Musik standen. Und sogar Taylors Versionen. Wenn ein Mann Taylors Versionen ihrer Songs auflegte, war das nicht ein Flattern wert? Sie hob regelrecht ab innerlich!

Aber Kate konnte sich dennoch nicht richtig entspannen. Sie

wusste, dass das bevorstehende Gespräch mit Trevor schwierig werden würde. Ihr brach schon der Schweiß aus, wenn sie nur daran dachte.

Was sollte sie ihm sagen? Was würde er erwidern? Würde es in einem riesigen Streit enden oder in einer friedlichen Entschuldigung? Krieg oder Versöhnung?

Aber es gab jemanden, der noch weniger entspannt war als Kate. Chloe sah alle dreißig Sekunden auf ihr Handy, wie besessen von den Kommentaren unter ihrem Video. Die Zahl ihrer Follower stieg immer weiter, je mehr Leute den Clip sahen. Sie war schon bei 12 700 Followern. Ihr größter Traum war zu ihrem größten Albtraum geworden.

»Chloe, du musst dich mal losreißen«, sagte Kate zu ihr. »Du machst dich nur verrückt damit.«

»Ja, es ist unsere letzte Nacht in Vegas – du solltest das Beste daraus machen. Und dieser Typ da drüben starrt dich die ganze Zeit an«, sagte Siobhan.

»Wirklich? Wo?«, fragte Chloe, die offenbar dringend etwas positive Aufmerksamkeit gebrauchen konnte.

»Da!« Siobhan zeigte auf einen Mann.

Er sah nicht schlecht aus. Sogar ziemlich heiß. Und Chloes Typ. Ein etwas raubeiniger Mann, der keinen Fisch in der Hand hielt! Sie hatten sich auch nicht über eine App kennengelernt. Es war ein echtes Kennenlernen, zumindest nach Chloes Maßstäben. Sie warf ihm ein Lächeln zu, und er kam auf ihren Tisch zu.

»O Gott, er kommt rüber!«, sagte Chloe panisch. »Ich habe keine Ahnung, was ich sagen soll. Was ist denn ein gutes Thema für Smalltalk?«

»Globale Erwärmung«, sagte Natalie trocken.

»Sei einfach du selbst!«, riet Kate.

»Ach, werd erwachsen, Kate!«, erwiderte Chloe. »Du selbst kannst du sein, *nachdem* er dein fester Freund ist!«

»Geh schon zu ihm – schnell, er wartet darauf, dass du zu ihm kommst!«

Chloe holte tief Luft und ging zu ihrem Verehrer. »Hi«, sagte sie.

»Hey, kann ich dich was fragen?«, wollte der gut aussehende Fremde wissen.

»Klar, was du willst«, sagte Chloe mit klimpernden Wimpern.

»Bist du Piss Girl?«

Chloe sah rot. »Magst du deine Kniescheiben?«

»Äh ... ja.«

»Dann schlage ich vor, du machst einen Abgang, solange sie noch ganz sind!«

Der Mann sah Chloe verwirrt und etwas eingeschüchtert an, ehe er von dannen zog. Sie wandte sich den anderen zu, die sich schlapplachten.

»Seht ihr? Mein Leben ist vorbei!«, jammerte Chloe.

»Ach, Chloe, das wird wieder, keine Sorge«, tröstete Kate sie.

»Ich glaube, du solltest es positiv sehen. Du musstest dich eh mal neu erfinden«, meinte Natalie.

»Als Piss Girl?«, fuhr Chloe sie an.

»Zumindest kann man sich leicht damit identifizieren. Wir haben uns immerhin alle schon mal bepisst.«

»Nicht vor Millionen von Menschen! Mein Leben als Influencerin ist vorbei!«

»Ach, entspann dich, Chloe«, sagte Siobhan. »Du kannst immer noch das Luxusweibchen von irgendeinem reichen alten Sack werden.«

»Ich glaube nicht, dass der ein Pinkelweibchen will!«, kreischte Chloe. »Meine geistige Gesundheit erträgt das nicht. Ich lösche Instagram.« Sie zog ihr Handy heraus und löschte die App.

»Fünf Euro, dass sie morgen wieder dabei ist«, sagte Natalie augenrollend.

Kate spürte es in ihrer Handtasche vibrieren, und ihr wurde bewusst, dass ihr Handy wieder klingelte. Sie warf einen Blick aufs Display und sah, dass es Norman war. Außerdem hatte er ihr zwei Nachrichten geschrieben.

Norman: Wo bist du??? Geh an dein Handy!!!

Sein Timing war mehr als mies. Sie war auf dem Eiffelturm nicht in der Lage gewesen, ans Handy zu gehen, und in einem Nachtclub, in dem es so laut war, ging es schon mal gleich gar nicht. Sie steckte das Telefon wieder ein und tat so, als hätte sie es nicht bemerkt. Sie brauchte etwas Zeit, um das Chaos, das sie angerichtet hatte, wieder aufzuräumen. Sie war dem Ende dieser verrückten Reise so nah, und Norman musste aufhören, sie zu stören, damit sie die Annullierung unterschrieben bekam und nach Hause zurückkehren konnte.

Die Kellnerin kam mit ihren Getränken. Kate nahm sofort einen Schluck Wodka, um ihre Nerven zu beruhigen.

Der Gedanke daran, Trevor zu konfrontieren, ließ sie in Schweiß ausbrechen. Doch es war notwendig, damit sie die Sache endlich abschließen konnte.

Auf das Ziel konzentrieren, ermahnte sie sich erneut.

Trevors Stimme hallte plötzlich durch den Saal: »Wunderbares *Omnia*-Volk, zeigt mal, wie laut ihr sein könnt!«

Und das taten sie.

Die Wände des Colosseums wackelten regelrecht.

»Ich habe heute Abend eine kleine Überraschung für euch alle«, fuhr Trevor fort. »Dieser letzte Song ist etwas, das noch keiner von euch je gehört hat.«

Was zur Hölle hatte Trevor vor?

»Ihr werdet einen brandneuen Trevor-Rush-Remix hören von einem Song namens ›Your Scar‹.«

Kate erstarrte.

Nein.

Es konnte nicht sein, dass er ihren Song hatte. Sie hatte alle Links von ihrem Insta-Profil gelöscht.

Aber sobald Trevor die Musik laufen ließ, erkannte sie ihr Lied. Es war in der Tat ihr Song. Der Song, den sie über ihn geschrieben hatte.

Und doch schien er irgendwie anders. Trevor hatte etwas damit gemacht. Die akustische Gitarre war von einem epischen EDM-Beat ersetzt worden. Er hatte ihren Song zu einem Clubsong gemixt. Einem großartigen Clubsong sogar. Sie konnte es nicht fassen, was sie hörte.

Used to be the type to wear my heart upon my sleeve
Till you came along and took it from me like a thief
So blind in love, I never would believe
That one day, you would leave

Kate lief rot an. Dieser Song war ein totaler Flop gewesen. Warum quälte er sie, indem er ihn auflegte? Ihr größtes Scheitern zur Schau stellte vor Tausenden von Leuten? Das war so schrecklich peinlich.

»Kate, das ist dein Song«, sagte Natalie.

»Das weiß ich!«

Siobhan begann mitzutanzen. »Klingt echt gut!«

»Wie zur Hölle hat Trevor meinen Song online gefunden?« Kate musterte ihre Freundinnen vorwurfsvoll. Chloe war die Einzige, die schuldbewusst wirkte. »Chloe?«

»Er hat angeboten, mir ein Shoutout auf Instagram zu geben, im Austausch für den Song«, gestand Chloe kleinlaut.

»JUDAS!«, zischte Kate. »Du bist wortwörtlich einen Pakt mit dem Teufel eingegangen!«

»Das war die alte Chloe, die nur mehr Follower haben wollte. Ich nehme alles zurück!«

»Aber Kate, sieh doch«, sagte Natalie. »Die Menge geht voll ab!«

Natalie hatte recht. Dreitausend Leute tanzten wie verrückt. Kate sah sich geschockt um, während der Song in den Eingangsrefrain wechselte.

But don't make a girl a promise you're not willing to keep
You said you were honest but I guess talk ist cheap
I thought I was the strongest till you made me feel so weak
Baby ... 'cause you cut me deep

Die Röte in Kates Gesicht ließ nach. Vielleicht war es gar nicht so peinlich, wie sie gedacht hatte. Die meisten schienen die Musik zu mögen! Trevor hatte seinen Zauber wirken lassen und eine Art Popsong kreiert. Es war unendlich viel besser als ihre langsame Akustikversion. Da setzte der Refrain ein.

For years now, we've been apart
But babe you left your mark
Time healed my broken heart
But I'll always have your scar
I'll admit that it was hard
Leavin' you in the dark
Time healed my broken heart
But I'll always have your scar
Yeah, I'll always have your scar

Der Bass verklang, und Trevor stellte eine neue Bridge-Melodie vor, die die Menge zum Toben brachte. Eine Lasershow begann den Saal im Rhythmus zu erhellen. Es war phantastisch.

»Kate – alle sind völlig von den Socken!«, sagte Chloe.

»Ich hab schon immer gesagt, dass es ein Hit ist«, meinte Siobhan und ließ auf dem Tisch die Hüfte kreisen.

»*Omnia*, lasst mal hören, ob euch das Lied gefällt!«, rief Trevor.

Die Menge brach in Jubel aus. Ihr kollektives Brüllen ließ den Boden erbeben. Es gefiel ihnen tatsächlich.

Der Song ging in die Bridge, und Kate bekam Gänsehaut.

And I know it sounds crazy and I know it sounds mad
But of that scar baby, I'm so glad
I wear it on my heart, just like a badge
'Cause the scar's the last part of you I have

Kate spürte, wie Tränen ihren Blick verschleierten. Es war der härteste Text, den sie je geschrieben hatte. Und sie meinte jedes Wort davon ernst. Denn selbst nach allem, was passiert war, hätte sie alles noch einmal genauso gemacht. Ihre drei Monate mit Trevor in jenem Sommer waren jede Narbe wert.

Und in diesem Moment wusste sie, das er der Richtige für sie war.

Egal, wie oft ihr Verstand ihr zu sagen versuchte, sie sollte sich für Norman entscheiden, wusste sie doch, dass ihr Herz Trevor gehörte.

Deshalb hatte sie es nie ganz verwinden können.

Deshalb hatte sie nie aufgehört, an ihn zu denken.

Deshalb hatte sie das Medaillon nie weggeworfen.

Weil er eines immer war und immer sein würde.

Der Richtige.

Der Refrain erklang wieder, und die Menge ging sogar noch mehr ab als zuvor. Zum ersten Mal zog Kate die Möglichkeit in Betracht, dass der Hasskommentar des Internettrolls falsch gewesen war. Vielleicht war sie doch nicht nur ein weitere verblendete Nachahmerin, die es zu nichts bringen würde. Vielleicht hatte sie doch Talent. Immerhin jubelten die Clubgäste. Sie konnte es nicht fassen. Das war alles, was sie sich je gewünscht hatte. Dass die Leute ihrer Musik zuhörten. Dass ihre Stimme gehört wurde. Und hier waren sie, tanzten zu etwas, das sie kreiert hatte.

Aber ohne Trevor hätte sie es nie geschafft. Seine Magie war dafür verantwortlich.

Sie hatte diese Texte geschrieben. Er hatte ihr den Beat dazu gegeben.

Es war der Herzschlag, der sie wieder zum Leben erweckte.

»*Omnia*, wie hat euch dieser Song gefallen?«, brüllte Trevor, als die letzten Töne verklangen.

Sie jubelten erneut.

»Also, zufälligerweise befindet sich die Künstlerin heute Abend im Publikum. Meine phantastische Frau, Mrs. Kate Rush!«

Ein Scheinwerfer schwenkte in Kates Richtung und hätte sie fast geblendet.

Großer Gott, alle sahen sie an.

Und jubelten.

Jubelten für sie.

»*Omnia*, das war mein Set für heute Abend. Einen Riesenapplaus für einen von Vegas' Berühmtesten: DJ Nightcall!«, rief Trevor, ehe er sich umdrehte und backstage verschwand.

»O mein Gott, Mädels, das war unglaublich!«, sagte Kate.

»Das wissen wir auch! Jetzt geh und sag das Trevor!«, verlangte Siobhan.

»Ihr kommt aber mit!« Kate führte die anderen aus dem VIP-Bereich nach unten in Richtung Bühne. Sie wateten durch die dichte Menge, bis sie endlich bei einem Türsteher vor einem Samtvorhang ankamen.

»Hi, ich bin die Frau von Trevor Rush«, sagte sie. Und es gefiel ihr, das zu sagen. *Verdammt*, sie liebte es!

Der Türsteher ließ sie rein und sie liefen einen schmalen Gang entlang, bis sie in einer großen Raum gelangten, der mit technischer Ausrüstung und Musikinstrumenten gefüllt war.

Und da war er.

Wartete auf sie.

»Wie fühlt es sich an zu fliegen, kleiner Vogel?«, fragte Trevor lächelnd.

»Also ...«, sagte Kate und ging zögerlich auf ihn zu. »Was du da getan hast, war wirklich ungeheuerlich. Sogar unverschämt. Geradezu inakzeptabel ...«

»Und?«

»Und es war ein Traum, der wahr geworden ist«, sagte sie lächelnd.

Trevor blickte ihr in die Augen und ging einen Schritt auf sie zu. Sie wusste, dass er sie küssen würde. Und sie wollte, dass er sie küsste. Lieber Gott, sie wollte, dass er es tat. Nicht für ein, zwei oder drei Sekunden, sondern für alle Sekunden, bis in alle Zeit.

»Trevor!«, rief eine Frauenstimme hinter ihnen.

Kate fuhr herum und spürte, wie ihr die Knie weich wurden.

Vor ihnen stand die Frau, die Kate vor neun Jahren in Trevors Wohnung hatte gehen sehen. Die Frau, die er auf die Wange geküsst hatte. Die Frau, die er hineingebeten hatte. Die Frau, die sie mit Trevor auf Instagram gesehen hatte.

Viola.

»Na, sieh mal, wer da ist!«, rief Trevor strahlend.

»Trevor, dieser Song war phantastisch!«, sagte die Frau und ging auf ihn zu. Er gab ihr einen Kuss auf die Wange, und sie erwiderte den Kuss auf seine.

Kate hatte plötzlich einen Kloß im Hals. Das Gefühl war sogar noch schlimmer als vor neun Jahren. Denn sie hatte sich zweimal täuschen lassen. Diese Frau war offensichtlich ein wichtiger Teil von Trevors Leben. Kate sah es in seinem Blick.

Sie ertrug es nicht mehr. Sie musste weg. Sie konnte hier nicht mehr sein.

Doch da sagte Trevor etwas, mit dem sie nie gerechnet hätte.

»Kate, darf ich dir meine Managerin vorstellen, Charlie Viola!«, sagte er.

»Deine Managerin?«, fragte Kate völlig verdutzt.

Charlie war eine Frau? Viola war ihr Nachname? Die Frau, die sie in seine Wohnung hatte gehen sehen, war seine Managerin? Hatte er etwas mit ihr am Laufen? Ihre Gedanken überschlugen sich.

»Also, das ist die berühmte Kate?«, sagte Charlie. »Die Frau, der du die letzten neun Jahre hinterhergeweint hast?«

»Charlie liebt es, mich vor anderen bloßzustellen, falls es dir noch nicht aufgefallen sein sollte«, meinte Trevor lachend.

»Kate, du siehst absolut phantastisch aus!«, sagte Charlie, während sie Kate von Kopf bis Fuß musterte.

Kate wusste nicht, was sie erwidern soll. »O nein ... Du siehst phantastisch aus!«, sagte sie unbeholfen.

»Was ist das bloß mit diesen irischen Frauen? Ehrlich, Trevor, ich hätte sie geheiratet, wenn du es nicht getan hättest«, sagte Charlie lachend.

»Immer langsam mit den jungen Pferden. Kate ist hetero«, erwiderte Trevor.

Charlie zuckte die Achseln. »Tja, niemand ist perfekt.«

Hatte Kate richtig gehört? Charlie war lesbisch? Oder vielleicht bi? Oder pan? Sie wusste nicht mehr, wo ihr der Kopf stand.

Ihre Freundinnen sahen sich ratlos an und versuchten offenbar, die Puzzleteile zusammenzufügen.

»Charlie, das ist Kates Brautjungfer, Natalie«, stellte Trevor vor. »Sie ist vermutlich eher dein Typ.«

Natalie stand eingeschüchtert vor der Göttin von einer Frau.

»Na, hallo, Natalie«, sagte Charlie und wandte sich ihr zu. Sie war so selbstbewusst und wunderschön zugleich. Es war klar, dass Charlie eine Frau war, die niemals an sich zweifelte.

»Hi, Mummy«, platzte Natalie heraus. »Ich meine Charlie! Sorry!!«

Siobhan und Chloe prusteten los vor Lachen.

»Keine Sorge, das höre ich öfter«, sagte Charlie. »Ich stehe auf deinen Stil – sehr spooky-chic.«

»Hab dir doch gesagt, dass es das gibt!«, raunte Natalie Siobhan zu.

»Ist doch nicht zu fassen, dass diese beiden nach all den Jahren endlich wieder zusammenkommen, oder?«, sagte Charlie. »Ich schätze, in Vegas ist wirklich alles möglich.«

»Ich habe jedenfalls den Jackpot geknackt«, sagte Trevor lächelnd.

»Wie auch immer. Wir lassen die beiden Turteltäubchen jetzt mal besser allein. Aber Kate, ist es okay, wenn ich deinen Song an meine Kontakte in der Musikbranche schicke? Ich denke wirklich, dass er Hitpotenzial hat.«

»Ach, ich weiß nicht ... «

»Sie will sagen: Ja!«, mischte sich Siobhan ein.

»Okay, super. Ich freue mich schon drauf, dass wir uns bald zusammensetzen und besprechen, wie es weitergehen kann mit ›Your Scar‹. Aber das Geschäftliche verschieben wir aufs nächste Mal. Natalie, Lust auf einen Drink?«

Natalie war so hin und weg, dass sie kein Wort herausbrachte. Stattdessen nickte sie nur stumm und folgte Charlie zurück in den Club.

»Viel Spaß!«, rief Trevor ihnen nach.

»Wir lassen euch auch mal allein«, sagte Siobhan. »Komm, Piss Girl, wir verpissen uns.«

»Ich hasse dich«, zischte Chloe, folgte Siobhan aber in Richtung Ausgang.

»Na, das war eine Überraschung«, sagte Trevor und drehte sich zu Kate um.

»Du hast keine Ahnung«, erwiderte Kate, immer noch völlig überrumpelt davon, wer Charlie war.

»Komm mit«, sagte Trevor.

»Wo willst du denn hin?«

»Es sind noch dreißig Minuten bis Mitternacht«, sagte er. »Und ich habe noch einen letzten Stopp für unser drittes Date.«

KAPITEL SIEBENUNDZWANZIG

Die Wahrheit

Als sie den Vegas Strip entlanggingen in Richtung des mysteriösen letzten Stopps, herrschte in Kates Kopf völliges Chaos.

Plötzlich war alles anders. Trevor war nicht mehr der Fremdgeher, für den sie ihn neun Jahre lang gehalten hatte. Es war alles völlig unschuldig gewesen. Die Frau war seine Managerin und hatte ihn zu seinem dreiundzwanzigsten Geburtstag mit einer Flasche Wein besucht. Er hatte sie zur Begrüßung auf die Wange geküsst, auf eine freundschaftliche, platonische Art und Weise. Kate war zu einem absolut falschen Schluss gekommen anzunehmen, dass die zwei eine Liebesbeziehung hatten.

Wie hatte sie nur so dumm sein können?

Und was noch wichtiger war, wie konnte sie Trevor erklären, dass sie ihn abserviert und blockiert hatte, nur weil sie eine Situation auf idiotische Weise falsch eingeschätzt hatte? Ihr drehte sich jetzt schon der Magen um, wenn sie daran dachte, wie er reagieren würde.

Trevors »Untreue« hatte sie mit einem allumfassenden Gefühl der Wertlosigkeit zurückgelassen. Sogar dass sie sich in Norman verliebt hatte, war darauf zurückzuführen. Ihr Selbstvertrauen war am Boden gewesen, als sie ihn kennengelernt hatte. Die Tatsache, dass er ihr Zuneigung entgegengebracht hatte, gab ihr zumindest zeitweise das Gefühl, wieder etwas wert zu sein. Deshalb hatte sich ihre Persönlichkeit so dramatisch verändert. Von einem sorglosen, wilden Partygirl zu einem zurückhaltenden, strukturliebenden Kontrollfreak. Weil Trevor sie vermeintlich betrogen hatte, stellte sich Kate immer wieder die schreckliche Frage: »Was habe ich nur falsch gemacht?« Deshalb hatte sie beschlossen, nie wieder etwas falsch zu machen. Sie würde die Art Frau sein, die Norman sich wünschte. So würde er sie nie betrügen. Sie wurde eine formbare Hülle ihres alten Selbst, nur damit sie nie wieder verletzt wurde. Deshalb wollte sie es immer allen recht machen.

Doch Trevor hatte sie gar nicht verletzt. Sie hatte sich selbst verraten, nur aufgrund eines Missverständnisses.

»Also, hättest du je gedacht, dass du deinen Song mal in einem der größten Nachtclubs der Welt hören würdest?«, fragte Trevor, während er neben ihr herspazierte.

»Ehrlich gesagt kann ich immer noch nicht fassen, dass das wirklich passiert ist«, erwiderte Kate irritiert.

Ihr Gehirn war so damit beschäftigt zu überlegen, wie sie Trevor die Wahrheit sagen sollte, dass sie nicht in der Lage war, den Moment zu genießen. Sie hatte einen Kloß im Hals, der gefühlt so groß war wie ein Golfball, und beim Gedanke an ihr bevorstehendes Geständnis wurde ihr schlecht.

»Ich hoffe, es macht dir nichts aus, aber ich habe mir erlaubt, es bei YouTube hochzuladen.«

»Du hast was?«

»Entspann dich, ich wollte den Leuten nur die Gelegenheit geben, es zu streamen, nachdem sie es im Club gehört haben. Auf die Weise erzeugt man Aufmerksamkeit«, erklärte er.

»Trevor, ich habe dich nicht darum gebeten«, erwiderte Kate panisch. Sie holte ihr Handy heraus und öffnete YouTube. »Wie heißt es?«

»›Your Scar‹ von Kate. Trevor-Rush-Remix.«

Kate suchte den Song und fand ihn sofort. Als sie das Video anklickte, sah sie, dass es bereits 1540 Views hatte. Das waren schon mehr als ihre eigene Akustikversion. Aber wenigstens war es noch nicht viral gegangen oder so. Sie wusste nicht, ob sie damit hätte umgehen können.

»Es hat etwa fünfzehnhundert Views«, sagte Kate.

»Nicht schlecht für die erste Stunde. Sobald es auf YouTube läuft, gibt das Charlie einen besseren Stand mit den Plattenfirmen. Aber ehrlich gesagt wird sie das nicht brauchen. Sobald sie deine Stimme hören, wird der Song abheben.«

»Das geht mir alles irgendwie viel zu schnell.«

»Kate, wovor hast du Angst? Du hast eine tolle Stimme, und die Welt sollte sie hören. Was könnte daran so schrecklich sein?«

»Aber was, wenn es ein Flop wird?«, fragte sie in einem Anflug von Panik.

»Ach, Sommersprosse«, sagte er lachend. »Und was, wenn es ein Erfolg wird?«

»Ich weiß nicht, Trevor – mir schwirrt einfach der Kopf gerade.«

Seit Kate erfahren hatte, wer Charlie war, war sie völlig durcheinander. Die Frau, die sie neun Jahre lang gehasst hatte, war plötzlich diejenige, die ihren Song an Plattenfirmen schickte? Kate kam sich unglaublich dumm vor. Sie hatte noch nie einen so idiotischen Fehler begangen, den sie so sehr bereute.

»Kate, wir leben in einer Welt, wo es dein Leben verändern kann, wenn die richtige Person deine Stimme hört. Vor neun Jahren hast du mir gesagt, was es braucht, und du hattest recht. Aber wenn ich dir sage, dass du ebenfalls das Zeug zum Erfolg hast, glaubst du mir nicht. Das ergibt keinen Sinn.«

»Ich habe diesen Traum längst aufgegeben, Trevor.«

»Nein, du hast dich selbst aufgegeben. Tja, rate mal, ich habe dich nie aufgegeben, nicht eine Sekunde lang. Wir könnten alles erreichen, wenn wir zusammenbleiben. Wir könnten die Welt bereisen und Musik machen.«

Kate spürte, wie in ihrer Handtasche ihr Handy vibrierte. Norman sollte sie wirklich mal in Ruhe lassen.

»Ist er das wieder? Der Mann, von dem du dir einredest, ihn zu lieben?«

»Ich liebe Norman wirklich.«

»Aber du bist nicht in ihn verliebt. Das ist ein Unterschied. Jener Sommer, den wir zusammen hatten, Kate, das ist es, was es bedeutet, verliebt zu sein«, sagte Trevor.

»Ich wollte, dass dieser Sommer nie aufhört«, sagte sie, und Emotionen stiegen in ihr auf.

»Das hätte so sein können. Du bist diejenige, die gegangen und nie wiedergekehrt ist.«

Trevor blieb stehen und sah sie an. Sie waren an der Nachbildung der Freiheitsstatue angekommen. Kate wusste, was er vorhatte. Ihre Flitterwochen um die Welt waren abgeschlossen.

»Trevor ...«

»So hat es sein sollen, Kate. Es hat immer eine Fortsetzung geben sollen. Du solltest zu mir zurückkommen, damit wir uns ein gemeinsames Leben aufbauen können. Damit wir zusammen Musik machen können. Und dann, am 17. November – meinem Geburtstag, übrigens – hast du mit mir Schluss gemacht. Mit einer distanzierten Nachricht, die überhaupt nichts erklärte. Und dann, gerade als ich antworten wollte, war dein Profil verschwunden. Ich habe versucht, dich anzurufen, aber mein Anruf ging nicht durch. Ich dachte, ich müsste verrückt werden, also habe ich versucht, über deine Freundinnen mit dir Kontakt aufzunehmen. Aber sie waren ebenfalls verschwunden. Und da dämmerte es mir. Ich war blockiert worden. Abserviert, auf die grausamste Art und Weise. Ohne sich die Mühe zu machen, mir zu erklären, warum. Ich kannte deine irische Adresse nicht, also konnte ich dir auch nicht schreiben. Ich hatte keine Möglichkeit, herauszufinden, warum die Liebe meines Lebens mich verlassen hatte. Hast du irgendeine Vorstellung, was das mit einem Menschen macht?«

»Ich hatte nie vor, dir weh zu tun. Ich dachte, du hättest mir weh getan.«

»Wie denn? Was habe ich denn gemacht?«, fragte er mit verzweifeltem Blick. »Warum hast du mich so grausam aus deinem Leben geworfen, als wäre ich dir nichts wert?«

»Du warst mir etwas wert, Trevor. Du warst alles für mich!«, entgegnete Kate mit Tränen in den Augen.

»Das ist immer noch keine richtige Antwort. Ich weiß, dass du ›Your Scar‹ über mich geschrieben hast. Deshalb wolltest du nicht, dass ich den Song finde.«

»Natürlich handelt er von dir!«, gestand sie.

»Aber welche Narbe habe ich dir verpasst? Ich habe dir nie unrecht getan. Ich habe immer versprochen, dich nicht zu verletzen!«

»Ich weiß!«

»Dann sag mir die Wahrheit. Denn ich weiß, dass unsere Liebe echt ist. Ich weiß, dass du nach Vegas kommen musstest. Ich weiß, es war vorherbestimmt, dass wir uns finden. Und wenn du nicht das Gleiche empfindest, warum hast du mich dann auf der Bühne des *Omnia* geküsst?«

»Daran kann ich mich nicht erinnern!«

»Dann lass mich dir auf die Sprünge helfen.«

Trevor zog Kate an sich und küsste sie leidenschaftlich. Sie spürte, wie sie in seinen Armen dahinschmolz und sich ihren tiefsten Sehnsüchten hingab. Als das Flattern von ihrem Körper Besitz ergriff und dieser vor Lust pulsierte, fielen ihr plötzlich wieder alle tausend Gründe ein, warum sie ihn liebte. Sie wusste, dass sie zu ihm gehörte.

Egal, wie sehr sie sich bemühte, Normans Puzzleteil in Form zu hämmern, es würde niemals passen. Das fehlende Teil ihres

Puzzles hatte Trevors Form. Er war der einzige Mann, der ihr je das Gefühl gab, schön zu sein. Sie hatte ihr Spiegelbild noch nie gemocht. Aber sie liebte es, wie sie in der Reflexion seiner Augen aussah.

Er war ihre erste und letzte Liebe.

Ihr Anfang, ihre Mitte und ihr Ende.

»Du kannst mir nicht erzählen, dass du nichts gespürt hast«, sagte er, als er sich wieder von ihr löste.

»Ich habe alles gespürt«, gab Kate zu und merkte, dass ihr gleich die Tränen kommen würden.

»Dann sag mir, warum du mir das Herz gebrochen hast. Diese Frage frisst mich seit neun Jahren auf. Ich muss es wissen«, flehte Trevor.

Da war er.

Der Moment, den sie so gefürchtet hatte.

Was konnte sie ihm nur sagen, dass er sie nicht hassen würde? Sie war sich selbst gegenüber endlich ehrlich, was die Gefühle für ihn anging. Aber jetzt fürchtete sie, dass die Wahrheit ihn endgültig vertreiben konnte.

»Okay, Trevor. Du hast die Wahrheit verdient«, sagte sie und holte tief Luft. »Ich habe nur Angst, dass du mir nicht verzeihen kannst, wenn ich es dir erzähle.«

»Was ist es denn?«, fragte er verzweifelt.

»Nachdem ich in jenem Sommer nach Irland zurückgekehrt war, habe ich dich so sehr vermisst, dass ich ein Flugticket für November gebucht habe, um dich zu besuchen. Ich wollte dich zu deinem Geburtstag überraschen.«

»Du bist im November aber nicht nach New York gekommen.«

»Doch, das bin ich. Ich bin nach New York geflogen und habe ein Taxi zu deiner Wohnung in Brooklyn genommen. Aber ...«

»Aber?«

»Aber als ich die Straße überquert habe, war da diese wunderschöne Frau vor deiner Wohnung. Sie war atemberaubend schön, und sie hielt eine Flasche Wein in der Hand. Du hast die Tür geöffnet und sie auf die Wange geküsst. Und dann seid ihr nach drinnen verschwunden. Als ich das sah, ist mein Herz in tausend Stücke zerbrochen«, berichtete Kate mit erstickter Stimme.

Kate konnte Trevor ansehen, wie er versuchte, alles zusammenzusetzen. Der Groschen würde jeden Moment fallen.

»Warte, sag jetzt nicht, es war ...«, setzte er an.

»Es war Charlie.«

Es entstand eine unangenehme Stille zwischen ihnen, auch wenn im Hintergrund der Großstadtlärm wummerte.

Trevor wich vor ihr zurück, als hätte sie ihn von sich gestoßen. Er begann seine Schläfen zu reiben. »Sag mir bitte, dass das ein Scherz ist.«

»Ich habe versucht, dich anzurufen, aber du bist nicht drangegangen. Und dann hast du mir eine Nachricht geschickt, dass du in einem Meeting bist ...«

»Weil ich in einem Meeting WAR«, erwiderte Trevor, dessen Stimme die aufkeimende Wut anzuhören war.

»Das weiß ich jetzt auch, aber damals erschien es mir wie eine dreiste Lüge. Ich habe die falschen Schlüsse gezogen und ...«

»Nein, Kate, du hast nicht bloß falsche Schlüsse gezogen, du hast einen fatalen Irrtum begangen.«

»Bis heute, also bis vor einer halben Stunde etwa, dachte ich ...«

»Du dachtest, ich hätte dich betrogen? Etwas, das ich NIE tun würde? Weil Charlie mir zum Geburtstag eine Flasche Wein gekauft hat und mich auf die Wange geküsst hat?«

»Ich wusste doch nicht ...«

»ERSTENS ist sie meine Managerin! Und selbst, wenn sie das nicht wäre, steht sie gar nicht auf Männer! Und ich stehe nicht auf sie! Sie ist seit neun Jahren meine Agentin. Ich habe dir damals sogar erzählt, dass sich ein Management für mich interessiert!«

»Ich bin nur immer davon ausgegangen, dass Charlie ein Mann ist!«

»Oh, du bist einfach davon ausgegangen, dass ich einen Mann als Manager habe? Das ist aber auch schräg, Kate.«

»Ich weiß, ich weiß. Aber ich hatte sie bei einem deiner Auftritte schon gesehen und bemerkt, wie sie dich ansah, als wollte sie etwas von dir ...«

»Sie wollte ja auch was von mir. Sie wollte mich UNTER VERTRAG NEHMEN! Sie war an dem Abend auf Talentsuche!«

»Aber ich erinnere mich noch genau, wie du ihr zugezwinkert hast.«

»Ich zwinkere jedem zu!«

»Die Art und Weise, wie du sie auf die Wange geküsst hast, hat den Eindruck gemacht, als ...«

»Wir sind beide Italiener, Kate! Da küsst man sich nun mal schnell auf die Wange. Sie hat mich an dem Tag unter Vertrag genommen, und ist mit einer Flasche Wein vorbeigekommen, um darauf anzustoßen! Herrgott, ich kann das alles nicht fassen!« Trevor klang extrem aufgewühlt.

»Ich dachte, es wäre nur eine Frage der Zeit, bis du mit mir Schluss machst. Deshalb habe ich dir diese Nachricht geschrieben. Aber es war ein dummer, dummer Fehler ...«, rief Kate voller Verzweiflung.

»Und hier ist mal ein verrückter Gedanke, Kate, warum bist du nicht einfach über die Straße gegangen und hast mich GEFRAGT, wer sie ist? Hast du daran überhaupt nicht gedacht?«

»Ich hatte Angst vor dem, was ich sehen könnte.«

»Zwei Sätze, Kate. Das ist alles, was es gebraucht hätte, um all das zu verhindern. Du hättest gefragt: ›Wer ist diese Frau?‹ Ich hätte geantwortet: ›Das ist meine Agentin, Charlie!‹ Zwei Sätze, die neun Jahre voller Schmerz und Verunsicherung verhindert hätten.«

»Trevor, bitte ...« Kates Blick war von Tränen verschleiert. »Ich war so verletzt von dem, was ich gesehen hatte, dass ...«

»*Du* warst verletzt? Und was denkst du, wie ich mich gefühlt habe, nachdem ich aus heiterem Himmel abserviert und blockiert worden bin, ohne jede Erklärung? Ich musste neun Jahre lang damit klarkommen, weil du eine Situation falsch eingeschätzt hast!«, rief Trevor.

Kate war so aufgelöst, dass sie die Worte nicht herausbrachte, die sie ihm so gern sagen wollte. »Sag mir, was ich tun soll, Trevor. Sag mir, wie ich das wiedergutmachen kann«, rief sie verzweifelt.

»Du hast es schon wiedergutgemacht, Kate. Du hast bei unserer Hochzeit vor drei Tagen ›Ja‹ gesagt. Und nach neun Jahren war das Loch in meinem Herzen endlich verschwunden. Doch am nächsten Morgen bist du aufgewacht und hast es als Fehler bezeichnet. Also hast du mein Herz erst gebrochen und dann wieder repariert. Aber jetzt bist du wild entschlossen, Norman zu heiraten.« Trevor war jetzt richtig wütend.

»Trevor, bitte ...«

»Du denkst, du kannst tun, was du willst, ohne auch nur einen Gedanken daran zu verschwenden, was es für Auswirkungen auf andere hat«, warf Trevor ihr vor. Er sah sie an, als würde er sie nicht wiedererkennen. Plötzlich hasste sie ihre Reflexion in seinen Augen. Noch nie hatte sie sich hässlicher gefühlt. Sie fürchtete, dass er sie nie wieder so sehen würde wie vorher. Dass sie für immer von ihrem Fehler gezeichnet wäre.

»Das ist nicht fair«, sagte sie, während ihr die Tränen über die Wange liefen.

»Lass mich nur eben meinen Freund in einer Fernbeziehung abservieren und ihm keine Möglichkeit geben, sich zu erklären.

Es könnte ihn für den Rest seines Lebens emotional verkrüppeln, aber was soll's? Ich bin Kate, nur meine eigenen Gefühle zählen!«

»So bin ich nicht«, widersprach Kate verletzt. Seine Worte trafen sie mitten ins Herz.

»Lass uns mal neun Jahre vorspulen. Ich bin Kate, lass mich mal eben den Mann heiraten, dessen Leben ich vor neun Jahren ruiniert habe, während ich auf meinem Junggesellinnenabschied in Vegas bin. Ich bin Kate, nur meine eigenen Gefühle zählen!«

»BITTE!«

»Spul noch einen Tag vor. Lass mich eine Annullierung von dem Mann verlangen, den ich erst zerstört und anschließend zusammengesetzt habe, nur um ihn erneut fertigzumachen! Ich bin Kate, nur meine eigenen Gefühle zählen!«, rief Trevor.

»Ich wollte dir niemals weh tun!«

»Natürlich wolltest du das nicht. Weil nichts jemals deine Schuld ist, oder? Tja, rate mal, Kate. Du hast mich gerade zum letzten Mal verletzt. Es ist Mitternacht, Cinderella. Und ich glaube, es wird Zeit, dass du den Ball verlässt.«

»Ich muss es dir doch erklären ...«

»Fahr nach Hause, Kate. Fahr nach Hause in Normans kleinen Käfig und glaube weiter daran, dass du ein hässliches Entlein bist, das es nicht verdient hat zu fliegen. Wenigstens kannst du mich dann nicht mehr fertigmachen, wenn du dort eingesperrt bist. Gib mir die Annullierung!«, verlangte Trevor.

»Können wir bitte einfach ...«

»GIB SIE MIR!«

Mit zitternden Händen griff Kate in ihre Handtasche und zog die Unterlagen hervor. Trevor riss sie ihr wütend aus der Hand. Plötzlich hätte sie alles darum gegeben, dass er nicht unterschreiben würde. Sie wollte nicht frei sein von ihm. Sie wollte auf Ewigkeiten zu ihm gehören.

»Du willst mich also so dringend loswerden, dann bitte schön!«, sagte Trevor.

Er legte die Papiere auf einem Autodach ab und zog einen Stift aus der Jacketttasche.

»Trevor, tu das nicht!«, rief Kate. »Ich flehe dich an!«

Aber es war zu spät. Er hatte bereits unterschrieben.

»Hier«, sagte er. »Die Annullierung ist offiziell. Dein Wunsch geht in Erfüllung.«

Sie verspürte einen Stich ins Herz. Alles, was sie sich wünschte, war, dass er die Papiere zerriss und sie wieder in seine Arme zog. »Das ist nicht, was ich will!«

»Du weißt nicht, was du willst, Kate. Und ich glaube nicht, dass du das je tun wirst. Hier, bitte schön, die Annullierung ist unterschrieben. Unsere Ehe ist nie passiert. Ich war dir immer treu, Kate. Ich hatte dir versprochen, dich nie zu verletzen, und das war ernst gemeint. Aber anstatt mir zu vertrauen, hast du mich für etwas bestraft, das ich nie getan habe. Glückwunsch, Kate, du hast es geschafft, mich zu vergraulen.«

»Trevor, bitte. Ich dachte, du hättest mir das Herz gebrochen«, sagte sie tränenüberströmt.

»Du hast dir selbst das Herz gebrochen, Kate. Die sogenannte Narbe in deinem Song? Die hast du dir selbst zugefügt. Und übrigens ist sie nichts im Vergleich zu der, die du mir verpasst hast. Ich nehme die Annullierung und bringe sie selbst zu Vinnie. Gleich morgen wird der Richter sie absegnen, und du kannst mich wieder aus deinem Leben streichen«, sagte Trevor und wandte sich zum Gehen.

Tränen verschleierten Kate den Blick, wie ein Nebel aus Reue. »Trevor, bitte, geh nicht!«

»Oh, noch eine Sache«, sagte er und drehte sich zu ihr um. »Mein Anhänger, der kleine Schlüssel, von dem du mir unterstellst, dass ich ihn für Kokain benutze? Das ist der Schlüssel zu dem Medaillon, dass ich dir vor neun Jahren gegeben habe.« Er riss sich die Kette vom Hals und schleuderte sie ihr vor die Füße.

»Ich …« Kate senkte sprachlos den Blick.

»Nimm ihn«, forderte Trevor sie auf. »Du hast mir eh schon alles andere genommen. Du kannst genauso gut noch diese letzte Sache von mir haben.«

Tränenüberströmt bückte sich Kate, um den Schlüssel vom Boden aufzuheben.

Als sie sich wieder aufrichtete, war Trevor verschwunden. Verzweifelt sah sie sich nach ihm um, doch eine große Gruppe Touristen versperrte ihr die Sicht.

Sie wusste, sie konnte es nicht darauf beruhen lassen. Es war noch so vieles nicht ausgesprochen. Sie brauchte nur mehr Zeit, um es ihm zu erklären. Ihm zu sagen, dass sie ihn immer noch liebte. Dass sie nie aufgehört hatte, ihn zu lieben, auch wenn sie ihn gehasst hatte. Sie hatte nie die Chance gehabt, ihre Gefühle richtig zum Ausdruck zu bringen. Ihr versagte die Stimme. Doch andererseits, was hätte sie auch sagen sollen? Verdiente sie seine Vergebung überhaupt?

Doch Kate konnte auf keinen Fall zulassen, dass es so endete. Sie musste ihm hinterher.

Sie musste ihn zurückgewinnen.

In dem Moment hörte sie, wie hinter ihr jemand ihren Namen rief. »Kate!«

Sie drehte sich um und bekam den Schock ihres Lebens.

»Norman?«, sagte Kate entsetzt, als sie ihren Verlobten mit seinem Handy in der Hand vor sich stehen sah.

KAPITEL ACHTUNDZWANZIG

Schlechtes Timing

»Norman, was zur Hölle tust du hier?«, fragte Kate ungläubig.

Das konnte nicht wahr sein. Sie fühlte sich erstickter denn je in der Gegenwart ihres Verlobten. Sie konnte kaum atmen.

»Wie meinst du das, was ich hier tue? Ich war krank vor Sorge! Ich habe dich permanent angerufen und dir geschrieben. Ich bringe dich jetzt nach Hause«, sagte Norman.

Nein.

Nicht jetzt.

Nicht jetzt, wo sie Trevor hinterherlaufen wollte, um ihn zurückzugewinnen.

»Wie hast du mich überhaupt gefunden?«, fragte Kate und wischte sich verstohlen die Tränen weg.

»Ich habe natürlich dein Handy geortet! Ich dachte, du seist in Gefahr!«

»Ich habe dir doch gesagt, du musst dir keine Sorgen machen. Und ich habe meiner Mutter gesagt, sie soll dir sagen, dass du nicht nach Vegas kommen musst!«

»Margaret hat mir zugestimmt, dass du nach Hause geholt werden musst!«

»Mir geht es ganz offensichtlich gut, Norman. Alles ist in bester Ordnung!«, sagte sie, während ihr Mascara übers Gesicht lief.

»Warum weinst du dann? Und warum gehst du nicht an dein Handy? Da gibt es doch etwas, das du mir verheimlichst. Ich bin nicht blöd, Kate!«, sagte Norman wütend.

Warum musste er ausgerechnet jetzt auftauchen?

Sie hätte Trevor immer noch einholen können.

Aber jetzt schien es unmöglich.

»Norman, ich brauche eine Minute, um mich zu sammeln«, sagte Kate, völlig überfordert von der Situation. »Ich fühle mich erdrückt.«

»Tja, tut mir leid, wenn du dich so fühlst, aber du hast mir keine andere Wahl gelassen, oder?«

»Bitte, gib mir nur kurz eine Sekunde, um zu Atem zu kommen …«

»Um zu Atem zu kommen, von was? Du hast die letzten paar Tage damit verbracht, dich auf deinem ausgedehnten Junggesellinnenabschied in Vegas zu entspannen«, sagte Norman. »Es ist Zeit, nach Hause zu fliegen.«

Kate sah noch einmal in Richtung der Touristengruppe, in der Trevor verschwunden war, und suchte verzweifelt die Menge nach ihm ab. Sie war völlig überwältigt von ihren Emotionen und stand kurz vor einer Panikattacke. Endlich entdeckte sie Trevor in der Ferne. Lorenzo hielt in dem schwarzen Mercedes am Straßenrand, und Trevor stieg hinten ein, ohne auch nur das leiseste Zögern. Nicht einmal ein Blick mehr in ihre Richtung. Einen Moment später war das Auto verschwunden, offensichtlich in Richtung Little White Wedding Chapel.

Es war vorbei.

Trevor hatte sie zerschmettert. Und Norman war hier, um die Teile aufzulesen. Der Kleber war direkt nach dem Schlag des Hammers zur Stelle.

Welche Wahl hatte sie, außer ihrem Verlobten zu folgen?

Kate drehte sich um und sah noch ein letztes Mal zur Freiheitsstatue. Vielleicht war ihre Geschichte mit Trevor doch nicht dazu bestimmt, fortgesetzt zu werden.

Das schien das Ende zu sein.

»Na gut, Norman«, gab sich Kate geschlagen. »Lass uns gehen.«

Während sie in Richtung *Bellagio* gingen, stürzten die Gedanken auf Kate ein. Sie musste den Mädels alles erklären. Sie würden sofort packen müssen, und Norman durfte auf keinen Fall ihr Hotelzimmer betreten. Einige ihrer Hochzeitssouvenirs lagen noch herum, und ihre Freundinnen würden zweifellos irgendetwas über Trevor verraten.

Ein Plan.

Sie brauchte einen Plan.

Am allerwichtigsten war nun, dass Norman nichts herausfand. Wenn sie es wie durch ein Wunder schaffen sollte, die Ereignisse ihres Junggesellinnenabschieds zu vertuschen, hatte sie noch die Chance auf etwas Ähnliches wie ein Leben. Ihr Krisenmanagement-Modus war offiziell aktiviert.

Sie zog ihr Handy hervor und begann zu tippen.

FOUR LOKOS

Kate: NOTFALL!!!!

Chloe: OMG was ist los?

Siobhan: Du hast Trevor geküsst, oder? Wusst ich's doch.

Kate: Nein, das ist ein echter Notfall! Norman ist hier!!!

Natalie: wtffff

Chloe: Hast du vor, dich zu verpissen?

Siobhan: Piss Girl kennt sich aus lol

Kate: ALLE ZURÜCK ZUM HOTELZIMMER, SOFORT!!!

Chloe: Okay, sind unterwegs!!!

Als sie mit Norman beim *Bellagio* ankam, war Kate schweißgebadet vor Stress. Es fühlte sich an, als würde ihr Leben endgültig auseinanderfallen, aber sie musste es irgendwie zusammenhalten. Als die Klimaanlage der Hotellobby ihr kühle Luft ins Gesicht blies, atmete sie tief ein und konzentrierte sich auf ihren Plan.

»Norman, ich muss dich bitten, hier zu warten, wenn ich nach oben gehe und mit den Mädels unsere Sachen packe«, sagte sie bestimmt.

»Auf keinen Fall!«, widersprach Norman. »Ich komme mit dir nach oben.«

Mist.

Sie brauchte eine Lüge. Und zwar schnell.

»Norman, ich wollte dir das eigentlich nicht sagen, aber Siobhan hat noch einen One-Night-Stand auf unserem Zimmer. Also muss ich allein hochgehen.«

»Herrgott, Siobhan ist ekelhaft! Das ist genau das, was ich immer sage, dass du etwas Besseres bist als diese Frauen.«

»Sie darf in Vegas auch ein bisschen Spaß haben, Norman«, seufzte Kate. »Hör zu, wenn du jetzt mit aufs Zimmer kommst, wird dass die Sache nur komplizierter machen. Bitte, vertrau mir.«

»Na gut. Aber ich will, dass ihr alle in einer halben Stunde hier unten seid, sonst frage ich an der Rezeption nach eurer Zimmernummer und komme rauf«, sagte Norman und ließ sich unbeholfen auf einer der Couches in der Lobby nieder.

»Wir sind in dreißig Minuten hier, keine Sorge!«, versicherte Kate ihm, bevor sie davoneilte. Sie rannte förmlich zum Aufzug und nahm ihn hoch zu ihrem Stockwerk. Eine halbe Stunde war nicht viel Zeit, um ihre Freundinnen auf den aktuellen Stand zu bringen und alle Koffer zu packen.

Aber sie hatte keine andere Wahl.

Sie hätte auf diesem Trip um ein Haar ihr Leben aufs Spiel gesetzt, und jetzt war es Zeit für ernsthafte Schadensbegrenzung. Trevor war weg; Norman war hier. Das wiederholte sie immer wieder im Kopf. Sie hatte keinen Ehemann mehr, aber immer noch einen Verlobten. Lieber Himmel, allein diese Worte in ihrem Kopf zu hören gab ihr das Gefühl, völlig gaga zu sein.

Als sie bei ihrem Zimmer ankam, riss sie die Tür zum Hotelzimmer auf und erblickte glücklicherweise gleich ihre drei Freundinnen, die drinnen auf sie warteten.

»Kate, was ist passiert?«, fragte Natalie, sobald sie das Zimmer betrat.

»Die Kacke ist ordentlich am Dampfen! Los, packt eure Koffer«, wies Kate sie an.

»Ist Norman wirklich hier, oder war das ein Witz?«, fragte Siobhan.

»Sehe ich aus, als würde ich Witze machen?«, fragte Kate und zeigte auf ihr verlaufenes Make-up und die zerzausten Haare.

»Moment, Moment, Moment!«, rief Chloe. »Was ist denn mit Trevor?«

»Ich habe jetzt keine Zeit, es euch zu erklären. Norman wartet in der Lobby auf uns, und wir müssen in einer halben Stunde unten sein, sonst kommt er hoch. Bitte, fangt an zu packen!«

»Kate, hol mal tief Luft und erzähl uns, was passiert ist«, verlangte Natalie und legte Kate die Hände auf die Schultern.

»Trevor hat die Annullierung unterschrieben«, sagte Kate, und ihr kamen sofort wieder die Tränen.

»Aber ich dachte, es wäre gerade alles gut zwischen euch?«, sagte Chloe.

»War es auch, aber ich habe alles kaputt gemacht. Ich habe ihm die Wahrheit gesagt. Dass ich eine Frau in seine Wohnung habe gehen sehen, und dass diese Frau Charlie war.«

»Aber Charlie ist lesbisch«, sagte Natalie.

»Das weiß ich jetzt auch, aber damals wusste ich es nicht. Er hat nur einen Manager namens Charlie erwähnt, da bin ich davon ausgegangen, dass es ein Mann sei!«

»Das ist in der Tat problematisch, Kate«, meinte Natalie.

»Ich weiß. Ich bin ein Monster!«

»Aber sollte jetzt nicht alles in Ordnung sein? Er hat dich nie betrogen, was bedeutet, er hat dir auch nicht das Herz gebrochen«, sagte Chloe.

»Aber ich habe ihm seins gebrochen! Ich habe ihm gesagt, warum ich nie nach New York zurückgekommen bin, und er war außer sich vor Wut. Er hasst mich!«

»Kate, du musst ihm hinterher!«

»Das wollte ich auch. Aber in dem Moment ist Norman aufgetaucht – wie aus dem Nichts!«

»Wie hat er dich gefunden?«

»Er hat sie doch gechippt«, meinte Natalie augenrollend.

»Ich weiß nicht, wo mir der Kopf steht«, sagte Kate und setzte sich auf die Bettkante. »Norman ist unten und will mich nach Hause holen!«

»O Gott, Kate, das ist ein echter Clusterfuck«, meinte Siobhan. »Und nicht im positiven Sinn.«

»Wir müssen jetzt alle an einem Strang ziehen. Also, hier ist der Plan ...«

»Der wievielte Plan ist das jetzt?«

»Wir packen unsere Koffer und treffen uns unten mit Norman. Und wir passen auf, dass sich niemand verplappert, was wirklich auf diesem Junggesellinnenabschied passiert ist. Dann fahren wir zum Flughafen, verlassen Vegas und kommen niemals wieder«, erklärte Kate und erhob sich.

»Du kannst doch nicht einfach gehen, wenn die Sache mit Trevor noch nicht geklärt ist«, wandte Chloe ein.

»Die Sache mit Trevor war jetzt neun Jahre lang nicht geklärt.

Und er ist gerade vor mir weggelaufen. Er ist in seine Limousine gestiegen und geradewegs zur Little White Wedding Chapel gefahren, um die Annullierung einzureichen. Also, ich würde sagen, die Sache ist jetzt endgültig erledigt!«

»Äh, hallo!«, meldete sich Natalie zu Wort. »Ich finde endlich jemanden, mit dem ich eine Verbindung habe, und wir müssen gehen? Charlie wartet in der Bar auf mich.«

»Tut mir leid, Nat, aber wir haben keine andere Wahl. Norman ist schon in der Lobby!«

»Ich stimme dafür, dass du Trevor hinterherläufst«, sagte Siobhan.

»Siobhan, bitte. Er ist weg!«

»Er ist nicht weg, er ist nur verletzt, weil du ihm das Herz gebrochen hast, obwohl er gar nichts falsch gemacht hat. Er hat dich geliebt, und du hast ihn einfach ohne Erklärung verlassen«, sagte Siobhan mitfühlend.

»Aber als ich versucht habe, es ihm zu erklären, hat er mich voller Abscheu angesehen.«

»Ja, weil du ihm nicht vertraut hast. Hättest du das vor neun Jahren getan, wäre das alles nie passiert. Er hat seine Agentin auf die Wange geküsst, und du hast ihn dafür in den Wind geschossen. Ich habe dir doch gesagt, dass du nicht so extrem sein darfst, einfach jemanden aus deinem Leben auszuschließen, ohne ihm zu erklären, warum! Es ist dein Fehler, Kate!«

»Das ist mir jetzt auch klar, aber als ich versucht habe, mich zu entschuldigen, hat er sich die Annullierung geschnappt und sie unterschrieben. Er will nichts mehr mit mir zu tun haben!«

»Also ist die Ehe jetzt offiziell annulliert?«, fragte Natalie.

»Noch nicht. Die Papiere werden morgen an einen Richter geschickt, der sie dann genehmigt«, erklärte Kate.

»Oder an eine Richterin!«, wandte Natalie mit erhobenem Zeigefinger ein.

»Natalie, bitte. Ich fühle mich schon mies genug.«

»Kate, du hast noch Zeit, das wieder hinzubekommen«, sagte Chloe.

»Nein, Chloe. Trevor ist weg!«

»Ach, bitte, Männer sind nie richtig weg. Sie beruhigen sich und kommen zurück. Hier, gib mir mal dein Handy«, sagte Siobhan und streckte auffordernd die Hand aus.

»Für was?«

»Gib es mir einfach!«

Kate reichte Siobhan ihr Handy, die dort Instagram öffnete.

»Siobhan, bitte, was hast du vor?«, rief Kate panisch.

»Ich werde ihn einfach über Instagram anrufen«, antwortete Siobhan und suchte sein Profil raus. »Oh ... «

»Oh?«

»Der Benutzer konnte nicht gefunden werden«, las Siobhan vor und verzog das Gesicht.

»O Gott, er hat dich blockiert!«, stellte Chloe entsetzt fest.

»Autsch«, machte Natalie leise.

»Wisst ihr, was? Ich habe es nicht anders verdient«, sagte Kate und versuchte, ihr Schicksal zu akzeptieren. »Ich allein bin schuld an allem. Schließlich bin ich selbst mit ihm nicht besser umgegangen, und ehrlich gesagt macht es vieles einfacher. Ich habe Trevor aus meinem Leben ausgeschlossen, und jetzt hat er mich aus seinem ausgeschlossen. Also ist die Sache klar: Norman ist der Mann, mit dem ich zusammen sein sollte.«

»Aber was, wenn ... «, setzte Chloe an.

»Mädels, das reicht jetzt«, unterbrach Kate sie. »Ich bin von meinem Ehemann verlassen worden, jetzt ist es Zeit, meinen Verlobten zu heiraten. Und ihr müsst mir alle schwören, dass Norman nie von Trevor erfahren wird. Die Geschichte nehmen wir mit ins Grab, verstanden?«

»Verstanden«, erwiderten sie wie aus einem Mund.

»Und ihr müsst alle nett zu ihm sein. Bitte, tut nichts, was die Situation verschlimmern könnte.«

Siobhan hob abwehrend die Hände. »Ich kann nicht dafür verantwortlich gemacht werden, was ich zu Norman sage.«

»Siobhan, ich flehe dich an. Mir fliegt hier mein ganzes Leben um die Ohren. Bitte, tu es für mich.«

»Na gut! Ich bin nett zu ihm.«

»Okay, jetzt packt schnell eure Sachen. Wir müssen in zwanzig Minuten hier raus sein.«

Dreißig Minuten später waren alle bereit, das Hotelzimmer zu verlassen. Es hätte auch in zwanzig Minuten geklappt, wäre da nicht Chloes lächerliche Menge an Kleidung gewesen, die sie wieder in die drei Louis-Vuitton-Koffer quetschen musste.

»Kommt schon, Mädels, wir sind viel zu spät dran. Alle raus aus dem Zimmer«, drängelte Kate hektisch.

»Bin fast fertig!«, rief Chloe.

»Du hast viel zu viel Zeug dabei, Chloe. Zwölf paar Hosen für ein Wochenende ist verrückt«, meinte Natalie.

»Also, zu ihrer Verteidigung – sie pinkelt sich schon manchmal ein«, erwiderte Siobhan.

»Halt die Klappe, Siobhan!«, fuhr Chloe sie an.

»Okay, los geht's!«, rief Kate.

Die Freundinnen rollten ihre Koffer aus dem Zimmer, und Kate nahm wieder Chloes dritten. Sie stiegen in den Fahrstuhl und fuhren ins Erdgeschoss. Als sich die Türen öffneten, stand Norman schon wartend davor.

»Da seid ihr ja!«, sagte er verärgert. »Ich wollte gerade hochkommen. Das war viel länger, als wir vereinbart hatten!«

»Auch schön, dich zu sehen, Norman«, murmelte Siobhan augenrollend.

»Sorry, Norman, wir haben noch alles zweimal überprüft. Wir sind jetzt so weit«, sagte Kate, als sie aus dem Aufzug traten.

»Natalie, kannst du zur Rezeption gehen und uns auschecken, bitte? Es ist bereits alles bezahlt. Gib ihnen einfach die Schlüsselkarten zurück.«

»Na schön«, grummelte Natalie und nahm die Karten.

»Solange es nicht Chloe macht und am Ende noch mehr Gratis-Übernachtungen geschenkt bekommt«, sagte Norman.

»Was?« Chloe sah ihn verwirrt an.

»Chloe, du weißt schon.« Kate stieß ihr mit dem Ellenbogen in die Rippen. »Wie du uns die zusätzlichen Übernachtungen verschafft hast?«

»Oh, ja ... klar. Typisch ich, alte Influencerin«, nickte Chloe eifrig.

»Und Siobhan, du hast dir wirklich die falsche Zeit ausgesucht, um in eurem Hotelzimmer Sex zu haben«, sagte Norman.

»Was?«, fragte Siobhan verwirrt.

»Siobhan, du weißt schon«, sagte Kate und zog vielsagend die Augenbrauen hoch. »Dass du noch einen Mann im Zimmer hattest und wir deswegen erst so spät mit Packen anfangen konnten?«

»Oh, ja ... natürlich. Typisch ich, alte Hure«, sagte Siobhan und musste sich ein Lachen verkneifen.

Kate war völlig durch den Wind. All die Lügen holten sie ein. Es war fast so, als versuchte Norman, sie zu ertappen. Sie konnte nicht zulassen, dass er sie ins Stolpern brachte.

»Kate ... Wir haben ein kleines Problem«, rief Natalie, die von der Rezeption zurückgeeilt kam.

»O Gott, was ist los?«

»Also, das Hotelzimmer ist bezahlt, aber ... die Rechnung für die Minibar beläuft sich auf 2196 Dollar.«

»Wie bitte?«, kreischte Norman.

»Mädels, ich hab euch doch gesagt, ihr sollt nichts aus der Minibar nehmen«, rief Kate. Aber sie war nicht in der Stimmung, mit irgendjemandem zu streiten. Sie musste nur so schnell wie möglich aus Vegas weg. Kate griff in ihre Handtasche und zog das dicke Bündel an Scheinen heraus, das sie beim Roulette gewonnen hatte.

»Wo zur Hölle hast du das denn her?«, fragte Norman schockiert.

»Das habe ich im Casino gewonnen.«

»Du warst im Casino?«

»Hier, Nat, bezahl damit«, sagte sie und reichte ihr die Scheine. »Wir treffen uns draußen.«

Natalie ging wieder zur Rezeption, und Kate führte die anderen in Richtung Ausgang.

Doch bevor sie die Tür erreichten, hörten sie eine Männerstimme rufen.

»Stehen bleiben!«

Konnte es Trevor sein? War er gerade noch rechtzeitig zurückgekommen, um sie vor dem Abflug aufzuhalten? Warum war das alles, was sie sich wünschte?

Doch als sie sich umdrehten, erkannte Kate, dass es nicht Trevor war, sondern ein Polizist, der auf sie zueilte.

»Keinen Schritt weiter!«, rief der Mann in Uniform.

»Kate, was zur Hölle ist nun schon wieder los?«, fragte Norman panisch.

Der Polizist ging auf sie zu und packte Siobhan am Arm. »Sie habe ich schon überall gesucht«, sagte er und drehte sie um. »Ma'am, Sie sind verhaftet.«

»Officer, da muss ein Irrtum vorliegen!«, sagte Siobhan, während er ihr schon die Handschellen anlegte.

»Officer«, schaltete sich Kate ein. »Können Sie uns bitte sagen, was los ist?«

»Ihre Freundin hier ist festgenommen wegen Beschaffung illegaler Drogen«, erklärte er.

»Drogen?«, rief Siobhan. »Ich nehme keine Drogen ... meistens jedenfalls!«

»Ach ja? Wie kommt es dann, dass Sie mich vor drei Tagen gefragt haben, wo Sie Crack kaufen können?«

»Crack? Das kann nicht sein!«

»Hören Sie, Officer ...?«, versuchte Kate seinen Namen herauszubekommen.

»Byrne.«

»Officer Byrne. Wir haben ziemlich viel Alkohol getrunken in jener Nacht, und unsere Erinnerung ist ein wenig lückenhaft«, sagte Kate. Norman sah sie voller Entsetzen an, und ihr war das Ganze unendlich peinlich. »Können Sie uns wenigstens sagen, was genau sie gesagt hat?«

»Sie hat mich gefragt, ob ich Crack hätte, und als ich nein sagte, fragte sie mich, wo der beste Ort sei, Crack zu finden«, erklärte er.

»O mein Gott!«, rief Chloe aus.

»Na klar!«, sagte Siobhan. »Officer Byrne, das ist ein Missverständnis. Ich habe nicht nach Crack gefragt, sondern nach Craic!«

»Entschuldigung?«

»Wir sind aus Irland. In Irland bedeutet Craic etwas ganz anderes. Craic zu haben, bedeutet, man hat einen Riesenspaß. Und wenn jemand fragt, ›hast du Craic‹, will man nur wissen, wie es demjenigen geht. Bitte, das ist alles bloß ein riesiges Missverständnis!«

»Ehrlich, Officer, sie sagt die Wahrheit!«, bekräftigte Kate.

Officer Byrne musterte Siobhan von Kopf bis Fuß. »Also, indem Sie mich nach Craic gefragt haben, wollten Sie wissen, wie es mir geht?«

»Ja! Ehrlich, ich habe vermutlich versucht, sie anzuquatschen. Ich meine, sehen Sie sich doch mal an! Ich stehe eben auf Männer in Uniform«, flirtete Siobhan. Officer Byrne war tatsächlich unglaublich gut aussehend, mit einem dichten Schnauzbart und muskulösem Körperbau.

»Tja, dann bleibt da noch das Widersetzen gegen die Verhaftung. Als ich Ihnen Handschellen angelegt habe, sind Sie weggelaufen und haben sich der Festnahme entzogen.«

»Ich war sehr betrunken. Ich wäre nie vor dem langen Arm des Gesetzes weggelaufen, wenn ich Ihren Bizeps so von nahem betrachte«, meinte sie augenzwinkernd.

»Ich heirate in zwei Tagen, Officer Byrne, und Siobhan ist meine Brautjungfer. Wir sind auf dem Weg zum Flughafen und werden Vegas für immer verlassen. Gibt es irgendeine Möglichkeit, dass Sie in diesem Fall mal ein Auge zudrücken könnten?«

»Hmm ... ausnahmsweise. Aber nur, weil mein Großvater auch Ire war«, sagte er und löste die Handschellen.

»Also, wenn Sie jemals nach Irland kommen, sollten Sie mich besuchen. Googeln Sie einfach ›Dinge, die man in Irland gesehen haben sollte‹, da stehe ich ganz oben auf der Liste«, meinte Siobhan zwinkernd.

»Ich glaube, Sie sind mir etwas zu wild«, erwiderte Officer Byrne. »Dann wünsche ich den Damen einen guten Heimflug.«

»Moment!«, rief Siobhan. »Kann ich wenigstens Ihre Nummer bekommen?«

»Ja ... « Er setzte seine Fliegersonnenbrille auf. »Die lautet 911.«

Officer Byrne drehte sich um und ging davon.

Natalie hatte offensichtlich die Rechnung der Minibar beglichen und kam zu ihnen.

»Was war denn hier los?«, wollte sie wissen.

»Siobhan wurde verhaftet ... mal wieder«, antwortete Chloe.

»Und ich hab's verpasst?«

»Vergiss die Verhaftung. Ich glaube, der Mann ist die Liebe meines Lebens!«, sagte Siobhan und starrte ihm mit offenem Mund hinterher.

»Mein Gott«, seufzte Norman und rieb sich die Nasenwurzel.

»Siobhan, du kannst von Glück reden, dass du nicht im Gefängnis sitzt!«, sagte Kate.

»Außerdem würde ich sagen, er hat dich abblitzen lassen«, meinte Chloe.

»Ich muss ihn haben. Ich kann nicht ohne ihn leben. Ich werde es zu meiner Lebensmission machen, ihn für mich zu gewinnen«, sagte Siobhan ernsthaft.

»Mann, Waagen können echt nicht mit Zurückweisung umgehen, oder?«, sagte Natalie grinsend.

»Wenn ich nackt durch die Hotellobby renne, muss er mich doch wieder verhaften, oder?«

Chloe schnupperte an Siobhans Hals. »Was ist das? *Desperation* von Calvin Klein?«, witzelte sie.

»Okay, genug jetzt!«, fuhr Norman sie an. »Alle zum Taxi! Wir verlassen auf der Stelle dieses gottverdammte Höllenloch!«

Norman bugsierte die Freundinnen nach draußen und winkte ein Taxi herbei. »Zum Flughafen, so schnell wie möglich!«, sagte er durch die heruntergelassene Fensterscheibe zum Fahrer.

»Klar, kein Problem«, erwiderte der Taxifahrer. Er stieg aus und öffnete den Kofferraum, damit sie ihr Gepäck verstauen konnten.

Siobhan seufzte, als sie einen letzten Blick aufs *Bellagio* warf. »Der einzige Mann, den ich je geliebt habe«, sagte sie wehmütig. »Und ich habe nicht mal seine Nummer.«

»Ich habe Charlies Nummer auch nicht«, seufzte Natalie.

»Wer zur Hölle ist Charlie?«, fragte Norman.

»Sie ist Trev ...«

»Charlie ist nur eine Frau, die Nat im *Omnia* kennengelernt hat«, sagte Kate schnell und warf ihr einen warnenden Blick zu.

»Genau! Ja, nur irgendeine Frau«, beeilte sich Natalie zu sagen, als sie ihren Fehler bemerkte.

Kate seufzte erleichtert. Würde ihr Leben ab jetzt immer so aussehen? Dass sie auf Zehenspitzen um Norman herumtänzeln musste? Und beten, dass er niemals herausfinden würde, was wirklich bei ihrem Junggesellinnenabschied passiert war?

»Keine Sorge, Kate. Wir sind gleich weg aus diesem Moloch«, sagte Norman und nahm ihre Hand.

Aber Kate wollte seine Hand gar nicht nehmen.

Sie wollte nur bleiben.

Ihr Herz war gebrochen, doch sie konnte nichts dagegen tun. Und es schien, als wäre die Entscheidung längst für sie getroffen worden.

Trevor wollte sie nicht. Norman schon.

Vielleicht war es so einfach.

KAPITEL NEUNUNDZWANZIG

Was in Vegas passiert

»Wie meinst du das, ich muss dem Taxifahrer Trinkgeld geben?«, fragte Norman, als sie vor dem Flughafengebäude hielten.

»Du musst zwanzig Prozent des Betrags draufschlagen«, flüsterte Kate ihm zu. Es war ihr peinlich, dass er so laut sprach. Der Taxifahrer konnte ihn bestimmt jammern hören.

»Ich werde dem Fahrer nichts extra bezahlen, nur weil er seinen Job macht!«, fuhr Norman fort.

»Ich zahle das Trinkgeld«, bot Chloe an und zog ihre letzten Dollarscheine heraus. »Bitte schön, Sir.«

»Danke, Ma'am«, erwiderte der Taxifahrer.

Sie stiegen alle aus und holten ihr Gepäck aus dem Kofferraum. Als sie die Eingangstür zum Flughafen erblickte, verspürte Kate ein unerträgliches Gefühl von Sehnsucht. Eine Sehnsucht nach etwas, das hätte sein können. Sie hatte drei Tage damit verbracht, Trevor loszuwerden, und jetzt wollte sie, dass er sie rettete. Es hätte sich anfühlen sollen, als hätte sie ihre Mission erfüllt, aber stattdessen kam es ihr vor wie ihr größtes Scheitern.

Es war, als hätte sie ein Loch in der Brust. Die Mädels und Norman gingen bereits auf den Flughafen zu, aber sie war auf dem Bürgersteig stehen geblieben. Es war furchtbar peinlich, aber sie konnte es nicht leugnen. Insgeheim suchte sie nach Trevor, weil sie sich wünschte, dass er wie von Zauberhand auftauchen und sie davon abhalten würde, ins Flugzeug zu steigen.

Wie kitschig!

Diese Art von Dingen passierte nicht im wahren Leben, erinnerte sie sich selbst. Sie wusste, dass es nur ein Hollywood-Klischee war, das absolut nichts mit der Realität zu tun hatte. Aber trotzdem war es das, was sie sich wünschte.

Plötzlich hatte sie kalte Füße, was die Hochzeit mit Norman anging. Ihr gesamtes Beziehungsleben seit jenem Sommer in New York hatte aus der Suche nach einem Mann bestanden, der das komplette Gegenteil von Trevor war. Nach einem Mann, der sie niemals verletzen würde.

Aber nach der Enthüllung, dass Trevor sie nie betrogen hatte, war ihr ganzes Leben auf den Kopf gestellt worden. Sie hatte immer geglaubt, dass er ein übler Fremdgeher war, der keine Erklärung verdient hatte, aber nichts hätte weiter von der Wahrheit entfernt sein können. Sie hatte ihm das Herz rausgerissen, weil sie Angst vor der Konfrontation gehabt hatte. Sie hatte neun Jahre damit verbracht, sich selbst als Opfer zu sehen, wo sie doch in Wahrheit selbst die Verbrecherin gewesen war.

»Kommst du, Kate?«, fragte Natalie.

Kate fiel auf, dass sie immer noch vor dem Eingang des Flughafens herumstand. »Ja, sorry. Komme schon«, sagte sie und riss sich aus ihren Träumereien. Sie sah sich ein letztes Mal um, konnte das, was sie suchte, wonach sie sich *sehnte*, aber nicht entdecken.

Also ging sie zum Eingang.

Die Freundinnen checkten ihr Gepäck ein und bekamen ihre Bordkarten. Trevor hatte Wort gehalten und ihnen vier First-Class-Tickets nach Dublin spendiert, die für jede von ihnen hinterlegt waren. Er hätte nach ihrer Offenbarung auch so gemein sein können, die Tickets zu stornieren. Fast wünschte sich Kate, er hätte sie in Vegas festgehalten, eingeschlossen in ihrer Ehe. Ihr war bewusst, wie krank der Gedanke war, doch er war da.

Und die Tatsache, dass er die Tickets nicht storniert hatte, konnte eigentlich auch nur eins bedeuten.

Er wollte, dass Kate Las Vegas verließ, um sie möglichst schnell loszuwerden.

Norman versuchte, ein Ticket für denselben Flug zu ergattern, und verhandelte mit dem Mann am Schalter über den Preis eines Last-Minute-Platzes. Das erlaubte den Mädels, ein paar Minuten miteinander zu reden, ohne dass er mithörte.

»Alles okay, Süße?«, fragte Chloe und rieb Kate tröstend den Arm.

»Ja ... Wird schon«, sagte Kate mit traurigem Lächeln.

»Hattest du gehofft, Trevor würde am Flughafen auf dich warten?«, fragte Natalie.

»Natürlich nicht.«

»Schon okay, Kate, wir haben alle diese Phantasie«, meinte Chloe.

»Wir können noch ein paar Minuten hier draußen bleiben«, schlug Natalie vor.

Kate wusste, dass es keinen Sinn hatte. Sie verdiente es nicht, glücklich zu sein. »Nein, Mädels. Meine Geschichte mit Trevor ist vorbei. Er will mich nicht.«

»Ich weiß genau, wie du dich fühlst, Kate. Officer Byrne will mich auch nicht«, klagte Siobhan.

»Ich denke nicht, dass das vergleichbar ... «

»Aber wir dürfen die Hoffnung nicht aufgeben, Kate. Wenn es sein soll, dann werden sie um uns kämpfen!«

»Von allen verrückten Dingen, die auf diesem Trip passiert sind, ist wohl das Verrückteste, dass Siobhan sich verliebt hat«, meinte Natalie lachend.

»Ich habe mich noch nie so gefühlt, Mädels«, gab Siobhan zu. »Es ist, als würde er mich geil machen ... aber im Herzen!«

»Zurück zu Kate, bitte«, sagte Chloe. »Bist du dir sicher, dass Trevor die Annullierung wirklich abgegeben hat?«

»Na ja, ziemlich sicher. Aber nicht hundert Prozent.«

»Vielleicht solltest du mal bei der Kapelle anrufen, um nachzufragen. Du weißt schon, am Ende machst du dich am Freitag der Bigamie schuldig«, wandte Natalie ein.

»Daran hab ich noch gar nicht gedacht. Du hast recht! Könnt ihr drei Norman ablenken, damit ich anrufen kann?«

»Ich glaube, der ist beschäftigt genug, sich das billigste Flugticket zu sichern«, meinte Siobhan mit Blick über die Schulter.

Kate zückte ihr Handy, um die Nummer der Little White Wedding Chapel herauszufinden, die sie dann anrief.

»Hallo«, sagte eine Männerstimme.

»Hi, ist da Vinnie?«, fragte Kate.

»Allerdings. Wer will das wissen?«

»Hier ist Kate. Von neulich.«

»Wer?«

»Trevor Rushs Frau«, seufzte Kate.

»Du meinst Ex-Frau?«

Die Worte trafen sie wie ein Faustschlag.

»Oh«, sagte sie. »Das ist der Grund, warum ich anrufe. Ich wollte nur sichergehen, dass er die Annullierung auch abgegeben hat.«

»Hat er getan. Etwa vor einer Stunde. Hat mich ziemlich überrascht. Von allen Paaren, die ich verheiratet habe, dachte ich wirklich, dass ihr zwei es schaffen würdet«, sagte Vinnie.

»Hat er gewirkt, als würde er ... Wie hat er gewirkt?«, fragte Kate.

»Ehrlich gesagt erschien er mir ziemlich aufgewühlt. Bat mich darum, die Annullierung sofort weiterzuleiten.«

»Also ... ist das schon passiert?«

»Ich habe die Unterlagen eingescannt und online eingereicht. Der Richter wird sie am Morgen unterzeichnen, und dann wird es so sein, als hätte es diese Ehe nie gegeben.«

»Oh ... okay.«

»Ist das nicht das, was du wolltest?«

»Ja ... ich nehme an, es ist in Ordnung so. Aber Vinnie, solltest du ihn jemals wiedersehen, kannst du ihm etwas von mir ausrichten?«, bat Kate.

»Klar, was soll ich ihm denn sagen?«

Kate spürte wieder Tränen in sich aufsteigen. Das war es. Womöglich die letzten Worte, die Trevor je von ihr hören würde, selbst wenn es unwahrscheinlich war, dass Vinnie überhaupt dazu kommen würde, sie auszurichten.

Aber es war einen Versuch wert.

»Sag ihm, er hatte recht.« Kates Lippen bebten. »Sag ihm, ich habe einen riesigen Fehler gemacht, den ich für den Rest meines Lebens bereuen werde. Sag ihm, dass ich ihm hätte vertrauen sollen, anstatt das Schlimmste anzunehmen. Ich habe ihn verlassen, weil ich dachte, er hätte jemand Besseren gefunden und würde mich sowieso bald verlassen. Wäre mein dummer Stolz nicht so stark gewesen, wäre nichts von alldem passiert. Ich bin weggelaufen, um mein Herz zu beschützen, doch stattdessen ist es zerbrochen. Genauso wie seins. Nur, weil ich ein Feigling war. Und sag ihm, dass ich ihn immer noch liebe, auch wenn er mich jetzt hasst. Ich habe ihn immer geliebt und werde es immer tun. Könnte ich noch einmal Four Lokos trinken und am nächsten Morgen aufwachen und mit ihm verheiratet sein, würde ich es sofort tun. Sag ihm, dass, auch wenn ich alles ruiniert habe, er für mich immer der Richtige sein wird.«

»Ich habe grade keinen Stift da. Hätte ich das aufschreiben sollen?«, fragte Vinnie.

Kate lachte bitter. »Nein, schon okay, Vinnie. Es hätte sowieso nichts geändert.«

»Also, falls ich ihn sehe, richte ich ihm aus, was du gesagt hast. Mein Gedächtnis ist zwar nicht mehr das, was es mal war, aber ich werde mir Mühe geben.«

»Danke, Vinnie. Mach's gut«, sagte Kate und legte auf.

Sie holte tief Luft und versuchte, sich zu beruhigen. Sie war ein emotionales Wrack, aber sie durfte nicht zulassen, dass Norman sie weinen sah. Er würde zu viele Fragen stellen.

Es war offiziell beendet. Die Annullierung war unterzeichnet und abgeschickt. Der Richter würde am Morgen seine Unterschrift daruntersetzen und damit ihre Ehe annullieren. Sie war damit durchgekommen. Sie hatte auf ihrem Junggesellinnenabschied ihren Ex geheiratet und es trotzdem irgendwie geschafft, nach Hause zurückzukehren, um ihren Verlobten zu heiraten, ohne dass er es erfuhr. Es war ein regelrechtes Wunder. Ein Geschenk des Himmels, falls es das gab.

Und doch fühlte es sich mehr wie ein Fluch an.

»Ich habe ein Ticket«, sagte Norman, der hinter ihr aufgetaucht war. »Aber der Bastard hat mich ganz hinten ins Flugzeug gesetzt, gleich neben die Toiletten. Und er hat mir zweitausend Dollar dafür abgeknöpft!«

»Ist doch nicht so wichtig, Norman.«

»Natürlich ist das wichtig!« Ihm fielen offenbar ihre geröteten Augen auf. »Hast du geweint?«

»Nein, ist nur mein Heuschnupfen«, log Kate.

»Es würde mich wundern, wenn hier irgendwo Pollen ... «

»Komm, Norman«, unterbrach ihn Kate. »Zeit, nach Hause zu fliegen.«

Nach einer quälend langen Wartezeit gingen die Freundinnen an Bord des Flugzeugs und setzten sich auf ihre Plätze in der First Class. Norman ging gezwungenermaßen in die andere Richtung, und Kate war mehr als erleichtert, sich nicht zehn Stunden sein Gejammer anhören zu müssen.

Die Flugbegleiterin begann, die Gepäckfächer über ihnen zu schließen, und wies die Passagiere an, ihre Plätze einzunehmen. First Class war sogar noch luxuriöser als Business, aber es machte keinen Unterschied für sie. Kate wollte überall anders sein als in diesem Flugzeug. Es würde nicht mehr lange dauern, ehe sie abhoben.

Doch als Kate aus dem Fenster sah, überkamen sie immer mehr dieser Gedanken.

Warum zur Hölle wünschte sie sich, dass Trevor plötzlich auftauchte und sie anflehte zu bleiben? Nicht, dass es viel Bettelns bedurft hätte, sie wäre ohnehin sofort mitgekommen. Aber diese Gedanken waren mehr als unvernünftig. Was sollte Trevor denn tun? Das Flugzeug stürmen? Schon die Vorstellung war absurd, vor allem, wenn man die Sicherheitsvorkehrungen in einem Flughafen bedachte. Er würde garantiert festgenommen werden, wenn nicht gar erschossen!

Aber wenn das irgendwer hinbekam, dann war es Trevor Rush.

Nein.

Es war zu spät, die Kabinentür war geschlossen. Er konnte das Flugzeug zu diesem Zeitpunkt nicht mehr stoppen.

Oder doch?

Sie musste sich am Riemen reißen. Sie hatte kein Hollywood-Ende verdient. Sie verdiente, das Gleiche zu erleben wie Trevor vor neun Jahren. Dabei musste das Gefühl unendlich viel schlimmer gewesen sein. Verlassen zu werden und blockiert von dem Menschen, den man über alles liebte? Es war herzzerreißend.

Er hatte etwas Besseres verdient als sie.

Sie musste Trevor loslassen. Sie hatte ihn jetzt zweimal verletzt. Der einzige Hoffnungsschimmer war, dass er endlich die Möglichkeit bekam, darüber hinwegzukommen. Er konnte sich mit jeder Frau in Vegas treffen, die er begehrte. Frauen, die unendlich viel hübscher waren als sie. Wenn seine Schwärmerei für Kate ihn davon abgehalten hatte, jemand Neuen kennenzulernen, war es vielleicht am Ende doch ein Segen.

Für ihn zumindest.

Aber beim Gedanken daran, dass er mit einer anderen zusammen sein würde, drehte sich Kate der Magen um. Was, wenn *sie* es eigentlich sein sollte, die durch den Flughafen rannte? Vielleicht hatte sie genug Schaden angerichtet, und vielleicht sollte sie zusehen, dass sie aus dem Flugzeug rauskam, um ihn zu suchen?

»Meine Damen und Herren, bitte legen sie die Sicherheitsgurte an – wir starten in Kürze«, sagte eine Stimme über den Lautsprecher.

Kate fühlte sich wieder erstickt. Die riesige First-Class-Kabine kam ihr plötzlich viel zu eng vor. Sie hatte keine Ahnung, was sie tun sollte. Alles, was sie über Trevor geglaubt hatte zu wissen, hatte sich als falsch herausgestellt. Er war immer noch der Mann, in den sie sich vor all diesen Jahren verliebt hatte.

Sie versuchte, sich zu beruhigen und klar zu denken.

Es war jetzt sowieso zu spät, noch aus dem Flugzeug auszusteigen. Oder?

Warum fühlte es sich nur so an, als wäre es ein so entscheidender Moment in ihrem Leben? Vielleicht war sie nur benebelt von der Dramatik der Situation.

Was sollte sie denn tun? Nach hinten ins Flugzeug rennen und Norman sagen, dass sie noch in Trevor verliebt war? Aus dem Flugzeug springen und nach Vegas zurückfahren, um Trevor zu suchen, nur um von ihm die gleichen harten Worte noch einmal gesagt zu bekommen? Wie konnte sie einen Mann verlassen, der sie liebte, für einen Mann, der sie gerade abserviert hatte? Sie dachte darüber nach, die Hochzeit abzusagen, doch alles, was sie hören konnte, war die Stimme ihrer Mutter in ihrem Kopf: *Du wirst wieder von vorn anfangen müssen* und *Deine Uhr tickt.* So ungern sie es zugab, die Vorstellung, allein zu sein, machte ihr furchtbare Angst. Sie war nicht mutig genug, ihr Leben in die

Luft zu jagen und es in Schutt und Asche zu legen. Nach diesen chaotischen paar Tagen war Stabilität und Sicherheit vielleicht genau das, was sie brauchte. Und war das nicht, wofür Norman stand?

Während Kate noch versuchte herauszufinden, was sie tun sollte, begann sich das Flugzeug in Bewegung zu setzen.

Es schien, als wäre ihr die Entscheidung abgenommen worden.

»Ich glaube allmählich, dass er nicht mehr kommt«, sagte Siobhan mit sehnsüchtigem Blick aus dem Fenster.

»Ich habe es euch doch gesagt«, seufzte Kate. »Trevor ist fertig mit mir.«

»Trevor? Ich rede doch von Officer Byrne. Es geht nicht immer nur um dich, Kate.«

»Siobhan, ich denke, Kates neun Jahre Vergangenheit mit Trevor übertrumpfen deine neun Sekunden mit Officer Byrne«, meinte Natalie.

»Liebe ist Liebe«, erwiderte Siobhan achselzuckend.

»Wie geht es dir, Kate?«, fragte Chloe.

»Zu viele Emotionen, um sie alle aufzulisten.«

»Aber du liebst doch Listen.«

»Wenn du willst, kann ich sagen, dass etwas mit dem linken Phalanx nicht stimmt, um das Flugzeug aufzuhalten?«, schlug Natalie vor.

»Nein, Mädels. Ich habe kein Happy End verdient. Ich bin hier die Böse. Ich habe Trevor für etwas bestraft, das er nicht getan hat. Er hat jedes Recht, mich zu hassen«, sagte Kate.

»Aber Hass-Sex kann so heiß sein«, meinte Siobhan seufzend.

»Es ist sowieso zu spät. Vinnie hat gesagt, er hat die Annullierung schon eingereicht, und sie wird gleich morgens genehmigt werden. Es ist Zeit, dass diese verrückte Geschichte ein Ende findet. Mein Kapitel mit Trevor ist abgeschlossen. Und nun beginnt das mit Norman«, sagte Kate.

»Ich schätze, nicht jedes Kapitel hat einen Höhepunkt«, murmelte Natalie.

»Mädels, von jetzt an sind wir alle im Team Norman. Ich heirate ihn und brauche euch als meine Unterstützung. Kein Wort mehr über Trevor. Wir müssen wieder dahin zurückkehren, seinen Namen nicht mehr zu erwähnen. Ich muss die letzten paar Tage vergessen. Ich hoffe, keine von euch hat etwas von diesen dämlichen Hochzeitssouvenirs mitgenommen. Wir dürfen auf keinen Fall Beweise herumliegen lassen. Und bitte, löscht alle Videos von jener Nacht.«

»Ach, komm schon, Kate, wir zeigen sie auch niemandem. Sie sind nur für uns«, sagte Chloe.

»Also, ist es okay für dich, wenn ich das Video, wie du dich vollpinkelst, immer wieder ansehe?«, fragte Kate mit hochgezogener Augenbraue.

»Gutes Argument.«

»Im Ernst, Mädels. Dieser Junggesellinnenabschied hat nie stattgefunden. Wir sprechen nie wieder darüber, abgemacht?«

»Abgemacht«, antworteten ihre Freundinnen widerwillig.

»Ich dachte immer, es sei nur ein blöder Spruch. Aber ich verstehe endlich, was damit gemeint ist.«

»Welcher Spruch?«, fragte Chloe.

»Was in Vegas passiert ...«, sagte Kate mit einem letzten Blick aus dem Fenster, »... bleibt in Vegas.«

Doch obwohl der Spruch irgendwie passte, wusste Kate, dass er in ihrem Fall nicht hundertprozentig zutraf. Eine Sache war nicht in Vegas geblieben. Etwas, von dem sie wusste, dass sie es eigentlich hätte zurücklassen sollen. Etwas, von dem die Mädels nicht wussten, dass sie es besaß.

Denn nach neun langen Jahren hatte Kate endlich den Schlüssel zu Trevors Medaillon.

KAPITEL DREISSIG

Das Medaillon

Am Morgen ihrer Hochzeit befand sich Kate am Rande eines Nervenzusammenbruchs.

Der Donnerstag war mehr als stressig gewesen. Sie hatte den Sitzplan fertiggestellt, ihr Kleid abgeholt, die Anzahlung für die Band geleistet, mit dem Autoverleih eine Zeit vereinbart, wann der Oldtimer abgeholt werden konnte, die Zeit für die Lieferung der Hochzeitstorte bestätigt, eine Maniküre bekommen, mit dem Blumenhandel telefoniert, damit die Blumen rechtzeitig zur Kirche geliefert würden, die Platzkarten beim Veranstaltungsort abgegeben, ein Notfallset zusammengestellt, für alles, was schiefgehen konnte, und die Ringe bereitgestellt.

Aber jetzt war es Freitagmorgen, und sie hatte sich die ganze Nacht im Bett herumgewälzt. Norman hatte bei seiner Familie übernachtet, um die alte Tradition einzuhalten, nach der der Bräutigam die Braut am Morgen der Hochzeit nicht sehen durfte. Doch selbst nach einer langen schlaflosen Nacht hatte sie ihr Ehegelübde immer noch nicht verfasst. Sie stand wieder ganz am Anfang und hatte keinerlei Idee, was sie vor dem Altar zu Norman sagen sollte. Sie war sogar ein paarmal nachts aufgestanden und hatte doch nur die leere Seite angestarrt.

Ihr wollte einfach nichts einfallen.

Denn wenn Kate mit ihren Gedanken allein war, musste sie feststellen, dass sie die Sehnsucht nach Trevor plagte. Und die Ursache dieser Qual kam aus ihrem Schrank. Das Medaillon rief nach ihr, wollte geöffnet werden. Nach all den Jahren war sie endlich im Besitz des Schlüssels, doch der Inhalt konnte sie noch unendlich viel unglücklicher machen. Sie hatte keine Ahnung, was sich darin befand, und das musste auch so bleiben.

Die ganze Nacht war sie standhaft geblieben, den Tag würde sie jetzt auch noch schaffen. Sie musste sich nur konzentrieren. Bestimmt waren ihre Freundinnen schon unterwegs zu ihr. Und eine Stunde später würde ihre Mutter mit dem Fotografen vor der Tür stehen. Es war Zeit, diejenige zu sein, die sie für die anderen sein sollte. Sie wusste, dass sie sich wieder in ihr anderes Ich verwandelte, das es allen recht machen wollte, aber welche Wahl blieb ihr? Sie konnte ihre Familie nicht enttäuschen. Sie musste ihre Rolle als Braut einnehmen.

Das sollte verdammt nochmal der schönste Tag ihres Lebens werden. Nein, er sollte es nicht werden, versuchte Kate sich zu überreden.

Er *würde* der schönste Tag ihres Lebens werden.

Sie duschte, wusch sich die Haare, rasierte sich die Beine und cremte sich ein. Als sie aber in ihren Bademantel schlüpfte, wandte Kate den Kopf in Richtung Schrank. Das Medaillon rief immer noch nach ihr. Wie in Trance ging sie zur Schranktür und öffnete sie, als wäre sie Dornröschen, die auf die verfluchte Spindel zuging. Entgegen besseren Wissens holte sie die Erinnerungskiste heraus und stellte sie auf ihr Bett. Sie riss den Deckel runter und erblickte es sofort. So ein kleiner, unschuldiger Gegenstand, mit einer solch zerstörerischen emotionalen Kraft. Doch als sie das Medaillon in die Hand nahm, klingelte es plötzlich an der Haustür.

Ihre Freundinnen waren da.

Perfekt. Das war die Ablenkung, die sie gebraucht hatte, um sich nicht selbst zu sabotieren. Sie würden ihr helfen, ihre Rolle anzunehmen und Mrs. Cox zu werden. Sie ließ das Medaillon auf dem Bett liegen und lief nach unten.

»AAAHHHH«, kreischten ihre Freundinnen, als Kate die Tür öffnete. Sie waren schon umgezogen und sahen umwerfend aus. Alle Brautjungfernkleider waren in einem wunderschönen zarten Lavendel-Lila gehalten, dafür hatte aber jedes einen anderen Schnitt. Chloes war asymmetrisch, so dass eine Schulter frei blieb, Natalie trug ein Neckholderkleid, und Siobhans, wie nicht anders zu erwarten, war trägerlos.

»Mädels, ihr seht phantastisch aus«, rief Kate aus, als sie sie hereinließ.

»Tja, es ist unser Job, dich sogar noch besser aussehen zu lassen als wir drei zusammen«, sagte Chloe und hielt ihren Make-up-Koffer in die Höhe. Sie war bereit, ans Werk zu gehen.

»Ich kann es nicht fassen, dass der große Tag endlich gekommen ist«, sagte Natalie.

»Ich auch nicht«, meinte Kate. »Ich habe das Gefühl, noch tausend Dinge erledigen zu müssen.«

»Als hättest du nicht alles minutiös geplant«, sagte Siobhan lachend. »Wahrscheinlich hast du sogar unsere Toilettenpausen getimt.«

»Kate, du siehst etwas müde aus«, meinte Natalie. »Hast du nicht gut geschlafen?«

»Nicht wirklich. Zu aufgeregt«, versuchte Kate sich selbst einzureden.

»Keine Sorge, um die Tränensäcke kümmere ich mich«, sagte Chloe zuversichtlich.

»Meine Haare sind frisch gewaschen, ich muss sie nur noch föhnen und mit dem Lockenstab bearbeiten. Dann kommt das Make-up dran.«

»Perfekt! Ich baue schon mal alles auf.«

»Meine Mam wird auch in einer Stunde hier sein. Sie bringt meinen Cousin Niall mit. Er ist der Fotograf«, erklärte Kate.

»Ein Fotograf, sagst du?« Chloe horchte auf. »Ist er Single?«

»Er ist einundzwanzig.«

»Mist, ein Fötus«, sagte Chloe enttäuscht.

»Ich baue ein paar schöne Hintergründe auf und suche das beste Licht«, verkündete Natalie.

»Und ich fange mit Proseccotrinken an«, sagte Siobhan lachend.

»Netter Versuch, Siobhan – du darfst mein Kleid bereit machen.«

»Sehe ich etwa aus wie deine Kammerzofe?«

»Du bist eine der Brautjungfern, also ja. Jetzt, los, Marsch!«

Etwa eine Dreiviertelstunde später war Kates kastanienbraunes Haar perfekt gestylt. Sie trug es halb offen, so dass ihr ein paar Locken um die Schultern fielen, während der Rest hochgesteckt war. Ihr Make-up war fast fertig, und sie brannte darauf, das Ergebnis zu sehen.

»Kate, du siehst umwerfend aus!«, sagte Chloe, während sie die letzten feinen Akzente setzte.

»Darf ich mich anschauen?«

»Noch nicht, aber ich bin fast fertig. Du brauchst nur noch ein bisschen Mascara.«

»Das Kleid ist übrigens bereit für dich«, sagte Siobhan. »Aber es ist ein bisschen gerissen, als ich es anprobiert habe.«

»Was?« Kate fuhr entsetzt herum.

»Nur ein Scherz.« Siobhan lachte.

»Mädels, bitte erspart mir heute jegliche unnötige Herzattacke. Ich bin so schon gestresst genug.«

»Ich habe ein paar Settings für die Fotos bereit gemacht«, lächelte Natalie.

»Schleimerin«, murmelte Siobhan.

»Jetzt mal im Ernst, Mädels, ich danke euch sehr für alles. Ich weiß nicht, was ich ohne euch tun würde«, sagte Kate lächelnd.

»Um ehrlich zu sein, bin ich geschockt, dass wir nach dem

Junggesellinnenabschied noch am Leben sind«, erwiderte Siobhan.

Kate war innerlich sofort auf hundertachtzig. »Ich dachte, wir wären uns einig, den Junggesellinnenabschied nie wieder zu erwähnen«, zischte sie.

»Ach, komm schon, wir können doch darüber reden, wenn wir unter uns sind.«

»Nein, Siobhan, wir nehmen die Sache mit ins Grab. Was in Vegas passiert, bleibt in Vegas, wisst ihr noch?«

»Sag das mal Chloes Tattoo.« Siobhan lachte wieder.

»In zwei Wochen habe ich einen Lasertermin. Das kostet mich zwei Riesen!«, seufzte Chloe. »Aber wenigstens ist mein Sonnenbrand abgeklungen.«

»Und wenigstens hat Nat diese riesigen falschen Augenbrauen aus ihrem Gesicht bekommen.«

Natalie hob ihr Pony hoch, um ihre neuen weiblichen Augenbrauen zu zeigen. »Ich habe mir richtige gekauft, bis meine echten nachgewachsen sind«, sagte sie. »Zu blöd, dass Charlie nie sehen wird, wie meine echten Augenbrauen aussehen. Ich habe nicht mal ihre Nummer.«

»Ich weiß, wie du dich fühlst, Nat«, sagte Siobhan. »Aber auch wenn Officer Byrne mich nicht will, so weiß ich doch, dass er seine Meinung eines Tages ändern wird. Und sobald dieser Tag gekommen ist, werde ich bereit sein, meine Hurenstiefel an den Nagel zu hängen.«

»Na, das ist mal eine Persönlichkeitsentwicklung, würde ich sagen«, sagte Natalie lachend.

»Und ich habe wieder Instagram runtergeladen!«, meinte Chloe, als wäre es eine Art Durchbruch.

»Ich dachte, du wärst am Rande des Zusammenbruchs, weil dich alle Piss Girl nennen?«

»War ich auch. Aber ich habe beschlossen, meine geistige Gesundheit erst mal hintenan zu stellen, um mich auf Social Media zu konzentrieren. Ich habe jetzt eine Menge Follower, und alle lieben ein gutes Comeback.«

»Du solltest dich mal Pampers als Werbepartner anbieten«, feixte Siobhan.

»Hey, ein Gewinn ist ein Gewinn«, entgegnete Chloe achselzuckend.

»Siehst du, Kate? Es ist gut, zurückzuschauen und über alles lachen zu können.«

»Okay, aber das ist jetzt genug von meinem Junggesellinnenabschied, Mädels«, beharrte Kate. Sie konnte nicht zulassen, dass ihre Gedanken zu Trevor wanderten. Sie musste konzentriert bleiben.

»Deine Wimpern sind fertig«, sagte Chloe und trat einen Schritt zurück, um ihr Werk zu begutachten.

»Kann ich es jetzt bitte auch sehen?«

»Zieh erst dein Kleid an! Du musst diesen Wow-Moment haben, wenn du dich siehst.«

»Okay, helft mir mal, es anzuziehen«, sagte Kate und stand auf.

Sie stieg in das Kleid, und ihre Freundinnen halfen ihr, es hochzuziehen. Es war äußerst hochwertig gearbeitet, hatte aber ein schlichtes Design. Unaufdringlich und doch elegant genug, um einen effektvollen Eindruck zu machen. Immerhin war es ihr großer Tag, und das perfekte weiße Kleid zu tragen, war ein essenzieller Teil davon. Die Mädels schlossen den Reißverschluss und zupften am Saum herum, um den Effekt vollkommen zu machen.

»Okay, jetzt kannst du schauen«, sagte Chloe.

Kate drehte sich um und war fasziniert von ihrem Anblick im Spiegel. Sie sah tatsächlich wie eine Prinzessin aus, daran bestand kein Zweifel. Das Problem war, dass sie sich nicht wie eine fühlte. Sie fühlte sich wie eine Betrügerin.

Es war, als spielte sie eine Rolle. Die der glücklichen Braut. Eine Rolle, die sie nicht mehr erfüllen wollte. Seit sie ein kleines Mädchen war, hatte sie sich diesen Moment vorgestellt, und nun fühlte er sich völlig falsch an.

Es ergab keinen Sinn.

»Ist alles okay, Kate?«, fragte Chloe, die spürte, dass etwas nicht stimmte.

»Ja … natürlich. Alles ist perfekt. Meine Haare sind perfekt. Das Make-up ist perfekt. Das Kleid ist perfekt. Wie könnte es nicht okay sein?«

»Aber warum lächelst du dann nicht?«, fragte Natalie.

Sie konnte es nicht mehr zurückhalten.

Der Damm brach, und ein Strom aus Tränen begann zu fließen.

»O mein Gott, nein, nein, nein, das Make-up!«, rief Chloe panisch.

»Vergiss das dumme Make-up«, sagte Natalie. »Kate, sag uns, was los ist. Wir sind für dich da.«

»Es ist nur … Ich habe die ganze Nacht damit verbracht, über das Ehegelübde für Norman nachzugrübeln, aber mir will einfach nichts einfallen. Ich weiß absolut nicht, was ich ihm sagen soll!«, erklärte Kate panisch.

»Hör einfach auf dein Herz«, empfahl Natalie. »Die Worte werden dir ganz von selbst einfallen.«

»Denkst du wirklich?«

»Natürlich. Egal, was du sagst, es wird als liebevoll und weise rüberkommen. Du gehst nur zu verkopft an die Sache ran«, meinte Chloe.

»Ja … ja, ihr habt recht.«

Siobhan war auffällig still.

»Hast du etwas zu sagen, Siobhan?«, fragte Kate.

»Nein …« Siobhan biss sich sichtlich auf die Zunge. »Ich

meine ... Wenn du nichts Nettes zu sagen hast, solltest du besser gar nichts sagen, oder?«

»Ach, spuck es schon aus!«, fuhr Kate sie an.

»Denkst du nicht, dass es ein Zeichen ist, wenn dir kein Ehegelübde einfallen will?«

»Ein Zeichen wofür?«

»Verdammt, jetzt tu doch nicht so naiv! Ein Zeichen dafür, dass du Norman nicht liebst!«

»Das tut nichts zur Sache! Es wird der schönste Tag meines Lebens werden. Alles ist bis ins Kleinste geplant!«

»Ach, jetzt sei nicht albern!«

»Ich darf sehr wohl ein bisschen albern sein, das hier ist schließlich mein Tag!«

»Na, dann mach dir ruhig weiter was vor!«

»Wie meinst du das?«

»Du bist immer noch in Trevor verliebt!«

»Sprich nicht seinen Namen aus!«

»Er ist nicht der verdammte Voldemort, Kate!«

»Er könnte aber in ein paar Jahren aussehen wie Voldemort, wenn er weiter kokst«, merkte Natalie an.

»Trevor kokst nicht, Nat! Dieser Anhänger an der Halskette ist kein Kokain-Schlüssel, sondern der Schlüssel zu dem verfluchten Medaillon. Er hat ihn mir gegeben, nachdem er die Annullierung unterschrieben hatte, und ich habe ihn blöderweise mit nach Hause genommen, und jetzt verliere ich den Verstand, weil ich mich die ganze Zeit davon abhalten muss, es zu öffnen!«, ratterte Kate atemlos herunter. Sie hatte es ihnen eigentlich gar nicht verraten wollen, aber es war ihr so rausgerutscht.

Ihre Freundinnen waren sprachlos vor Schock.

»Was?«, sagte Chloe als Erste.

»Wo ist das Medaillon?«, fragte Siobhan.

»Es liegt auf meinem Bett, aber ...«

Ehe Kate den Satz beenden konnte, war Siobhan schon auf dem Weg ins Obergeschoss zu ihrem Schlafzimmer.

»Aber Mädels, was macht das denn für einen Unterschied, ob ich es öffne oder nicht? Trevor ist weg. Er will nichts mehr mit mir zu tun haben. Ich sollte das Ding einfach in den Müll werfen und ihn vergessen.«

»Aber du hast gesagt, dass du die ganze Zeit darüber nachdenkst. Willst du etwa den Rest deines Lebens nicht mehr richtig schlafen können wegen dieses Anhängers?«, fragte Natalie.

»Nun, ja ... gutes Argument.«

»Vielleicht ist es das letzte Puzzleteil, damit du endlich darüber hinwegkommen kannst«, meinte Chloe. »Vielleicht kannst du ihn dann endlich vergessen und Norman heiraten, ohne dass du ein komisches Gefühl hast.«

Sie hatten recht. Wollte sie sich den Rest ihres Lebens quälen? Das wäre doch verrückt. Vielleicht sogar noch verrückter, als an ihrem Hochzeitstag ein Medaillon von ihrem Ex-Freund zu öffnen.

Nein, erinnerte sie sich selbst. Es war eine Büchse der Pandora. Dabei konnte einfach nichts Gutes herauskommen. Es war wie eine Atombombe. Sie an ihrem Hochzeitstag zu zünden kam einem Akt der Selbstzerstörung gleich.

»Gefunden«, sagte Siobhan und kehrte mit dem Medaillon ins Wohnzimmer zurück.

»Nein, das können wir nicht machen«, sagte Kate bestimmt. »Meine Entscheidung ist endgültig.«

»Okay, dann lasst es uns in der Toilette runterspülen.«

»Was?«

»Also, entweder machst du es jetzt auf oder du spülst es weg. Du kannst es nicht einfach ewig verschlossen halten. Es wird dich wahnsinnig machen.«

»Na schön, dann spült es runter. Macht mir gar nichts«, erwiderte Kate trotzig und verschränkte die Arme vor der Brust. Trevor war Vergangenheit, Norman war die Zukunft, redete sie sich selbst ein. Ein Medaillon änderte nichts daran.

Siobhan ging zum Gästebad und hielt das Medaillon über die Kloschüssel. »Ich spüle es jetzt runter!«, rief sie Kate zu.

»Mir egal!«

Dann, das Geräusch.

Das furchtbare Geräusch der Toilettenspülung und die Reue, die sofort danach einsetzte. Erst in diesem Moment wurde ihr klar, wie sehr sie es öffnen wollte.

»Stopp!«, brüllte Kate und rannte zum Bad. Sie sauste hinein zur Toilette, die gerade aufhörte zu spülen.

»Neeeein!«, kreischte Kate, als sie die leere Kloschüssel sah. Es fühlte sich an wie der größte Fehler, den sie je gemacht hatte. Sie würde den Rest ihres Lebens damit verbringen, sich den Kopf darüber zu zerbrechen, was wohl in diesem Medaillon gewesen sein konnte.

Sie drehte sich um, und ein gewaltiger Stein fiel ihr vom Herzen.

»Ich habe es natürlich nicht runtergespült, du Dummerchen«, sagte Siobhan lächelnd und ließ das Medaillon vor Kates Nase baumeln.

»Ich dachte, wir hätten uns darauf geeinigt, dass ihr mir weitere Herzinfarkte erspart.«

»Halt die Klappe und hol den Schlüssel«, sagte Siobhan lachend.

»Meinung geändert?«, fragte Natalie, als die zwei aus dem Badezimmer kamen.

»Okay, Mädels, hier ist der Plan ...«, setzte Kate an.

»Kate, wir lieben dich wirklich sehr, aber wenn du das Wort ›Plan‹ noch einmal in den Mund nimmst, muss ich dich knebeln«, sagte Siobhan. »Jetzt öffne das verdammte Medaillon!«

Kate griff in ihre Handtasche und zog den kleinen Schüssel heraus, der noch an der Kette hing, die Trevor bei ihren Dates um den Hals getragen hatte.

»Also, es war definitiv keine Kokainkette?«, fragte Natalie.

»Nein, Nat, war es nicht«, erwiderte Kate genervt. »Du hast einfach die völlig falschen Schlüsse gezogen.«

»Also, das sagt ja wohl die Richtige!«

Kate holte tief Luft und wappnete sich. Mit dem Schlüssel in einer Hand und dem Medaillon in der anderen, war es an der Zeit, neun Jahren des Rätselns ein Ende zu setzen.

»Der Moment der Wahrheit«, sagte sie.

Kate steckte den Schlüssel in das kleine Schlüsselloch, und Siobhan stöhnte dramatisch auf.

»Nicht jetzt, Siobhan, das ist ernst!«

»Sorry, ich hasse Anspannung!«

Kate sammelte sich und drehte den Schlüssel um.

Das Medaillon öffnete sich.

Kate und ihre Freundinnen schnappten gleichzeitig nach Luft. Es raubte ihnen wortwörtlich den Atem.

In ihrer Hand lag ein wunderschöner, verzierter Diamantverlobungsring. Schöner als alles, was Kate je gesehen hatte.

Es war nicht irgendein Ring.

»Der Ring seiner Großmutter«, rief Kate aus. Sie nahm ihn in die Hand, und die Wimperntusche floss wieder.

»O mein Gott, Make-up-Notfall. Make-up-Notfall!« Chloe lief panisch zu ihrer Tasche.

»Ich bin verwirrt. Was bedeutet das?«, fragte Natalie.

»Er hat mir dieses Medaillon am Ende unseres gemeinsamen Sommers geschenkt. Den Schlüssel wollte er mir geben, wenn ich im Jahr drauf zurückkomme.«

»Was bedeutet, er wollte dir einen Heiratsantrag machen«, schloss Siobhan mit geschockter Miene.

»Und du bist nie zu ihm zurückgekommen!«, sagte Natalie. »O mein Gott, jetzt muss *ich* gleich weinen.«

Chloe lief zu Kate und begann ihr die Tränen abzutupfen. »Es fängt hier niemand mehr an zu weinen, sonst weine *ich*!«

»Ich habe seine romantische Geste ruiniert, weil ich ihm nie die Chance gegeben habe, mir einen Antrag zu machen. Wäre ich zurückgegangen, hätte ich ein Visum bekommen können, und wir hätten die letzten neun Jahre damit verbracht, gemeinsam Musik zu machen. Ich dachte immer, Trevor hätte mein Leben zerstört, dabei habe ich das verdammt noch mal selbst getan!«, jammerte Kate.

»Der Ring sieht aus, als wäre er ein Vermögen wert!«, stellte Siobhan fest, die ihn sich genauer betrachtete.

»Er ist unbezahlbar. Er war seit Generationen im Familienbesitz. Und jetzt lag er neun Jahre lang in meinem Schrank«, sagte Kate heulend.

»Nein, nein, nein, das Make-up geht kaputt! Könntest du innerlich weiterweinen?«, flehte Chloe sie an.

»Das ist ein Desaster! Warum zur Hölle habt ihr mich dazu gebracht, es zu öffnen?«, rief Kate.

»Äh, hallo? Willst du damit sagen, wir hätten einen unbezahlbaren Verlobungsring die Toilette runterspülen sollen?«, fragte Siobhan.

»Es wäre einfacher gewesen, wenn ich nie erfahren hätte, was sich darin befindet!«, klagte Kate, während ihr weiter die Tränen über die Wangen liefen.

»Innerlich weinen, innerlich weinen«, erinnerte Chloe sie.

»Was zur Hölle soll ich denn nur tun?«

In dem Moment klingelte es an der Tür, und Kate und ihre Freundinnen erstarrten.

»Shit!«, rief Kate erschrocken. »Das ist meine Mutter mit dem Fotografen!«

»Du kannst dich in dem Zustand unmöglich fotografieren lassen!«, meinte Chloe. »Ich muss das erst reparieren!«

»Was sollen wir ihnen sagen?«, fragte Siobhan.

»Meine Mutter wird sofort wissen, dass etwas nicht stimmt, wenn sie mich sieht!«

»Soll ich sie hinhalten?«, fragte Natalie, die aufgestanden war, um die Tür zu öffnen.

»Es hat keinen Zweck«, sagte Kate schicksalsergeben. »Mach ihnen auf.«

Natalie öffnete die Haustür, vor der Kates Mutter mit ihrer üblichen strengen Miene wartete.

Margaret betrat das Wohnzimmer, auf dem Kopf einen auffallenden und doch eleganten Hut, wie es für die Brautmutter Tradition war. Niall, der Fotograf, folgte ihr. Doch als Margaret das aufgequollene Gesicht ihrer Tochter und die verlaufene Schminke erblickte, hatte sie sofort einen hysterischen Ausbruch.

»Heilige Mutter Gottes!«, rief sie. »Was, um Himmels willen, ist hier los?«

»Das ist eine längere Geschichte«, antwortete Siobhan.

»Na, wir haben wohl keine Zeit für längere Geschichten, nicht wahr?«, keifte Margaret. »Niall, warte im Auto.«

Niall eilte zurück zur Haustür, als hätte er Angst vor Margaret.

»Tut mir leid, Mam«, sagte Kate und wischte sich die Tränen weg.

»Was in Gottes Namen hat dich in einen solchen Zustand versetzt?«

»Trevor Rush«, gab Kate zu und hielt das Medaillon und den Ring hoch.

Margaret betrachtete beides und verstand sofort, was los war.

»Ich wusste, dass er irgendwas damit zu tun hat. Ich habe dir von Anfang an gesagt, dass er ein Versager ist, der es nie zu etwas bringen wird!«

»Aber er hat es zu etwas gebracht, Mam. Er hat etwas aus sich gemacht. Vor neun Jahren hat er mir den unfassbar wertvollen Verlobungsring seiner Großmutter geschenkt, ohne dass ich davon wusste. Aber ich bin nie zu ihm zurückgekehrt. Also hatte er auch nie die Chance, mir einen Antrag zu machen!«, jammerte Kate.

»Selbstverständlich bist du nicht zurückgekehrt – du hast gesehen, wie er dich betrogen hat!«

»Aber das hat er gar nicht! Es war nur ein Missverständnis«, heulte Kate. »Wie sich herausgestellt hat ...«

»Ich will nichts davon hören!«, unterbrach Margaret sie. »Deinem Ex von vor neun Jahren hinterherheulen am Morgen deiner Hochzeit? Hast du eine Vorstellung, wie lächerlich du dich machst?«

Siobhan und Natalie sahen sich geschockt an.

»Ich kann meine Gefühle doch nicht ändern, Mam.«

»Du hast genug Tränen vergossen wegen dieses Trevor Rush. Und vergiss nicht, wer dir geholfen hat, über ihn hinwegzukommen. Ich war diejenige, die jede Nacht dein Geheule ertragen musste. Die zusehen musste, wie du dumme kleine Songs über einen Nichtsnutz schreibst, der sich von Anfang an nicht um dich geschert hat. Er ist der völlig falsche Mann für dich!«

Margaret war vielleicht für sie da gewesen, als sie damals so gelitten hatte, aber sie kannte nicht die ganze Geschichte. Klar, in vielerlei Hinsicht war Trevor der falsche Mann.

Aber er war der richtige falsche Mann für sie.

Der Mann, der sie dazu brachte, alle Regeln brechen zu wollen.

Der Mann, der sie dazu brachte, alles zu riskieren.

Der Mann, der sie dazu brachte, alles auf die schwarze Dreizehn zu setzen.

Sogar an ihrem Hochzeitstag.

»Du verstehst das nicht, Mam«, erwiderte Kate. »Er hatte neun Jahre lang ein gebrochenes Herz, genau wie ich! Er hat nie aufgehört, mich zu lieben!«

»Und wo ist er jetzt, Kate?«, wollte Margaret wissen. »Wenn er dich so liebt, wo ist er jetzt?«

Die Worte ihrer Mutter saßen – so wie immer. »Er ... er ist weg«, gab Kate zu.

»Tja, dann ist damit jetzt Schluss. Du heiratest in zwei Stunden einen Arzt ...«

»Zahnarzt«, murmelte Chloe.

»... einen Arzt, der aus sehr gutem Hause stammt. Du bist dreißig, Kate. Wenn du das jetzt vermasselst, kannst du wieder von vorn anfangen. Und wenn du glaubst, ich lasse zu, dass du einfach so deine Zukunft wegschmeißt, wegen eines dahergelaufenen DJs, mit dem du vor neun Jahren mal was hattest, dann hast du dich geschnitten. Dein Vater wird in einer Stunde mit einem Oldtimer hiersein, um dich zur Kirche zu fahren. Also reiß dich zusammen. Das ist der glücklichste Tag deines Lebens. Verhalte dich auch entsprechend.«

»Okay, Mam«, erwiderte Kate und straffte die Schultern. »Du hast recht.«

»Ich habe immer recht. Jetzt gib mir den Ring.«

»Was?« Kate riss entsetzt die Augen auf. »Warum?«

»Weil in der Kirche ein anderer Ring auf dich wartet. Her damit«, verlangte Margaret mit ausgestreckter Hand.

Kate legte Trevors Ring in die Handfläche ihrer Mutter und musste mitansehen, wie sie ihn in ihrer Handtasche verschwinden ließ.

»Und dein Handy.«

»Warum denn mein ...«

»Weil ich nicht will, dass du dich lächerlich machst, indem du ihn anrufst. Du willst doch sicher noch einen Funken Würde bewahren, oder?«

Kate seufzte und reichte ihr das Telefon. Es war ohnehin egal. Sie konnte Trevor mit dem Handy nicht erreichen. Er hatte sie blockiert.

»Nun, da das erledigt ist«, sagte Margaret, als sie das Handy ihrer Tochter einsteckte, Chloe, kannst du bitte das Gesicht meiner Tochter wieder herrichten? Es ist Zeit für die Fotos.«

»Äh ... ja, bin schon dabei«, sagte Chloe und führte Kate zum Spiegel.

»Gut. Natalie, geh und hol Niall aus dem Auto. Siobhan, du kannst uns einen Tee machen«, wies Margaret an und rückte sich stolz den Hut zurecht. »Alles läuft nach Plan.«

KAPITEL EINUNDDREISSIG

Die Hochzeit

Als Kate auf dem Beifahrersitz des Oldtimers saß und auf dem Weg zur Kirche war, hatte sie einen riesigen Kloß im Hals. Die Stunde davor hatte sie damit verbracht, für die Fotos ein falsches Lächeln aufzusetzen. Es war ihr wie eine Ewigkeit vorgekommen.

Ihr Dad saß hinter dem Steuer des kirschroten 1965er Ford Mustang. In ein paar Minuten würden sie bei der Kirche ankommen. Ursprünglich hatte sie einen Chauffeur für den Wagen vorgesehen, doch Tom liebte Mustangs und hatte darauf bestanden, selbst zu fahren. Am liebsten hätte sie ihm all ihre Gefühle anvertraut, doch diese Last wollte sie ihm nicht aufbürden. Vor allem, weil er sich so freute, sie zum Altar führen zu dürfen. Er hatte während seiner Krankheit schon zu ihr gesagt, dass er hoffte, noch am Leben zu sein, um sie auf diesem wichtigen Weg in ihrem Leben zu begleiten. Was, wenn sein Krebs doch zurückkam und er nie die Chance dazu bekommen würde? Sie wollte ihm das nicht nehmen.

Wahrscheinlich hatte er keine Ahnung, wie schrecklich sie sich fühlte. Immerhin sah sie aus wie die glückliche Braut. Chloe hatte ihr Make-up wieder hinbekommen, und ihr Look war makellos. Doch innerlich wollte Kate nur noch schreien. Sie hatte immer noch keine Ahnung, wie ihr Ehegelübde aussehen sollte. Der Verlobungsring im Medaillon hatte sie völlig aus der Bahn geworfen. Warum in aller Welt hatte sie es nur geöffnet?

Unwissenheit wäre ein Segen gewesen.

Aber jetzt kannte sie die Wahrheit, und es gab kein Zurück mehr. Sie vermisste es, Trevor zu hassen. Sie wollte ihn wieder als den Playboy sehen, der ihr das Herz gebrochen hatte. Dabei war sie das Monster, das seins gebrochen hatte. Sie hatte den Ring seiner Großmutter fast ein Jahrzehnt lang gehortet. Eine große, romantische Geste, die auch aus einem Song von Taylor Swift stammen könnte, und sie hatte alles ruiniert. All die Nächte, die sie geweint und dazu »Wildest Dreams« gehört hatte, waren selbstverschuldet und hätten nie stattfinden müssen.

Das Auto hielt vor der Kirche, und sie sah zu dem hohen Turm auf. Der Kameramann wartete draußen und filmte, wie der Oldtimer ankam. Niall war ebenfalls bereit, um Fotos für das Hochzeitsalbum zu schießen.

Kate hatte das Gefühl, sich übergeben zu müssen. Aber vielleicht musste sie auch nur diesen Tag hinter sich bringen, und dann würde der Rest ihres Lebens in Ordnung sein. Vielleicht würde ein wenig der Spaß fehlen, aber es wäre ein sicheres, ruhiges Leben ohne Schmerz. Das war doch auch etwas, oder nicht?

»Hier sind wir, Liebes«, sagte ihr Vater und stellte den Motor ab.

»Yep ... hier sind wir«, erwiderte sie. Sie wusste, dass sie die Tür öffnen sollte. Aber sie wollte am liebsten wieder davonfahren.

Irgendwohin, nur nicht hierher.

»Komm schon, Liebes, verrate mir, was los ist«, sagte Tom. Er war aufmerksamer, als sie es von ihm erwartet hatte.

»Ehrlich gesagt bin ich gerade ein emotionales Wrack, Dad.«

»Tja, ich bin zwar alt, aber nicht bescheuert. Was ist los?«

»Ich liebe Norman, Dad, aber ich bin nicht in ihn verliebt. Er ist nicht der Richtige«, gestand sie ihrem Vater.

»Ah, verstehe. Aber es gibt jemanden, in den du verliebt bist?«

»Ja. Aber er ist weg. Er will nichts mehr mit mir zu tun haben.

Also ist es sinnlos, sich so zu fühlen. Sich nach einem Mann zu sehnen, der mich nicht einmal will. Es ist lächerlich.«

»Es ist nie lächerlich, zu seinen Gefühlen zu stehen, Liebes«, erwiderte Tom. »Aber du hättest vermutlich nicht bis zur letzten Minute damit warten sollen. In der Kirche warten schon alle auf dich.«

»Ich weiß«, seufzte Kate. »Ich kann die anderen nicht enttäuschen.«

»Also, du solltest nicht heiraten, nur um es allen anderen recht zu machen. Bist du dir absolut sicher, dass dieser andere Mann nichts mehr von dir wissen will?«

»Ja, er hat es mir ins Gesicht gesagt.«

»Na, dann ist das wohl deine Antwort. Es wäre schlimm, wenn du ihm hinterherlaufen würdest, nur um wieder abgewiesen zu werden.«

»Das ist genau meine Angst. Ich glaube nicht, dass mein Selbstbewusstsein eine doppelte Zurückweisung ertragen könnte.«

»Falls dir das hilft, Liebes, wir haben alle den einen oder die eine, die wir nicht bekommen haben«, sagte Tom.

»Mam war nicht deine erste Wahl?«, fragte Kate überrascht.

»Wenn ich ehrlich bin, nein. Aber wir haben es hinbekommen. Wir haben uns beide dazu entschieden, glücklich zu sein.«

»Aber wie hast du es mit ihr ertragen? Sie ist so erdrückend.«

Er lächelte. »Ist das nicht offensichtlich?«

»Nein.«

»Sie hat mir dich geschenkt. Wie könnte ich sie dafür nicht lieben?«, fragte Tom.

Es war eine so ehrliche, von Herzen kommende Antwort, dass Kate wieder Hoffnung für die Zukunft schöpfte. Der Schmerz würde vorübergehen. Man hatte immer noch die Wahl, wen man lieben wollte.

Und nun war es an der Zeit, sich für Norman zu entscheiden.

»Danke, Dad«, meinte Kate lächelnd und umarmte ihn. »Wir sollten sie besser nicht noch länger warten lassen.«

Kate ging mit ihrem Vater auf die Kirchentür zu. Sie wusste, dass sich die Leute vielleicht schon fragten, ob sie es sich anders überlegt hatte. Sie musste sich am Riemen reißen.

Kate erblickte ihre Freundinnen, die im Türrahmen Spalier standen, gemeinsam mit dem Ringträger, Normans Neffe, und dem Blumenmädchen, Kates jüngerer Cousine. Niall schoss eifrig Fotos, als sie auf sie zugingen.

»Bereit, Kate?«, fragte Chloe.

»Letzte Chance, wenn ich einen Herzinfarkt vortäuschen soll«, bot Siobhan an.

»Nein, schon okay, Mädels«, sagte Kate. »Ich bin bereit.«

Siobhan öffnete die Tür und begann, mit Chloe und Natalie zum Altar zu schreiten. Der Ringträger kam als Nächstes, mit den Ringen auf einem Samtkissen. Dann war es Zeit für das Blumenmädchen. Doch ihre kleine Cousine Suzie musterte sie mit seltsamem Blick.

»Warum lächelst du nicht?«, wollte Suzie wissen, ehe sie die Kirche betrat. Kinder stellten immer die ehrlichsten Fragen.

»Oh«, machte Kate überrumpelt. »Mir geht nur viel durch den Kopf.«

»Ich kann es kaum erwarten, auch irgendwann mal zu heiraten. Ich werde den ganzen Tag lang lächeln.«

Das erinnerte Kate daran, wie sie sich diesen Moment früher immer vorgestellt hatte. Wie sie sich die perfekte Hochzeit gewünscht hatte, seit sie ein kleines Mädchen gewesen war. Sie trug ein weißes Hochzeitskleid, mit einem Schleier, der ihr elegant über die kastanienbraunen Haare fiel, genau wie sie es sich vorgestellt hatte. Nur dass sie nicht lächelte.

Ihr ewiger Traum. Ein Albtraum.

»Pass auf, was du dir wünschst, Suzie«, erwiderte Kate.

Das Blumenmädchen trat durch die Kirchentür und marschierte Blütenblätter werfend Richtung Altar.

Jetzt war Kate an der Reihe. »Bereit, Dad?« Sie hakte sich bei ihrem Vater unter.

»Ich bin bereit, Liebes«, antwortete er. »Bist du es auch?«

»So bereit, wie ich es sein könnte«, entgegnete Kate, schicksalsergeben.

Die Türen gingen auf, und der Organist spielte Wagners Hochzeitsmarsch.

Alle Köpfe drehte sich zu ihr um. Kate merkte an den erfreuten Blicken, dass sie gut aussah in ihrem Hochzeitskleid. Sie setzte ein Lächeln auf und schritt auf den Altar zu.

Dort vorne wartete Norman auf sie. Warum um alles in der Welt wollte immer noch etwas in ihr kehrtmachen und davonlaufen? Jetzt war nicht der richtige Zeitpunkt für lächerliche Gedanken, die ihr Glück sabotieren wollten. Sie musste sich am Riemen reißen. Es war sowieso zu spät, jetzt noch einen Rückzieher zu machen.

Aber war zur Hölle sollte sie vor dem Altar zu ihm sagen? Das war die letzte Gelegenheit, sich ein paar poetische Sätze einfallen zu lassen, ehe die Zeremonie begann. Doch ihr wollte partout nichts einfallen.

Dann, ehe sie sich versah, stand sie am Altar, und Norman schlug ihr den Schleier zurück. Sie schickte ein Stoßgebet gen Himmel, dass ihr die Worte einfach zufliegen würden, wenn es so weit war.

»Hi«, lächelte Norman, als er ihr ins Gesicht sah.

»Hi«, erwiderte sie.

Wirklich? War das alles, was er ihr zu sagen hatte? Nicht mal ein »Du siehst schön aus«?

Hör auf, ermahnte sie sich selbst. Es war ihr Hochzeitstag. Es gab keinen Grund, sich an Kleinigkeiten aufzuhängen.

Die Musik verstummte, und die Gäste nahmen auf den Bänken Platz, während der Priester sich vor sie hinstellte.

»Wir haben uns heute hier eingefunden, vor dem Angesicht Gottes, um Norman Cox und Kate O'Connor in den heiligen Bund der Ehe zu begleiten, der ein ehrwürdiger Zustand ist, eingerichtet von Gott …«, setzte Pater O'Toole an.

Seine Stimme klang unglaublich langweilig. Sie hätte sich einen modernen Pfarrer gewünscht, der die Sache ein wenig unterhaltsamer gestalten würde. Stattdessen hatte sie einen bekommen, der sich komplett an den Fahrplan hielt. Er sprach außerdem schrecklich langsam, was jede Sekunde wie eine Ewigkeit erscheinen ließ. Zudem hatte er Mundgeruch, und Kate hatte die ganze Zeit den fauligen Gestank von krankem Zahnfleisch in der Nase. Im Vergleich erschien Elvis auf einmal gar nicht mehr wie eine so schlechte Wahl.

»Die Ehe sollte nicht leichtfertig eingegangen werden, sondern mit Bedacht und in geistiger Klarheit. Lasst euch nun, Norman Cox und Kate O'Connor, in diesen heiligen Stand der Ehe vereinen. Wenn irgendjemand einen guten Grund nennen kann, warum diese beiden nicht vor dem Gesetz vereint werden sollte, so möge er nun sprechen oder für immer schweigen.«

Kate schlug das Herz bis zum Hals.

Sie wollte, dass jemand Einspruch erhob. Ob Siobhans Angebot mit dem vorgetäuschten Herzinfarkt noch stand? Am liebsten hätte sie sich selbst gemeldet, aber sie hatte Angst.

Angst, ihr Leben zu ruinieren.

»Wunderbar«, sagte Pater O'Toole, als sich niemand meldete. »Wir beginnen mit einer Lesung von Apostel Paulus, erster Brief an die Korinther, Kapitel dreizehn: Die Liebe ist langmütig, die Liebe ist …«

Sehr gut, ein Gebet. Das verschaffte Kate ein paar Sekunden Zeit, um über ihr Ehegelübde nachzudenken. Was liebte sie an

Norman? Sie musste sich im Kopf einen Tabelle anlegen, an deren Punkten sie sich entlanghangeln konnte.

Warum wollte ihr bloß nichts einfallen? Norman erfüllte alle ihre Anforderungen an einen perfekten Ehemann! Aber alles, was ihr einfiel, waren Dinge, die sie an Trevor liebte.

Aber Trevor zu lieben war hoffnungslos.

Es war keine Lesung an die Korinther, die sie brauchte.

Sie brauchte ein Wunder.

»... Durch Jesus Christus, unseren Herrn, Amen«, schloss Pater O'Toole.

»Amen«, erwiderte die Gemeinde.

»O ja, Amen«, sagte Kate schnell, als sie aus ihren Gedanken gerissen wurde.

»Ich glaube, die Braut und der Bräutigam haben ihre eigenen Gelübde vorbereitet, ist das richtig?«, fragte Pater O'Toole.

»Ja«, antwortete Norman und zog eine Karteikarte aus seiner Jacketttasche. Er räusperte sich und begann zu sprechen. »Kate, ich wusste in dem Moment, als wir uns kennengelernt haben, dass wir füreinander bestimmt sind. Du hattest Zahnschmerzen, ich war ein Zahnarzt. Muss ich noch mehr sagen? Viel romantischer kann es wohl kaum sein. An dem Tag, als ich dir deine Weisheitszähne entfernte, wurde mir klar, dass ich dich nicht mehr loslassen wollte. Und als ich dir diese Krone machte, entschied ich, dass du meine Königin sein würdest. Wenn wir gemeinsam alt werden, fertige ich dir einen Satz perfekter dritter Zähne, damit du niemals aufhörst zu lächeln ...«

Kate zuckte innerlich zusammen. Sie wollte keine alte Dame mit perfekten dritten Zähnen sein, die bis an ihr Lebensende ein Lächeln vortäuschen musste. Sie wollte nicht solche Zähne wie Norman. Sie wollte keine »Perfektion«.

»... Ich kann es nicht erwarten, dass du mich zum glücklichsten Mann der Welt machst«, schloss Norman sein Gelübde.

Das war doch seltsam, so etwas zu sagen, dachte Kate. War es ihre Aufgabe, ihn zum glücklichsten Mann auf der Welt zu machen? Warum sagte er nicht »Ich kann es nicht erwarten, dich zur glücklichsten Frau der Welt zu machen«? War es übertrieben von ihr, so zu denken?

Mist.

Sie war an der Reihe, ihr Ehegelübde vorzutragen. Aber sie hatte nichts vorbereitet. Und in ihrem Kopf herrschte eine größere Leere denn je. Alle Augen waren auf sie gerichtet, und sie brachte kein Wort heraus.

Kates Schweigen blieb nicht unbemerkt. Sie konnte erstes Raunen und Hüsteln aus den Sitzreihen hören.

»Das ist die Stelle, an der du allen erklärst, wie sehr du mich liebst«, scherzte Norman, was für ein paar zögerliche Lacher bei den Gästen sorgte.

»Tja ... ich ... «, stammelte Kate.

Siobhan, Natalie und Chloe warfen sich hilflose Blicke zu. Sie konnten nichts für sie tun. Kate stand ganz allein da.

»Äh ... es ... also, tut mir leid, ich versuche nur die perfekten Worte zu finden«, sagte Kate verwirrt.

»Los, mach schon, du blamierst dich«, flüsterte Norman ihr zu.

Sie hatte das Gefühl, als würde ihr Albtraum Wirklichkeit werden. Alles, was noch passieren musste, war, dass ihre Zähne ausfielen. »Liebe ... Liebe ist ... «, schwafelte Kate. » ... Also, es ist Liebe ... «

»Kate, reiß dich zusammen. Das ist peinlich«, raunte Norman ihr zu, dieses Mal lauter.

Erst in diesem Moment traf Kate ihre Entscheidung.

Sie konnte es nicht durchziehen. Ein Leben mit Norman war nicht das, was sie sich wünschte. Sie wollte nicht das Leben, dass ihre Mutter ihr vorschrieb. Auch wenn das bedeutete, allein zu bleiben, war es besser, als die Happy-End-Version einer anderen Person zu leben. Doch wie um alles in der Welt sollte sie das Norman und den zweihundert Gästen erklären?

»Norman, es tut mir leid, aber ich kann dich nicht ... «, setzte sie an.

Doch bevor Kate den Satz beenden konnte, hörte sie die Kirchentür mit einem Knall auffliegen. Ein Windstoß fegte durch das Kirchenschiff und wehte Margaret den Hut vom Kopf. Alle drehten sich, um zu sehen, wer es wagte, diese heilige Zeremonie zu stören.

Und als Kate zur Tür blickte, stand er da.

Der einzige Mann, den sie je geliebt hatte.

Der einzige Mann, den sie je lieben würde.

Der Richtige.

Trevor Rush.

»Stoppt die Hochzeit!«, rief Trevor und stürmte mit einem Papier in der Hand in die Kirche.

Die Menge schnappte hörbar nach Luft, als er wie ein Wahnsinniger zum Altar rannte. Kate wäre vor Fassungslosigkeit fast ohnmächtig geworden. Das konnte nicht wirklich passieren. Sie sah zu ihren Freundinnen, die mit vor Schreck aufgerissenem Mund dasaßen.

War Trevor Rush tatsächlich gerade in ihre Hochzeit hineingeplatzt?

»Was hat das zu bedeuten?«, fragte Norman verwirrt. »Wer zur Hölle sind Sie?«

»Ich bin Kates Ehemann«, antwortete Trevor, als er vor dem Altar ankam.

»Wie bitte?«, fragte Norman geschockt.

»Mädels, bei mir flattert es gerade gewaltig!«, flüsterte Siobhan.

»Bei mir auch!«, flüsterten Chloe und Natalie zurück.

»Unsere Annullierung wurde abgelehnt, Sommersprosse«, sagte Trevor. »Du hast die Unterlagen nicht richtig ausgefüllt.«

»Was?« Kate hatte endlich ihre Stimme wiedergefunden. »Wie meinst du das?« Kate füllte Unterlagen nie falsch aus. Sie liebte Papierkram!

»Der Richter hat unsere Annullierung abgelehnt, weil du nicht korrekt unterschrieben hast«, sagte Trevor und reichte ihr die Papiere.

»Welche Annullierung?«, fragte Norman. »Kann mir bitte jemand sagen, was zum Teufel hier los ist?«

»Du hättest um ein Haar eine verheiratete Frau geheiratet, Norton«, erklärte Trevor.

»Norman!«

»Tut nichts zur Sache«, meinte Trevor. »Sie ist meine Ehefrau, was bedeutet, du kannst sie laut Gesetz nicht heiraten.«

»Nun, sollte einer von Ihnen bereits verheiratet sein, kann ich Sie tatsächlich nicht vermählen«, sagte Pater O'Toole.

Kate sah verwirrt auf die Unterlagen.

»Ich verstehe es nicht – wir haben doch alles richtig ausgefüllt«, sagte sie.

»Ja, aber sieh dir deine Unterschrift an«, forderte Trevor sie auf.

Kate betrachtete den unteren Rand des Blattes, wo sie mit Kate O'Connor unterzeichnet hatte. »Ich habe mit meinem Namen unterschrieben.«

»Nein, hast du nicht. Dein Name ist Kate Rush. Du hast meinen Namen angenommen, Sommersprosse. Der Richter sagt, die Ehe kann nicht annulliert werden, wenn du nicht deinen laut Gesetz korrekten Namen verwendest. Also musst du O'Connor durchstreichen und als Kate Rush unterschreiben.«

»Was in Gottes Namen redet der da?«, kreischte Norman.

»Halt dich da raus, Norbit«, sagte Trevor.

»ICH HEISSE NORMAN!«

»Also, sobald deine Verlobte die Annullierung mit ihrem korrekten Namen unterschrieben hat, bin ich auch schon wieder weg«, sagte Trevor mit verschlagenem Grinsen. Er wusste genau, was er tat.

Das war Trevor Rush in Bestform.

»Kate, wovon redet dieser Kerl?«

»Er sagt die Wahrheit, Norman«, gestand Kate. »Dieser Mann ist mein Ehemann.«

»Was? Dann unterschreib die verdammten Papiere und werd ihn los!«

Kate sah sich in der Kirche um. Alle starrten sie geschockt an. Vor allem ihre Mutter hatte sie noch nie so entsetzt gesehen. Ihr Dad dagegen konnte nicht anders, als zu lächeln. Er nickte ihr zu, und Kate wusste genau, was er ihr damit sagen wollte.

Er gab ihr seinen Segen.

»Ich werde die Annullierung unterschreiben«, sagte Kate an Trevor gewandt. »Unter einer Bedingung ...«

»Welche Bedingung ist das?«, fragte Trevor.

»Du musst dreimal mit mir ausgehen«, antwortete Kate grinsend.

»Kate!«, kreischte Norman.

»Das sind drei Bedingungen«, erwiderte Trevor mit hochgezogener Augenbraue.

»So oder gar nicht«, sagte Kate.

Ein geheimnistuerisches Lächeln spielte um seine Lippen. »Tja, dann schätze ich, bleibt mir keine andere Wahl, als zuzustimmen.«

»Haltet die Klappe! Was zur Hölle ist hier los?«, schrie Norman aus vollem Halse.

Statt ihm zu antworten, stürmte Kate zu ihrer Mutter und streckte die Hand aus. »Gib mir den Ring.«

»Kate, hast du den Verstand verloren?«, zischte Margaret.

»Nein, Mam. Ich glaube, ich habe ihn endlich wiedergefunden«, erwiderte sie und riss ihrer Mutter die Handtasche aus dem Arm. Sie zog ihr Handy heraus und ließ Trevors Verlobungsring über ihren Finger gleiten, wo er hingehörte.

»Ja!«, rief Siobhan. »Team Trevor!«

»Kate, du fängst mal besser an, mir das alles zu erklären!«, verlangte Norman.

»Alles, was er sagt, ist wahr, Norman«, antwortete Kate und ging zum Altar zurück. »Ich bin bereits verheiratet. Und die vergangenen neun Jahre war ich auch verlobt, ich wusste es nur nicht.«

»Ist das irgendein dummer Witz? Ich habe dich zu der gemacht, die du bist. Vor mir warst du nur eine verblendete Nachahmerin, die es nie zu etwas gebracht hätte!«

Kate ließ ihre gesamte Beziehung mit Norman vor ihrem inneren Auge noch einmal Revue passieren. Seine Worte waren zu spezifisch, das konnte kein Zufall sein. Er war der anonyme Internettroll, der unter ihrem Song den fiesen Kommentar hinterlassen hatte. Er war derjenige, der sie dazu gebracht hatte, ihren Traum aufzugeben.

»Du warst es«, sagte Kate angewidert. »Du bist derjenige, der diesen Hasskommentar hinterlassen hat.«

»Das war kein Hasskommentar, Kate, es war ein *ehrlicher* Kommentar. Ich konnte doch nicht zulassen, dass du dich mit dieser kitschigen Musik lächerlich machst!«

»Tatsächlich hat ihr Song gerade die Marke von einer Million Views auf YouTube geknackt«, sagte Trevor mit einem stolzen Leuchten in den Augen.

»Ist mir egal, ob es eine Milliarde Views hat!«, schrie Norman. »Kate, willst du wirklich, alles, was wir haben, für diesen Idioten wegwerfen? Bist du wirklich so billig?«

»Nenne sie noch einmal billig, und ich schlage dir deine überteuerten Zähne aus dem Mund«, drohte Trevor todernst.

Norman musterte Trevor von Kopf bis Fuß. »Nicht, wenn ich dir zuerst eine verpasse!«, entgegnete er und sprang mit schlecht gezielter Faust auf Trevor zu.

Trevor war offensichtlich darauf gefasst gewesen, denn er wich zur Seite aus, um der unbeholfenen Attacke zu entgehen.

Übermotiviert und ohne Balance stolperte Norman über seine eigenen Füße und fiel mit dem Gesicht zuerst zu Boden. Aus dem Kirchenschiff war ein gemeinschaftliches Luftanhalten zu hören, und die Stille wurde vom Zersplittern von Normans Schneidezähnen auf den Fliesen des Kirchenbodens zerrissen.

»Meine Veneers!«, schrie er und hielt sich die Hand vor den Mund, während das zerbrochene Porzellan sein Lächeln verlassen hatte.

»Hmm ... das war leichter, als ich gedacht hätte«, meinte Trevor achselzuckend.

»Wie kannst du mir das bloß antun, du Schlampe?«, brüllte Norman und versuchte verzweifelt, die Stücke seiner Zähne vom Boden aufzulesen. »Willst du dich nicht mal entschuldigen?«

»Tja, Norman«, sagte Kate und blickte zu ihm nieder. »Tut mir leid, wenn du das so empfindest.«

»Bist du bereit, Liebling?«, fragte Trevor an Kate gewandt.

»Absolut.«

Kate nahm Trevors Hand, und gemeinsam liefen sie aus der Kirche und sprangen in ihr rotes Fluchtauto. Hinter ihnen drängten die Gäste in einem bunten Gewirr aus der Kirche. Margaret versuchte immer noch, ihren Hut wieder auf dem Kopf zu befestigen. Norman löste sich aus der Menge, seine zwei oberen Schneidezähne in der Hand. Sein wütendes Gebrüll wurde vom mächtigen Aufheulen des Mustangs übertönt, als Trevor den Motor anließ und triumphierend grinste. Ehe sie jemand aufhalten konnte, trat er das Gaspedal durch, und die zwei sausten davon.

»O mein Gott«, sagte Kate, während sie spürte, wie sie von Adrenalin durchflutet wurde. »Trevor, wie hast du mich bloß gefunden?«

»Machst du Witze?«, erwiderte er lachend. »Du hast die ganze Zeit von der Kirche in Donnybrook geredet. Vielleicht hast du unterbewusst die ganze Zeit darauf gehofft, dass ich komme und dich rette.«

»Da könntest du recht haben.«

»Das mit den eine Million Views war übrigens ernst gemeint.«

»Du meinst, *unseren* Song?«

»Der erste von vielen, wie ich hoffe«, sagte Trevor. »Charlie zufolge sind etliche Plattenlabel auf uns aufmerksam geworden und wollen mehr hören.«

»Dann werden wir ihnen mehr geben müssen.«

»Und Charlie hätte außerdem gern noch Natalies Telefonnummer«, fügte Trevor hinzu und grinste.

»Das lässt sich bestimmt einrichten«, erwiderte Kate lächelnd.

»Aber du weißt, was das bedeutet?«

»Zurück nach Vegas?«

»Nö. Das bedeutet, der Vegas-Fluch ist gebrochen. Wir können hingehen, wohin wir wollen.«

»Solange ich bei dir bin, ist es mir egal, wohin«, sagte Kate. »Aber Trevor, warum bist du zu mir zurückgekommen?«

»Vinnie hat angerufen, um mir zu sagen, dass die Annullierung abgelehnt worden ist. Dann hat er mir erzählt, was du ihm gesagt hast.«

»Und ich habe jedes Wort ernst gemeint, Trevor. Ich liebe dich. Das habe ich immer und das werde ich immer.«

»Tja, du hast mich noch nicht ganz zurückgewonnen, Sommersprosse«, sagte er mit schelmischem Grinsen. »Du hast drei

Dates, um mich dazu zu bringen zuzugeben, dass ich dich noch liebe.«

»Und genau das habe ich auch vor«, erwiderte sie. »Mach dich bereit für die Flitterwochen deiner Träume.«

Kate spürte, wie ihr Handy wie verrückt vibrierte, und wusste sofort, warum. Sie öffnete den Gruppenchat.

FOUR LOKOS

Chloe: Kate, das war legendär!!!

Siobhan: Wahnsinn!!! #TeamTrevor, Baby!

Natalie: Norman, wer???

Siobhan: Bei mir flattert es übrigens immer noch

Chloe: So stolz auf dich, Kate!

Kate: Danke, Mädels, hab euch so lieb! Wir sehen uns nach den Flitterwochen 😘

Kate musste unwillkürlich lächeln, als sie den Gruppenchat schloss und sich Trevor zuwandte.

»Also, was ist dein Plan, Sommersprosse?«, fragte er.

»Weißt du, was?« Kate lächelte und löste die Klammern aus ihrer Frisur. »Warum lassen wir es nicht einfach auf uns zukommen?«

»Schön, dich endlich wiederzuhaben, Kate.«

Trevor lächelte und lehnte sich zu ihr, um seiner Frau einen Kuss zu geben. Nach neun langen Jahren saß Kate endlich wieder in einem roten Mustang neben ihm. Ohne einen Plan zu haben, wie es weitergehen würde.

Sie hatte sich noch nie freier gefühlt.

Und sie hatte recht behalten.

Kates Hochzeitstag war wirklich zum schönsten Tag ihres Lebens geworden.

DANKSAGUNG

Zuallererst will ich meinen phantastischen Eltern, Kathleen und Finian, meine tiefe Dankbarkeit ausdrücken. Danke, dass ihr die wundervollsten Eltern seid, die man sich nur wünschen könnte. Ohne eure unerschütterliche Unterstützung wäre dieses Buch niemals geschrieben worden.

Einen riesigen Dank an meine Agentin Marianne Gunn O'Connor, die mein Antrieb war und vom ersten Tag an mich geglaubt hat. Du hast buchstäblich mein Leben verändert und meine Träume wahr gemacht.

Danke an das engagierte Team von MGOC – Vicki Satlow, Patrick Lynch, Dan Bolger und Alison Walsh – für eure Ausdauer und euren Fleiß, die dazu beigetragen haben, dass *Just married – Plötzlich verheiratet* zu dem werden konnte, was es heute ist.

Ein großes Dankeschön auch an meine Schwestern, Jessica und Lisa, und an meine Cousinen Kelly, Mandy und Emma, dass sie mich ermutigt haben, diese Idee umzusetzen. Die Berichte über euren Trip nach Las Vegas waren für mich extrem wertvoll und hatten einen enormen Einfluss auf die Geschichte.

Francesca Pathak von Pan Macmillan – danke dir, dass du von dem Moment an, als du die ersten Zeilen gelesen hattest, an den Roman geglaubt hast. Es ist ein absoluter Traum, mit dir zu arbeiten, und ich weiß, dass ich mich unfassbar glücklich schätzen kann, jemanden wie dich an meiner Seite zu haben.

Danke auch an Charlotte Tennant für dein sagenhaftes Auge fürs Detail während des gesamten Lektorats. Ein herzliches Dankeschön auch an Christina Webb und Ross Jameson für ihre unschätzbaren Beiträge.

Und auch an die weitere Pan-Mac-Familie – Natasha, Ana, Rosie, Bríd, Cormac, Lara, Kinza und viele andere – ihr leistet großartige Arbeit, und ich weiß, dass *Just married – Plötzlich verheiratet* in den besten Händen ist.

Mein Dank geht auch an alle Buchhändlerinnen und Buchhändler, die meine Arbeit wertgeschätzt und beworben haben und mich als aufstrebenden Autor unterstützen. Das bedeutet mir so viel.

Und schließlich gilt mein tiefster Dank auch allen Leserinnen und Leser. Ich hoffe, es bereitet euch genauso viel Spaß, die Geschichte von Kates wildem Junggesellinnenabschied zu lesen, wie es mir gemacht hat, sie zu schreiben.